LOCUS

LOCUS

LOCUS

LOCUS

RECREATION

R52
白虎之咒4：最終命運之浴火鳳凰 *TIGER'S DESTINY*

作者：柯琳・霍克（Colleen Houck）
譯者：柯清心
責任編輯：江怡瑩　美術編輯：顏一立
校對：呂佳眞
法律顧問：董安丹律師、顧慕堯律師
出版者：大塊文化出版股份有限公司
台北市10550南京東路四段25號11樓
www.locuspublishing.com

讀者服務專線：0800-006689
TEL：(02) 87123898　FAX：(02) 87123897
郵撥帳號：18955675　戶名：大塊文化出版股份有限公司

總經銷：大和書報圖書股份有限公司　地址：新北市新莊區五工五路2號
TEL：(02) 89902588　FAX：(02) 22901658
排版：辰皓國際出版製作有限公司　製版：瑞豐實業股份有限公司
初版一刷：2013年6月
初版七刷：2018年9月
定價：新台幣280元
Printed in Taiwan

白虎之咒4：最終命運之浴火鳳凰 / 柯琳・霍克 Colleen Houck 著
； 柯清心譯. — 初版. — 臺北市:大塊文化, 2013.06
面； 公分. — (R;52)
譯自 ： TIGER'S DESTINY
ISBN 978-986-213-438-2(平裝)

874.57　　102006939

白虎之咒4

最終命運之浴火鳳凰

tiger's destiny

柯琳・霍克 COLLEEN HOUCK 著　柯清心 譯

致老弟Jared和他老婆Suki，

給予我熱情的支持，

以及在技術方面、打鬥場面上的協助，

最重要的，是讓我的創作過程樂趣不斷。

浴火鳳凰

——柯琳·霍克

浴火鳳凰是否知其命運？
從出生、茁壯，到學會飛掠。
他築巢求偶，
休憩逐夢，在空中追獵。

他可知未來將焚於火焰？
喪生在熊熊烈熾之中？
讓柴堆的淨化之火，
燃盡一切紅塵的紛爭？

恐懼是否如針般刺透其胸？
他是否懊悔做過的選擇？
羽冠因心碎而凌亂？
他可瞭解自己付出了什麼？

原本高雅的身軀開始燃燒，
在恐懼的哀號中焚燬。
羽翼化為焦炭，
珠淚彈落，命斷魂飛。

在死亡的深處，另一個靈魂
誕生並取而代之。
帶著天命與理想
自輝煌的黎明中快速升陟。

浴火鳳凰能否感念先祖，
讓他在前人的灰燼中重生？
他是否明白自己亦難逃焚身的宿命？
並享受一世的安寧？

序　時空

他們突然迷失方向，在如墨的時光漩流中打轉，數秒過去了，億萬年過去了，分子游移翻攪，接著一道精光穿射宇宙塵，他渾身一震，頓悟過來。

經過不斷的錯誤與嘗試後，他終於學會掌控漩渦，穿越漫漫的時空了。他若奔跑太快，便會進入不可知的未來。若退步太急，世界則不復存在。操控時間需要絕佳的手感和精確的觸覺。起初，他莽撞地穿越數千年的時空，如湖面上彈跳的水漂，但他很快學會了與宇宙共舞，進退得宜地來到想見的地方。

他掃視各個世紀，宛如翻閱書本。等看完後，他瞭解了自己在世間的地位，也知道如何善待他心愛的人。

他覺得她已經準備好了，他微笑著捏了捏她的手，將她拉近，一起在滿天星斗間穿梭，直至來到歷史起滅的初點。

1 追逐

我困在海浪中，夢見自己跟一頭對著我擠眼的巨龍共泳。巨龍大尾一擺，從我身邊游過，我的身體隨之一盪。一雙粗手扭住我的四肢，我呻吟著掙扎反抗，接著浪濤聲轉換成單調的引擎轟隆聲，夢境一變，我突然置身樹林中，清楚地聽到沈穩的虎掌踩踏著叢林的落葉，朝我狂奔而來。

之後便是接二連三的噩夢了。水中鯊魚逡巡，海盜攀上了被羅克什手下攻佔的黛絲琴號。遠方傳來急促的低語聲。*快醒醒呀，凱西。*

我昏昏沈沈地睜開眼睛，發現自己躺在四柱床上。*原來只是一場噩夢*，我慶幸地想。夕陽餘暉自床鋪上方的窗口灑下，窗戶安著厚重的玻璃及鐵條，既防止任何人進入……亦防止人逃出。

「不！」我對著空蕩的房間大喊，那終究不是一場夢。我努力回想一切，為了協助阿嵐和他弟弟季山破解虎咒，我曾三度踏上尋寶之旅，我們只需再找到一項聖禮，獻給女神杜爾迦，便能化解魔咒了。我們原本在一艘船上，後來大夥跟羅克什大戰一場，這些我都還記得，然後來了三根刺針（是麻醉槍嗎？）、一艘快艇……我把芳寧洛和護身符放入水中，之後就失去了知覺。

我被鎖在一間怪異的臥房中，成了籠中之鳥。我衝到門邊，徒勞地扯著門把。我聚集體內的能量，揚手想轟開房門，卻什麼事都沒有發生，我困惑地摸著喉上那條杜爾迦女神的黑珍珠項鍊。

雷心掌怎會消失了？我究竟在哪裡？我的虎兒，阿嵐和季山現在又在何方？芳寧洛有沒有找到他們？卡當先生和妮莉曼發生了什麼事？他們是否正在設法營救我？我要如何逃離此地？

我檢視眼前情勢，珠鍊尚在，聖巾也仍綁在牛仔褲的皮帶環上，但杜爾迦的弓箭及印度的黃金果，則遍尋不著。我抑住苦笑，這些僅存的聖禮雖然能製造出無限的清水與織品，現階段卻一點忙也幫不上。

我撫摸著卡當先生費力植入我虎口間的小型追蹤器，東西還在，表示援兵還有機會找到我並趕來救我，雖然機會不大，卻是我僅有的希望。

我頭痛欲裂，嘴巴乾澀如塞滿了棉花，我試著吞嚥，卻引來一陣乾咳，讓我感覺更糟。

振作點啊，凱西・海斯！我試著研判周遭的環境。從窗戶向外望，可看到樹林與積雪，所在的房間至少有三層樓高，我想我還能認出一些山形，但實在無法辨別出究竟被囚禁在何處。

胃部一陣翻騰，我衝進浴室裡，等嘴巴漱淨後，便瞪著鏡子裡的人影，與一名委靡不振、形容枯槁、惶惶不安的女人對望。這個來自奧瑞岡的女孩究竟出了什麼事？

就在此時，一個狡獪的聲音打斷了我的思緒，我渾身一愣，是囚禁我的人，羅克什。

「親愛的，請準備著裝，晚餐會早點開始。妳應該看得出來此地無路可逃，並且我已經拿走妳的武器了。我們兩人也該重逢了，我要給妳一個建議，凱西・海斯，我相信妳擁抱命運的時刻已經到了。」

我的胃又是一陣翻攪，不知道羅克什所說的命運究竟指的是什麼。房間裡看不到任何攝影機或喇叭，但我知道自己肯定受到監視，也詭異地自覺與現況抽離。以前每次與羅克什在幻景中交手時，都會全身發涼，但此刻，恐懼已被決心所取代了。

我考慮著各種可能的選項。首先，我得離開這個房間，才能規畫逃跑的路線。目前的處境會有四種不同的結局：自己設法逃脫（有可能）；阿嵐和季山前來救我；我不幸身亡（絕非我的優先選項）；或者，我會成為這個狂人的禁臠，這個選項聽起來也頗糟。我還得取回黃金果和弓箭。杜爾迦曾經警告我，萬一她的武器落到壞人手裡，後果將不堪設想。我咬著唇，暗自期望不必在自救與搶救武器之間擇一。

如果我得跟魔鬼同桌共餐，才能離開房間，那就這麼辦吧。目前暫時隨他起舞，就算要死，也一定要拖他陪葬。

我本能地知道，扮演楚楚可憐的落難公主是沒有用的，想擊敗羅克什這種人，我必須擺脫懦弱，當一名堅強美麗、能力出眾、充滿自信的女人。

我在衣櫥裡東翻西找，勉強找到一件低胸大V領的緊身洋裝。我決定冒險請聖巾盡量安靜地幫我製造新衣，並要求它切莫任意變換顏色。

我從衣櫥裡拿出精工巧製、令人讚嘆的新衣。聖巾做了一套鈷藍與金黃色的迷人三件式禮服。短袖的提花布上衣緊貼住我的腰身，合身的長裙，沿著曲線逶迤而下。穿上了阿嵐和季山的顏色後，我覺得勇氣倍增，我想，這套華麗的服裝，應該有助於我扮演女強人的角色吧。聖巾甚至用輕質的布料，幫我做了一對像藍寶石的耳墜子。

我才剛打扮完，一名頎長瘦削、滿臉邪氣的僕人，便打開了臥房房門。我求他放我走，他卻搖頭拒絕，並用我聽不懂的印語回答。我把聖巾塞入袖中，努力回想僅會的幾個印語單字，再度向他求助。但僕人兀自領著我穿過鐵窗橫列、鋪著厚地毯、安著鑲板牆的走廊。

接著，我們穿過一排上鎖的門扉，每扇門邊都有衛兵駐守。當另一扇門在我後方砰然關鎖時，我突然想起阿嵐在馬戲團裡的籠子，就是這個樣子——門中有門，以確保老虎不會傷人。我在心中飛快盤算：**即使有可能靠一己之力逃脫，也必然困難重重；但有利的是，羅克什認為得動用高規格的防護，才能防堵我逃脫，或許我可以利用這點來對付他。**

最後一道門後就是餐廳了，餐桌上已擺好兩人的座位。僕役拉開椅子，示意要我坐下，然後才靜悄悄地離開。我邊等著，邊把玩奶油刀。我的胃腸因緊張而糾結，不知該如何獨自面對羅克什。我曾在前一次破解虎咒的尋寶之旅中，力搏北海巨妖奎肯和魔鯊，然而那些野獸比起我即將面對的惡人，根本不足為道，這個惡魔在三個世紀前，將我的兩位印度王子變成了老虎。

「謝謝妳接受邀請，與我共進晚餐。」羅克什突然現身在我對面的座位上。

他的模樣與上回略顯不同，變得更年輕了，但一對黑眼仍透著陰毒，我勉力維持鎮定。羅克什拉起我的手，粗魯地吻了一下。

「我別無選擇。」我答道。

「沒錯。」他笑著緊捏一下我的手，力道稍顯過重。「我也沒給妳衣著的選擇，」他接著說：「可是，妳仍舊換了衣服，能請問妳打哪兒弄到這套衣服的嗎？」

我不著痕跡地用餐巾蓋住刀子，放到腿上，再將刀子滑入口袋裡。為避免他察覺到，我嘲弄道：「你若告訴我你的魔力來自何處，我就告訴你如何無中生有，做出一櫥子的衣服。」手裡終於有了武器後，一股膽氣湧遍我全身。

令我驚訝的是羅克什竟哈哈大笑，「跟如此驃悍的女人在一起，實在太有意思了，我就暫時先包容妳吧，但可別挑戰我的耐性。」

他收起笑臉，露出邪淫的眼光。近距離看，羅克什更像亞洲人，而非印度人。他的黑髮短削側分，平貼在頸背上——不像阿嵐，頭髮老是落在藍眼上。

巫師舉止優雅，肩背挺直，比之前更富肌肉，也更加帥氣，甚至十分搶眼。但我知道他骨子裡是個瘋子，而且五官中仍包藏著陰沈。

食物送上來了，面前的盤子裡很快盛滿各式的印度辛辣料理。僕役們快速而極其安靜地侍候著，我挑撥著食物，卻擠不出半點食欲。

「你是不是用魔法讓自己變得更年輕了？」我小心翼翼地問。

羅克什眼色一沈，然後笑道：「是的，妳覺得我英俊嗎？看到我更接近妳的年紀，是不是覺得更自在了？」

沒想到還真是如此。

我聳聳肩，「不管你長相如何，我都不會自在，不過你又何必在乎呢？你沒把我鍊在地下室，準備用螺絲刺穿我的拇指，就已經夠令我吃驚了。」

一道藍光引起我的注意，我隨即仰頭一看，但原本的藍光已經消失。羅克什皺起眉頭，搓著手指。

「妳寧可被鍊在地下室嗎？」羅克什用猥瑣而令人難安的方式，隨口戲謔道。

「不，我只是好奇自己為何能得到特殊的禮遇？」

「給妳特殊禮遇，是因為妳很特殊，凱西。就如妳今晚所展現的，妳有屬於自己的能量，我不想扼殺它們。」他失望地嘖聲說：「妳似乎一點也不瞭解我，對我的理念有所誤會扭曲，現在既然有機會進一步認識我，相信妳會發現，我並不是個難以取悅的男人。」

我向前傾身，找到機會挑戰他。「我覺得阿嵐應該不會苟同。」

羅克什噹地一聲扔下叉子，隨即又收斂怒氣。「那位王子一逮住機會就造反，所以我才會如此……苛待他，希望妳對我的回應會有所不同。」

我清清嗓子回答他說：「這得看你想從我這邊得到什麼。」

羅克什拿起高腳杯啜飲一口，順著杯緣仔細打量我。「親愛的，我只想有個機會，向妳展現何謂真正有能力的男子漢。妳繼續與雙虎結盟是錯的，他們不像妳我擁有真正的能量。事實上，護身符是他們的魔咒，根本不該屬於他們，我才是注定要統一符片的人，我才是達門護身符召喚的對象。」

我拿餐巾擦嘴，蓄意拖延時間，一個瘋狂的計畫開始成形。**假若羅克什想要一位強大的敵手，我就賜給他一名。是該善用戲劇訓練的時候了，第一幕：誰來晚餐：擁有超能力的神祕驃悍女郎。好戲上場嘍……**

「也許你已經知道，護身符不在我手上了。如果你想靠阿諛奉承來騙取護身符，那你可就要大失所望。」

「是的，護身符一定是在妳的寶貝老虎那裡，或許等他們來救妳時，會帶在身上。」

我驚詫地頓了一下，但僅止是轉瞬之間。「你憑什麼認為他們會來？」

「少來了，親愛的凱西。我見過他們瞧妳的眼神，比起小女葉蘇拜，妳更令他們著迷。雖然妳不若葉蘇拜美貌，但眼神中充滿了膽識與傲骨。我猜帝嵐之所以能撐過我的拷問，唯一的理由，就是他想回到妳身邊。兩位王子都因為對妳的愛而形同廢人，既軟弱又愚蠢。」

老娘豁出去了。我皮笑肉不笑地威脅羅克什說：「或許你會跟他們一樣，也落入我的圈套。」

「妳是說，妳使計騙王子們愛上妳嗎？妳若當真耍詐，那麼我對妳的評價就更高了。」

原本我還很害怕，但演著演著勁兒就來了。我的恐懼已在胃裡縮成一小團，小到可以忽略不計了。我刻意緩緩濡溼嘴唇，想惹他分心。

「聰明的女人會善用各種手段，滿足自己的欲望。」

羅克什瞇起雙眼，回應我的言語攻勢：「那麼妳想要什麼，凱西？」

我學著《亂世佳人》裡的郝思嘉，嘶聲高笑道：「你該不會以為，我會在我們第一次見面時，就洩漏所有的祕密吧。我可沒那麼天真，但是……如果你想把牌都攤到桌上的話，那就告訴我，你到底想從我這裡得到什麼？」

「拋棄雙虎，跟我結盟。」

「如何結盟？」我極力抑住顫抖地問。

我皮膚上突然感到一陣麻癢，不痛，卻具有親密的攻擊性。微風拂過我的手臂，纏向咽喉，隱形的手指沿著脖子滑向我的頭髮，再撫向鎖骨。羅克什雖定坐不動，但絕對是他在搞鬼。我盡量不予理會。

巫師向前傾身，試探地咯咯笑說：「我的目的有二：把妳從王子們手中偷過來，讓他們焦心懊惱，可以令我極為開心滿足，但真正的原因是，我想盡一切可能，結合我們兩人的能量……生一個兒子。」

「兒子。」我定定答道，雖然胃已嘔到翻筋斗了。「為什麼選上我？我的意思是，為何在經過這麼多年後才選上我？我很訝異你竟然一直未找到伴侶，你有過葉蘇拜的母親還不夠嗎？」

羅克什嗤道：「葉蘇拜的母親是個只會傻笑的白癡，雖然漂亮，但在我面前只會唯唯諾諾，無法與我平起平坐。」

「你把她殺了，更於事無補。」

這回羅克什再也不去遮掩指尖上的藍色電光了。

「小心點！」我警告說：「你若想顯功夫，我也不會對你客氣，我們的愉快談話就算玩完了。」

他闔上眼睛，持穩自己。

「假設我同意你的提議，幫你生個兒子，並與你分享我的能量，你也得有所回報。你說過，我若心甘情願跟著你，你就給虎兒留條活路，此話當真？」

「妳同不同意都無所謂了。」

第二幕該開演了：神祕女郎大顯神通。我取出袖中的聖巾握在手中，請它變換顏色，聖巾依言先是變紅，復又轉成藍色，我拿起聖巾貼住臉頰，羅克什看得興味盎然。我眉角略揚，聖巾射出絲縷，在房間彼端織出一張大網，然後又縮成一條白帕，我將白帕摺妥放到盤邊。

「我若與你分享這項本領如何？」我淡然問道。

羅克什的驚嘆轉瞬即逝，他雙眼一瞇，將餐巾丟到盤裡，朝我走來，一把抓住我的手臂，粗魯地將我拉起來。看到我面露驚恐，羅克什笑了。

「假如妳心甘情願照我的話去做，我會考慮讓老虎活命。」

羅克什彷彿想把事情搞定，他撫摸我的臉頰，貼近我耳邊說：「告訴我，凱西，如何才能逗妳開心？」他呼吸粗重地問：「如何才能令妳懼怕？」

我沈默不答，羅克什呵呵笑了——接著陡然將我拉近，狂烈地吻我，重重咬住我的嘴唇。等他終於放開我後，我用拇指擦拭瘀青的嘴唇，怒目瞪著他。

羅克什揚聲歡笑，「還是如此的桀驁不馴，妳一定會帶給我許多歡樂，凱西。」

「很高興你這麼想。」我啐道，盛怒勝過恐懼。

「妳瞧，親愛的，我根本不在乎那兩頭老虎，我只想得到他們的護身符而已。妳若幫我生個兒子，協助我取得想要的神能，我一定放過他們。現在條件既已談定，我會送妳回房，讓妳好好思索自己的決定。很期待能進一步認識妳。」他邊說邊色迷迷地看著我，令我不寒而慄。

我深吸一口氣，攫起聖巾，一隻手小心翼翼的按在口袋上，然後讓羅克什送我回牢房。

「我們明天應該多聊些結盟的事，小可愛，」他低聲對我的耳朵吐氣說：「還有，別忘了把桌上拿走的刀子還回去。」

他的話令我吃了一驚，但我勉力保持鎮靜，微笑著掏出口袋裡的奶油刀，以刀尖輕抵他的胸口。「我總得試試吧。」

羅克什得意地緊扣我的手，將刀抽走，讓刀口硬生生劃過我的掌心。看到鮮血流出，羅克什將我的手湊到嘴邊，吻住掌心，並淫樂至極地舔去沾在唇上的鮮血。

等他終於放開我時，還不忘威脅恐嚇一番：「我會監視妳的一舉一動，親愛的。我很期待……兩人往後的互動。」

房門在我身後關上，我聽到沈厚的門鎖咔嚓上鎖，慶幸有這幾十根粗壯的鐵條，將我與他隔開。

落幕了。我精疲力竭地趴倒在床上，尋思著該如何從這場困局中脫身。

2 奪權

次日，羅克什變得更加膽大妄為，不斷與他言語交鋒，令我心力交瘁。我完全不抱幻想，即使他讓我活命，當作產子的機器，也不會容我活下來撫養孩子。

這天我雖未被關在房中，但身邊總是跟著一名警衛或羅克什本人。此處是座堡壘，裝潢簡陋，沒掛任何畫，僅有少數看來沈重而昂貴的家具。更重要的是，這裡似乎沒有通往外面的門扉。

我們同行時，羅克什很克制地僅對我掐捏一番。每次他緊抓我的手臂，或將我扯近時，我便閉起眼睛，想著他在拜賈營地時，如何拷打阿嵐，打斷他的手指，並告訴自己，我已經夠幸運了。

為了轉移羅克什的注意力，我又炫耀了幾項「神力」。我用聖巾仿造假的護身符，以珠鍊在空杯中注滿水，並做了一件豪華的鑲金邊大衣。羅克什最初還看得興興頭頭，但不久便膩了，顯然他已經快要失去耐心了。

當晚用餐時，我開始想念起黃金果，真希望羅克什沒將它從我手上奪走。我突然想起卡當先生可口的法式薄煎餅……沒想到面前隨即出現一盤加了鮮奶油的莓果薄餅。

我快速掃瞄客廳，尋找藏匿處，**黃金果必然就在附近**。

羅克什從椅子上跳起來，「這又是妳的一項本領嗎？」

「是的，」我抬眼盯著他答道：「我可以變出任何你想要的食物與飲料。」

事情來得太快，我完全沒有心理準備。羅克什奮力摑了我一巴掌，掐住我的下巴，將我的臉轉向他，我的脖子被扭得好疼。

「妳之前就該告訴我了，永遠不許妳再對我說謊。」他恫嚇說。

淚珠滑下臉龐，我咬緊牙根，氣到渾身發抖。我想盡各種對付他的辦法，卻沒有一項能一擊斃命，反而只會進一步激怒他。

挨摑的臉頰灼痛發癢，但我拒絕伸手撫摸，也不理會疼痛。我試圖改變話題，轉移他的怒氣，心想，像羅克什這種男人，最愛的應該就是談論自己吧。於是我放鬆地坐在椅子上，喝口水，說道：「談一談你的過去吧，我們若要生個兒子，我希望能知道他的身世，我已經知道他會是半個美國人了。」

「我正想壓根忘掉這個事實。」

「那麼多跟我說些你的背景，難道你不以自己的歷史為榮嗎？不想將歷史傳承下去嗎？」

他臉上一陣青紅，咬牙切齒地說：「沒有人能評斷我，或批評我的子孫無能。」

我揚起一邊眉毛說：「好啊，那就告訴我。」

羅克什打量我片刻，便靠坐在椅子上，開始娓娓道來。「我是三國時期，蜀國皇帝年紀最大的私生子，家母是印度奴隸，她在西元二五〇年，隨商隊被捕。由於母親天生貌美，被皇帝據為己有。我出生一年後，母親便自殺身亡了。」

「皇帝？」

「是的。」羅克什狡黠地笑道：「所以我們的兒子會有皇室血統。」

「那是什麼情形？我是指，做為皇子的成長過程是什麼樣子？」

他輕哼一聲，「我父親一反常態，大發慈悲地照顧我，並教導我掌握權勢的要訣。他說，真正的強者只聽從自己，親力取其所欲，因為別人不會平白將權力奉送給你；強者敢於揮舞別人不敢使用的武器。我仔細觀察他的身教多年，記取他的教訓。他戴著一個護身符，並告訴我符片的能力。」

我眨眨眼，放下刀叉，渾然忘記美味的薄餅，聽羅克什繼續說道。

「他對我說，唯有他死後找不到適合的嗣子，我才能支配符片。打從我知道護身符的存在後，護身符便成了我唯一的渴求。

「我幼時帝國遭逢戰火，那是我們首度居於劣勢。父王情急之下，於存亡之刻提議迎娶蠻族領袖豆蔻年華的女兒為妻，希望藉此拯救帝國。我對這項安排深惡痛絕，而他變得軟弱畏懼，不再是那個令人望之生畏的男人了。

「他的蠻族妻子為他生了個兒子，男孩日漸長大，我不再伴君得寵，也失去了繼位的可能，於是我發誓要殺掉義弟與父王。當時我才十歲。

「皇弟七歲時，我已十七，我帶他出遊打獵，將衛士們支開，騎馬循著雄鹿的足跡追去。我不費吹灰之力便將他推下馬背，我騎著他的馬，在他身上來回踩踏，直到他死透為止。然後再把他的馬也宰掉，帶著他破碎的屍體回去晉見父王。

「我稟告皇上說，馬兒將弟弟摔下來，又瘋了似地踐踏他的身體，直至他氣絕才罷休。我向他一再保證，我已親手殺死了馬兒。他連這種謊言都信，可見已變得多麼懦弱。

「幾個月後，我趁父王熟睡之際，以刀刺入他的肋骨間，奪走了護身符，他連眼睛都沒睜開過。我登基後，立即下令殺掉父王的蠻族妻子，同時取走兩枚御戒。原本父王戴了一枚，另一枚則由蠻夷王子戴著——那是父王在他出生時送給他的，做為日後繼位登基的表徵。」

羅克什轉著右手食指上的戒指。「這是蜀國的徽章。至於這個呢，」他晃了晃小拇指，「則是皇太子的戒指，也就是我同父異母弟弟的戒指。」

我抑住憎惡，問道：「你當了多久的皇帝？」

「沒有很久。各路軍閥藉口皇帝羸弱無能，屢屢進行軍事挑釁。我原本便對篡位奪權興趣缺缺，待我國軍隊因怯戰而四下逃散時，我也藉機離開了。當時我一心只想蒐齊其他的符片。」

「所以你是因為護身符的緣故，才能一直活著？」

「除了護身符外，還靠這些年來學會的一些巫術。」

「原來如此，但你怎麼會——」

羅克什打斷我說：「妳問得夠多了，換我發問。我想看妳演示妳的武器。」

「我的武器？」我遲疑地問。

「妳的金製弓箭。」

我慢慢搓揉餐巾，擦乾突然冒汗的掌心。*原來杜爾迦的弓箭也在附近！*

「沒問題。」我同意演示。

羅克什輕撫下巴，喚來一名侍衛。我計算著侍衛花了多少時間將弓箭送來，六十秒。

重新取回武器後，我搭箭上弦——羅克什當即警告：「休想用弓箭對付我，別忘了我曾讓妳的飛箭轉向，所以我大可輕鬆地重施故技。」

他說的沒錯，於是我轉而瞄準房間另一端的雕像，看著飛箭整支沒入大理石中。

「這是杜爾迦女神送的禮物。」我解釋道：「箭枝能神奇地自動填補，而且會從射靶上消失，完全無法追索。」

「有意思。」羅克什指了一個標靶，要我再表演一次。

這回我試著在第二支箭上灌入雷心掌，好讓效果更加炫目。我的手開始發光，但火花隨即消失。*雷心掌的火力還是沒有恢復。*

羅克什興奮地望著我發光的手。

我盡速編了個謊言。「我在射箭時，手會發光，我想應該是為了讓我能瞄得更準吧。」

「非常有趣。告訴我，妳是怎麼找到這個的。」他說著將黃金果擺到桌上。

我把弓箭擺到一旁，告訴他失落之城奇稀金達的事。我解釋杜爾迦女神要我們尋找四項寶物，每樣都有其特殊的魔力；而杜爾迦的回報則是，讓虎兒恢復人身。我並沒有全盤托出事實，或著眼太多細節，我覺得別讓他知道所有事情比較好。

「他們兩個變成老虎關妳什麼事？」

「我發現杜爾迦女神分享的聖禮後，便渴望得到更多。」我迎合羅克什的權力欲，不著痕跡地撒了個謊。

他若有所悟地點點頭，在掌心裡把玩著黃金果。「或許我們可以一起完成尋寶任務，把寶物呈給杜爾迦，換取妳所追求的能量，讓兩人都能擁有。」

我微微一笑，**這個瘋狂的計畫說不定真能奏效**……「能和你分享杜爾迦的神力……是我的榮幸。」

羅克什使喚僕人撤下黃金果與弓箭。我臨時起意，指示聖巾在弓上繫條隱形的線，跟至藏弓之處。我叫聖巾把另一端線頭黏到雕像上，讓線身埋入地毯裡，融入其中。

我斗膽冒險，提高挑戰的難度。「既然我與你分享我的一些能力，或許你也該有所回……」

話還未及說完，一股奇寒襲來，將我就地凍結。我既不能動，亦無法開口，更甭提反抗了。

羅克什摸摸我的臉，獰笑著向我靠過來。

「既然妳慷慨與我分享妳的神能，我也應該投挑報李。」他扯破我的長袍衣肩，呻吟著用力吸吮，從我的裸肩直吻至凍僵的嘴唇。他粗暴地上下撫摸著我的背，扯住我的頭髮。我噁心欲嘔，卻吐不出來，僅能聞著他溫熱嗆辣的氣息。

羅克什粗喘著站直身體，眼中充滿獸性的歡娛。他用手指滑撫我的鎖骨，撥弄我肩上撕破的衣布，咕噥說：「妳帶給我好多歡樂啊，凱西。」最後，羅克什又親了我裸肩一下，才面帶笑意地退去。

「我若想要，可以在瞬間凍死妳。」羅克什洋洋得意地炫耀說，「妳之所以還能呼吸，是因為我沒有凍僵妳的心肺系統。」他深情萬狀地托起我的下巴，「怎麼樣，我的表演厲害吧？」

羅克什放開我，我眨眨眼，發現身體又能動了。肩膀感覺好痛，我把撕破的布料壓回肩上，重重噏著氣，點頭說：「非常厲害。」

「妳還有什麼問題要問嗎？」他問道。

「有的話，我會讓你知道。」我拼命壓抑顫抖的四肢，喃喃答說。我原想逼羅克什使出絕招，找出他的致命罩門，卻萬萬沒料到會被他凍住。

正當我努力重整旗鼓時，羅克什走向壁爐架，催旺爐火，燃響的火苗四處竄舞，我好慶幸他能離我遠遠地。

我把杜爾迦女神的其他任務告訴羅克什，但未透露真正的寶物，以爭取時間，讓自己從他噁心的騷擾中回神。他對金龍密藏的物品格外感興趣，我告訴他說，卡當先生認為那些寶物都是從杜爾迦女神那兒偷來的，所以女神才想要回寶物。

「你們家卡當先生多大年紀了？我知道他戴了其他符片。」羅克什說。

「比阿嵐季山年長幾歲。」我想要知道更多護身符的事，便追問道：「為什麼你看起來那麼年輕？是因為護身符的關係嗎？」

「不完全是。我在找到第二塊符片後不久，便發現自己的壽命延長了。雖然我原本該有五十歲的容貌，但我可以隨意控制外貌，呈現出年輕人的外表。通常，我會針對目的，選擇最有利的年齡。」

「我知道護身符能防止卡當先生老化，但他無法和你一樣回春。」我下個評語，把話題又兜回護身符上。

「因為他只有一塊符片，而且他的祖先從不曾戴過。」

「那有什麼差別？」

「符片愈多，能力就會加乘。」羅克什解釋著：「佩戴護身符的人，子孫即使不戴，也會非常長壽。」

我得探知更多內容，這是解開謎題的唯一辦法。

「沒錯。卡當先生曾提過，他的子孫都比平均壽命來得長。你認為阿嵐和季山沒戴護身符也能活那麼久，就是因為這個因素嗎？」

「護身符是他們的詛咒，他們公然違抗我，將永遠過著畜生的日子。」

詛咒。我咬著唇，回想過去幾次任務中學知的一切。**難道護身符並未保護阿嵐和季山？我需要多瞭解一點。**

「親愛的，看妳的表情，妳是不是還在關心那兩頭畜生？」

「不是那樣的，我只是擔心他們會回來奪走你的護身符。」我佯裝擔憂地騙他。

「別怕，如果他們回來，我們就用妳的魔巾，輕輕鬆鬆地織個圈套。況且，我比他們更瞭解護身符的能量。」

我赧然一笑，繼續含糊地哄說：「能請問一下，你是如何找到這些護身符的嗎？我的……殿下？很抱歉如此貿然稱呼你，但你曾經貴為皇帝，這樣地位崇高的人，理當用適當的尊稱。」

他臉上含笑地細細打量我，然後說道：「我曾雲遊四海多年，不斷向學者、僧侶及諸王請益，打聽有關一場一統亞洲諸國的偉大戰役。我在那段期間開始鑽研魔法和巫術，到處尋訪傳說中的巫師，學其所願授，並榨取其藏私。許多線索追索到最後，都無疾而終，但是我逐一查出了護身符的五塊碎片，阿嵐和季山身上的，就是最後兩片。即使是現在，想到被他們躲了那麼久，還是令我憤恨難消。」

「為什麼你不一開始就殺了阿嵐和季山呢？」我問。

羅克什靠坐著，好整以暇地答道：「問得好。簡單說，就是我想延長宰殺他們的樂趣。我剛找到羅札朗皇室家族時，阿嵐只有五歲，季山才四歲。他們的父母——羅札朗國王和黛絲琴皇后，從不在公開場合佩戴他們的護身符。他們在自己和兩位小王子身邊部署了忠貞不二的護衛，皇宮被這些衛士保護得滴水不漏，我從旁監視他們家族好幾個月。

「那時我第一次注意到黛絲琴。她參與國家每項治理環節，聰慧貌美，剛柔並濟，再笨的人也看得出來，黛絲琴的兒子日後會成為不世出的英君。我訝異地發現，自己除了想蒐齊所有的符片外，亦渴望得到黛絲琴，並生出自己的傑出後代。

「我假扮成鄰國布里南的富商，靠拉攏關係，在宮裡覓得職務，然後藉由偷拐矇騙及詭詐的方式，當上軍隊的指揮官。我盜用公帑，掠奪民膏民脂，不擇手段地削弱國力，甚至派間諜到羅札朗境內打探。

「當時有位富商，想以女兒換取寵幸。她非常美麗——高䠷溫婉而年輕，有對絕美的紫藍色明眸。」

「她是葉蘇拜的母親。」

羅克什點點頭。「後來，她對我坦承已懷了身孕，我開心極了，幻想自己能生個像阿嵐一樣強壯、但有紫色眼睛的兒子。我對她呵護備至……」

我強忍寒顫，不知羅克什的呵護備至會是何等模樣。

接著他說：「……她懷孕沒多久我們就結婚了。葉蘇拜出生那晚，我抱起孩子，她果真有紫藍色的眼睛。我愣了幾秒，才意會到她是個女孩。我把她放回搖籃裡，怒氣油然而生。我想要的是兒子，卻得到一個毫無價值的女兒。我伸手勒死了葉蘇拜的母親，絲毫不覺得後悔或憐憫。」

我嚥了口口水，想到那可憐的女孩，心知自己可能也會遭遇同樣的命運。「你的妻子叫什麼名字？」我輕聲問他。

「俞瓦珂蘋。」他嘖聲道：「唉呀，我知道妳在想什麼。那已是幾百年前的事了，我保證，我對女人的態度已經與時俱進了——至少在一定程度上是如此。況且，妳比我的第一任妻子更有價值；當年是我不會控制自己的脾氣。如果我們發現妳懷的是女孩，只要拿掉再試一次就成了。」

我吸口氣，努力將輕蔑的神色轉變成笑臉，勉強說道：「所言甚是，我一點都不擔心。」看到羅克什眼神一閃，我緊張地清清喉嚨。「所以，你是什麼時候決定要利用葉蘇拜，去滲透羅札朗王國的？」

「妳果真聰明，親愛的。」羅克什邊說邊以令人不安的眼神看著我。「葉蘇拜從小就對我言聽計從，她繼承了母親的閉月羞花之貌，葉蘇拜十六歲時，我已經殺死老王，篡奪他的王位，並且開始擴軍，還數度試圖滲透羅札朗的皇宮，但都未能成功，因為羅札朗的軍隊陣容更堅強。我改採外交手段，終於讓羅札朗家族接納我，但每次我去拜訪他們時，總有一名王子不在場。

「葉蘇拜告訴我說，曾看過小王子佩戴護身符。為了讓兩位王子同時在皇宮內現身，我提議讓葉蘇拜和阿嵐成親，實則盤算讓她嫁給耳根子較軟的那位王子，然後再下手殺掉另一名王子和羅札朗，進而將黛絲琴據為己有，奪取他們的護身符。

「結果帝嵐根本不受控管，而他老弟季山，則受不了美色的誘惑。」

想起季山告訴我葉蘇拜的種種，很難想像她會如此陰毒虛偽，所以我還是決定暫且存疑。不論葉蘇拜心中究竟作何打算或有何作為，她的下場都不該那樣淒慘。

「所以當阿嵐和季山變成老虎時，你其實並不想殺阿嵐？」我詢問羅克什，一心想釐清虎咒的緣由。

「是的，因為我想利用阿嵐，讓他在我的支配下受苦，慢慢將他折磨至死。我曾試著用血咒控制他，我從一位擅長邪術的祭師手中購得一塊圓形符片，凡是被我用它施過魔法的人，都成了無法思考的奴僕，順服地任我予取予求。

「但巫符卻對阿嵐或季山不起作用。他們身上的護身符或許影響了魔咒，結果反而將他們變成老虎，因此虎咒並不是我下的。現在回想起來，我應該趁著當初還有機會的時候，殺掉阿嵐，可惜我自以為勝算在握，已經贏定了，不過事情顯然並未照我的意思走。」

羅克什猛力抓起我的手，粗魯地吻住——這就是他所謂的愛撫。他的烏眼露出獰光，目不轉睛地盯住我，說了一句令我血液凍結的話。

「時間到了，我的小寵物。妳願意把自己徹底的獻給我，換取虎兒的生路嗎？」

3　火力全開

我費力地吞嚥口水，我一直希望能將自己獻給心愛並深愛我的人。不久前，我有幸能在阿嵐和季山間擇一為伴，而我選擇了季山，但這些都不重要了，我現在已別無選擇。假若我不配合羅克什的計畫，我們必死無疑。

我自知無法多說什麼，便強顏歡笑，「好啊，我已經決定接受你的提議了，成熟的男人畢竟不同，而且你的神力……讓我倍感魅力。」我心慌意亂，但極力不動聲色。我嗔道：「但是……我有個小小的請求。」

羅克什眼露不耐，「什麼請求？」

我飛快轉著各種可能的拖延戰術，突然靈光乍現，噼哩啪啦地解釋說：「我自幼父母雙亡，孤苦無依，我不希望這事也發生在我們兒子身上。」

「當然不會發生。」羅克什拉住我的手腕湊到嘴邊，粗魯地啃咬起來。「我會全力教導兒子，將一身本領都傳授給他，妳也一樣，我絕不假手他人。」

「我相信你一定會。」我安撫他說，「但我想說的是……我希望他跟著你姓，不想生個私生子。你自己吃過不少私生子的苦頭，我可不想讓兒子受委曲。我要你……」我重重一嚥，不敢相信自己竟會說出這兩個字，「娶我。」

羅克什退開一步瞪著我，「妳想當我的妻子？」

「難不成你要我做你的小老婆？你不也明媒正娶地將葉蘇拜的母親娶進門了？我也要比照辦理。我希望我們的婚姻不僅是策略結盟，亦得合乎傳統禮法。你喜歡用什麼名字都無所謂，但我希望在……在我們試著懷胎前，能先……結婚。」我垂眼拉著他的手，輕輕地按著。

羅克什沈寂片刻後表示：「妳如此要求很聰明，證明妳考量到兒子及他在世間的地位。我會依妳所願正式結婚，就當作是送給妳的禮物。而且我同意讓妳在入洞房前保留貞節，這樣妳滿意了嗎？」

「是的，謝謝你，我的……夫君。」

羅克什笑得像隻逮到老鼠的貓。「那麼我就把準備婚袍的事交給妳了，我來安排婚禮和喜宴。明天我會派僕人去接妳參加我們的婚宴。我本可親自護送妳，但礙於事務繁重，而且我還無法放心地把妳的東西交給妳。妳應該能瞭解吧？」

「當然。」我鬆口氣說，慶幸能為自己爭取到二十四小時，可從長計議，想出逃脫的辦法。

羅克什臨走前，又把我當黏土似地，為所欲為地捏扯親咬一番。等他終於抽身時，我勉強忍痛，堆出一絲靦腆的笑容。

羅克什拍拍我的肩膀說：「明日此時，妳將成為我的妻子。好好睡一覺吧，我的小寶貝，妳需要好好休息。」

「晚安，」我木然答道，轉身回到牢房，享受空無一人的自由。

昨晚我幾乎徹夜無眠，閉著眼睛，默默祈禱，希望阿嵐、季山、卡當先生或甚至杜爾迦能前來救我，因為時間所剩不多了。

我在打盹的片刻裡，夢見自己坐在床上，抱著一名可愛的男嬰，那是季山在夢之林看到的景象。孩子睡得很沈，不知他的眼睛是像湧動的藍海，或是金光閃爍的沙漠。

我撫順他的烏髮，親吻他稚嫩的前額，寶寶騷動著用小指頭握住我的指頭，當他打著呵欠眨起眼時，我驚駭縮身。嬰兒的眼睛漆黑如墨，原本甜美的表情一斂，嘴唇殘酷地扭曲著，接著我聽到小男孩冷冷低喚：「哈囉，母親。」

我在尖叫聲中醒來，並隨即鎮定心神，翻身拿枕頭墊在臉下。既然逃生無望，我只能求死——不是羅克什死，就是我亡。我絕對不許他碰我，更甭提替他產子了。羅克什是個吃人不吐骨頭的掠食者，掠食者想吞噬你時，你可以逃，也可以躲，或者可以先發制人地取其性命。我別無選擇，只能為自己的小命奮戰。

但我要如何才能殺死羈押我的人？我只有珠鍊和聖巾可供作武器，換句話說，我可以設法吊死他，或在浴缸裡淹死他，但這些都非萬無一失之計。我很清楚自己無法取回弓箭，而且雷心掌也失效了。

我輾轉反側，想盡各種辦法，直至窗上傳來一些聲響。我望向黎明前的黑暗中，空曠無人的雪地，我聽到窗台上窸窸窣窣的聲音，聖巾繡出了一則訊息：

凱西？

妳在這兒嗎？

我是季山。

季山來了！即使我還是得宰掉羅克什，但不必獨自應付了。不知卡當先生和阿嵐是否也在附近。

若不是擔心被羅克什的眼線發現，我早就開心地跳起來了。我叫聖巾繡出回覆，把布片貼到窗上。

我很好。

羅克什明晚要娶我。

四處都是監視器和警衛。

我忍住哭聲，聖巾一扭，繡出季山的指示，我翻過巾子讀道：

盡量拖延。

我們已擬出相救之計。

我手壓著窗玻璃，點頭示意。我凝望窗外樹林良久，尋找掠過的黑影或白影。

翌日清晨，我焦慮地起床到浴室淋浴，全身百骸無一不衰。我的情緒緊繃到極點，想到拘禁期已近尾聲——不管是用何種方法結束——我便激動到無法自已。

我擔心阿嵐和季山會跟羅克什正面衝突，怕他們萬一戰死，我卻依舊被鎖在房裡。倘若他們失敗，而我最終落到嫁給惡魔，結果又會如何。

我站在燒燙的熱水下靜靜掉淚，希望瀰漫的霧氣能掩去隱藏的攝影機。我精疲力竭地沈坐到浴缸裡，任熱水沖擊在身上，直到水溫變冷為止。

今天可能就是我的死期。

我心懷憂念地開始為婚禮做準備。

我花了很長的時間吹整頭髮，原本的褐髮，因長時間日曬、在叢林間奔走、在海中游泳，部分已褪成淡金的香檳色了。媽媽一定會很喜歡。她對這即將展開的婚禮不知作何感想，這個婚禮顯然與我預期的大相逕庭。

我要求聖巾幫我做件適合古中國公主的結婚禮服，我一直不想理會此事，等終於打開衣櫃時，被紅色的絲質嫁衣嚇了一跳。這套禮服，很像小里與我參加過的一場婚禮中，新娘身上的穿著。

禮服的作工精巧至極，我很高興至少得花二十分鐘才能穿戴妥當。嫁衣衣襬滾著珠子和繁複的金繡，金黃色的外衣上有清朝樣式的環領，下邊繡著一大朵蓮花。外衣上珠串交錯，華麗厚實的袖子懸垂過手，絲質內裡超過指尖至少一英尺。聖巾在外衣最上層的薄圍裙上，繡了一隻貴氣的鳳凰。

我的背上披了條垂至地面的金色長巾，我套上金色繡花的絲紅拖鞋，繫緊巧奪天工的頭飾——上面交錯著黃金羽飾與花朵、細緻的編帶、珠子和各種裝飾。

我轉身望著鏡中的人影，覺得自己看起來像隻異國的珍禽，事實上，應該說是鳳凰。我像鳳凰般美豔、充滿活力，且致命。不久我將被火吞噬。

我把聖巾藏入其中一只長袖裡備用。我在手腕及耳後搽上幽淡的香水，然後坐下來等待新郎。

羅克什的僕人很快的便前來帶領我，他驚豔地瞟了我的禮服一眼，隨即火速低頭，盡可能地拉開與我的距離。

他是在怕我嗎？真希望羅克什也跟他一樣。

僕人帶我到一個看似小圖書室的房間，離開前交給我一張紙條和一個盒子。我聽到他咔地鎖上門，然後便是一片死寂了。

我吐出一口憋氣，不管阿嵐和季山有何計畫，希望他們能趕在婚禮開始前進行。我闔上眼睛，祈禱大家能活著離開此地。

我僵硬地坐下，打開羅克什的紙條，上面寫著，我們先一起用餐，然後再由一名法官為我們主持婚禮。我拉開白色緞帶，打開未婚夫送的禮物。

那是我生平見過最大的鑽石，圓形的粉鑽有多重切面，兩側並各有一顆粉紅色的小鑽。或許是我的想像吧，但嵌住大鑽的五根戒架，看起來好像肥短的粗指。我不禁聯想到羅克什牢不可破、讓人遁逃無望的手勁。我把戒指套到中指上，這時門也開了。

「啊，親愛的，我送妳的禮物如何？」

「很漂亮。」我勉強對他擠出笑容。

他的黑眼閃過一絲精光，陡然向我邁步而來。我傲然挺立，實則心驚膽戰。他扣住我的下巴，淫笑著輕聲說：「今晚，我會很享受地把妳漂亮的禮服撕成碎片，但願精神足濟，能通宵盡歡。凱西，妳可千萬別讓我失望。」

我扭開下巴，與他四目相望。「請相信我，殿下，今晚我會把全副心力放在你身上。」

羅克什滿心期待地勾起我的手臂，帶我走進大廳。數以百計的蠟燭在大廳中閃閃發光，數十個插滿白花的花籃香氣飄漫。如果這是其他女孩的婚禮，或許我會更能欣賞這樣的布置。

我們坐在一張窄小親密的桌子旁，臉上雖僵著笑容，但我的雙手卻在層層衣袖下緊握成拳。羅克什拍拍手，傳統的中式十道宴席菜便正式開鑼了。這跟我和小里參加的婚宴大同小異，菜單上有魚翅羹、鑲冬瓜、奶油大蒜雙焗龍蝦、五香牛、乳鴿麵、烤乳豬與炒飯、明蝦佐蜜汁豌豆、北京烤鴨、蔥薑蒸魚、蓮蓉包等。

我拼命拖延用餐的時間，詳細介紹每道菜所代表的含義，但羅克什全程默不作聲，似乎一心只顧著看我，他用陰沈的目光緊瞅住我，宛如老鷹追兔。

用餐至半途時，我感覺埋在層層衣裙底下的腳踝突然一陣冰冷。尖銳的寒氣循著我裸露的腳慢慢往上爬，在大腿上撫蹭。我不確定羅克什究竟是操弄空氣或水，或兩者兼併，但我保持緘默，專心嚼食。

時間一分一秒地過去了，阿嵐和季山依然不見蹤影。他們再不趕緊現身，我就得跟著羅克什姓了。看來我只能靠我自己。無助的陰影襲上心頭，淹沒了我，我覺得自己像顆沈入濁水的石頭，沈重極了。這可不是我夢想中的未來。

紅毯彼端，沒有深情凝望我的男人，我要面對的，是個萬惡不赦之徒——一個情願扭傷我的手臂，也不肯執我之手的人。我無所依靠，沒有卡當先生驕傲地挽著我的手，撫慰我的不安，將我交給他視若己出的男子。沒有承諾與甜蜜的愛情誓約，只能不斷聽見齷齪的謊言，當謊言的泡沫破散時，我將沾染滿身的污穢與墮落。

宴席終究是撤走了，我再也無力延宕婚禮。羅克什拉起我的手。

「準備好了嗎?親愛的。」羅克什不等我回應，便將法官喚進來。

我好想抽手拔腿逃跑，但我穩住自己，按著他的手笑說：「當然。」

「我們可以開始了嗎？」一個溫暖柔滑的聲音問道。

我抽氣回身，只見法官的藍眸射出怒焰，邁步踏入房中，僧袍般的長衣在他身後飄蕩。**阿嵐！**他真是我見過最美麗的景象。

接著空中兵器穿飛，飛輪咻咻旋至，流星鏢尾隨跟上，三叉戟的飛鏢衝著羅克什射來，但都被羅克什輕鬆打發掉了。

羅克什抓住我的手臂高笑：「你好啊，帝嵐，你一定是收到喜帖了吧。」

「除非我死，你休想和她成親。」阿嵐威嚇道。

羅克什聳聳肩，「那就如你所願。」

羅克什手指輕擺，阿嵐便僵住不動了。

羅克什緊張地搜尋燭光高照的大廳，尋找黑虎的蹤影。

季山在哪兒？我得幫阿嵐解凍。快想個辦法，凱西。快想呀！

看到房內再無動靜，我把手臂搭在羅克什肩上，抱著一線希望地問：「你殺掉阿嵐了嗎？」

「還沒，親愛的，他還活著。」

「那好，」我嗔說，決定繼續扮演我的角色。我轉向阿嵐，悲憐地瞟他一眼說：「可惜你得在這麼不堪的情況下，獲悉我的喜訊；但既然你已經來了，不妨當我的賓客吧。」

羅克什微微一笑，命令守衛找來真正的法官，阿嵐的藍眼緊鎖住我的眼眸。

「天哪，我真失禮，應該讓客人吻一下新娘才對。」我半開玩笑地說，然後吻住前來救我的阿嵐，將他的嘴唇咬出血來。**對不起！**我暗想，但願阿嵐能明白我的心思……接著，我在他俊好的臉上，用力賞了個巴掌。

阿嵐震驚地瞪大眼睛，想來他心中的疼，應該更勝臉上的痛。我抽出袖裡的聖巾，輕拭他青瘀的嘴唇，然後將聖巾塞入他的領口內，輕蔑地嘖聲嘲弄，羅克什則在一旁狂笑。

我看著阿嵐，直到他眼中光芒淡去。我轉身面對羅克什，皺著眉說：「他距離那麼遠怎麼看得清楚？你不覺得應該把他挪過來一些嗎？我要他看清楚，我捨棄他後所選擇的男人。」

羅克什掐扭我的臉頰，開心地說：「妳真是個邪惡的小狐狸精。」然後喜滋滋地看我用聖巾把阿嵐的雙手綁在胸前。

綑綁妥當後，羅克什解開阿嵐的凍咒。阿嵐使勁想掙脫聖巾，但我用手指在裙子上輕點幾下，搖頭示意，希望他能瞭解我的暗號。阿嵐放鬆不再掙扎，逕自走到臨時搭起的祭壇邊。

羅克什抬手準備再度凍結阿嵐，但遭我阻止：「應該沒有必要了吧，親愛的。」

我轉動手指，聖巾開始纏縛阿嵐的腳，直到他從脖子到腳都被包成木乃伊狀。

「幹得好，我的小寶貝。」羅克什說：「但我想還是暫時先凍住他的舌頭，以免他破壞我們的婚禮。」

「很聰明的決定。我們可以開始了嗎？你找到法官了嗎？」

羅克什拍手叫人，卻沒半個僕人或法官出現。他又吼了一兩聲，然後不耐煩地搖響喚鈴，但房內唯有通明的燭火回應著他。

羅克什舉起手，想一舉吹滅燭火，但火勢卻愈發猛烈。他咕噥著揮手用水澆熄蠟燭，卻見阿嵐抬首發笑。

邪惡的巫師驚覺情勢有異，抓住我的手咆哮著：「跟我來！」他奮力拖著我，火速穿過走廊，想從廚房逃走。

我默默指示聖巾鬆開阿嵐，同時給他織個訊息。

羅克什試盡各種辦法，怎麼也無法打開廚房的門；他用雷電轟劈，但藍色的火光只在木板上留下灼痕。最後羅克什迫不得已，把門從鉸鏈上硬生生扯下來。

我向後退開幾呎，羅克什不可置信地望著從地板到天花板，整間被我塞滿了巧克力蛋糕的廚房。我得意地笑著向他解釋：「你不覺得女生在她大喜之日時，應該享受一點巧克力嗎？」

我低聲下令，蛋糕轟然爆開，滾燙的巧克力熔漿噴得羅克什滿身滿臉，他尖聲慘嚎朝我衝來，這時季山從邊門破門而入，搶進走廊，腳邊還躺著一名早已氣絕的警衛。

「季山！」我大叫一聲，差點喜極而泣。

季山只在我眼前停下來擠個眼，隨即又舉起手掌射出光球了。光球直接在羅克什眼前爆開，宛若炸開的煙火。羅克什痛聲尖叫，以手擋眼，季山雙手併用，對著羅克什的身體又射出幾顆光球。

我還來不及給季山一個大大的「虎抱」，阿嵐已帶著弓箭與黃金果，衝進大廳加入戰局了。他拿著三叉戟對羅克什連連射鏢，沒多久，羅克什就成了針包，阿嵐要聖巾把他裹成木乃伊。

聖巾在阿嵐手上有如活物，織出層層疊疊的長麻布，在飛鏢之間穿梭緊纏。羅克什痛苦地大喊，用印語和中文破口叫罵。他的雙腳被綁在一起，布條盤在他的頸部，繞到天花板的架子上，將他的身體吊離地面。羅克什狂亂地抽搐扭身，我不想再多看了，暫時把目光別開。

羅克什掙開雙手，立即用魔法向我攻擊，感覺像爪子般的東西抓住了我，剝裂我的皮膚。我抱住自己的身體，痛苦地踉蹌喘息，在我即將跌倒之前，阿嵐衝過來抱住了我。

「我接住妳了，親愛的。」阿嵐柔聲說。

季山再度轟擊羅克什，我的疼痛開始退去。

羅克什雖然處於極度的痛苦中，沒想到竟然還活著。季山點燃他身上纏裹的布條，我聽到慘絕人寰的尖叫，聞到皮肉的焦味。羅克什為自己沖水滅火。想殺死這個邪巫，光靠火是絕對不夠的。

阿嵐拿起黃金果，在溼透的麻布上塗上一層油脂，季山再次點火，羅克什痛苦地前後扭動身體。

我恢復行動能力後，扯著阿嵐的襯衫說：「我們走吧！」我要求他，不忍再繼續看下去。

我把兩兄弟推到大廳中，關上門，用火鉗卡住門把，企圖讓羅克什被燒死、絞死，或燒吊死。房子開始搖晃，羅克什正在施法製造地震。

得趕緊跑了。我要聖巾在嫁衣下織出一套實穿的衣服。兄弟倆把我夾在中間，三人奔下樓，穿越迷宮般的走廊，破門而過。牆上滿布著爆炸的痕跡，我的腳嘎嘎踩過已被摧毀的隱藏攝影機。我們跳過幾十名倒臥的守衛，一路闖關向前。我扔掉羅克什的鑽戒，一件件扯下中式的新娘婚服。

我們終於來到一扇窗戶前，窗上的鐵欄已被齊頭切斷，季山一躍而出，落在十二英尺下的灌木叢裡。阿嵐抱起我扔給張手相迎的季山，自己也隨後跳了下來。我好想說話、尖叫、歡呼，可是等我們趕到摩托車邊時，已經喘到沒氣，心臟也快蹦出胸口了。

但我自由了。

由於時間緊迫，阿嵐僅能火速捏一下我的手。他將我拉到摩托車上，引擎一點，三人便如夜空中閃亮的流星，呼嘯前馳，將一大片紅布遠遠拋在後方。

4 重聚

我們馬不停蹄地默默疾馳了數個小時，十二月的刺骨寒風拍打我的頭髮，我扭身貼近阿嵐，他一邊保持行速，一邊設法脫下身上的皮夾克遞給我。我感激地穿上衣服，緊擁住阿嵐表示謝意。

我完全不知身在何處，但根據路標，應該不在印度境內。兩兄弟終於在清晨，離日出大概還有一兩個鐘頭時，靠邊停車了。我疲累地爬下摩托車，阿嵐和季山把車子藏到樹叢裡。我們終於……終於可以好好地團聚了。

「我以為再也見不到妳了。」季山抱住我，揉著我的背，溫柔地說。「妳還好嗎？羅克什有沒有傷害妳？」

我搖搖頭。「只有一點點，我被他弄出一點瘀傷，還被他親了幾次，但他基本上沒動我，我從沒看過他的刑求室。」

重回季山的懷抱真好，感覺好安全。長久以來，我首度全然放下戒心。我又和虎兒們在一起，回到屬於我的地方了。

「很好。」季山嘀咕著抱住我，似乎永遠不想放開。

等他終於鬆手後，阿嵐走過來，眼神諱莫如深。雖然不發一語，但我確信他正在揣摩我的心思。阿嵐躊躇地輕撫我的臉，淚水漸漸盈滿我的眼眶，我還來不及說些什麼，便被他拉入懷中了。我停泊在安全的港灣裡，感受兩人之間無可名狀的牽繫，以及他健碩的身體傳來的體溫。我終於徹底放鬆，所有的驚懼頃刻間潰堤而出。

季山見狀，垂下眼，忙著搭帳篷，任由我靜靜地在阿嵐的臂窩裡哭泣。我緊揪住阿嵐的襯衣，哭到渾身抽搐；他柔語安慰，撫摸著我的頭髮。後來我陡然發現，他將我抱起，帶到營帳裡。

阿嵐將我抱在胸口輕輕搖晃著，季山幫我泡了熱茶，我驚魂未定地搖頭表示不想喝，阿嵐卻十分堅持。等喝完茶後，阿嵐對季山低聲說了幾句，季山旋即化為黑虎臥到墊子上。我在他身邊躺下，摸著黑虎的絨毛，我知道他們因為魔咒的關係，每天仍有六個小時是老虎之身。

「試著睡一下吧，親愛的。」阿嵐用手輕貼住我的臉，然後變成白虎，躺到我身側。

有段時間，只聽見我的呼吸聲，以及阿嵐呼嚕嚕、令人安心的沈鳴。我抓著阿嵐柔軟的頸毛，精疲力竭地慢慢遁入夢鄉。

我睡了很久，只有在虎兒走動時才稍稍醒轉，他們已極力不驚擾到我。兩人以印語細細交談，如樂的語聲使我放鬆，重新沈回夢鄉。

等我起床時，已日上三竿。夜間雖然寒冷，但此時溫度約有攝氏十度，在奧瑞岡已像是初夏了。我坐起身，皺著臉把塌亂的頭髮從臉上撥開。

季山低頭探入帳內，咧嘴笑說：「我就說嘛，好像聽到妳起床了。」

「我們出發前有時間讓我擦個澡嗎？」

「如果妳邀我共浴，我一定擠出時間。」

我嘆口氣，伸伸懶腰，撇嘴笑說：「還挺想念你這張嘴的。對了，我們究竟在哪裡？」

「烏茲別克。」

「還是不懂……」

「在中亞，離家大約一千英里。」

「哇，騎摩托車跑那麼遠啊？」我頓了一會兒，然後問道：「季山？你覺得……他死了嗎？」

「不知道，畢竟羅克什活了那麼久。」

「我希望他死了。」

季山若有所思地端詳我，「我也希望如此，凱西。」

我執起他的手，雖然我的心仍為阿嵐悸動，但我已選擇了季山。圓枕、方枕，都是枕頭。我想起斐特說的話。

「季山，謝謝你來救我。」

他的金眼光芒閃爍。「隨時待命，小美人。」

季山離開去收拾。我要聖巾織條浴簾，並叫珠鍊在離帳篷不遠的平石上，造出淋浴設備。我伸手試水，那感覺竟像溫暖的熱帶雨水。我搓淨臉妝和身上的香水，像是洗掉一層厚厚的假皮，把那名原本要當羅克什新娘的女孩搓掉。

神清氣爽地恢復原貌後，便該準備回家了。季山邀我與他共乘，我瞄著阿嵐，他卻不肯看我。我咬著唇，抬腿跨到季山的摩托車上。

我們全速疾馳，想盡快遠離羅克什。只有在加油或因為我的需要，兄弟倆才會停車。到了某個休息站，季山負責去加油，我和阿嵐到店裡買了把梳子和防曬乳。我開始整理打結的頭髮時，阿嵐堅持替我在手臂、鼻子和臉上塗抹防曬乳。

「妳還好嗎？」他悄聲問。

「我會活下去的。」

「這點我毫不懷疑。」他搽完一條胳臂，又去搽另一條。「羅克什逼妳嫁給他？」

「其實那是我的主意，我想……盡量拖延時間。」

阿嵐身子一僵，抓住我的手臂，看了我一會兒，才小心翼翼地問道：「他……有傷害妳嗎？」

我按著他的手說：「沒有，不是你想的那樣。」

阿嵐點點頭，用手捧起我的臉。「妳若需要談談，我永遠都在這兒。」

「我知道。還有，阿嵐，關於那個吻，我很抱歉，我無意傷害你。」

「我明白妳為何那麼做，其實無法救出被囚的妳，更令我心痛。」

「謝謝你救了我。」

他嘆口氣，「親愛的，不論妳在何方，我都一定會去找妳，妳無需謝我。」

「無論如何，還是要謝謝你。」

阿嵐親吻我的額頭，「最近我有跟妳說過，妳是個非常頑固的女人嗎？」

「最近沒有。」我笑答道，很享受這種熟悉的抬槓方式，覺得通體舒暖。「我們回家吧，我等不及要見卡當先生了，我有好多事想和他說。」

阿嵐握住我的手將我拉近，突然面色一凜。「凱西，我們……我們還沒找到他。羅克什的海盜突襲我們時，卡當替妮莉曼擋去射來的魚叉，兩人自此便失蹤了，連追蹤器也找不到他們的位置，兩人的訊號都消失不見了。我們看得到妳的訊號，卻找不到他們的。」

「什麼？不可能。我們快出發吧，非找到他們不可。」卡當先生和妮莉曼下落不明，令我憂心如焚。得等到大夥都團圓後，一切才算圓滿。

阿嵐伸手問道：「願意讓我載妳嗎？」

他的問題懸在空中，我望向季山，他剛幫車子打好氣，正開心地對著我揮手。

我心想，*季山是我的男友，理應與他共騎*。

「拜託妳，」阿嵐又低聲說道，「我需要感受到妳在身邊。」

我垂眼拉起他的手，原本的決心瞬間崩潰。「好吧。」我跨到他的後座，摟住他的腰。

阿嵐把車繞到季山旁邊，告訴他說：「這段路由我載她。」

我很快補了一句：「如果你同意的話，季山。」

季山很有風度地聳聳肩，警告說：「阿嵐騎車像老頭子似的，不過我沒差啦。」

為了表示感謝，我輕輕吻了他一下。

季山咧嘴笑道：「這樣也許更好，騎在老爺爺後面，就可以好好欣賞風景了。」

阿嵐嘀咕了幾句印語，季山只是哈哈一笑，懶得理會。

當晚，季山出去尋找紮營的地點，回來時異常興奮。我跟著他攀上一座滿布岩石的山丘，來到一處石頭堆成的中空石圈，底下是壓實的黏土。

季山提議說：「把這裡加滿水，就變成專屬的溫泉池了！」

我揚聲大笑，撫摸著項上的珠鍊，凹坑中立即注滿了冒著水泡的礦物泉，季山用火能加熱，冷冽的空氣登時騰滿團團蒸氣。

「好好泡個澡吧，凱西。對了，妳若需要把水加熱，我隨傳隨到。」

泡完後，輪到阿嵐和季山洗澡。季山一把扯下衣服說：「先進去的人，明天可以載凱西一整天。」阿嵐脫衣的速度亦迅如子彈，季山跟在他後面高聲嚷嚷。

只剩下一天的行程了，我們逐漸恢復往日的作息，至少盡可能在目前的情況下，回歸正常。兄弟倆都很照顧我，像對待珍貴的陶瓷般呵護著我。

當晚月色皎亮，季山笑吟吟地低頭輕吻我一會兒，抽身時，眼神閃了一下。

我拉著他的手。「怎麼了嗎？」我溫柔地鼓勵他。

「我若做出什麼讓妳想起羅克什，或傷害妳的事，妳會告訴我嗎？」

「你會擔心這件事，就表示你絕不會和他一樣。別怕碰觸我，我並沒有那麼脆弱。」

季山點點頭，親吻我的手指，取下胸口的護身符。「妳真聰明，想到叫芳寧洛將護身符帶來給我，但現在該由妳來戴了。」

他手忙腳亂地摸著鏈子，把護身符掛到我的脖子上。我撫摸著平滑的石片。

「原來你是用護身符發射火球？」

「是的，這塊護身符是很強大的武器。」

「很好奇你是怎麼辦到的，我從來就做不到。」

「妳若努力試試看，或許能夠成功。這個護身符似乎能造出任何形態的火焰。」

我回想起羅克什使用符片的方式，猛然站起身，拉起季山的手。

「我們要去哪兒？」他問。

「我想去轟炸點什麼。」

季山大笑，「妳真是個與我氣味相投的女生。我們走。」

我們找到一塊巨岩，我射出極大的能量，巨石應聲崩解。我不可置信地看著雙手，我之前如此依賴著雷心掌，現在曉得那能力得自於護身符後，真是鬆口大氣，因為我可以隨時取用。

季山和我又演練了半個鐘頭，他教我如何發出光球，控制在敵人眼前爆開，讓對方暫時失明；也教我如何彈指生火。然後我們還找了隻在路上被撞死的動物，練習用光束燒灼。我不太想做這種事，但我深知，萬一羅克什還活著，且一路追了上來，或為了實現杜爾迦的第四個預言，而必須面對另一頭怪物時，我都得學會使用這項技巧。

我們回到營地時，阿嵐很不開心，對季山吼說，也不先跟他打個招呼，就帶我離開那麼久。「我們不知道羅克什的生死，得時時看住她，我不想再冒任何失去她的風險。」阿嵐肅然說道，然後轉身離開。

阿嵐怒氣沖沖地離開後，季山嘆了口氣，拉起我的手。「他說得對，事關妳的安危，我們得隨時保持警戒。」

我挨過去將頭倚到他的肩上，「我會注意，無論到哪，一定確保你們其中有一人就在附近。」

他摟住我，「阿嵐其實不該發那麼大的脾氣，他贏了賭局，明天可以載妳一整天。」

我逗他說：「你不是說過要不擇手段求勝嗎？」

季山哀怨地說：「顯然他把我的意見聽進去了，他把我的臉撞向一塊大石頭，害我鼻梁都斷了。」

「什麼？」我驚喘道，季山朗聲大笑。「撞斷鼻子可不是什麼好笑的事吧？」我說。

「但我覺得很好笑。阿嵐這輩子沒耍過詐，他一定是狗急跳牆了才會如此。」

「嗯。」

當晚我夢見卡當先生，他站在電影銀幕前，研究各種戰爭場景，但畫面轉換飛快，我根本看不出半點端倪。我伸手碰觸他的臂膀，他轉過頭來對我微笑。但他的眼神變得不太一樣，似乎蒼老了許多，且略帶哀傷。

「怎麼了嗎？」我問他，「出了什麼問題嗎？」

卡當先生拍拍我的肩，「沒事，凱西小姐，我只是有點累了。」

「你在哪裡？我們到處都找不到你。」

「我比妳想像的更靠近你們，放寬心，回去睡覺吧。」

「但我正在睡啊，這只是一場夢。」

卡當先生頓了一下。「當然。反正就閉上眼，專注呼吸，因為接下來的事，將需要妳全力以赴，但此刻先休息吧。」

卡當先生的聲音開始褪去，黑暗緩緩籠住我，我想點頭回應，卻力有未逮。他的身影漸淡漸遠，我感到輕柔的碰觸、安慰與諒解。

翌日早晨，阿嵐和季山都因為我的夢而雀躍不已，他們相信那是個夢兆，是護身符讓我們和卡當先生重新聯繫上了。

我們終於回到位於印度叢林裡的豪宅卵石車道。我雙眼盈淚，三人一起踏入屋中，我吸著溫暖的空氣，浸淫在羅札朗家族的氛圍裡。

季山和阿嵐陪在我的兩側，我跨門而入，宣布道：「我們回來了。」

5 解謎

阿嵐和季山在屋中四下搜查卡當先生、妮莉曼或入侵者的蹤跡，我則忙著和芳寧洛打招呼。她游過馬哈巴里普蘭海岸附近的湧浪，找到了我的虎兒。我這金色的愛蛇，眨動綠寶石的眼睛，在我的手掌下抬起頭來。

「我也好想妳，妳真是聰明，竟然能找到兩兄弟。」我摸摸她的頭，然後芳寧洛蜷身躺下，僵臥不動。

我看了一下卡當先生的電腦和安全系統，知道在我們離開期間，並沒有人進入屋中，或試圖與我們聯絡。

「接下來該怎麼辦？」季山大聲詢問，他坐在沙發的扶手上，把我抱在胸前，令阿嵐頗為失望。

離我們五英尺的空氣，看似呼應地開始發出微光，光斑游移著，如打在擋風玻璃上的雨珠般舞動跳躍。接著光點往中心凝聚，開始出現形貌，光度逐漸增強，直至出現兩個非常具象的實體。

一股熟悉的聲音喊道：「哈囉，凱西小姐，我們有好多話要說。」

「卡當先生？妮莉曼！」我繞過桌子，奔上前抱住兩人。「你們還好嗎？你們跑去哪了？有受傷嗎？」

妮莉曼報以微笑，被我抱得有些踉蹌。

「阿嵐、季山，你們哪位帶妮莉曼回房間好嗎？她旅途勞頓，需要好好補眠。」卡當先生說。

阿嵐立刻上前協助，將妮莉曼抱到她樓上的房間。卡當先生繼續說道：「凱西小姐，我們先坐下來好嗎？如果你們抽得出時間，我們得談一談。」他逕自咯咯發笑，不願多說，我很好奇接下來會發生什麼事。

阿嵐加入大夥坐到沙發上，我握著季山的手，好開心這個小家庭又能再度團圓，希望杜爾迦的第四個預言，會比之前幾項更容易達成。

「卡當先生，請告訴我們你發生了什麼事。」我問道。

他靠坐著手捋短鬚，頓了一會兒，似乎有些躊躇。「護身符在船上保護了我，當我看到魚叉射向妮莉曼時，一心只想到救她。我抱住她，接著我們便穿越到另一個地方了。」

「穿越到哪裡？」阿嵐問。

「我不確定那是個『地方』，因為我們並不在地球上。」

「什麼意思？」我驚異地追問，「是不是像七寶塔市之類的，杜爾迦的異世界？」

「不是。我們穿越到時空之外的時空中，我很難用言語形容這次經驗，總之，我們很平安，而且也順利回家了。」

我覺得卡當先生並未全然吐實，肯定有所隱瞞，至於隱瞞了什麼，又或者為什麼要這麼做，我則完全沒有頭緒。

「往後幾個星期，我會非常忙碌，」卡當先生接著說：「我們必須盡早出發，尋找杜爾迦的第四項聖物。若是太早或太晚出發，便會錯失良機，難以成功。

「不過最重要的是，你們一定要絕對相信我。我會在不久的將來，各別向你們提出一些難題，你們得服從我的指令，不容懷疑。有些事情我雖知道，但目前還無法與你們分享。」

卡當先生和藹地看著我。「妳的安全與幸福，永遠是我最優先的考量。請別懷疑我的作法，因為我不能再多說什麼了。」

「你需要我幫忙做研究嗎？」我主動提議。

「這次不用了，凱西小姐，但謝謝妳的好意。」

事有蹊蹺，卡當先生從來不曾隱瞞我們，他看起來心不在焉，並且很不自在。為了打破沈默，我說：「趁大夥都在，或許我可以和你們分享我探得的資訊。」

卡當先生點頭同意，我開始描述與羅克什交手的經歷。我告訴他們羅克什的背景，他如何殺掉義弟，現在仍戴著他父親和弟弟的戒指，以及他使用的法力。

我解釋道：「他可以在指尖形成風洞，並發出藍色的靜電。他不但可以凍結人，也能凍結萬物，我懷疑他能控制水或冰，因為他可以把火澆熄。」

「這個假設很合理。」卡當先生認可道。

「現在我們知道我所戴的護身符跟火有關了，這點要感謝季山，他在一個月內所發現的護身符功用，比我一整年發掘的還多。」

我想到阿嵐碰觸我後，發出的金焰。不知怎地，我知道那份特殊能量並非來自護身符，或出自我手上的繪紋，因為只有在阿嵐與我接觸時，才能感受得到。

我重重一嘆，轉向卡當先生，他嚴肅地點點頭，表情卻怪怪的，好像已知道我要說什麼了。

我清清喉嚨，靜靜地表示：「羅克什還用他的法術……碰觸我。」

卡當先生打斷我說：「講這些事，也許太為難妳了。」

「不，我覺得你們都應該知道。他可以用無形的空氣之手，穿透我的衣服，而且就在我們離開之前，我還能感覺到他由內而外地搔刮我的皮膚，說不定他可以將我的五臟六腑來個大挪移。」

「那個惡魔要是還沒死，我定會親手勒死他。」季山啐道。

卡當先生坐直身子，顯然極為興奮，「所以你們相信他已經死了嗎？」

「我們都希望他死了，」季山答道，「我們把渾身插著飛鏢的羅克什吊在那兒，用火灼燒。」

「有意思。」

阿嵐傾身摀住臉，「都怪我，凱西，我應該一直把妳留在身邊。」他轉向我，拉起我的手。「原諒我，是我讓妳走的，當初我若把妳留在身邊，羅克什就不可能把妳擄走了。」

「沒什麼原不原諒的，請不要自責，我現在平安無事，都是因為你來救我。」

他抬起頭點了點，但什麼都沒說，於是我繼續之前的話題。「護身符讓羅克什保持年輕，他看起來五十開外，實際上比你們所有人都老。他說他生於西元二百五十年，在數塊符片的加持下，他可以隨意操控自己的容貌。」

卡當先生默默地望著遠方，心思似乎停駐在別處。

「羅克什也談到你們兩人變成虎兒的那個晚上，」我又說，「你們說，護身符保護了你們，但我有個想法。」我轉向阿嵐，「告訴我，羅克什究竟是如何詛咒你們，將你們變成老虎的。」

阿嵐答道：「他從脖子上取下來一枚木質圓徽，在我身上劃了一刀，將我的血滴在上面，然後開始念咒，季山也受到影響。我只記得有道白光，然後是一陣劇痛，接著便感覺到身體開始變形。」

「別忘了還有灼燒的感覺，」季山補充道：「護身符貼住我皮膚的部分都燒焦了。」

「真的嗎？護身符並沒有燒我，」阿嵐反駁道。

「嗯。」我在膝上輪敲著手指。「羅克什說，是護身符處罰你們，把你們變成老虎的。他還承認說，那不是他的初衷，他原本想把你們變成殭屍或其他怪物。」

「他為什麼要用那麼複雜而緩慢的血祭儀式？為何不直接凍結我們？他到底想得到什麼？」阿嵐問道。

「首先，他喜歡折磨人，尤其是你們兄弟倆，既然護身符已經得手了，他想盡可能拖延，享受刑求你們的過程。也許他當時不像現在，已經懂得把人部分凍結了。而且，他想要有一位獲得人民支持、但凡事聽命於他的女婿。」

「好吧，所以不是羅克什把我們變成老虎的，那麼妳認為到底發生了什麼事呢，凱西？」季山問道。

「我覺得護身符是在保護你們，就像保護卡當先生一樣。」

「那麼護身符為何沒保護羅克什的父親和弟弟？」阿嵐問我。

「嗯，我這麼說有點牽強，羅克什認為他命中注定要湊齊達門護身符，但萬一這項天命不是他的，而是你們的呢？」

季山大笑，「妳說的沒錯，的確是有點牽強。」

「仔細想想，」我辯解說：「護身符的名稱叫達門，而且把你們變為老虎。達門是杜爾迦的愛虎，杜爾迦又派給我們這些任務。宏海上師說過，這些事會發生在你們身上，必有原由，說不定是要你們去拯救護身符？」

阿嵐搓手沈吟道：「或許凱西說得對，羅克什若未對我們施咒，說不定真的是護身符幹的。」

我猛點著頭，「我們應該回去找羅克什，把護身符奪過來。」

「不行！」卡當先生突然截鐵斬釘地說，把大夥嚇了一跳。看到我們驚慌的樣子，卡當先生靠回座上，但手指深掐入皮革裡。「你們沒時間回去了，等取得第四項聖物後，才是回去追擊羅克什的時機。」

「但趁現在兩兄弟還有療癒能力時去做這件事，不是比較好嗎？」我建議說。

卡當先生搖搖頭，「這次我得要求你們相信我。」

我勉強點頭，和阿嵐、季山互使眼色。卡當先生的表情非常詭異，他悲喜交雜地看著我們三人，而且沒記下任何筆記，壓根不像他的作風。

「你還好嗎?卡當先生?」我問。

這位印度商人點點頭，一粒淚珠滑落臉頰，他猛吸口氣，清清喉嚨。「我很好，只是很遺憾凱西小姐曾經被擄，很難找到比羅克什更殘酷邪惡的人了。妳能順勢而為地操弄他，實在太聰明了，在危難時尚且不失創意，著實令人佩服。好個勇敢的女孩，我以妳為榮，以你們大家為榮。」

又是一滴垂淚，卡當先生伸手拭淚說：「我想我也需要休息了，三位請恕我告退……」卡當先生起身，肅然走回自己的房間，將門輕聲關上。

我們從未見過卡當先生如此蒼老疲憊，如此地……憔悴不堪。阿嵐、季山和我默默思忖，但還是決定先讓他和妮莉曼好好睡場長覺。我不定時去查看兩人，他們看起來雖然平靜，但我總覺得，目前的寧靜恐怕難以持久。

十八個鐘頭後，妮莉曼終於醒來了，她似乎又恢復了原本的活潑開朗。

「哈囉，凱西小姐，看到妳真開心。」她捧著一碗優格，笑吟吟地說。

「妮莉曼，」我問她：「你們兩人究竟發生了什麼事?」

「我也不清楚，」她坦承說：「前一分鐘，我們還在船上；後一分鐘，我們就來到這兒了。我覺得好神奇，或許是杜爾迦在幫我們。」

我微笑著點頭，納悶她和卡當先生對相同的經歷，卻有著天差地別的記憶。

卡當先生還在沉睡，妮莉曼絲毫不浪費時間，忙碌地處理起家族事業的各種事務，講了好幾個鐘頭的電話，對著電腦工作，阿嵐和季山在一旁觀摩學習她處理事情的方式。

卡當先生和妮莉曼不同，醒後依舊嚴肅而若有所思，教人猜不透。他雖然堅稱沒事，舉止卻令我擔心。

「卡當先生，你為什麼對我們如此隔閡？有什麼事困擾你嗎？我好想念你。」

「沒事呀，親愛的凱西小姐。」

我抬頭看他，但卡當先生不願接觸我的眼神。「你一定有事煩心，難道你不信任我嗎？」

他深深嘆口氣。「當然是有事煩心，我……我不信任的是我自己，世上有些事情，只能自己去面對。」他偏頭打量我說：「能不能冒昧問妳一個問題，凱西小姐？」我點點頭，他接著說道：「如果妳的小孩正在學走路，每次他跌倒時，妳是會抱起他，還是會鼓勵他繼續嘗試？」

「當然是鼓勵他繼續嘗試了。」

「如果妳看到他前面有尖角或玻璃碎片，妳會幫他清除障礙嗎？」

「會的。」

「孩子若困在著了火的房子裡呢？妳會怎麼做？」

我想都不想地答道：「我會衝進去救他。」

「是的，妳一定會奮不顧身地保護自己心愛的寶貝。」他笑道：「這正是我想聽的答案，妳讓我很安慰，凱西小姐。」

「但我什麼也沒做啊。」

「妳做的遠比妳知道的多，妳有顆純潔仁愛的心，這是妳給我們的無價珍寶。」

「因為你們是我的家人。」

「沒錯，我們的確是。請別為我擔心。」

我沈思片刻後，嘆了口氣，輕聲答道：「好吧。」

我激動地抱著他，卡當先生溫柔地摟住我，將臉頰輕貼在我額上，拍拍我的背，我感到一滴淚水落在我的鼻尖上。

有些事顯然無法回歸正常了，但季山努力想重燃我們之間愛情的火苗，甚至提議約會。他先是建議在池畔浪漫共餐，但最後我們決定在視聽室裡看場電影。

「這可是約會唷。」季山用他的手肘頂他老哥說，「先把話說清楚，你並未受邀，三個人就太擠了。」

阿嵐威脅道：「你別傷害她就對了。」他報復地反推季山一把，憤憤然衝上樓去。

幾分鐘後，從阿嵐房間的所在，清晰地傳出重物砸在牆壁上的聲音。

我嘆口氣，摟著季山的腰，溫柔地說：「在他面前這樣恩愛很不厚道。」

季山吻住我的額頭。「我得讓阿嵐知道，我絕不會放棄妳。」

「他當然瞭解，但不表示容易辦到，假設你是他，會作何感想。」

「我完全知道他作何感想。阿嵐希望妳回到他的身邊，但我不會讓他如意。」

「季山……」

他用手托起我的下巴，讓我正視著他。「妳是我的女孩，不是嗎？」

「是的，但……」

季山的金眼透著疑惑，輕輕問道：「妳想回到他身邊嗎？」

我愣在當場，不知該說什麼。片刻之後，我緩緩地搖著頭。「我選擇了你，我是真心的。」

他歪著頭笑說：「我不善言詞，我知道妳過去幾週心情起伏極大，我曾經說過我們可以慢慢來，現在我再說一遍。自從阿嵐恢復記憶以來，我們一直沒有什麼時間好好談話，妳若對我們的事有不確定或疑慮，也沒有關係。我不是說我不會因此而受傷，因為我一定會難過，但如果妳想重新來過、暫緩，或打退堂鼓，我都能理解。」

季山的善良與耐心，再度讓我感到震撼。我真是配不上他。我把臉頰倚在季山的胸膛上，信心十足地說：「我想我要的是，讓我們的關係往前推進。」

他咧嘴一笑，「妳想推進多遠？」

我哈哈笑說：「何不從接吻開始？」

「這個我應該辦得到。」

季山的吻綿柔而甜蜜，我輕嘆著環住他的脖子，窩在他的臂彎裡，感覺徹底的安全、被愛與呵護。親吻他和愛他就像把腳放進舒適的球鞋裡一樣自然，雖然沒有金色的火焰、沒有激情的震撼、也沒有明確牢實的牽繫，但我們彼此有愛。

唯有在堅強的基礎上，才能建構一生的幸福。季山會珍愛我，我知道我們會建立屬於自己的關係。我冥頑的心將隨著時間推移而軟化，讓季山完全擁有。我不清楚會是什麼時候，但為了我們兩人好，希望不會太久。

聽到樓上再度傳來砸響，我們才分開。

「去和他談談吧，凱西。」季山本能地說。

我點了一下頭，朝阿嵐的房間走去，是該把事情說清楚的時候了。自從他恢復記憶以來，經歷了許多風風雨雨，我需要他跟季山和我和平相處。

我發現阿嵐坐在桌前，望著窗外的泳池，一個小書架倒在一旁，地上散落著紙張與字條，皺疊成一團。我彎下身撿拾地上的紙片，發現上面寫滿了詩。

「妳來做什麼，凱西？」他頭也不回地靜靜問道。

「我來看看這裡在鬧什麼，你是在跟麋鹿打架嗎？」

「我在我房間裡做什麼是我的事。」

我嘆口氣，「聲音鬧得那麼大，就變成我們的事了。」

「好，下次我的生活被摧毀時，我會遠離溫柔敏感的你們，默默表達自己的悲傷。」

「你太誇張了。」

阿嵐轉身不可置信地看著我。「我唯一誇張的地方，就是說妳溫柔敏感，因為顯然與事實不符。一個溫柔的女人會懂得承認錯誤，溫柔的女人會傾聽自己的心聲，不會唾棄她所愛的男人。妳難道不知道我差點永遠失去妳嗎？妳知不知道那對我的影響有多大？想到羅克什可能傷害妳，我便無法承受。

「妳知道我能感受到妳的心情嗎？妳的害怕、恐懼，我都如同身受。我整整一個星期無法成眠，清醒時的每分每秒，都在擔憂妳是否受傷吃苦。唯一能讓我不至於發狂的，是希望能夠救回妳，抱妳入懷，並知道妳已安然無恙。」

「阿嵐……」

他打斷我說：「結果妳回來後做了什麼？妳像沒事人似地回到季山身邊，而我只能給妳安慰，卻不許愛妳。凱西，妳怎能繼續否認妳對我的愛？」

「你每次一生氣，就愛咬文嚼字。」我拿起一本書，撫摸著皮裝封面。「我被捕時一直祈禱你們來救我，我知道你們會上山下海地找我，我並不否認愛你，事實上我都跟你承認過了。」

「那麼麻煩妳再解釋一遍，為什麼妳愛我，卻選擇季山？」

「如果你認為我不愛季山，那就大錯特錯了。」我坐到阿嵐的床上，嘆口氣，把書丟到床頭几上。「你相信他是好人？相信他愛我，會照顧我、保護我，並確保我的安全嗎？」

「相信。」

「那麼你應該知道我的選擇並沒有錯，只是我選擇的不是你。」

「事實上，妳並不愛他。」他冷冷地說。

「季山人很好，他善良勇敢，跟他哥哥一樣優秀，難道這些還不足以讓我幸福嗎？」

「不夠。」

「那麼我也無話可說了。」我把一疊詩稿整理好，放到他的桌上。

我靜靜離開阿嵐的房間，感覺他的眼神在我的背上燒出個洞來。

季山和我在樓下看○○七時，我心中只想著阿嵐。我向來對他無話不談，他是我的朋友，且知我甚深，看得出我有所保留。他知道我選擇季山的原因並不單純，他就像獵犬咬到汁液飽滿的骨頭一樣，絕不會輕易鬆手。我嘆息著緊偎著季山，把頭靠在他胸膛上。

6 杜爾迦廟

第二天，我們開始長途跋涉，前往一座杜爾迦的神廟。卡當先生選擇的這座神廟位於印度查謨及克什米爾省的卡特拉地區。我們將進入喜馬拉雅山脈，到達印度極北之處。卡特拉大約離此地四百英里，和巴基斯坦邊界相距不遠。

雖然卡當先生以超過美國速限的車速急駛，我們還是在車裡枯坐了一整天。途中幾次休息，也是為了加油而短暫停留。當我知道目的地是卡特拉後，試著解釋《星艦迷航記》影集中，史巴克的「卡特拉」（註）最後留在麥考伊醫生體內的情節。阿嵐看過影集，大概瞭解我在說什麼，但季山很快就失去了興致。當我提到穿越時光那幾集時，卡當先生似乎特別想知道，若連續的時空遭到扭曲，未來的人物會發生什麼事。

卡特拉附近的皚皚雪山終於映入眼簾，我以為夏天的喜馬拉雅山已經很冷了，沒想到冬天的空氣更凍徹入骨，最糟的是，我們得步行十三公里，才能到達山上的神廟。

「對不起，凱西小姐，我保證路上會多休息幾次。」卡當先生說。

註：智慧及經驗。

我冷顫著說：「沒關係，幸好這是最後一次尋寶了，即使雪峰上的神廟也無所謂。」

日落時分，我們要聖巾編織一座厚重的帳篷，並在裡面堆滿毛毯。卡當先生用黃金果準備了熱騰騰的燉肉，我則用護身符的能量給帳篷加溫，像電熱器般從手中發出一波波的熱能。

翌晨天氣冷冽明亮，吃過早餐的熱麥片後，大夥套上好幾層毛襪、登山鞋及層層的防寒衣物後，在最外面又罩上羽絨外套。阿嵐不斷造出更多衣物要我穿戴，他不滿意我的圍巾，就做了一條更厚的，在我的脖子上繞三圈；然後又做了頂雪帽蓋住我整個頭部，只露出五官，並加戴一頂耳罩。當他對我的手套也有意見時，我把他推開，叫他去找別人的麻煩。

「凱兒，妳可不是在南極啊。」四人出發往杜爾加神廟邁進時，季山忍不住評道。

「走開啦，都怪阿嵐過度保護，這又不是我的主意。」

季山露齒笑著。「來吧，至少我可以幫妳揹背包，我看妳的衣服大概跟妳一樣重了。」

我把背包推給他，氣呼呼地向山裡挺進。「走，早點把任務完成。」

季山誇張地哈哈大笑，一行四人邁向杜爾迦神廟。

卡當先生很快便追上我了，後面跟著季山和阿嵐。阿嵐之前留下來收拾營地，現在負責墊後。

往神廟的路上，卡當先生與我並肩而行，為了轉移我的注意力，便和我說些當地風土及神廟的故事。

「妳想聽神廟的故事嗎？」

「好啊。」說著我就在一片冰地上滑了一下，季山立即靠過來，用手拖住我的手肘。

卡當先生深吸一口山中爽脆的空氣，然後舒嘆道：「大約七百年前，有個叫拜倫納斯的惡魔一路追殺杜爾迦——或瑪塔．瓦斯諾．戴維，那是她當時的名字——到這片山區裡。拜倫納斯找到躲在洞穴裡的杜爾迦後，杜爾迦用三叉戟砍下惡魔的頭。據說那些洞前的巨石，便是惡魔的身體化成的。」

「我有問題，為什麼印度的神祇或女神有那麼多名字和形貌？為什麼杜爾迦不能只叫杜爾迦就好？」

「每個形貌都稱為化身，是神明的轉世。譬如，在某一世時，她或許稱為杜爾迦；但在另一世中，便可能叫帕瓦蒂。每種宗教對輪迴轉世各有不同的說法，有些認為人之所以需要重新投胎做人，是因為需要繼續學習。只有當他從人世間修習到所需的智慧，晉升至下一階段的存在後，輪迴才會停止。

「佛教中的輪迴，並非指同樣的靈魂轉居於新的肉體，而是指老靈魂賜生新的靈魂，如同拿將滅的火焰，點燃另一根新燭。蠟燭雖有差別，但火苗卻承自於已滅的蠟燭。」

「但神和女神不都已經是大覺大悟了嗎？」

「啊，印度的神祇並不完美。」

「還是很難懂。」

「的確是不好懂。」他笑道。「很多人相信女神會在這間神廟召喚她的信徒，他們會放下手邊的事，到此地朝聖。」

「有意思。所以你也感覺到她召喚你前來此地嗎？」我逗他說。

他舉頭望著前方若隱若現的山路，柔聲答道：「是的，多少可以這麼說。」

我們繼續沿著陡峭的古道向上攀行數個鐘頭。

愈接近神廟，卡當先生的精神似乎便愈高昂。他比平常更心神恍惚，卻不時發笑，我們談了很多事，直到現在，我才明白自己有多麼想念他。

最後一段路程，是一連串由冰塊雕鑿而成，通往洞口的階梯。雖然我們都穿了攀冰的靴子，我還是很慶幸有阿嵐和季山的扶持。

大夥在洞口稍事喘息，然後穿過一條百公尺長的通道，來到洞穴後方的石廟。錐形的神廟與海神廟極為相似，層層疊疊的薄石上刻著凹槽，幾乎就像體育館裡的攀岩牆。神廟頂端外觀呈灰色，近入口處為棕褐色。我們四人踏入廟內，開始尋找杜爾迦的塑像。

神廟的外觀雖然單調，內部卻色彩絢麗，壁龕附近的高台上矗立著我們所尋找的女神，這回神像不是石雕或銅刻的，而是以蠟製成。

杜爾迦的面臉胳臂漆成雪花石色，身著綴滿寶石的長袍，脖子上戴著一串串由絲布製成的玫瑰、茉莉花及梔子花環。她的頭髮看來栩栩如生，上面戴著飾有珠寶的頭飾。女神的兩道拱眉間，有一顆深紅色的賓迪（註）。金製的鼻環與耳環與寶石齊映生輝，身後的壁龕也漆成了與她唇色一致的豔紅。

「她好漂亮啊。」我低聲讚嘆。

季山仔細端詳塑像後說：「的確很美。」

「所以應該就是了。」我平靜地說：「卡當先生，你確定我們找對地方了嗎？」

卡當先生怪異地笑著，「相信我，就是這裡。」

「好吧，我們就來試試看好了。」

我要季山拿來我的背包，他幫我把所有給杜爾迦的獻禮擺到塑像跟前。卡當先生要我們帶一盒長火柴、幾根粗短的蠟燭、幾片木塊、木炭、爆竹、打火機和一串極辣的辣椒。當我伸手去撥腳環上的鈴鐺時，才發現根本摸不到，因為層層衣物害我無法彎腰。

看到我的窘樣，季山在一旁哈哈大笑。阿嵐只是咕噥一聲，跪到我腳邊用手撥弄鈴鐺，然後站起身來，與我攜手並立。

阿嵐開始向杜爾迦祈求，「今天我們特來求妳協助我們達成最後一項任務，保佑我們完成第四項，也是最後一項挑戰，希望妳祝福我們，讓前方的道路平順坦實，讓我們的步履堅定朗健。」

我補充道：「請賜給我們智慧與技能，平安通過最後的這段旅程。」

接著輪到季山了，他說：「等該說該做的都完成後，我們會將妳的四個禮物放到妳跟前，懇求妳賜給我們重生的機會。」

靜默數秒鐘後，季山用手肘輕推呆望著地面的卡當先生。

註：南亞婦女在眉間用紅色顏料或飾品妝點而成的花鈿。

「噢，是的，求妳看顧並保護我的孩子們，讓命定之事得以實現。」

我扭頭不解地看著卡當先生，他只是聳聳肩，這時阿嵐和季山化成虎兒。

接下來的事，把我嚇到魂都飛了。蠟燭與火柴突然燒了起來，爆竹轟然炸響，火勢快速蔓延到高台上，沿著杜爾迦神像後的牆壁向上竄燒，並且從那裡擴散到四面牆壁上，不久我們便陷在火海裡了。

任何可燃物頃刻間便被火吞噬，但石牆上的火並未燃燒太久，火苗在地板上跳動，將石板間的青苔與灰塵都燒光了。剎那間，我們被籠罩在一團火柱之中，阿嵐和季山回復成人形，將我護在中間，大夥背對著不斷逼進的火圈。

看到阿嵐的衣角起火燃燒，我驚聲尖叫，季山快速將火拍熄。神廟裡煙霧瀰漫，我把頭埋在阿嵐的襯衣裡，強忍著咳嗽。屋內雖然吹過一陣冷風，但溫度仍高，熱到眼前的蠟像都開始融化了。女神的頭飾融成七彩的蠟淚，順著她姣好的臉龐緩緩滴下。

神像後方牆上的灼熱石塊上，出現一個火紅的手印。阿嵐執意率先試觸，結果被燙傷了。我要求珠鍊幫忙降溫，一簾冷水隨即從天花板落到滾燙的石頭上。剛開始時，水一遇熱便嘶嘶作響，化為蒸氣，幾分鐘後，冷水便漫過石地，在神廟地板上積聚成灘了。

我踏向前，把手放入凹陷的手印中，然後聚集體內的能量，手上的繪紋開始浮現，我的手掌一陣熱癢。

融化的杜爾迦塑像開始發光，她的頭髮化成火焰，如著了火的鬃毛般，在頭上張揚著。融蠟滴到地上，在她的光腳前形成一大攤積蠟，一名渾身散發暖熱、有如十顆太陽的美女現身了。她膚色如蜜，長袍泛著夕陽的霞橙。她僅有兩條手臂，一隻飾著簡單的金環，不像蠟像上有高達八個金環。女神閉上雙眸，深吸一口氣，用手撫平烏黑如絲的秀髮。火焰消失了，她身上唯一的配飾，只有那只臂環和一條金色的腰帶。

女神對著我們四人微微一笑，說話時還伴隨著搖鈴聲。

「很高興再度看到你們。」她指指地板大笑道：「如你們所見，你們的獻禮我都收到了。」杜爾迦揮手劃出一道大弧，燻黑的牆壁和燒結成球的東西便全部消失了。

我的手臂輕輕一緊，原來芳寧洛已迫不及待地想見她的女主人了。我走向高台，摘下臂上的金環交給杜爾迦，芳寧洛立即活動起來，昂著首，在杜爾迦的臂上纏繞數圈。

女神不停地撫摸著芳寧洛，直到季山清了清喉嚨。杜爾迦嘆口氣，看也沒看地指責道：「對於女人和女神，你一定要學著有點耐性，我的黑虎。」

季山馬上向她道歉說：「請原諒我，女神。」並很有風度地弓身行禮。

女神臉上閃過一抹笑意。「學習珍惜當下，愛惜你的經歷，因為當下彈指即逝，如果你總是汲汲向前，或耽溺過去，便會忘記享受並欣賞眼前的風景。」

「我會努力記住妳說的每句話，我的女神。」季山抬起頭來，杜爾迦彎身碰觸他的臉頰說：「如果你一向都如此……忠誠就好了。」

當我的男友對美豔女神大送秋波時，阿嵐安慰地拉起我的手。

等杜爾迦終於把眼神轉向我時，表情由渴望轉成了親和。

「凱西，我的女兒，妳還好嗎？」

「嗯，大致不錯，我的腿被巨鯊咬了一口，不過除此之外，還算可以。」

「一隻……巨鯊？」她似乎沒聽懂，杜爾迦看著卡當先生。

這裡頭一定有蹊蹺。

「是的，一隻鯊魚，但是我們為妳拿到珠鍊了，妳看！」

我把項鍊拿給女神，她笑著仔細端詳。

「很好，我很高興，你們下一趟任務會非常需要這項禮物。」杜爾迦瞅著我的臉，像慈母般關心地拉起我的手。「我心愛的寶貝，妳最艱困的日子還在前頭。」

「你一定得幫助她、支持她，」她對阿嵐說，「因為淬鍊將至——淬鍊著心與靈魂。你們三人若能通過這道關卡，將變得更堅強，但有些時候，你們會希望能放下肩上的重擔。

「凱西將會需要你們兩人的協助，別只偏顧私自的夢想，要專注幫忙凱西，想著該怎麼做才能拯救其他人，我們所有人都得依靠你們了。」

「等找到下一項聖禮後，虎兒便可以完全變回人了，對吧？」我問道。

杜爾迦沈吟道：「他們變身為虎是有目的的，那個目的很快便會實現了。等第四個任務完成後，他們將有機會脫離虎形。過來拿你們最後的武器吧。」

女神從腰帶中抽出一把金劍，火速一揮，劍刃一分為二。她舞動雙臂，劍身飛快旋舞，最後劍刃抵住阿嵐和季山的喉嚨。杜爾迦眼中射出歡喜的光芒。

阿嵐作勢反抗，女神把劍拋給他，阿嵐優雅地將劍接下，但杜爾迦的另一把劍依舊抵在季山喉上。季山微微瞇起眼，不知他是否想向女神挑戰。

杜爾迦對季山露齒一笑，再度掄劍，但被季山料中地避開了。雙方驚險地你來我往，杜爾迦對季山高超的本領似乎頗感歡喜。片刻之後，她將季山逼到死角，季山定住不動，這回被女神的劍尖瞄住了心口。

我吸口氣，杜爾迦則逗說：「別擔心，親愛的凱西，黑虎的心臟可沒那麼容易刺穿。」

季山氣呼呼地瞪著美豔的女神，擺開戰鬥架式，她的橙色長袍從下襬一路開衩到大腿，令人忍不住瞄著那雙緊實修長的美腿。

就算她長得不算完美，那雙腿也實在無可挑剔。即使我在奧勒岡勤練武術時，雙腿也不曾那般漂亮。

皺著眉頭的季山似乎也注意到同樣的事了，他的目光從她的美腿移到她的臉上，看到女神嘲諷地挑起眉時，他只能對著她瞪眼。

我搭住季山的胳膊說：「季山，她只是要展示金劍的使用方法，放輕鬆。」

季山放鬆下來，但女神兀自笑著，似乎看透了他的心思。季山撥開胸口的利劍，然後悶悶不樂地接下金劍。女神挺直身體，從金腰帶上拿下兩枚胸針，她從高台走下來，將胸針各自別到阿嵐及季山的衣襟上。季山定定站著，遲疑地點著頭，看女神展示如何使用看似無害的胸針，緊盯住她每一個動作。

杜爾迦以手掌覆蓋住季山的胸針，念道：「護甲與盾牌。」

胸針立即開始變大，金色的金屬向四面八方射出，將季山的身體整個包覆住。不一會兒，他已身著盔甲，手持盾牌與劍了。

杜爾迦再次壓住胸針，念念有詞地說：「胸針。」一身盔甲便不斷縮回，最後又縮成一片晶瑩的飾品。「你現在最好還是……」杜爾迦以低沈撩人的聲音說著，手滑過季山寬闊的肩膀，「穿著當代服飾。我對身穿戰袍的英俊男生，向來沒有抵抗能力。」

季山露出一臉驚訝。

現在是什麼情況啊？杜爾迦從來沒有如此公然地與季山打情罵俏過，我們好像正在觀賞一齣演技俗爛的肥皂劇。

「這兩枚胸針是特地為你們兄弟打造的。」杜爾迦繼續表示，她盯著季山的眼，兩人之間的熱度幾乎伸手可觸。「你喜歡我的禮物嗎，黑虎？」她柔聲問道。

季山吞了口氣，踏前一步握住她的手。「我想妳是……我的意思是，我覺得這個禮物……太不可思議了。謝謝妳，女神。」說完季山親吻女神的手指。

「嗯。」她讚賞有加地笑道：「不客氣。」

阿嵐輕聲咕噥，最後卡當先生出言打破緊張的氣氛。

「或許，我們該出發了，除非女神還有話要告訴我們……？」

杜爾迦立即從季山身邊退開一步，瞧季山望她的神情，彷彿餓狼見著了鮮肉。杜爾迦亦深情回看，兩人交織的熱情眼神，幾乎可以燒熔石頭地板。

杜爾迦瞄了卡當先生一眼，點頭說：「該說的都說了，期待下次重逢，朋友們。」

女神的身形開始固化，我急切地問：「我們何時才能再度重逢？」

杜爾迦笑著對我擠擠眼，接著周身燃起火焰，模糊了我們的視線，等火勢熄滅後，她已恢復成原本的八臂神像。我站到台上，伸手去接芳寧洛。金蛇伸長身子繞到我上臂，回到她平時的位置。

當我扭頭回身時，聽到安靜的神廟內響起一記憤怒的聲音，嚇了我一大跳。

「剛才太不成體統了！」阿嵐對他老弟罵道，然後一拳朝季山臉上揮下。

7 命運

季山揉著下巴，怒視著阿嵐。

「若再讓我看到你那樣對待凱西，我不會只像這次敲醒你的腦袋而已，你最好跟她道歉，我說得夠清楚了嗎，老弟？」阿嵐繼續激動地訓示著。

季山眼睛瞪得老大，然後順從地點點頭。

「很好。我們到外頭等妳，凱西。」阿嵐說完便離開了，卡當先生跟隨其後。

「他說得對，我很抱歉，我不知道自己剛才在想什麼，對不起，凱西。」季山摟住我說：「妳還是我的女孩，對吧？」

我抵在他胸上點點頭，接著季山牽著我來到寺外。

「妳若想對我發脾氣，就發吧，妳可以打翻醋罈子，把我痛打一頓，我是罪有應得。」

奇怪的是……我並不嫉妒，而是好奇甚於氣憤。這事我稍後得跟卡當先生討論一下。我沿著小徑快速前進，發現神廟四周的冰雪都已融化，心中不免震驚。

下山的路比上山容易多了，但兩兄弟堅持攙扶著我，以免我滑跤。等我們越過卡特拉區後，我已經累得半死了，不確定能否走完最後一英里路。

平時親切通融的卡當先生，這回卻堅持繼續趕路，甚至建議兩兄弟輪流揹我。我咳聲嘆氣地蹣跚拖步，最後季山過來將我抱在懷中，等我們終於回到營地時，我早已不支睡著了。

我把痠疼的腳靠到營火邊，趁機和卡當先生私下聊幾句。

「卡當先生，我……嗯，我想聽聽你對杜爾迦和季山的看法。我不確定該對神廟裡的事作何感想，你也看到了，對吧？」

「是的，我……沒錯，我也注意到了。」

「我應該擔心嗎？我是指季山的事？」我被卡當先生盯得侷促不安，「古代神話中，神會愛上人，甚至與他們生子。你覺得杜爾迦是不是對季山有意思？我不知道自己該有什麼反應。」

卡當先生望著滿天星斗，然後溫和地對我笑說：「妳自己覺得如何？」

「我覺得……我好像應該要很生氣，但卻沒有，這點讓我有點困擾。我相信季山，我相信他是愛我的。」

「相信他是對的，季山有了妳，怎麼還會愛上神，因為他愛的是妳。」

「我知道他愛我，但阿嵐很生氣。」

卡當先生嘆口氣，「阿嵐……他也愛妳。任何可能危及他所愛的人，他都不惜與之對抗。他總是無私地奉獻自己，甚至可揚棄自己的好惡，以確保其他人能獲得所需。在戰時，他情願自己衝鋒陷陣，置身險地，也不願讓他的手下犧牲。」

沒錯，他就是這樣。我點點頭，「我有第一手經驗，阿嵐因為無法出手拯救差點溺斃的我，而跟我分手。他犧牲自己，好讓季山帶我逃離羅克什的魔爪。他不斷把我推開，只為了拯救我的性命。」

卡當先生賢明地傾斜著頭。「阿嵐永遠都會挺身捍衛妳，這是他表達對妳的愛的方式，凱西小姐。」

但那若不是我所需要的愛呢？我心中暗想。

卡當先生接著說。「季山在戰場上的表現則完全相反，對他而言，獲勝是終極目標，手段則為次要。他也會保護心愛的人，也會衝鋒陷陣，但目的是挑戰自我，身先士卒，並激勵帶領其他戰士。

「這些年阿嵐和季山的改變都很大，他們都更成熟，變得比以前更好了。季山不再那麼自我，不會不惜犧牲一切地求勝，他知道團隊的勝利，等同於他個人的勝利，不一定非得親自舞刀弄劍不可。

「阿嵐的夢想反而轉諸於己。以前他臨敵對陣，為人民而戰，為國家爭取和平，但現在他渴望一位靈魂伴侶，想要自己的家庭，一名心愛的人。」卡當先生敲著手指，偶爾停下來聆聽營火劈啪作響。「兩人都各盡所能，以他們的方式去愛妳。我認為女神杜爾迦對季山確實懷有情愫，因為兩人脾性相投，杜爾迦和以前的季山非常相似。

「杜爾迦是位不折不扣的戰士，她用劍抵住季山的喉嚨，向他挑戰。若是在以前，季山一定會立即還手，但妳將他擋住了。從這點看來，季山對妳的感情是無庸置疑的。」

「謝謝你。」我笑說。

卡當先生捏捏我的手指，這時兩兄弟也朝我們走來了。

季山在營火旁坐下，將我摟進懷中。「又到了睡前的故事時間啦，今晚我們要聽哪個希臘神祇的故事？」

我輕撫著他的手臂，笑嘻嘻地逗他說：「今晚我想跟你講，宙斯和許多凡間女子的情事，以及他老婆希拉如何處罰所有人的故事。」

阿嵐在一旁竊笑，季山則苦著一張臉，但他乖乖端坐，決定順我的意。季山甜聲說：「我會洗耳恭聽妳嘴中吐出的每一個字，我的女神。」

我用手肘頂他，但他只是咯咯傻笑。

「你最好別忘記自己說過的話，我的朋友。」

季山悄聲說道：「我不會忘的，我的愛人。」說完親吻我的耳朵。

阿嵐停止訕笑，嘟囔說：「快講故事吧。」

當我不時痛罵不忠的男人時，卡當先生從絲絨盒中拿出他的武士刀，在營火下擦磨著。等故事快近尾聲時，木柴已燒成火紅的焦炭了。卡當先生靜靜望著營火，將武士刀放在大腿上。「這就是配偶劈腿的下場。」我才說完結尾，便傳來一個熟悉恐怖的聲音。

「老實說，妳今晚選擇的睡前故事，還真是有先見之明啊。妳可真是多才多藝呀，親愛的。」

我的心梗在喉頭，反射似地緊抓住季山的手臂。多虧了阿嵐和季山，我學會在臨危時保持鎮定，也很自豪能毫不手軟地反擊。但唯一讓我卻步的，就是剛剛步入火光中、飢渴地盯住我的那個人。

羅克什找到我們了。

阿嵐和季山立刻跳起來抓住兵器，卡當先生伸手碰觸我們三人——接著所有的動作戛然停止。我覺得全身一震，由內而外地被吸入某個東西裡了。我身上的分子受到緊迫的擠壓，五臟六腑旋入真空之中，身體像突然被壓縮成資料檔，推往一道吸力強大的排水孔，讓人毫無招架之力。我在玄黑的空無中旋轉一秒，然後昏暗中透出一絲光線。

啵地一聲，我在季山旁邊凝聚成形，發現我們就在離營火約二十五英尺的一排灌木叢後。卡當先生笑著把手從我肩上抽開。

「發……發生什麼事了？我們怎麼會變到這兒來？」我一頭霧水地問。

卡當先生答道：「我帶大夥穿越時空了，但現在沒空多做解釋。」他抓緊阿嵐的肩膀，另一手搭在季山肩上。「二位王子，我的孩子，你們自小信任我，我請你們再相信我一次，你們得為我做件事，而且必須完全遵從我的指示，你們可願意？」

阿嵐和季山點著頭，卡當先生繼續說道：「無論發生什麼事，在羅克什離開之前，絕對不許離開這裡。不管你們聽到或看到什麼，絕對不許插手！我要你們立下軍誓。」

卡當先生緊執二人之手，三人一起念誦我從未聽過的禱文。

「為你而生，為你而死，效忠領袖的智慧，夙夜匪懈，恪盡職守，勇於面對死亡，展現慈悲，如同愛我所愛。」

然後三人一起，先是季山後是阿嵐，以額頭碰觸卡當先生的額頭。

卡當先生肅然道：「你們的責任就是凱西，絕不能讓羅克什找到她，要不惜一切保護她，除了她以外，其他的什麼都不要想，這是唯一可以擊敗羅克什的辦法。不論發生什麼事，你們若想光耀我，就必須奉行不渝。」

說罷，卡當先生消失在稀薄的空氣中。

「發生什麼事了？」我低聲問著，心中極為惶恐。

這時我們聽到灌木叢另一側傳來說話聲，阿嵐挨近樹叢，大夥透過茂密的枝葉窺向我們的營地。幾分鐘前在我們身旁的營火，此時又劈劈啪啦地燃燒了，卡當先生和羅克什就站在跳動的火焰前。

我起身還來不及跨出一步，阿嵐和季山已聯手將我撲在地上。

「你們幹什麼？我們得去幫他！武器全在我們手裡！」

阿嵐低聲說：「我們已經立下軍誓了。」

「那又如何？」

「我們不能違背誓言，這是戰士的信條，而且卡當從來不曾提出這種要求，軍誓是只有在計畫必須分毫不差地執行時才會立下的。只要有一個人未能恪盡職責，任務就會失敗。」季山解釋道。

「可見他沒有想清楚！卡當先生一時昏了頭。」我徒勞地爭辯著。

透過灌木叢，我們可以清楚地看見羅克什。我強壓住喘息，羅克什的半張臉嚴重灼傷，受損的眼皮鬆弛塌落，半邊頭髮全被燒光，脖子上被我們懸吊的地方留下發亮的疤痕，走路時微跛著腳。

「你把他們帶去哪兒了，我的朋友？看來你還有些不為人知的伎倆。」羅克什斷聲急切地問。

「送到一個安全的地方。」卡當先生答道。

卡當先生舉起武士刀，對著刀面吹口氣，以手指撫著刀刃。

「我知道你想要護身符。我不比我的孩子們，除了這把老刀，我沒有其他武器能跟你對抗，即便如此，我還是會拼死保護他們。」

「取你性命是遲早的事。」羅克什用未受傷的那隻眼睛貪婪地盯著卡當先生的護身符問：「要不要告訴我，你的護身符有何功用，這樣我可以讓你多活幾分鐘？」

卡當先生聳聳肩。「護身符有療癒能力。據我所知，你不是應該已經死了嗎？」他指著羅克什的臉說，「看來你的護身符不像我的，沒能治好你的傷。」

羅克什憤怒地朝地上啐沫，「我們很快就能測試了，你到底怎麼移開他們的？」

「你想公平地贏取我的護身符嗎？」卡當先生反問他，「不准使用護身符、巫術或魔法，就像在舊時代一樣，兩名戰士單純地徒手搏擊、兵刃相接。」

羅克什打量對手片刻，然後淡淡地嘲弄道：「你想死得像名戰士。老子當戰士的時間也夠久了，可以諒解你的要求。不過我想問你，你的治療能力呢？若是還在，這場決鬥便不算公平。」

「治療能力並非瞬間有效，你只要給我致命一擊，便能輕易奪走我的護身符。當然了，除非你不敢和一個老頭子鬥。」

「激將法對我不管用。」羅克什望向黑暗，剛好凝視著我們所坐的位置，似乎正在考慮各種選擇。

我吸口氣，阿嵐悄然鬆手，讓枝葉恢復自然的狀態。

「可惜啊，老朋友，我實在沒興致多跟你廢話。我的心被迷住了，除非能和年輕的海斯小姐和好，否則我會不得安寧，我寧可先尋找那叛逃的新娘，給她一個教訓。她現在應該在附近，我的同志，我可以感受得到。你放心，我稍後一定回來對付你。」

他朝叢林跨出一步，又停下來，因為卡當先生揮劍警告說：「你休想輕易找到她。」

羅克什回身道：「非也，我不就在荒野中找到你了嘛。我派眼線觀察杜爾迦廟一陣子了，凱西就在近處，你甭想再阻攔我。」

我驚抽口氣，聲音大到足以讓羅克什和卡當先生停止說話，望向樹叢。

卡當先生來勢洶洶地揮著劍，羅克什不得不轉頭看他，「頗有大師風範嘛，我的朋友。」

卡當先生停頓舉劍，讓羅克什仔細看著。「這是把寶劍，對吧？」

「的確是把寶劍。好吧，既然你為了孩子，一心求死，我就成全你。況且，我若將你的死訊告訴她，新娘子的表情必然很精彩。」

卡當先生舉劍指著羅克什，「她不會成為你的新娘，她注定嫁給我兒為妻。我不許你這惡魔再碰她。」

「惡魔？」羅克什猙獰地笑道：「我喜歡這個說法。」

卡當先生火速揮劍往前一遞，在羅克什的臉上留下一道劍痕。羅克什大吃一驚，抬手摸著臉上滴下的血，驚訝瞬間轉為憤怒，他指間劈啪作響，朝卡當先生射出一波波能量，卻只能徒勞地穿過卡當先生略顯模糊的身體，未產生任何效果。

羅克什氣急敗壞地發動地震，但對手依然屹立不搖。羅克什舉手朝天，口中喃喃念咒，前方一陣沙飛土揚，片刻之後，空中出現一把黑劍。

「你終究還是會死得像個紳士。」羅克什嗤道。

卡當笑了笑，揚劍攻擊。羅克什的劍厚重沈實，卡當先生的劍雖較為輕長，但似乎難以擺脫羅克什的糾纏。兩劍相交，鏗鏗鏮鏮，在清朗的夜空中迴盪不散。二人噴喘白氣，鏖戰方酣。卡當先生優雅翩然地迅速在羅克什的手臂身上留下劍痕；羅克什則陰險地使用魔法，企圖擊敗對手。羅克什奮力一揮，深深砍入卡當先生肩膀裡。卡當手臂一軟，把劍扔到另一隻手上。

我抽噎著，季山摟住我，用臉貼住我的面頰。

「打鬥時，他的左右手一樣厲害。」季山低聲說。

我好想用火能相助，但季山似乎看透我的心意，緊扣住我的手指。時間一分一秒過去了，誰也無法搶佔上風。羅克什似乎絲毫不受那些小傷影響，像被刺中數次的狂牛般火力全開，一心想置卡當先生於死地，但卡當既不退縮，亦無所懼，反而是輕靈地避開那頭野獸，不斷反覆戳刺。

阿嵐和季山同時抬起頭，嗅聞空氣的味道。

「怎麼了？」我小聲地問。

「有大貓。」阿嵐回答。

一會兒之後，一對大雪豹從我們身旁幾英尺的地方走過，雪豹停住腳，向前豎著耳，然後低嘶著繼續穿越樹叢，走到林線外，悄悄來到羅克什身後。一群野狼從樹林另一端走進空地上，還有一頭黑熊緩緩晃到營火旁，它後腳一蹬，對卡當先生兇惡地咆哮。狼群攻咬卡當先生的後腳跟，雪豹蹲伏著蓄勢攻擊。

羅克什高笑著歡迎這批新到的朋友，卡當先生氣喘如牛，身形忽隱忽現。一隻雪豹躍起，騎到卡當先生背上。卡當奮力一甩，雪豹笨拙地掉到狼群之中。黑熊撲了上去，卻從卡當先生鬼魅般的形影中直接穿過。卡當先生即使身懷新的絕技，但當他轉身時，仍可看到背上布滿了血紅的爪痕。

「我們得幫他。」我悄聲要求。

「不行。」季山說。

「他會死的。」

阿嵐撫住我的臉說：「他要我們躲起來，我們得相信他自有安排。」

一頭狼咬住卡當先生的腳踝，他一劍刺死野狼，但腳已被咬跛，羅克什幸災樂禍地繞著他轉。

「快投降了嗎，老頭子？」

「絕不。」卡當先生答道。

「很好。」

羅克什舞著黑劍，衝上前朝卡當先生連發刺擊，將他逼向黑熊。黑熊揮掌耙過他的後腿，卡當先生慘叫一聲踉蹌跌倒。我咬牙切齒，緊握住季山的手臂，想到曾被野熊抓傷同樣的部位，深知那種切膚之痛。

我輕哼一聲，吸口氣起身準備衝出去。我雖躲得過季山，但閃不過阿嵐。他猛力將我拖倒，我扭身掙扎，使勁想推開他，卻怎麼也無法掙脫。我對兩兄弟哭求，但他們說什麼也不肯放我走。

我怨自己無能，怪心愛的人不肯依我，我只能哭泣，再也看不到發生什麼事了。我聽到狼嚎、痛噎聲、熊吼，及兵刃相接之聲。季山心煩意亂地擦掉我的淚水，撥開我眼上的頭髮，阿嵐則不為所動地將我壓得死緊。

我聽到碎石落在大石塊上，劍身噹啷落地，一聲痛嚎，接著清晰無比地聽到身體撞地之聲，阿嵐渾身一震，眼眶盈淚，他低下頭來，任淚水奔流而出。

季山僵著身體，表情凝重。我聽到羅克什猥褻的笑聲，忍不住嚇一跳。

「看到你如此下場還真心疼，我的朋友，但我永遠都是贏家。可惜你無法帶新娘步上紅毯了，我相信她一定希望你能。」

我聽到低沈模糊的回應，接著是一記溼咳。

羅克什答道：「你們家族的人可真固執，即使到了現在，還是認為你們會贏。瞧你目前的狀況，會不會太有自信了。不過我不得不承認，我原先有點小看你了。」

我揪住阿嵐的襯衫站起身，看看究竟發生了什麼事。卡當先生躺在營火旁，利劍穿胸而入，將他釘在地上。他掙扎吸氣，伸手想拔劍。

我胸口一緊，幾乎無法吸氣。

羅克什懶得再耗，粗暴地踹向卡當先生的傷腳。

「這一腳是回報你害我分心。」

他彎身探向卡當先生的身體，殘酷地扭轉劍身，聽到卡當先生的痛苦叫聲，羅克什臉上泛出邪惡的微笑。「這個……是因為你弄髒我的衣服。」

卡當先生在陣陣，溼咳間喘著氣說：「那就……來拿……你要的……東西。」

他的聲音逐漸滑落，接著卡當先生舉起血淋淋的手，伸向衣領，猛力將護身符從脖子上扯下來，遞給喜不自勝、盯著護身符的羅克什。「她將會是你的末日。」卡當先生說。

就在羅克什的手握住護身符的那一刻，他和護身符瞬間消失了，而一群野獸也潛回了樹叢中。卡當先生癱回地面，我們三人一起衝進空地，跪到親愛的恩師與父親身邊。

「卡當！卡當！」阿嵐和季山絕望地叫喚。

鮮血從卡當先生的嘴角溢出，我撕破自己的襯衫，在劍身四周纏綁，試圖止住從傷口湧出的鮮血。

我大喊：「季山，卡曼達水壺呢？」

季山伸手去拿平時掛在脖子上的貝殼水壺，卻發現水壺不見了。「怎麼會這樣，我從沒把它拿下來！」

他翻遍帳篷裡裡外外，扯破床單被褥，瘋狂地尋找美人魚的贈禮。我用珠鍊變出一杯水，輕緩地抬起卡當先生的頭，將水杯貼到他唇上。

我要珠鍊再把杯子裝滿，但阿嵐握住我的手腕阻止我。

「利劍刺穿他的肺部了，凱西，而且他失血過多，如果沒有卡曼達水壺……我們誰也救不了他。」

季山回來咚地一聲跪到我身邊，「不見了，我找不到它。」他絕望地說。

我聽到一聲咳嗽，卡當先生細聲說：「凱西小姐。」

「請別丟下我。」我哀求道，「我可以幫你的，只要告訴我怎麼做就好了。」

卡當先生抬起顫抖的手撫摸我的臉，「妳什麼都……無法做了。別哭，我對此……早有準備。水壺是我拿走的，我知道會發生這事，而且是……必要的。」

「什麼？為何你非死不可？我們本可出手相助，跟你一起奮戰呀！為什麼要阻止我們？」

「如果你們現身，比鬥結果……就會改變。這是……打敗他……唯一的辦法。」

我閉上眼睛，大滴淚珠撲簌簌地從緊閉的眼皮間滾落，我抽噎著，接著卡當先生再次痛苦地低聲說：

「我必須告訴妳──我……愛妳，非常疼愛妳。」

「我也好愛你。」我哭道。

「我好以妳為榮，以你們大家為榮。」他喘著氣望向阿嵐，「你一定要堅持下去……貫徹始終。」他虛弱地抓著阿嵐的手臂，「阿嵐，你一定要……找到他。」卡當先生說：「找到過去的他。」

阿嵐點著頭，嗚嗚地哭了起來，季山也在一旁垂淚。

卡當先生閉起眼睛，手垂落地面，對我露出淡淡的微笑。我傾聽他肺裡呼嚕呼嚕的吐息，一次、兩次，然後便停歇不動了。我們的好友、顧問、恩師及父親，就此與世長辭。他為了我們尚不明瞭的理由，犧牲了自己的性命。

8 告別

錐心之痛淹沒了我，我像被掏空似地崩潰癱頹，所有關於尋寶的疑問，以及卡當先生的異常言語，全都從腦海中遁去。

我拉起卡當先生垂軟的手，不斷撫摸著，希望能感受到他的回握，但他的手指動也不動。季山溫柔地抱住我，試圖安慰我，我卻只能木然僵坐，愣愣地望著卡當先生的身體。

阿嵐拔出卡當先生胸口的長劍，憤慨地將那可惡的武器擲入叢林裡，然後雙膝一跪，摀臉痛哭。三人便如此坐著，直到天際傳來呼呼之聲。

我困惑地想，該不會是希臘神話裡的食人怪鳥吧，但突然颳起一陣強風，樹林搖晃，一片聚光燈照在地上。我抬起頭，看到直升機停降的影廓，聽到腳步聲朝我們狂奔而來，接著妮莉曼撲跪在我身邊地上，放聲慟嚎。她將爺爺的頭抱在腿上來回搖著。良久之後，黑夜才又恢復寂靜。

季山和妮莉曼用印語低聲交談，在營地裡四處走動，把大夥的東西收拾好，放到直升機裡。

季山從我們的背包裡拿出聖巾，輕手輕腳地將卡當先生的手擺放到胸口，撫摸他前額，然後對發亮的聖巾輕聲吩咐。

聖巾緩緩扭動，射出黑絲，包覆卡當先生的遺體。我茫然地看著聖巾編造壽衣，完成後，季山搖了搖阿嵐，要他回神，並對他用印語說話，然後兩人合力抬起卡當先生。

我聽到直升機的引擎再度發動，我知道該走了，卻辦不到。阿嵐跪到我跟前，眼裡閃著淚光，我忍不住又哭了起來。我環住他的脖子，阿嵐一把抱住我，陪我哭了一會兒，然後才抱著我上直升機。情緒激動的妮莉曼調整好儀器，擦乾眼淚，起飛出發。

直升機飛入夜空中，我頹喪地望著放在腳邊的裹屍，阿嵐抱著我，為我按揉背部，但他的觸碰完全無法平息我的顫抖。在回家的漫漫長路上，他一度化成虎兒，把頭枕到我的大腿上，不時悲聲輕吼。我把臉埋在他的絨毛裡，抱住他的脖子，來回不住地撫摸虎兒的背。在安慰虎兒的同時，我也找到了心靈的慰藉。最後，我終於不支睡去了。

我們在屋子附近的練習場降落時，已是凌晨兩點。阿嵐和季山將卡當先生的遺體安置在道場中，我和妮莉曼則往樓上走。我像個破碎的娃娃似地，頹坐在最近的椅子上，妮莉曼送來冰檸檬水時，我又哭了起來。

門鈴響了，兩兄弟剛好回來。站在門前的，是曾經載我們飛越拜賈族營地，卡當先生的老飛行員墨菲。

「很抱歉那麼晚了還來打擾，但是卡當先生要我在這時準時過來。」墨菲解釋道：「幾個星期前，卡當先生給我詳細的指示，要我飛來送一封信。並且在你們看完信後，載你們到別處。你們一切都好嗎？」

「請進來吧。」妮莉曼表情呆滯地表示，「卡當先生已經……已經去世了。」

墨菲臉色一垮，顫著手交給阿嵐一封信，上面有著卡當先生熟悉的筆跡。

大夥坐在客廳裡，阿嵐很快讀道：「我希望安置在樸素的木棺中，葬於阿嵐和季山的父母身旁。門口旁的衣櫃裡有一套燙好的西裝。」阿嵐頓了一下，「他竟然如此平淡地談論自己的後事。」

妮莉曼拍拍墨菲的手。

他握住妮莉曼的手說：「請節哀，小姐。有任何需要幫忙的地方，請務必讓我知道。他是個了不起的人。」

「他的確是。」妮莉曼啞聲說，大家默默哀坐。

時間凝滯不前，我心情沈重地茫然呆坐，哀慟得無心聆聽信件其餘的部分。季山蹲到我的椅子旁，撫摸我的臉頰，我抬起頭。

他溫柔地說：「墨菲會帶我們去我們初次見面的那片叢林，卡當在信上說，他的木棺已擺在那兒了。他希望葬在黛絲琴的花園附近，這樣在我們的生命圓滿之時，他就會在此地。我不是很明白他的意思，但我們會尊重他的遺願。妳若不想去，可以留下來，妳想待在這兒嗎？」

我搖頭說：「不，我想去，但我得找件適合穿去他葬禮的衣服。」

我上樓清洗手臉，走進衣物間，扔掉幾件衣服，憤怒地東翻西找，把衣服從衣架上扯下來，瘋了似地擲過房間。我撕破罩在新衣上的塑膠套袋，把裙子揉成一團摜到牆上。

這樣還不夠，我又拿鞋子出氣，撿出最重的鞋子猛力摔砸，在牆上重重擊響。等彈藥用盡後，我又握拳不停地捶擊牆壁，直至指節脫皮為止。淚水簌簌滑下面龐，我癱倒在鞋堆裡。

一道陰影罩在我身上。「我能做些什麼嗎？」阿嵐坐到衣物間的地板上，將我抱到腿上問。

我吸著鼻子說：「我找不到合適的衣服。」

「看得出來，我們離開時，有人毀了妳的衣物間。」

我先是一陣哭笑，接著哽咽起來，「我……有沒有跟你提過我爸媽的喪禮？我想念悼詞，想談談我的爸媽，結果卻一個字都說不出口。」

他為我擦淚，「對一個心靈受創的青少年而言，那樣的要求太高了。」

「但我好想說點什麼，我想讓每位參加喪禮的人知道，我的父母有多棒，我要他們知道我有多麼需要他們，他們何等重要，我要他們知道我好愛他們。」

阿嵐為我撥開黏在臉上的溼髮，掖到耳後。

「可是到了當場，我怯縮了。我站在那裡，望著兩具棺材，一句話也說不出來。爸媽應該得到更多的懷念與愛，讓人們得以悼念，我讓他們失望了。」

「我相信他們不會那樣想。」

「那是我能孝敬他們的最後一件事，我卻搞砸了。我不想同樣的事也發生在卡當先生身上。」

「凱兒。」阿嵐嘆道：「妳每天都在彰顯令尊令堂，無需靠一段演說來表達妳對他們的愛，他們絕不會希望妳一直背負這個包袱，因為他們愛妳。卡當也愛妳，妳不必說什麼，或做完美的打扮，只要好好地活著，繼續當一名優秀的女性，就是榮耀了他們。」

「你總是能說出個道理，不是嗎？謝謝你。」我握著鞋子低聲說。

阿嵐輕撫我的下巴，然後轉身離開。

我快速沖個澡，搓揉浮腫而滿布淚痕的臉。換好裝後，我在項上梳了個髮髻，然後朝樓下走去。阿嵐和季山也已梳洗換裝了，兩人都穿著襯衫，打了領帶，雖然我們的目的地是叢林，但這身正式的打扮，感覺非常得宜。

季山開車載大夥到離豪宅幾英里處的私人機場。

一行人坐上老式的螺旋槳飛機，駕駛盤上的墨菲彎身說：「卡當很喜歡這架老飛機，這是二戰期間的洛克希德Electra 10E，他告訴我說，愛蜜莉亞．厄爾哈特（註）最後一次飛行，就是駕駛這種機型。」

這則逸事令我莞爾，想起卡當先生最愛分享他的機械玩具的各種細節。然而當我窺見對面的妮莉曼後，笑容便消失了。卡當先生的死，顯然對妮莉曼造成嚴重打擊，她糾結的頭髮披散在淚痕交錯的臉上，漂亮的白色上衣沾著污漬。妮莉曼仰躺著頭，閉著眼休息。

墨菲帶著大夥平順地飛入空中，在飛機引擎的催眠下，經過二十四小時情緒起落的我，不久便沈入黑暗懵懂的夢境裡了。

夢裡，年輕的羅克什站在一名僧侶面前，對他嚴刑逼供。

「告訴我護身符的下落，老傢伙。」逼急了的羅克什威脅道。

僧侶尖吼說：「求求你！饒了我吧！」

「只要你說出我想知道的事，就饒了你。」

衰軟無力的男子點頭說：「在我師父出生前的幾世紀，世界發生過一場大戰。亞洲諸國聯手對抗一名邪魔，結果一位雙面女神出現了：其中一張臉黧黑而妖豔，另一張臉則明亮光鮮，美麗更甚太陽。女神率領亞洲諸國聯軍，抵抗惡魔的部隊，最後亞洲聯軍獲勝，女神並賞賜每個國家一份禮物。」

「此事與護身符何干？」羅克什不耐煩地咆哮，殘酷地折扭男人的手腕。

「聽我……聽我解釋。」男人喘道，「女神從頸子上取下護身符，將之分裂為五片，每位王國各得一片。女神告誡他們必須對護身符的源由守密，但可以符片的神力協助保護人民。他們也接到指示，護身符得傳給家族中的嫡長子。」

「參加大戰的國家有哪些？」

「五國聯軍來自……」

阿嵐把我搖醒時，夢境霎時中斷。

「我們就要降落了。」他輕聲說。

我望向窗外，僅見到底下綿密的叢林。「我們要在哪兒降落？」我問。

註：Amelia Earhart，美國女飛行員及女權運動者。

飛機打了個彎，阿嵐指指窗外說：「就在那裡。」

清晨的陽光很刺眼，害我一時無法看清，接著飛機向右一傾，我便看見河水的閃光，以及下方一條泥地跑道了。我知道那條河會通向我們的舊營地，就在阿嵐的瀑布附近，但我不記得曾經看過這條跑道。

「這條跑道是怎麼來的？」我問。

「我也不清楚。」季山答說。「我對這片森林瞭若指掌，之前沒有這片空地，更別說是能讓飛機降落的跑道了。」

「大家坐好了。」墨菲警告道：「落地時會有些顛簸。」

他又繞著林子飛了一圈，然後開始降落。機腹在下降過程中擦過幾株樹梢，機輪著地時，老舊的飛機轟隆隆地劇烈抖動，彷彿即將解體。但墨菲載著我們安全落地，一行人先後下了飛機。阿嵐和季山依照卡當先生的遺願，在花園裡為他掘墳。他們哀戚地抬著卡當先生的裹屍到山坡下，墨菲、妮莉曼和我則在陰涼處等待。

「這是我聽過最怪的事。」墨菲表示，「他為什麼想葬在如此荒僻的地方？我實在無法理解。」

我同情地拍拍墨菲的手，但沒說什麼，我哄著妮莉曼，要她喝點果汁。天氣炎炎，即便時值十二月，但叢林裡的溫度比奧瑞岡的夏天還熱。我們在二十四小時內，從喜馬拉雅的嚴冬，來到了熱帶地區。

墨菲繼續滔滔說著，似乎一個人便能撐起全場對話，這樣也好，因為妮莉曼跟啞了沒有兩樣。

「妳們知道，我第一次遇見卡當，是在第二次大戰的中國嗎？當時我是海軍飛虎隊的成員，我們在美國還沒參戰時，便以美籍志願大隊的名義到中國去了。卡當在大戰期間，幫我們解決了一些難題，偶爾也充當我們的指揮官陳納德將軍的翻譯。我們的飛機——寇帝斯P-40，是卡當的公司生產的。他來訪問我們好幾次，詢問飛行員的看法，並據以改進飛機的設計。有一天我們的翻譯官不在，卡當便臨時幫了忙。從此以後，每次他來訪時，都一定到總部跑一趟。

「他老笑說，我是地獄使者，因為我所屬的中隊番號叫地獄天使，當然也因為我是個瘋狂迷戀飛行的十八歲少年。我們兩人都酷愛飛行，我從未見過比他更熱愛飛行的人。」

「你真的認識他很久。」我低聲說。

「沒錯，是很久，我們有深厚的情誼。戰後我回到美國，妳可以想像，卡當在幾十年後又找到我時，我有多麼震驚，他和我記憶中一模一樣。卡當說他在為新成立的航空公司——飛虎航空——招募飛行員，我想都沒想就答應了。那麼長的時間裡，卡當連一天都沒變老，我老是問他有何祕方，但他從來不肯說。」

我抬頭看著墨菲，擔心他到底想說什麼，但這位親切的飛行員只是自顧自地大笑著繼續說。

「噢，我很早就學乖了，不能問卡當太多問題。他是個神祕的人，卻也是最光明坦蕩的君子。我一直以為自己這身老骨頭會比他更早歸天。」

墨菲講得愈多，我便愈懷念與卡當先生的種種。墨菲的喋喋不休，似乎令妮莉曼心情稍緩，不知不覺中，阿嵐和季山回來了。

季山拉著我的手將我扶起，他黯然說：「泥土很鬆軟，幾乎不費吹灰之力就挖好了，實在非常奇怪。」

阿嵐和季山抬著卡當先生的棺木，一夥人慢慢走向墓地。我先是注意到那間小屋，小屋以前應該很美，粗壯的樹幹上，離地架起一條通道，將小屋與另一棟建築相連接。通道已經破損，屋頂上坑坑洞洞，林鳥已在其中築巢為家，但看得出來當年曾細細鋪上瓦片。

小花園四周芒果樹環繞，猴子在樹上吱吱喳喳吵鬧不休。在植物休長的冬季裡，仍可見乾癟的瓜藤，甚至找到一叢過熟腐爛的南瓜。

小徑一彎，一行人在墳穴前停腳，我重重嚥著口水。阿嵐和季山已拆去屍布，將卡當先生的遺體安置在簡素的木棺中了。穿著西服的卡當先生看來高雅安詳，我心頭一凜，發現那是我們在馬戲團初識時穿的西服。我無法再面對他的遺容，便走向旁邊，撫著幾個巨大的墓碑。碑上爬滿了藤蔓，地上生著茂密的蕨類，高聳的綠蔭遮蔽了古老的墓地，這是個安寧靜謐的地方。樹蔭下空氣爽涼，一陣微風沙沙拂動頂上的葉片。

「這是家父的墳墓，卡當一定是最近才換上的，因為舊墓碑上的標記，幾百年前便已蝕毀了。」季山說著蹲了下來，描著上頭的梵文。

「上面寫些什麼？」我小聲問道，一邊欣賞刻在上面的蓮花。

「上面寫著：『羅札朗，摯愛的丈夫與父親，被遺忘的穆珠拉因國王，他以智慧、毅力、勇氣與慈悲治國。』」

「剛好和你的徽章一樣。」

「是的，妳若仔細看，會發現這個標記一模一樣。」

阿嵐跪到母親墓前讀道：「『黛絲琴，最親愛的妻子與母親。』」

兩名男生默默追思母親，我則想起自己的父母。我回首望著山丘上的小屋，不知黛絲琴與羅札朗的靈魂，這些年來是否守護著他們的老家和孩子。想到卡當先生能長眠於這美麗的祕境，心裡便略感安慰。他屬於這裡。

「這裡好美。」我低聲說。

「是的。」季山回應道，「不過我們在挖掘時，發現了一些奇怪的東西。」

「虎骨。」阿嵐輕聲補充。

虎骨？我得記著去問卡當先……喔。我竟然忘了。淚水模糊了我的雙眼，我深吸口氣，知道時辰已至。

阿嵐碰碰我的臉頰。「準備好了嗎？」

「好了。」我細聲說。

阿嵐帶領著大家，首先問墨菲有沒有什麼話想說，墨菲搖搖頭，拿手帕擦拭鼻子，大聲擤著鼻涕。

「他……他已經知道我對他的感受了。」他說。

妮莉曼也揮手拒絕，一對悲傷的眼眸望著我們默默地搖頭。

季山往前站一步說道：「你奮戰而亡，為了你的君王、國家和家人犧牲性命。今天，你已光榮成為我們的先祖先烈。我們蒙受你完備的教誨，這是你遺留給我們的寶貴遺產。你是我們的顧問、典範、最信賴的戰士，更親如我們的父親。你的磊行、忠誠、慷慨，令人崇仰。能與你並肩作戰，是我們的尊榮，願你疲憊的靈魂獲得安息，免除人世的困苦。你雖已不在人世，但我們不會孤苦無依，因為你將永駐我們心中。」

季山退回原位，阿嵐捏一下我的手，輪到我說話了。我擦乾臉上的淚水，開始誦詩：

陣亡戰士

——丁尼生男爵

他們帶回她那陣亡的戰士，
她既未昏厥，亦未嚎泣，
所有旁觀的侍女都說，
她若不流淚，便將死矣。

然後人們輕聲細語地讚頌他，
說他得人敬重，
待友忠實，對敵高尚，
她卻不發一語，也不稍動。

一名侍女悄悄挪移，
輕步走到戰士前，
將他臉上的覆布掀開；
然而她既不動彈，亦未哭喊。

九十歲的奶媽站了起來，
把他的孩子往她膝上一擱，
她的淚水霎時如夏日暴雨般。
我的心肝啊，我要為你而活。

妮莉曼站在季山身邊輕聲哭泣，我接著說：「我跟詩裡的女孩一樣，不知該如何表達自己的感受。卡當先生，你對我恩同父母，我與你親如骨肉。」我哽咽地說：「沒有你，我不知道該怎麼辦，我真的好想你，我會盡最大努力去協助你的王子，也會永遠感懷你。我愛你。」

季山攬著我的肩，我倚到他懷中，摟住他的腰。阿嵐踏前一步，最後一個發表感言。「季山說出對一位戰士的頌悼，我也有自己的話要說。我敬你如友如父，你在苦難中堅定不移，支持著我們，理當接受英雄的追思。我們謙恭的向你致上我們的讚佩、尊崇與愛。」

阿嵐朗讀他帶來的一首詩。

空宅

——丁尼生男爵

生命與思緒
已並肩離去，
留下洞開的門窗，
好個粗心的租戶！

屋內漆黑如夜：
窗內見不著一線光影；
門口再無輕語，
以前鉸鏈經常鈴鈴。

門扉緊掩；百葉窗閉合；
否則，我們應能透過櫺窗
看到黝暗被棄的荒宅，
裝飾盡除，蕩蕩空空。

走吧：此處歡樂不再
笑聲沈寂。
屋宇既以泥土砌築，
便應復歸塵地。
走吧：因為生命與思緒
不再蟄居此處；
它們遷至一座繁華的城都——
一個遙遠宏大的城都，並早已購置
牢不可毀的宅邸。
他將永遠與我們共舞！

「朋友，你的死令我們哀痛逾恆，我們只能祈求我們的作為能顯耀你，希望你已找到那座牢不可毀的宅邸，你比任何人都更有資格住在那裡。」

我顫抖地看著阿嵐和季山即將放下棺蓋，突然想起叫聖巾幫我織朵白絲玫瑰。絲線在我手中纏繞，玫瑰就此成形。我小心翼翼地把玫瑰花放入棺木中，棺蓋合起，永遠封住了摯愛的卡當先生的面容。

9　亡者之聲

一行人離開墓地，我的心情悲痛沈重。我抬手擋去陽光，望向小屋的屋頂。棕櫚樹、蕨類植物及長著樹瘤的大樹四處叢生，可想見當年曾是精心設計的景觀。老舊的木階及腐朽的樹枝欄杆，通向林間小屋，小屋的四周環著竹竿搭起的陽台。

妮莉曼和墨菲回飛機上了，我拍去第一道木階上的灰塵，坐著等待阿嵐和季山，我發誓等我們破除魔咒後，一定回來此地。我浸淫在自己的思緒中，直至聽見阿嵐和季山的腳步聲繞過拐角。

為了暫解眾人的悲慟，我要珠鍊變出幾大杯冰水，大夥靜靜喝著。然後我把飛機上做的怪夢告訴他們。

「你們覺得那個夢有什麼含義？」我問。

「不知道。」阿嵐說。「或許羅克什拿到第四塊符片後，妳和他的聯繫就變得更強了。」

「或者是卡當先生託夢給凱西。」季山表示，「就像上次我們救出凱西後，她也夢到了卡當。」

「但願是後者。」我說。

阿嵐蹲到我面前，摸著我的臉說：「我也是。」

「我們遲早會解開它的含義的，凱兒。」季山說著朝上方的屋子偏了偏頭，那是被施了虎咒後，他與家人避難的地方。季山問：「想參觀一下嗎？」他拉起我的手，領我走上舊階梯。「我們把階梯打造得十分牢固耐用，不過還是該修一下了。」

我的手滑過木節四布的欄杆。「年代這麼古老，這欄杆的狀況算是很棒了。」

房子以平滑的木板築成，結構設計十分簡單。地上鋪著竹編的墊子，旁邊有成套的木雕桌椅。屋子一角有一組嵌著大水盆的架子，其中一層架子上，整齊地疊放著挖空的瓠碗，木製的流理台上，還留著一條殘破的毛巾。

我看到一只奇怪的物件，便吹開上頭的蛛網與塵埃，發現那是一把有象牙雕把的梳子。「如果你不介意，我想留下它。」

季山溫柔地笑了笑，輕聲說：「我一點都不介意，小貓咪。」

「你和阿嵐就睡在這兒嗎？」

他搖搖頭。「那時我們全天都是老虎，所以睡在叢林裡或階梯附近，夜裡可以看哨。有時我們會住到對面卡當的家裡，若遇到暴風雨，母親會堅持要我們留在屋裡陪他們，但大部分時候，我們盡量讓父母親有更多的隱私。」他拉著我的手走向大門。

我問：「你覺得他們在這裡快樂嗎？我是指，遠離皇宮與財富，躲到叢林裡過這種生活？」

季山在桌子邊停住腳步回頭說：「是的，他們在這裡很幸福。」他伸手輕撫我的下巴，「生活裡若充滿愛，就不會再感到匱乏。」

我在屋中緩緩漫步，想著季山的父母、卡當先生，以及卡當先生漫長人生中的無數閱歷。我僅知其一星半點，好想知道更多他的事。我掉著淚，現在我永遠不可能知道了。

季山耐心地看著我觸摸每個蒙塵的物件。

「妳愛他嗎，凱兒？」

「愛。」我答說，心中很清楚他指的是誰。

「妳愛我嗎？」

「愛。」

「妳確定要選我？」

「是的。」

季山粲然一笑，「很好，我保證會盡力給妳幸福。」他伸手抱住我。

我嘆息著把頭靠到他肩上，「季山……如果我們兩人想在一起，就得離開阿嵐。只要他在旁邊，我就無法專心陪你，這對大家都很痛苦。」

他親吻我的額頭，「那我們就離開吧，等找到第四項聖禮後，我們就走。」

「你願意為我離開印度嗎？」

「絕無遲疑。」

我悠悠嘆氣。離開時，我搭住季山的胳臂說：「將來我還想重遊此地，我想在卡當先生的墓地上種點花草，也要將樹林修剪整齊。」

季山笑吻我的額頭說：「只要妳想回來，我們就回來。」

我們走下屋後的階梯時，我問季山：「如果有材料的話，你能把房子整修好嗎？」

「為什麼想整修房子？」他躍過最後幾道破損的階梯，平穩地落在地面上。

「有時到這兒小住一下也不錯。」我解釋著，也安全地跳下來。「這裡對你和你的家人非常重要，這裡是你們的家。」我撥弄他腕上的皮環，這是我在馬哈巴里普蘭送給他的。「我希望你能緬懷光耀自己的承傳。」

季山摟住我說：「妳就是我的家呀，凱西。妳在何處，何處就是我的歸宿。」

我們在前階底下找到阿嵐，他正拿著一把舊刀削著木棍。看到我們雙手緊握，阿嵐皺起眉頭。「我找到爸爸的舊獵刀了，就埋在土裡。」

「阿嵐，如果你不介意的話，我們想找個時間回來把這裡整修一下。」我囁嚅地說，「理論上，這房產是你的，因為你是繼承人。」

他嘀咕著陡然站起身，「當繼承人一點意義也沒有。」他緊盯著季山，「所以你們兩人想建立一個溫暖的小窩，打造一個叫作家的地方，是嗎？」

我朝他走近一步，「阿嵐，你別這樣。」

「別怎樣，凱西？不要有反應？不要有感覺？不要說話？妳究竟要我別怎樣？」

「阿嵐，我不想吵架，尤其是今天，拜託你。」

他含淚望著我，端詳半晌後無奈地扭開頭，「你們想怎麼弄就怎麼弄吧，我無所謂，什麼都無所謂了。」

阿嵐朝向飛機邁步離開。

來時匆匆，去時亦快，墨菲載我們回到兩兄弟森林裡的華宅。兄弟倆和我留在車道上，與卡當先生的飛行員道別，最後我們來到廚房，找到哭成淚人的妮莉曼。

「他早就知道會發生這種事！這些全都是卡當的安排！」妮莉曼說。

我按住她顫動的肩頭。

「妳究竟在說什麼？」我問。

妮莉曼大聲抽著鼻子，轉身從廚房桌上抓起一把文件和一個牛皮紙袋。她晃著手裡的文件吼道：「這是我找到的，他留給我們的東西，一切都是他計畫好的！」

阿嵐拉住妮莉曼的手，快速瀏覽文件，然後蹙眉說：「我想妳應該念給大家聽聽，凱兒，可以嗎？」

牛皮紙袋以急件方式，從孟買某間法律事務所寄來，首頁是一封信，我朗聲讀道：

親愛的孩子們：

當你們收到這封信時，我已經死了。我知道過去你們有很多問題我無法回答；現在，我還是有很多事不能與你們分享。或許你們已經猜到，我身上戴的護身符可治小傷、防疾病，讓我延壽幾個世紀。但是它的能力，遠比我們所想的強大。

符片有控制時空的能力，我是在船上搶救妮莉曼時，意外發現的，這可能是最危險的力量。護身符將我們抽離時空，遊蕩在虛無裡。

我花了些時間才明白我們遭遇了什麼，也學會了控制護身符。妮莉曼對那件事的記憶，已被我移除了。請原諒我，親愛的，因為我希望我們兩人中，至少能有一個擺脫那次經驗，過著正常的日子。

我在那段時間，看見了時間的長河，知道了常人不該知道的事。預知未來是可怕的沈重負擔，我不希望妳背負這個包袱，妮莉曼。

我若知道有其他萬無一失的辦法，絕不會輕言犧牲自己，這點請你們相信我。我會很樂於協助你們完成杜爾迦的任務，並享受含飴弄孫之樂，凱西小姐，我一點也不想離開妳，但我非如此不可。

我要是活下來，你們之一或全部的人都將被殺害，我不能容許那樣。羅克什奪走護身符時，我利用符片的力量把他送回過去，因為他命該如此。但這不表示他會永遠消失不見，也不表示你們能高枕無憂。

我堅信打敗羅克什是你們的命運，而完成這項壯舉的辦法只有一個——透過老虎的力量。這份力量，注定要由兩位卓越的印度之子發揮，雖然此時我無法進一步透露，但我可以說，沒有人比你們二位更傑出勇敢了。命運之神果然慧眼識英雄，將蒼生交付於你們二人之手。慎思自己的一舉一動，革命尚未成功。

凱西小姐，我把我的圖書館遺贈與妳，我所有的書，現在都屬於妳了，妳可以它為起點，展開自己的收藏。妳可以把書留在這裡，或等妳結婚後帶走，都由妳做主。我把妳當成自己的女兒，這份禮物，比起妳帶給我的，簡直不足掛齒。

請仔細研讀關於杜爾迦創生的部分，那些內容在旅途中將極具助益。好好照顧阿嵐和季山

——他們兩人都需要妳——好好保護妳的護身符，那是唯一能防範羅克什毀滅世界的物件，他將不擇手段地從妳手中奪走。

妳認識羅克什的時候，他還是個凡人，但在過去，他曾經投向惡魔，讓自己的靈魂在陰暗的角落裡化膿。羅克什透過巫術及護身符，讓自己變成妖魔。雖然他終將敗在妳手上，卻不是在這個時空裡。妳必須穿越到過去，正面迎擊極盛之時的羅克什，才能打敗他。

隨信附上第四則預言的翻譯，做為旅途中的引導。妮莉曼會帶你們到安達曼群島尋找光明之城。切莫懼怕火焰，凱西小姐，只要妳做好準備，火焰傷不了妳。你們要尋找的東西叫火繩，火繩能帶你們到羅克什被我送去的時空中。妳會在那邊遇見一位嚮導，他將協助妳戰鬥。操作火繩時，只要凝思於想去的時空，並揮繩劃圈，便能開啟漩流，穿越時空。

我死後，公司營運難免出現各種問題，所以妮莉曼必須留下來處理公事。倘若她跟隨你們回到過去，必將遭逢不測，因此妮莉曼絕對不能去！

我真希望能與你們同行，能把一切告訴你們。我已看到你們的未來了，知道你們終將獲勝，擊敗那個惡魔。你們要相互依靠，彼此信任。你們未來的一生，將充滿愛與幸福。

有個國王與王子的故事，或許能帶給你們些許慰藉：某祭司預言，王子將在婚後第四天遭蛇吻而死，國王得知消息後倍感煎熬，誓言絕不讓兒子結婚，並教王子挑剔每位想與他聯姻的公主的毛病。

數年過後，有天國王不在家，一名年輕女子闖過城堡大門，指控王子誤將她的父親關入監獄。

王子極為震驚，因為從來沒有任何女子敢對他如此說話，他瞅著女子臉上的污斑，及另一隻較藍的眼眸。女子苦苦哀求時，王子漸漸注意起她曼妙的曲線、灼亮的眼神和烏黑的秀髮。

王子下令釋放女子的父親，但女子並未歌功頌德，僅是生硬地屈膝行禮，惹得王子對她愈發動心。王子對女子表達情意，卻遭她不屑地駁斥。但王子的堅持終於博得佳人芳心，女子瘋狂地愛上他，程度與當初的怨恨不相上下。

國王雖疑慮重重，但兩人依然結為連理，於是國王把祭司的預言告訴了新娘。就在他們成婚後的第四天晚上，新娘擺出所有的金銀珠寶，陪王子徹夜警戒，等待毒蛇現身。她點亮燈火，對夫婿講故事唱歌，讓他維持清醒。

夜深人靜時，死神閻摩化身為眼鏡蛇，悄然來到，但他的目光被燈火及地上成堆的財寶所眩，並隨著抑揚頓挫的歌曲左右舞動，直至旭日東升。無法實踐預言的死神最後只好蛇行離去。

我之所以告訴你們這個故事有兩個原因。首先，我要你們記得，命運之途雖非你們自己所選，但你們仍可以決定自己的命運，我只希望你們能幸福快樂。這故事便是絕佳的例子，你們可以扭轉命運，創造自己的福祉。

我也要你們知道，我選擇了自己的命運，我死得所願，這是最好的結果。莫為我哀傷，要為我精彩的一生感到高興。

俗話說：「父親給予孩子時，兩人都笑了；孩子回報父親時，兩人都在哭。」我的兒呀，你們已回報我太多了，我真的好以你們為榮。想到將離你們而去，我便經常垂淚，但是我知道，即使我已不在，你們也會堅強地走下去。好好照顧我的凱西小姐。

謹以此詩向你們告別，或許詩文能安慰我們所有人。

十四行詩第三十首

——莎士比亞

在甜蜜的默想中
我追憶過往，
為許多渴求不至的事物而嘆，
為虛擲的光陰舊悲重添感傷：
吝於流淚的眼，就要潸然如雨，
好友們已幽明兩地，
我為早歿的山盟海誓悲泣，
為淘去的榮景哀啼，
昔日的悲苦悵惘不已。
我沈痛地一一細數前塵，
往事之悲並不如煙，
舊傷還賦新恨。
唯是在思及你時，我親愛的故人，

一切傷痛化於無形，所有哀愁得以消泯。

我將時時懷念你們，我親愛的朋友，期待來日相逢。

阿尼克．卡當

阿嵐和季山變為虎兒，默哀懷思。我頹手放在膝上，木然地望著廚房窗外。妮莉曼輕聲哭泣著。

「他為什麼不告訴我？我可以幫他分擔的呀。」妮莉曼激動地說。

「他就是不想讓妳去承受。」我揉著她的背說，「他不希望我們任何一個人去承受。」

我拾起那些文件，讀著卡當先生翻譯的第四個預言。

天空的火焰，
熾烈的氣息等待著你。
日落與日出，
從火山口下降，
有麒麟護衛著，
羅剎欲置你於死地。
當玻達臨近，

你所懼怕的，
將威脅把你撕成兩半。
在盔甲利劍的相助下，
終將獲得回報，
幻影的魔咒將迎刃破解，
火焰雙神
心懷詭詐
從中阻攔。
一條燃燒的長鞭
來自契玟拉的密藏（註）
是他們不願交出的寶物。
當你獲勝
任務結束時，
便該回到過去。
當命運逼近時，
戰勝你的仇敵，
帶給印度永世和平。

「預言上還夾了張字條。」我讀道：「我寫下這份清單，列出你們在最後這趟歷險中，可能要克服的事。首先，你們得去安達曼群島，然後搭船到巴倫島。巴倫島是火山噴發形成的小島，直徑僅三公里。我已在船上裝好衛星導航，會指引你們前往巴倫島。

「等抵達小島後，你們得攀上懸崖頂端，再下到火山口裡。請務必小心，這是座活火山，懸崖十分陡峭險峻，今年才剛噴發過。島上雖無人居，卻有不屬於這個世界的怪物。你們必須克服烈焰才能進入玻達——也就是傳說中，位於地球核心的光明之城。

「世人對光明之城及其居民所知有限，但美國作家威利・喬治・愛默生曾寫過一名挪威水手失蹤的故事，說他在北極發現一個洞穴，可通往地底城市。法國作家朱勒・凡爾納的作品《地心歷險記》中也有玻達的影子，故事中，一名冒險家進入冰島的火山熔岩管，深入地球核心，發現了一座失落的城市。

「根據預言，你們在旅途中還會遇到麒麟與羅剎等動物。麒麟是中國神話中的動物，龍頭鹿角，身披魚鱗甲，據說個性溫和，象徵吉兆。羅剎是可以任意變換形貌的食人妖怪，以魔法及幻術捕追獵物，羅剎是戰士，所以很難殲滅，他們有毒爪。

「要小心契玫拉，凱西小姐可能已聽說過這種怪獸了，它是留著蛇尾，及多了顆羊頭的母獅。契玫拉會噴火，極度危險。

「你們還會與火焰雙神交手，他們是一對狡詐的孿生兄弟，十分厲害且貪婪。你們可以離間

註：Chimera，希臘神話中的噴火怪物。

他們，但這兩人若聯手，你們的下場可能會很淒慘。其中一人使用棘刺之槍——是種有溝槽，類似長矛的標槍，槍端在觸及敵人時，會爆出三十個倒鉤，被刺中後，只能整個挖開，才能取出武器。另一位火神使的是一雙刺鞭。

「我並不清楚『日落』與『日出』是何種動物，只好做最壞的打算，但抱持最樂觀的希望。我能為你們準備的只有這些了，祝各位好運。」

妮莉曼抽噎著，我放下信紙，感覺虎鼻子蹭著我的腳，阿嵐意有所指地望向樓梯，我知道他想說什麼，是該把漫長的一天暫拋腦後的時候了。

妮莉曼和我互道晚安，雙虎尾隨我爬梯上樓，他們趴到我房間的地板上，睇著惺忪的睡眼看我四處走動。我爬上床，努力將卡當先生的面容，巨細靡遺地永遠烙刻在自己的記憶裡。

10 杜爾迦的誕生

根據印度習俗，服喪期應為十三天，但我們決定守喪三日，然後按傳統點燈十日。

卡當先生要我們研讀杜爾迦的誕生，我乖乖按指示做研究，結果得到十分有趣的推論。杜爾迦的故事裡提到多種武器，阿嵐和季山陪我一起搜尋，我們粗略寫下一份清單，記錄全部的武器。

武器：

飛盤（飛輪）

海螺（卡曼達水壺——療癒能力）

飛鏢（三叉戟射出的飛鏢？）

箭（黃金弓箭）

閃電（雷心掌？）

銅鈴、（用來喚醒杜爾迦）

棍子（三叉戟／三叉槍）

斧頭（飛輪的刀刃？）

魔法盔甲（新武器）

鎚矛（戰錘）

水壺（我想可能是卡曼達水壺的別稱）

棒鎚（鎚矛的別稱）

劍（事實上是雙劍）

蛇（芳寧洛）

繩子（火繩？）

珠寶（珠鍊）

新衣物（聖巾）

永不凋謝的蓮花環（送給美人魚凱莉奧拉了——杜爾迦說這個花環沒有什麼異能）

套索（火繩？）

「關於杜爾迦的誕生，有許多不同的版本。」我一邊解釋，一邊繼續讀著：「這篇文章說，杜爾迦是從火焰中誕生的女神，其他書上則說，杜爾迦從河中升起、自旋風中現身、來自一團光球或高山中的巨穴。還有一個故事說，杜爾迦的創生，是為了對抗魔王摩西娑蘇羅。」

「好吧，所以故事版本各有不同。」季山說。

「沒錯。問題是，它們之間有什麼共通性呢？」

我頓了一下，兩兄弟沒答腔，等著我來填空。「護身符！」我大喊說。

「我不懂，」阿嵐揉著下巴說。

「我們都知道，我的這片護身符有火的特性，卡當先生說他的那片將他送至虛空裡。假若每塊護身符各代表一種元素——地、水、風、火、天——而每一則杜爾迦誕生的故事，都反映出一種不同的元素呢？」我遞上針對護身符所做的筆記。

可能的異能：

杜爾迦的愛虎，嘯聲能撼動世界

（地震？地符）

海水沸騰，巨浪淹沒大地

（水符或珠鍊）
山崩地裂土石奔流
（地符）
用她的聖氣，補給她的部隊
（食物／水／衣物？使用各種聖禮）
大火四處蔓燒
（火符／火繩）
避開群山
（地符）
以沙塵暴圍阻魔王摩西娑蘇羅的大軍
（風符）

「好吧，那麼到底哪一則誕生的故事才是正確的呢？」季山問。

「或許所有的故事都對。」我表示。

「嗯……有了。」阿嵐補充說，「這本書談到一座火山島，聽起來和卡當先生要我們去的地方很像，島名就叫『地獄島』。」

「真的嗎？」我被口裡的馬芬嗆著了，「天啊。」

「那還不是最糟的。」

「那更好。」我挖苦說：「太容易就沒意思了。所以有一座火山島，還有杜爾迦對抗魔王摩西娑蘇羅的戰爭是吧？我猜杜爾迦打敗魔王時，可能握有完整的護身符，當然了，這是在我們接受這個故事的前提下。」

「這個說法很合理。」季山說，「書裡沒提到穿越時空的怪事嗎？」

「沒，也沒寫到有誰突然出現或失蹤。」

「說一下那場戰爭的故事吧，讓我先想像一下。」季山要求道。

「好吧，我就從杜爾迦迎戰魔王開始說起。」我翻掠書頁，找到那一段文字。「『女神騎著愛虎進入戰場時，所有目光齊投向她。老虎威風凜凜地緩步前進，眾人敬畏地紛紛跪倒，群魔則為女神的絕美震懾驚嘆。她冷靜無懼地穿越一隊隊妖魔射手、數以千計的戰車和數百頭戰象，卻沒有人敢上前傷她——萬物俱臣服在她的威能之下。

「『最後女神終於來到魔王跟前，敵軍拿著閃閃發亮的鐵斧和黑戟將她團團圍住』——等一等，什麼是『戟』？」

「『戟』就是尖端上多了斧刃的長矛。」阿嵐答道。

「原來如此。『戰場上血流成河，但如河的血流，也無法奪去女神豔紅的唇色或濃密的秀髮，她實乃世間絕色。魔王對她一見鍾情，宣布將娶她為妻，並下令手下逮捕女神，渾然不知女神除了美豔的外表，尚擁有強大的異能。

「『她像旋風般駕著虎兒騰空而起，逐一宰殺魔王的人馬。她用套索圈住魔王的頸子，命猛虎張開大口鉗住魔王的身體，並舉劍將魔王劈成兩半。』」

季山吹了聲哨子，「這女的聽起來很合我的脾胃。」

我用手肘撞他肋骨，阿嵐翻了翻白眼，但季山根本不理我們。

「我倒很想看看她打仗的樣子。」他接著說。

「我看你根本搞錯方向了，大情聖。」

季山咧嘴一笑，抓起我的手吻住。「原來這樣就能讓妳吃醋，順便一提，我可不是什麼情聖，我是那種只愛一個女人的癡情男。」他說。

我抬頭與阿嵐四目對望一會兒，然後他又埋頭看書去了。

「重點是……」我逕自說著，不理會季山的辯解。「我想，我們得用杜爾迦對付魔王的方式，去跟羅克什對陣。」

季山眨眨眼，露出恍然大悟的眼神。他肅然地彎身從阿嵐手中拿過我的清單。「我想妳是對的，凱西。羅克什想得到妳，就像魔王想得到杜爾迦，妳最好讓我瞧瞧那些書。」

我把一大疊書交給季山，季山貼過來攬住我。阿嵐離開了，我在苦讀一個鐘頭後，眼皮沈重起來，便把頭窩在季山厚實的肩膀上。就在我將睡未睡時，聽到季山低聲說：「我不會讓他得到妳的，凱西，妳屬於我。」

我的潛意識抗拒著他的話，直到我幻想另一個聲音說出同樣的話，才終於舒服地遁入夢鄉。

第四天，我們展開最後一趟尋寶之旅，到稱為地獄島的火山島上，尋找光明之城，但願那兒不是個名實相副的地方。

妮莉曼將我們載至維沙卡派特南，然後飛越孟加拉灣，最後終於在布萊爾港降落。飛機停妥後，已有一輛轎車等著我們了。

我們搭車穿越布萊爾港市區時，妮莉曼分享了一則卡當先生的精彩遭遇。卡當先生曾被當地土著安達曼人擄獲——而且他們以前還是食人族。精明的卡當先生為了求生，和土著討價還價，最後還成為該族的榮譽成員。

我搖頭笑著，不知自己還錯過了多少精彩故事。

我們在密林裡的一條私人道路上蜿蜒而行，車子爬上一片山坡，大海隨即映入眼簾，顏色明麗令人讚嘆。最後，我們穿過林線，抵達一棟可以俯瞰安達曼海的海邊豪華別墅。

屋內的裝潢頗有卡當先生的私人飛機風格，反而不像印度的豪宅。別墅走簡約風，以黑及鉻黃色為主調，線條簡淨爽利。臨海的一面，是整片的大落地窗，而且每個房間都有自己的陽台。別墅有片超大的露台、按摩浴池，和一間棕櫚環繞的戶外休息室。這裡可望見海洋全景，有白沙沙灘和一座四層的無邊泳池，豈止是壯觀二字可以形容。我知道即使是在印度洋裡，卡當先生也只會選擇最好的。

近日落時，我燃起一盞燈來紀念卡當先生。季山吻著我，說他得進城一趟，妮莉曼在我們繼續歷險前，也有準備工作要做。我獨自吃完晚飯後，決定去找阿嵐，他在我們抵達不久後便消失了。

我終於找到坐在陽台上的阿嵐，他閉著眼靠在牆上。音樂輕飄，清風吹拂我的頭髮，我來到陽台上，呼吸海洋的氣息。

「我可以陪你嗎？」我柔聲問。

他連眼睛都懶得睜開，「如果妳想要的話。」

黑空中的明月，像一只淺浸在大海裡的白色巨碟。兩人默默坐了一會兒，我也跟著閉上眼睛，聽阿嵐隨著音樂哼唱。

「你好久沒有彈吉他了，我好懷念喔。」樂曲結束時我說。

阿嵐別過頭，「我已經沒心情玩音樂了。」

我逗他說：「不玩音樂的男人，也不會被甜美的聲音打動，很適合當壞男人哦。」

阿嵐勃然起身，大步走過陽台，靠在另一端的欄杆上，以手肘撐住身子。

「對不起。」我走到他旁邊，搭住他前臂，輕輕碰著。「我不知道你是當真的。」

他將我的手握到雙掌中，把玩我的手指。「音樂讓我想起自己得不到的東西，卻又忍不住不聽。」他自嘲地笑說：「妳離開我回奧瑞岡前，我一直搞不清楚其中的關聯，妳離開後我才明白，音樂是我們之間的連結，是一種接近妳的方式，就像我的詩一樣。」

阿嵐轉身面對我，將我的手按到他心口上。「凱西，只要妳靠近我，我就會血沸心馳，我必須克制自己碰觸妳、擁抱妳、親吻妳。我情願再次受羅克什折磨，也不想像現在這樣天天揪著心看妳和季山在一起。」

我重重嚥著，把目光從俊美的阿嵐身上扯開，瞅住我們交纏在他胸口的手，感覺他的心跳捶擊我的掌心指尖。

我顫聲說：「對不起，阿嵐。」然後將手抽開。

我感到一股烘熱的激情湧動著緊繞住我，那熱流如此強烈，烘得我的肌肉彷如融蠟。

「對不起，」我固執地重述道，「但是我不能離開季山。」

我向後退開一步，阿嵐靠回欄杆上，一首新曲開始播放，阿嵐靜靜引述莎士比亞的《第十二夜》，喃喃念道：「『假如音樂是愛情的糧食，那麼奏下去吧；給我大量的音樂，好讓愛情因過飽而撐死。』」

我默默走回屋中，再次回眸看他。阿嵐站在月光下，宛如莎翁筆下鬱鬱寡歡、渴盼奧麗維婭女爵的奧西諾公爵。我心頭一揪，強壓住哽咽，悄悄離開。

11 誓言

在等待妮莉曼宣布下一步行動前，季山帶著我去野餐、觀光、賞景、跳舞、逛街。他買遍城市裡所有的花朵，派人將插好的花送到我房裡。他還帶我去夜泳——或者應該說是在夜裡玩水吧，因為我還有恐鯊症。我們常談到卡當先生，到後來聽到他的名字時，也不再那麼難受了。

雖然我很享受和季山在一起的時光，感覺與他更親，卻也發現阿嵐刻意地漸行漸遠。此事被季山斥為無稽，但我依舊擔憂。

某日下午，季山提議到沙灘午餐，海灘上已有二十來個人了，但季山找到一處遠離做日光浴人群的地方。他架起一支大海灘傘，幫我抹上厚厚的防曬油，擺出野餐吃的午飯。

季山忙得不亦樂乎，把晶瑩剔透的蘋果汁斟入我手中的香檳杯裡，餵我吃葡萄和抹了魚子醬的餅乾。我猶豫地嘗了一口，感覺像帶著淡淡海味的奶油在嘴裡爆開。用過餐後，季山踢掉鞋子，脫下上衣，跑到海裡游泳，我則留下來看書。

季山回來用毛巾把水擦乾後，調整陽傘，以便躺在陽光下做日光浴，但他把頭靠在我腿上，躲在遮蔭中。我抱怨他頭髮太溼，惹得他哈哈大笑，但我很快就習慣了，邊看書邊心不在焉地撫著他的頭髮和溫暖的肩膀。季山安靜地乖乖躺著，我以為他睡著了，所以當他來拉我的手時，我嚇了一跳。季山把我的手拉到他裸露的胸膛上，深情地看著我。

「凱兒，我覺得我的生命開始有了意義，我經歷過的每一件事，都有其原因或目的。」

「我覺得你說得很對。」

他坐起身撫摸我的臉。「我想這就是我的命，注定要活這麼久，經歷過那些，好讓我能在此時此地，與妳相伴。」

我揚聲大笑說：「嗯，或許未必是此刻，而且我覺得命運不會只想要我們倆一起吃魚子醬吧。」

「不是魚子醬的問題，而是有更重要的意義。」

「怎麼說？」

季山握住我的手繼續說道：「我知道我們還得取得另一項聖物，也必須打敗羅克什，當然了，我可以挑更好的時機……」

「什麼時機？」

就在這一刻，我的目光掠過海面，看到一對湛藍的眼眸破水而出，接著是古銅色的軀體。一名俊秀的美男子自水中浮現，抬手撫平滴溼的頭髮，朝沙灘走來，海水順著他壯碩的身形淌下。我口舌發乾，百分之九十九的腦細胞和注意力全盯到他身上。

「……妳明白我對妳的心意，」季山接著說，「妳是我的唯一，我想與妳共度餘生，希望每天早上都能與妳一起醒來。」

我恍惚地點點頭，迷迷糊糊地聽他說著，看沙灘上其他女生紛紛對走在她們之間的黝黑海神瞪大眼。

「……用我們在葫蘆屋裡找到的紅寶石，以及杜爾迦送我的水滴形鑽石。反正這只是形式而已，我的意思是，我們都瞭解對方的情意。」

「是的……」我木然答道。

世間最完美的男子用海藍色的碧眼回望我，意味深長地朝我走來：他想找我。有那麼多的比基尼辣妹，他卻只朝我走來——我這個皮膚蒼白、綁著金黃色辮子、戴著塌帽的女生——膽小怕熱地窩在大海灘傘下躲太陽、穿連身泳裝加罩衫的女生。

我重重噓口氣，時間似乎變緩了，他的每一大步都深深烙印在我腦中。我將他的一切盡收眼底，他固執的下巴，性感的嘴唇，堅毅的眉毛。我看到他寬碩的肩膀，隆起的胸肌，和厚實的臂膀。

我想起他如何撫摸我，擁抱我，他喜歡將漂亮的手插入我的髮中。我看到他胸肩上的每顆水珠，天可憐見，我真想吻去每一粒水滴。

季山打斷我的思緒說：「所以我想說的是……」

「所以呢？」我心不在焉地隨口說著。「你到底想說什麼？」

季山吻著我罩衫斜落後露出的肩膀，溫柔地說：「我想說的是，凱兒，我想娶妳為妻。」他將一個滑滑涼涼的東西套在我的無名指上。

我眨眨眼，將注意力拉回季山身上，他正情深意濃地看著我。我瞥見左手有一枚璀璨的鑽戒，張口抬首一望，發現阿嵐正僵在那兒震驚地盯著我的手，他的一雙藍眸緩緩對上我的棕眼，我在他的凝視中，看到痛苦的烈焰。

那一瞬間似乎持續了一輩子，接著阿嵐態度轉淡，我感覺到他用目光最後一次冷冷地撫過我，然後阿嵐便離開消失了，僅能從那枚沈重冰涼、套在我指上的戒指去追憶。剛才的須臾幾秒，感覺卻似兩人默默談了一整個小時。

我深長地吸了口氣，激動地對季山微微一笑。我含著淚，靠上去親吻他的臉，陽光照射在鑽石上，在我的大腿上映出虹光。我摸摸自己的腿，皮膚竟異常冰冷，不知道往後自己是否還能感受到真正的溫暖。

季山摟住我問：「怎麼回事，我的愛？妳不喜歡這個戒指嗎？」

我抬起手，眨去眼中的淚水，以便看個仔細。戒指非常美麗，中央是淚珠形的鑽石，四周是用他在葫蘆屋裡找到的紅寶石雕琢而成，向外開展的蓮花瓣。白金戒指的兩側，垂墜著碎鑽組成的葉片。

「好漂亮啊。」我低聲讚美。

「在我心愛的女人面前，這枚戒指根本相形失色。」他回答道。

「我……我沒料到會那麼快。」

他緩緩露出慵懶的笑容，「我看到想要的東西，就會放手一搏，記得嗎？」

我闔眼片刻，淚珠落在我腿上，「我記得。」

季山為我拭淚，慎重地說道：「長久以來，我一直認為自己沒有資格覓得真愛，妳說得對，以前我把一切都怪到自己頭上，覺得所有災難全因我而起——魔咒、葉蘇拜的死、羅克什——然而在我遇見妳之後，事情開始起了變化。

「我想起了自己的以往與現在——我是索罕．季山．羅札朗王子，我永遠都會是那個弟弟，是王位繼承的第二順位。然而那時的年代已成往事，我的王國亦不復存在。現在，我知道這些事都不重要了。」他輕輕劃著我的臉頰與下巴，「內疚曾讓我對世界的美麗視而不見。」

他溫潤緩慢地從我的肩膀吻到脖子，繼續說道：「妳讓我相信，自己還能對世界有所貢獻，對女人有所付出。」

我雙腿酥軟。季山對我微笑著，用一對狂野的金眼穿透我，我深吸口氣，看到他目光中蓄隱的激情，雖然被層層的耐心與愛意所包覆，但我仍能感覺到炙熱的烈愛在我們之間激盪。

就在那一瞬間，我知道斐特是對的，這位英挺的王子，亦是個絕佳的選擇，他只需再稍稍加點勁，便能讓我全心投入他懷裡。我撫著季山的手臂，沿著他強壯的肩膀，向上扣住他的頸項。季山脈搏狂飆，眼神霎時丕變，宛如油桶中被扔了根火柴。

他喉中發出呻吟，一把將我攬近，我雙手貼在他被陽光烘暖的胸膛上，他的雙唇找到我的。

季山輕柔地抓住我的臂膀，將我攬得更近，他的吻狂野而具攻擊性，不斷地需索、挑戰著我——要我報以同樣的狂熱與濃情。

不久，狂吻漸歇，失控的激情再度沈潛。我撫著他的頭髮，緊抱住他，野性猶存的黑虎閉上金眼，再次親吻我，但這次甜蜜而溫柔。他摟著我的腰呢喃說道：「凱西．海斯，我發誓永遠愛妳，並盡力當一個好丈夫。」

我撫住他的臉，用前額抵住他的。「我也會盡力做一名好妻子。」

成為季山的未婚妻固然令人開心，但我心中那片美麗的人生織毯，卻有一縷散落的絲線，痛苦而甜蜜地搔弄刺癢著。我只能忍住，不去拉扯它，因為我知道，我若是扯了線頭，便會毀掉這片我努力織造的新生活。

我真的很愛季山，也知道我們終將走上紅毯，但心底深處卻有股揮之不去的悲痛。我覺得自己像一具皮囊，外表一切安好，健康快樂，且前景看好；深愛我的季山將會是位好丈夫、好爸爸；我們會生十來個兒子，他們都希望長大後能成為像爸爸一樣的戰士。

然而我內心卻十分空虛，我無法對他付出什麼，我將窮一生之力，努力讓他相信，我對自己的選擇無怨無悔，假裝過得圓滿而無憾。

媽媽、杜爾迦、卡當先生，我該怎麼辦？我要怎樣才能停止愛阿嵐？求求你們，求求你們，求求你們助我一臂之力，讓我給予季山應得之愛。

季山不懂我的千愁萬緒，兀自用強壯的臂膀擁住我，低訴對未來的計畫。他撫摸著我的手臂、頭髮，訴說對我的愛。我默默不語地倚在他溫暖的胸膛上，兩人便這麼坐著，看著潮起潮落，直至夜色昏暗。

12 喬裝

次日下午，我獨自散步良久，一方面想理清思緒，另一方面則想尋找阿嵐。自從我在海灘上訂婚後，阿嵐就……消失不見了。雖然我不確定找到他後要說些什麼，但我知道自己得見他。

微風將雲朵逐越天際，推擠著一團團鬆軟的灰雲。空氣中雨氣飄漫，因此我連忙出門。

我在叢林裡穿梭拐繞，朝北前進，沿著一條小徑走了約莫一刻鐘。林子裡十分涼爽，偶爾有雨珠打在我赤裸的臂上，我雙手圈口，大聲呼叫：「阿嵐？」

我等待回應，同時搜尋熟悉的白虎身影，盼能見到他躍過倒臥的樹幹，來到我的身邊。

我離開小徑，進入林中，將背包放到腳旁。「阿嵐？」我再度朝著不同的方向大喊。

什麼回應也沒有。我坐在樹幹上，握拳抵住下巴，思索眼前的困境。我一向夢想能擁有一場盛大的婚禮，步過紅毯，走向自己心愛的男子，夢中的情人。這點季山當之無愧，事實上，季山比任何女孩期待的白馬王子更為卓越。

要愛上季山並不難，他是個很棒的男生，可說是萬中取一。我在心中細數他的優點，季山個性親切、英俊瀟灑、英勇無懼、吻功一流、身強體健、按摩技術高超、又非常愛我。妳還能要求什麼？我究竟哪裡有毛病？

我鬱鬱坐著，耳中傳來一陣雜音。一位滿面皺紋的老婦手中抱著一個大袋子，一跛一拐地自小徑走來。老婦飽經風霜的臉上棕眼凹陷，她上下打量我，然後微笑點頭，自顧自地繼續拖著步子蹣跚而行。婦人黯黃的長頭巾下露出銀白的髮絲，搖曳的衣裙上沾著林間的污泥。

就在老婦從我身邊經過時，一隻布鞋從腳上鬆落了，婦人重重跌在地上，手裡的袋子裂開來，馬鈴薯大小的褐色鮮果四處滾散。婦人呻吟著，我立即上前攙扶。

我忙著撿拾水果和鞋子時，老婦對我笑說：「謝謝，我沙琪，我休息幾分鐘，在這裡，可以嗎？」

「當然沒問題，這樹幹又不是我的。我叫凱西，很高興認識妳。」

老婦檢查袋中水果，摸看是否完好，然後從袋裡掏出一顆果子說：「拿去，妳一定要試試，山欖果（Sapota），很多人種哦，很好吃地。」

她把褐色的果子遞給我，咧嘴笑出一口出奇潔白的牙齒，然後自己也吃了起來，並將噴到頭巾上的汁液擦掉。

我小心翼翼地咬了一口，黃褐色的果肉口感與梨子相似，但風味更像帶點焦糖味的麥芽。

「很好吃，謝謝妳。」我含糊地說著，一邊轉動果子細究。

「中國人叫這種水果『心型果』，妳瞧？」她又拿起一顆讓我看清果子的形狀。「看起來像心臟。看到妳時，所有果子都掉到地上了，表示妳非常傷心，經過妳會運氣不好。妳為什麼心碎？妳這麼漂亮健康，是怎麼了嗎？沒有男人嗎？」

我苦笑道：「不，我是有太多男人了，說來話長。」

「太多男人是什麼意思？我很會解決問題，告訴沙琪，那些男人很強壯？很英俊嗎？」

「他們兩人都很健壯，也很英俊。」

「啊！」她露齒微笑，「沙琪喜歡聽英俊男人的故事。」

我忍不住笑了起來。「好吧，是這樣的，他們是兄弟。哥哥叫作阿嵐，弟弟名叫季山。」

她點頭稱是，「好名字。」

「嗯。反正啊，弟弟季山向我求婚了。」

我晃晃手上的戒指，沙琪仔細地檢視一番。

「他要妳當太太啊？他是好人嗎？工作努力嗎？懶惰的男人都不是好東西。」沙琪說。

「噢，他並不懶惰，他非常勇敢，又很照顧我，只是……我也愛著他哥哥。最初我和他哥哥在一起，我們彼此深愛，後來我們……分開了一段時間，就在那期間，季山和我變得親近起來。」

「噢。」她似乎頗能瞭解，「我朋友也是這樣，她的男人遠行，很久都沒回來，後來她嫁給別人，之前的男人又回來了，但已經太遲了。男人只好再次離開，從此就沒再回來了。妳還不算太遲，妳沒結婚，可以回第一個男人身邊。妳還愛他嗎？」

「我當然還愛著他，我從沒停止愛他，但我回不去了，他……我和他在一起不安全。」

「什麼意思？他會傷妳，打妳嗎？妳幹嘛不選他？」

「不是的。」我細聲說：「我害怕的不是那個。」

她咂著嘴，挪到樹幹上更舒服的地點，「妳瘋啦，竟然害怕愛妳的英俊男人。」

我哀嘆一聲，站起來開始踱步，「問題是，他有英雄情結，總是一馬當先地想拯救世界。」

「那很好啊，勇敢的男人。」她大聲說。

「才不好，爛透了，英雄總是命短，每次他想救我，都拿自己的命去冒險，老是置自己於險地。」

「唉喲，那根本不是問題，妳的心才是問題。」

「不！」我猛地轉身說：「妳不懂，卡當先生死了！我的父母死了！如果阿嵐也死了，我就完了，我將一無所有。凡是我愛的人，都會死。我怕我若縱容自己愛他，全心全意地愛他……就等於宣判他死刑。」

我頹坐到樹幹上。「當時壞人來追我時，他留在後面保護我，結果被捕。他不能為我做人工呼吸時，便跟我分手，把我讓給季山。當一名惡人即將找到我時，他犧牲掉對我們的記憶。每次我面臨災厄，他就一馬當先地擋上去，從不考慮萬一他死了，我會如何。他原本應該當國王的，或許正是因為這樣，責任感才會那麼強吧。」

「那麼很容易呀，選另一個就好了。」老婦下結論說。

「我想好好當季山的賢妻，我會愛他，共同建立家庭，但願如此一來，阿嵐就不會再讓自己陷於死地了。」

沙琪嘖嘖說：「這樣很好，可是哪個男人能讓妳快樂？讓妳感動？」

「我對他們兩個人都有感覺。」

「嗯，」她咕噥著問：「妳跟誰在一起最快樂？」沙琪打量我追問道。

我不安地輕聲承認，「阿嵐。」沙琪揚著粗眉，露出「我就知道」的神情。我連忙解釋：「反正不重要了，我選擇了季山，我答應季山再也不會讓他感到孤獨，而且他將會——我是說——他現在就讓我非常快樂。我愛季山。」

「但是妳的心裂成了兩半。」

「是的，事實上……我的心大部分屬於阿嵐。我從未停止愛他，當我們分開時，我什麼都不在乎了，我變得失落迷惘，唯一促使我繼續前進的，是將來能與他團聚的希望。另外，季山也需要我。阿嵐總認為只要我還活著，就會沒事。但他錯了，萬一阿嵐遭到殺害，我將被迫把他葬在卡當先生旁邊，那我就永遠無法復原了。」

我勉強擠出笑容，扭身面向靜謐的叢林。「妳懂嗎？我不能沒有他，為了確保他的安全，確保我不會心碎，我們不能在一起。妳瞭解嗎？」

一個熟悉的聲音答道：「我想我能瞭解。」

一口氣卡在我體內，沙琪的聲調一轉，變得平順柔和，那是我極為熟悉的聲音。我緊閉雙眼，轉向站在我身後的男人。

我深深吸口氣，緩緩張開眼睛，看到他的表情時，我苦澀的心沈重地跳著。

「是聖巾……」原來他利用聖巾騙我說出實情。

「是的。」他激動地伸手撥開臉上的頭髮，輕顫著嘆了口氣。

我朝他踏前一步。「請你瞭解，這些都不重要，也不能改變什麼。我已決定怎麼做了，便會堅持貫徹下去。」

「但我想知道、也必須知道實情，妳一直對我們兄弟隱藏真正的感情，凱西，妳為什麼不讓我替妳分憂？」

「那樣能改變什麼嗎？真的會有差別嗎？」

「我不知道，或許會，或許不會，但至少現在牌都攤在桌上了。」

我咬著唇，「你會告訴他嗎？」

「難道妳不認為他應該知道嗎？」

「我不覺得說了會有什麼用。」

他靜立著思索我的話，然後嘆口氣。「我想這事暫時就當作我們兩人的祕密吧。」

「謝謝你。」

我覺得有點尷尬，便收拾背包，轉身回市區。我可以感覺到他靜靜地跟隨在後，背上如有芒刺。

13 巴倫島

妮莉曼終於宣布啟程了。凌晨四點，我呵欠連連地站在碼頭上，阿嵐和季山忙著掀開帆布，露出一艘迪士尼式的未來船隻，船在水中隨波起伏。

「這……這是什麼東東啊？」我質問妮莉曼。

季山繞過我身邊去解纜繩。「我們稱這艘船為潛波船。」

「但它到底是什麼東西？」我應道。

妮莉曼解釋說：「這是羅札朗企業研發的一艘原型船。」

阿嵐攀到船頂，「卡當說他是以巨水母做為設計發想的。」

「但——」我結巴起來。

「我知道，但沒時間了。」阿嵐打斷我說：「我們還不清楚卡當是如何或何時開始打造這艘船的，反正船都在這兒了。」

妮莉曼把阿嵐趕開。「它既可潛水，又是豪華遊艇，並具有像核潛艇般的耐航力。我們叫它潛波船，因為它不像潛艇一樣深潛，主要是能悠遊於礁岩及淺灘中，不過它也能橫越大洋。」

「橫越大洋？這艘船未免太小了吧。」我緊張地說。

「妳只看到最上層的甲板，」季山反駁說：「大部分的船體都在水面下，它潛在水中的時間，跟現代的潛艇差不多。我們有最新科技，可從海水製造出氧氣，等妳看到氣泡就知道了。」

「氣泡？什麼意思？安全嗎？」

「他是指船首的氣泡型觀測罩，模仿巨水母的就是那一部分，不過玻璃觀測罩比起水母要大許多，可三百六十度環視周遭海域。」妮莉曼補充說：「這艘船的靜音引擎採用最高機密的燃料電池技術，可從海中汲取能量，以免干擾水中生態。我們還裝了未上市的特殊水下光源，可讓乘客感受到與海中世界融為一體，這些都經過無數反覆的測試。凱西小姐，這艘船上還載了一條小汽艇。」

我扠著腰，「實在……實在是太神奇了。」我讚道。

阿嵐從我旁邊走過，擦到我的肩膀，卻頭也不回地鑽入陰暗的艙內，消失不見了。

「妳確定他們知道如何操控這條船嗎？這可是一部昂貴的水下碰碰車呀，妮莉曼。」

「凱西，別緊張，阿嵐熬了一夜跟我練習，我們很清楚自己在做什麼。」

我不知道該如何回應，只好保持沈默，但心中突然湧現海灘派對上，妮莉曼在阿嵐懷中跳舞的情景，害得我無法專心思考。等我們三人都登船後，妮莉曼站在碼頭上揮手大喊著說：「到巴倫島上後千萬要小心。」

「為什麼？」

「因為火山是活火山啊。」她喊著。

「什麼？啥！為什麼都沒有人告訴我這些事？」

季山哈哈笑著從我身後的梯子走下來。「因為我們知道妳會有這種反應。來吧，我帶妳去參觀妳的房間。」

我慢吞吞地走動，低聲抱怨著火山、踩在燙熱的熔岩上，還有杜爾迦的預言為何都這麼難搞。記得有部電影，熔岩把一名男子從腳吞至膝蓋，最後整個人融入熔岩裡。**這樣想起來，跟羅克什比鬥可能還比較輕鬆咧。**

不久，我已將火山的事拋諸腦後，忙著讚嘆卡當先生生前委製的神奇發明了。我的艙房裡有台迷你冰箱、小洗臉槽，一側擺放了櫥櫃，另一側有張窄桌和座椅。我有個豪華的私人浴缸和一張特大號的雙人床。

「等妳看到房裡的景觀再說吧。」季山驕傲地宣稱。

他走到一組長面板前壓下按鈕，面板嗡嗡滑開，露出從地板到天花板的落地玻璃。我赫然發現這是間圓弧形的艙房，玻璃雖模仿大水母的內裡紋路，卻晶瑩剔透。房裡燈光自動轉暗，我踏到透明的地板上，望向安達曼海。

「很漂亮吧？」季山低聲問。

「太美了！船已經開動了嗎？」我問，不確定究竟是魚群游過我們，還是我們掠過魚群。

「是的，妳能感覺到嗎？」

我搖搖頭，沒想到船身竟如此安靜平穩，卡當先生又再度超越了自己。

季山留下我獨自探索船上其餘地方，我繞過轉角，找到氣泡觀測罩，銀色的沙發和軟椅栓在玻璃地板上，我靜靜地坐了一會兒，四周海洋環抱。片刻後，我爬上梯子，找到控制中心，阿嵐正坐在水線上，他專屬的迷你觀測罩裡，他教我認識一些儀表板，我對從弧型玻璃望出去的宏偉海景，讚不絕口。

「可惜我們無法享受海風。」我隨口說。

阿嵐淡淡一笑，按下一個按鈕，頭上玻璃的拱頂部分滑開，變成了臨時天窗。

我走下幾個階梯，來到未來科幻船的甲板上。海風將阿嵐的頭髮從他俊美的臉上拂開，船身剛好繞過海灘，布萊爾港隨即映入眼簾。不久，我便只能看到潛波船的行駛燈光，以及天上漸淡的星光了。

阿嵐昂立在崗位上，徹底忽視我的存在。我決定去觀賞日出，便小心翼翼地走到船首，坐下來任水沫搔濺我的雙腳。一小時後，我看到令人屏息的景色，海水染成桃粉，接著轉成金黃，然後圓圓的朝陽便在我的千呼萬喚下，蹦出海面了。

不知為什麼，日出令我想起卡當先生。我難過地牽動一下嘴角，心想他若在此，不知會與我分享什麼趣事。我又坐了半個小時，讓陽光溫暖我的肌膚，吸吐海洋新鮮的氣息。

阿嵐和季山輪流駕船，幾個小時後，我們繞過奈爾島，經過哈夫洛克島，朝汪洋大海前行。天候極佳，我們愉快地航越六十五海里到巴倫島，傍晚時分，巴倫島現身了，可以看出島上的火山確實十分活躍，一縷縷的蒸汽和煙霧從火山口裊裊旋升。火山中心溢出的熔岩，在山壁上灼蝕出坑洞，然後順著山坡流入大海，冷卻的熔岩形成了一條寬大的黑帶，看起來非常壯觀。這景象令我想起蛋黃破掉的煎蛋。

島嶼泰半覆蓋在黑灰下，但周圍依然有足夠的綠樹和灌木叢，證實小島也曾有過美麗的光景。島上沒有海灘，崖壁自海中倏然聳起。

我們三人站在上層甲板觀看小島，兩兄弟低聲交換幾句後，決定到小島西側的上風處下錨，因為那邊煙霧較淡。兩人一致認為登島的最佳途徑，就是跨越黑色的熔岩床，並決定明天一早出發。

季山一過來摟我，阿嵐就溜到下層甲板去了。清涼的空氣在我臂上掀起一層疙瘩，我抱住季山的腰，窩在他暖洋洋的胸膛上說：「好舒服。」

他咧嘴一笑，吻上我的雙唇。季山一手插在我的髮裡，輕托住我的後腦，另一隻手扣在我的脖子上。一會兒之後，他開始按摩我的頸背，我閉上眼，放任自己忘情於他的熱吻中。

他的吻溫潤甜蜜，我在他唇上淺嘗到海的甘鹹。他撫摸著我的下巴，將我的頭微微側扭，然後深深吻住。我緊扣住他，知道等我們攀上火山島後，將有好一陣子不能這樣了。

季山對我粲然一笑，顯然很滿意我的回應，他從口袋裡掏出一個小盒子。

「這是什麼？」我問。

「聖誕快樂，凱兒。」

「什麼？已經是聖誕節了嗎？」

「嗯，明天就是了，今天是聖誕夜，難道妳忘了？」

「我的確忘了，在熱帶地區要記住聖誕節還真難。」我猶疑地拿起禮物。「季山，對不起，我沒幫你準備禮物。」

他把我拉過去捧起我的臉，輕輕一吻。「凱西，妳已答應嫁我為妻，這世上再沒有我想要的東西了。」

我輕聲逗他說：「你就是嘴巴甜。」

「希望嘴甜能幫我加分。」他傻呵呵地笑著，金眼閃閃發光。

我在盒裡找到一支古舊的金鑰匙，我挑著眉，嘴角一勾，問道：「請告訴我這把鑰匙可以用來開什麼？」

「其實已經開不了什麼了。這原是羅札朗舊皇宮藏寶室的鑰匙，如今成了家族或『家』的象徵了，不管妳想住在哪裡。這是我們在整理父母的遺物時找到的，我們可以在爸媽和卡當安葬的叢林中重建家園，或到美國、印度買個新房子，或以上皆可。我們不必現在急著決定，我知道擁有自己的家對妳十分重要。離開舊家固然不捨，但我們可以一起開創回憶，而且，」他撫摸著我的脖子，「我會讓妳幸福的，凱西，我保證。」

「我知道你會。」我靠上去親吻他的臉頰，「謝謝你的禮物。」

「不客氣。」季山把那支舊鑰匙串到我頸上的項鍊裡，掛在護身符旁邊。「總有一天，」他用手輕觸貼在我胸口的鑰匙，「總有一天我們會蓋一個家。」

他再度纏綿悱惻地吻住我，接著突然把我轉開，用手肘輕推了一下。「但是首先，我要先下贏妳的雙骰棋。」

「一言為定。」

我大笑著回房間拿棋盤——結果卻發現了另一個禮物。阿嵐在我床上放了一個以金色紙張仔細包裝的禮盒，裡面是一個木質音樂盒，上面印著一隻和阿嵐一模一樣的白虎。

我掀開盒蓋，一首阿嵐在我倆分手時，為我所寫的曲子便開始播放——那是他在喪失記憶時，苦苦掙扎卻無法想起的曲子。我聽著熟悉的旋律，一開始十分悲涼，沒想到後續還有新作，分手的悲調一變，轉成希望堅毅之聲，且漸次昂揚，充滿喜樂，最後有如拂曉的星辰，逐漸淡去。我闔上蓋子，閉起眼睛。

我太專注於音樂盒了，差點忽略了阿嵐擺在我床上、附在一小節枝子上的字條。

凱西：

或許妳覺得我太放肆，將我們的樂曲譜成美好的結尾，但我依然相信，我倆必能擁有圓滿的結局，實現曲中的承諾。在那之前，我只能耐心等待。我把我的心交到妳手中，請好好待它，因為沒有它，我無法活下去。

槲寄生

——詩人華特・德拉・梅爾

坐在槲寄生下
（淺綠色的仙女槲寄生）
最後一根蠟燭即將燃罷，
惺忪的舞者都已離去，
只剩一支蠟燭閃爍光華，
陰影四面蟄伏：
有人前來，親吻我頰。

我已疲累，我在
槲寄生下，輕盹著頭顱
（淺綠色的仙女槲寄生），
沒有腳步聲，沒有人聲，唯獨

我坐在那兒，困倦，孤苦，
在靜止幽暗的空氣中，看不見的唇
俯身——在那兒親吻我膚。

親愛的，聖誕節快樂。

阿嵐

我顫抖著手將紙條和槲寄生夾入日記本，撥弄著槲寄生的葉子，幻想阿嵐身著禮服，將我拉到槲寄生下擁吻。癡心妄想了幾秒鐘後，我叫自己斷掉這些念頭。

這算什麼？怎能一會兒吻著自己的未婚夫，一會兒又做著對他老哥投懷送抱的白日夢？我真是大有問題。

我開始念禱靜心，專心想著自己的選擇，之後回到桌旁與季山會合。季山麻利地擺好棋盤，渾然不覺有異。

翌日清晨，我精神奕奕地起了個大早，將鼾聲連連的黑虎留在地板上，逕自來到卡當先生設備一流的廚房裡，為我們三人準備有史以來最棒的聖誕早餐。輕輕一壓按鈕，窗面便向後滑開，在美景的激勵下，我靈感大發地哼著歌，一邊擺設餐桌，直到一記聲音嚇了我一跳。

阿嵐杵在門口，將一把紫丁香遞給我，我望著他湛藍的雙眸。

「聖誕快樂。」他遞上花束說。

我接下花靜靜表示：「你已送我太多東西了。」

「男人送女人紫丁香時……」

「是想問一個問題。」我幫他把話講完。

「妳還記得。」

我扭開身，「你以為我會忘記嗎？」

他搭住我的肩，把我轉過來。「我愛妳，凱西，我對妳的感情不僅是感恩、喜歡與情愛。我以前寫詩時，從不用驚嘆號，直至遇見了妳。妳是我肺裡的空氣，脈中的血液，心中的勇氣，沒有妳，我只是個空心的軀殼。」

他捧起我的臉，「妳的愛與奉獻散發出溫暖的光芒，照亮了我的靈魂。即使現在，我仍能感受得到，並受其驅策。妳可以在言語上否認，但妳的心仍然是屬於我的，親愛的。」

我握住他的手，勉強自己向後退開。

阿嵐冷靜地面對我的拒絕，逗弄著說：「或許我應該帶更多寄槲生來。」

我轉身背對他，故意忙著其他事，雖然全身上下每條神經都綁在這位緊盯住我的帥哥身上。

「那你為何不帶來？」我淡然問。

阿嵐聳聳肩，倚在艙壁上。「我不想再刺激季山。」

「噢。」我拿起黃金果，要它做出各種佳餚。變暖的黃金果像舞池的彩球般閃閃發光，變出一盤盤熱騰騰的美食，空中瀰漫著熟悉的菜香。

我冷然一笑，「聖誕快樂，阿嵐，謝謝你的詩和音樂盒。」我不提信中其他內容，也不回應他送我紫丁香時所說的動人話語，只是假裝理直氣壯地收下這些禮物，揪在噗噗亂跳的心口上。我輕描淡寫地說：「我完全忘了幫你準備禮物，所以只好拿出我奶奶最出名的聖誕早午餐來代替，你餓了嗎？」

他將手疊在胸前，緊瞪著我，彷彿想把我整個吞下去。阿嵐靜靜答道：「餓了。」

我尷尬地清清喉嚨，朝早餐桌揮揮手。「那就坐吧，你可以先開動，季山還在睡。」

阿嵐嘀咕著坐下來，我將亞麻餐巾和銀製餐具遞給他，阿嵐伸手接住，順勢握住我的手。我飛快轉過身，把每道菜舀一大份放到他盤上：塗著厚厚肉汁的烤餅、起司蛋、炸薯條佐洋蔥及胡椒、培根厚片、烤奶油肉桂蘋果，以及奶奶特製的鮮奶油熱巧克力，外加巧克力醬、碎巧克力、薄荷棒及一粒櫻桃。

我拿了自己的份，坐到阿嵐對面。他每道菜都嘗一口，然後拿起熱可可。

「這早餐是你們家的傳統嗎？」

「是的。」我答道，「每年聖誕夜奶奶都會到我家過夜，第二天她會比大家都早起，揉麵做烤餅。我通常在她之後醒來，幫她攪肉汁，奶奶則忙著切馬鈴薯和洋蔥。她的熱可可很特別，改良了很多次，後來我又加上碎巧克力，爸爸加上薄荷棒，老媽則加了櫻桃。我們都是等吃完早餐後才開始拆禮物的。」

「妳上次吃這種早餐是什麼時候的事？」

「就在我父母過世不久前，我負責煎蛋及炸薯條，媽媽負責做烤餅，我們總是邊做飯邊聊奶奶的事。但我的寄養家庭不喜歡這種早餐，太多碳水化合物了，就算聖誕節時，他們喝的也是低卡可可，而且不加鮮奶油。」

阿嵐從桌子對面抓起我的手，「維持家庭傳統非常重要，傳統能讓我們不忘本，懂得飲水思源。」

「那你的奶奶呢？」

「奶奶在我很小的時候就去世了，不過我有位姑婆常跟我們在一起，她在許多方面，就像我們的親奶奶。」

「凱兒，有沒有幫我留早餐！」季山跳進房中，在我頭頂上重重啵個大吻，然後拿起餐盤。

阿嵐鬆開我的手，挪身望著我，「她的名字叫沙琪。」

我輕喘一聲說：「噢。」

季山看看我，再看看阿嵐，然後嗆呼地清著嗓子說：「凱兒，我再不吃東西就要活活餓死啦，不介意的話，拜託給我愈大盤愈好。」

我火速起身，踉蹌地走到流理台邊，心神恍惚地盛滿季山的餐盤。

等尷尬地吃完飯後，便該開始我們最後一次的尋寶了。我把芳寧洛套到臂上，跳進小汽艇裡。季山駕船平穩地越過海面，然後躍上烏黑易碎的熔岩道，阿嵐把汽艇拉上岸，我也正式踏上了巴倫島。

14 鳳凰

季山牽住我的手，大夥持著杜爾迦的武器，如履薄冰地走在這片恐怖詭異的地形上。我們把女神的禮物全帶在身上了，能再度揹起弓箭的感覺真好，尤其在心裡如此不安的時候。我幻想身覆鬃毛的怪物及長著鋸齒獠牙的野獸，潛伏在雜亂枯黃的紅樹林裡，伸著噁心癩痢的四肢，撕抓我們的衣服；用樹根般的爪子，阻礙我們行進。

我們的腳深陷在宛若炭雪的火山灰中，空氣濁重，燠熱難耐。在這片恐怖的地貌中前進之時，我緊張地咕噥說：「我有沒有……有沒有和你們說過維蘇威火山的事？」

季山搖搖頭，專心看著前方。

「維蘇威跟這裡一樣，是層狀火山，噴發時毀掉兩座城市，大部分人都當場死亡，少部分人則被埋在層層的火山灰中慢慢窒息而死。後來有人挖掘出完整的骨骸，其中有名懷孕的婦女躺在床上，胎兒的骨骸還在她腹中，婦人的四周圍繞著一些人，很可能是來照顧她的家人。」

季山低哼幾聲，繼續前進。阿嵐握住我的另一隻手，輕輕摁道：「我們不會有事的，凱兒。」

「我只是覺得快被這些灰嗆得喘不過氣了。」

「如果有幫助的話，不妨叫聖巾幫妳織個口罩，試著別去想，也別在意腳下踢起的粉塵，把注意力放在季山過度發達的二頭肌上，保持深呼吸。」

我緊張地噴著鼻息，季山突然收腳，對阿嵐皺眉，然後對我說：「妳若累了，我們可以走慢些。」

「我不累，我只是……那是什麼？」我驚叫著指向沙沙作響的樹葉。

季山旋身一揮，將飛輪射向矮叢，飛輪插入滿布節瘤的樹幹裡，幾隻動物笨拙地咩咩叫著驚竄開來，蹄子陷在有消音作用的火山灰中。它們逃離樹林，跳到火山口險峻的邊坡上，越過山頂消失無蹤。

「是山羊嗎？山羊怎會跑到這裡來？」我問。

阿嵐答說：「我曾經讀過，這些家畜類動物常被留在小島上，以便船隻擱淺時，船員們有東西吃。我們還可能會看到蝙蝠及小型齧齒動物。」

「蝙蝠、山羊及老鼠，天啊。」如果我們只會遇到這些東西，那就太好運了。

我們繼續爬著火山邊坡，鬆軟又含卵石的塵土害我經常打滑，等山坡愈來愈陡時，我連手都用上了。火山灰十分溫暖，有時甚至發燙，想抓附樹根前進也沒什麼用，因為樹根不是被應聲拔起，便是斷成數截。在前面開路的季山，三不五時伸手助我一臂之力。阿嵐負責殿後，兩度接住在軟地上滑跤的我。

山頂上的景色令人嘆為觀止，我們像站在一只大碗的破口上，火山口的兩側坡面，距離海平面皆近一千英尺，微風輕拂，帶來海洋及燃木的氣息，搔弄我的鼻子。岩石嶙峋的邊坡上布滿了樹木的殘枝，甚至可看到四處冒出的稀疏綠芽。然而當我將目光轉向火山口的中央時，忍不住打起了寒顫。

我估計火山口的直徑約有兩英里，阿嵐和季山商討如何爬下去，我則望著眼前的荒蕪。這裡的地貌宛如恐怖的荒月表面，坑疤、斷裂而荒涼，圍繞著煉獄般的星球，漆黑的火山內沸騰的濃漿，原本該是美麗的熱帶海洋。我喝了口水，想解去喉裡的乾澀。

「我們打算用聖巾編繩索，垂降而下。」阿嵐解釋道。

「你確定光明之城的入口在下面嗎？」

季山答說：「這個島不大，凱兒，如果不在那下面，我們就搜遍全島，直到尋獲為止。」

三人戴上手套，接著季山在我身上纏穩數條繩子和一根粗厚的樹幹，我們打算用一套滑輪系統，從岩面垂走而下，以免下降速度過快。

「別亂跳或亂推，慢慢地走下去就行了。阿嵐會在妳下方，跟妳用同一條繩子，我會跟在妳旁邊，我們不會讓妳掉下去的，準備好了嗎？」季山冷靜地問我。

這等於是要我把手插進熔岩裡，我怎麼可能準備得好。

阿嵐握緊繩子，身體後仰一墜，消失不見了。我忐忑地從崖邊窺看，發現他就在我們下方幾英尺處，阿嵐雙腳抵住岩面，向上望著我，不疾不徐地說道：「來吧，凱兒，我就在這裡。」

我渾身哆嗦，緊張地站好定位，握住繩子。剛開始一切還算順利，季山陪著我像老太婆溜滑輪似地，慢慢走下山壁。但是岩面陡然一凹，害我雙腳踏空，心中一陣著慌，狂亂地大叫著掙扎擺晃。繩子一扭，我跟著旋轉，但季山抓住我，幫我把繩子理順了，我則用腿死命纏住他。

季山對我笑說：「妳沒問題的，小貓咪。手放鬆，下降到阿嵐那兒去。」

我抽腿放開季山，他輕輕地盪到一旁。我往上望，感覺有點反胃；往下看，卻覺得更加噁心。我重重嚥著口水，鬆手讓繩索滑過指間，快速地滑降，直至感覺腳底踩到堅硬的岩石，才停下來。我們雖然垂降得極慢，但抵達底部前，未再橫生枝節。我雙手抖個不停，雙腳軟如果凍，愣愣地任由阿嵐幫我解開身上的繩索。

大夥把繩子留在山壁上，朝火山口中心前進。黑亮的火山岩取代了飛灰，像指節突出的怪手般伸向我們。阿嵐走了幾步，測試冷卻後的熔岩硬殼，確定安全無虞後，他沿著一條彎曲的小徑前進，季山和我隨後加入。

由於常有巨石阻路，橫越荒地的速度十分緩慢艱困。巨石如砲彈般地捶擊在一條條乾涸的熔岩上，在撞碎的外殼上，形成參差扭曲的地貌。有些地方，熔岩覆過直徑長達十英尺的巨石，宛如蛋糕上布滿顆粒的翻糖。

我們偶爾踩中焦黑的氣泡殼，氣泡便爆裂成粉粒。窄小的裂隙中冒著硫磺氣，季山的靴子踏穿了一處熔岩黑殼，裡面噴出滾燙的蒸汽，燙傷他的手臂。

看到我一臉憂心，季山安慰地衝我一笑，拍拍襯衫下的卡曼達水壺。

「我們會好的，凱兒，萬一妳出了事，我們就用美人魚的甘露。」

我點點頭努力前行，心想萬一熔漿毀了我的臉，不知甘露能否將我治好。我用珠鍊注滿水罐，大夥盡可能地多喝水。我們繼續前行，不久便看到一個發出微光的大洞。

阿嵐蹲下來往裡頭窺看，「是條熔岩管，可能還是活的。」

「所以會噴出熔岩嘍？」我問道。

「我不確定。」

「那我們該怎麼辦?繼續向前走或是進洞裡?」

季山彎腰看向洞口。「裡面太熱了,她活不了的。」

「那你們兩個呢?」我插話道,「你們也不希望毛皮被燒掉吧。」

「那我們就再往前走好了。」阿嵐說著站起來,將背包擺正。

在準備跟著他的腳步離開時,我突然停下來轉過身。

「你們聽到了嗎?」

「聽到什麼?」季山在我身後問道。

「是……是一首歌。」

「我什麼也沒聽到。」阿嵐答說。

「我也沒有。」季山也說。

我閉眼凝神傾聽。「又出現了,你們的虎耳難道聽不到嗎?」

兩人一起搖頭。

「我實在很不想說這話,但我覺得……應該就是這裡了。」

「可是洞裡太熱了,凱兒。」

「那我們就得設法把它變涼,順便讓自己消暑一下也不賴。」我擦掉頸背上淌癢的汗水,手指碰觸到黑珠項鍊。

「我想到辦法了,」我對季山說,「跟我來。」

眾人爬到熔岩管口邊緣，我摸著喉頭的蓮花珠鍊，口中念念有詞，接著小島轟隆隆地一震，傳來嘩嘩的水流聲，我被震得站不穩腳，阿嵐用手摟住我。

「但願我能控制得了它。」我舉著手緊張地說。

我專心想著火山口的山壁，萬樹搖擺，接著一道海水沖過山壁，注入盆口。我想像水流的方向，要它流到更近的地方，海水立即騰越黑色的火山表面。

蒸汽從多處噴出，如千蛇吐信嘶嘶作響。我抬手捧住它們，慢慢將之兜攏，我馴服海水，將海水塑成我要的樣子，然後將海水引入熔岩管中。

冷冽的海水向前疾湧，衝下熔岩管的開口。我可以感覺海水流過小島底下綿延數里的管道，我不斷引來更多海水，直到幾乎用掉一座小湖的水量。我張開十指，派冰冷的海水竄入地底淹沒熔岩，熔岩遇水，發出嘶嘶聲響，在蒸騰的霧氣中化為黑石。我閉眼靜靜駐足，感受蒸氣的動向，直至最後一滴水霧消失蒸散。

當我睜開眼時，阿嵐和季山正滿臉狐疑地望著我。

「妳是怎麼學會這招的？」季山問。

「我也不知道，我想是那歌聲的關係吧，你確定沒聽到歌聲嗎？」

看到兩人同時搖頭，我忍不住懷疑，自己除了擁有異能和操控物質的能力外，是不是還兼具了順風耳。不管原因是什麼，總之收效了，岩管裡雖然還暖烘烘的，但溫度已大幅下降了。

我們走進溼漉漉的洞口，愈往下降，地道也曲折起來，變得異常黑暗，僅能靠芳寧洛的眼睛發光照路。空氣潮溼悶熱，隧壁上黏著金屬礦脈的細纖，空氣中飄散的金屬纖維，害我頻頻咳嗽。

我們來到一個岔口，我拐往左側，季山低聲問：「妳怎麼知道要走哪邊？」

我遲疑了一下，答道：「我也不知道為什麼，但我就是知道。」

我的回答在陰暗的地道裡產生恐怖的回音，我擦著頸背，把黏在下背上的T恤扯開。為了不去多想此地的酷熱與危險，我哼著聖誕歌曲，幻想大雪紛飛的情景，沒想到阿嵐和季山也跟著唱起了〈聖誕鈴聲〉，但我們唱得有氣無力，加上彈來的回聲，聽起來倒像是被遺忘在假日裡的鬼哭。

圓滑的熔岩管像被巨大的蚯蚓鑽鑿過，孔徑動不動就達十二英尺，能讓兩人輕易併肩而行。我們向下走了將近一英里路，**現在一定已經在海平面下了**。我聽到前面有水流聲，不知我喚來的海水是否還有部分在管子裡流竄。

我們來到一片管道的斷裂處，裡面發出橘紅色的光芒，我們挨上去，一陣熱氣瞬間蒸乾了我全身的汗水。

阿嵐把我往後拉開，三人一起伸長脖子向裂口裡探看，只見一百英尺下，有條滾動的熔岩河，邊緣的黑岩緩緩流著，中心的豔橘熔岩則快速移動。一片冷卻下來的黑殼四分五裂，飄散在不同處，讓熔岩看來有如丟在冰箱中，未加蓋的橘紅色布丁。

季山把我從眼前的奇觀拉開，一行人繼續沿著迷宮般的管道下行，直至來到盡處。我用手貼住一面粗糙的岩壁。

「我不懂為什麼會這樣，應該就是這裡啊。」我喃喃說道。

阿嵐把手放到石壁上撫摸著，擦掉上面的細礫，季山和我一起幫忙。我摸到一處凹痕，便用手掃著，挖出裡頭的粉塵。碎石鬆落在我的腳邊，不一會兒，我大喊道：

「找到了，有手印！」

我把手放到凹印中，將劈啪作響的火力灌入岩石裡。手上的繪紋浮現了，並自內而外地發出亮光。山洞搖晃，岩壁移擺，碎裂的石粉如雨般撒在我們身上，季山拉住我，把我的頭按到他胸口，用自己的身體護住我。岩石低吟著來回搖動，然後緩緩滾向一旁止住。我拍掉搔著臉頰的細塵，穿越開口。

三人站在一塊突岩上，俯瞰一大片地底的森林。

「森林？這裡怎麼可能會有森林？」我不可置信地問。

「我想這些應該不是普通的樹林，應該跟奇稀金達一樣，」阿嵐低聲說，「是地底的世界。」

「是啊，只是這裡比冥界更熱。」

阿嵐找到一串石階，大夥循階而下，途中我不斷讚美瑰麗的林地。粗壯烏黑的樹幹撐起了一大片繁茂的樹冠，覆在枝上的樹葉，輕輕閃動殘火般的餘光。金黃的捲鬚自樹枝中伸出，朝著我們前進的方向擺動。

阿嵐戒慎地盯著捲鬚，抽出背包中的戰鍾，我卻毫無所懼地邁步前進，並伸出一根手指。一根細鬚怯怯地朝我的手伸過來，然後輕緩地捲上我的手指，依附在我身上。一股暖意流貫全身，接著我項上的護身符也開始發出光芒。

「凱西？」阿嵐對我走來。

我舉手阻止他。「沒關係，它沒有敵意。」我笑著說：「它是被護身符的能量吸引來的。」

另一條生著兩片顫葉的細藤輕刷著我的臉，季山對著樹走過去，樹葉卻閃示警色，我摸著樹幹安撫它。

「他們不會傷害你，你不用怕我們。」

那棵樹似乎回復了正常，讓季山碰觸它的枝幹。

火樹微顫著伸出另一根藤蔓，藤鬚上有許多細小的花苞，綻放出長著金葉的豔橘色花瓣。

「好美喔。」我興奮地喊道。

季山嘀咕道：「它們好像很喜歡妳。」

葉片顫抖著轉向走下斜坡的我們。

我們一路看到閃爍生輝的蕨類，以及火紅盛開的花朵。阿嵐和季山覓路而行，看到一隻頗像兔子的紅橘色動物。森林以暖氣包覆我們，卻又讓我們免於火山的灼燒。空氣乾燥，地面是黑色的沃土，就像養分十足的盆栽土壤。黑色的岩石及樹幹上長著或橘或紅、色調不一的發光厚苔。

我們坐在倒下的樹幹上，享受黃金果幫我們做的午餐，小聲談論這個詭異的地方。林樹不時伸出捲鬚，觸碰我的頭髮或胳臂，長鬚一觸到我，護身符便發出亮光，暖意也跟著竄向四肢。我覺得它們好像在幫我充電，而且也不再受熱氣困擾了。

雖然樹林裡閃閃生光，天空卻十分漆黑，且杳無星辰。我們攀上一座小丘，阿嵐站在丘頂指著遙遠的地平線。

「看得了嗎？」

「看到什麼？」我問。

「那邊有道山脈，不容易看出來，因為山是黑的，背景也是黑的。」

季山說他可以看出輪廓，但我只看到一片黑。

「你們的虎眼很精嘛，我啥也看不到。」

阿嵐點點頭，建議大夥到底下的山谷紮營。我們正準備下山時，一道亮光劃過天際，爆成火樹銀花，讓我想起國慶的煙火秀。接著彷彿有人突然撥動開關，所有的樹全都熄暗了，眼前伸手不見五指。

「發生什麼事了？」我緊張地叫道。

阿嵐握住我的手，把我拉到身邊。「我也不清楚。」

芳寧洛的綠眼發出光芒，在這詭異黑暗的世界裡，照出一小片悅人的綠光。阿嵐緊握我的手，帶頭走下山去。

到了谷底，大夥開始紮營，用聖巾搭起一座大帳篷。我伸手觸摸一根樹枝，卻無任何感覺，樹枝既未動彈，也沒為我注入暖意，似乎已然枯死。我把手貼到樹幹上，讓火能滲進樹中，微弱的顫動證實了樹還是活的，我猜大概是它睡著了吧。

當我爬進帳篷加入阿嵐和季山時，兩人突然停止談話。

「有祕密？」我逗他們說，「反正我也不想知道，我只想告訴你們，那些樹都睡著了，有點像晚上熄燈就寢。」

阿嵐點點頭。「很好，我們今晚會守夜，我們認為……妳有可能被耍了，凱兒。」

「什麼？」我大笑道：「你們在開玩笑吧？」

兩人都沒看我。

「你們認為那些樹害我迷路？」

阿嵐柔聲說：「我們不能排除任何可能性。」

季山又說：「所以我們才要輪流守夜，還有，不許妳參加。」

我雙手在胸前一疊，「我若被耍了，自己應該知道。還有，二位虎兄憑什麼替我決定？你們實在太……太大男人了！」

「凱兒。」兩人同聲抗議。

「算了，隨便你們，愛守就守吧。」

我翻身臥躺，把拳頭塞到臉下，聽到季山輕嘆說：「晚安，凱西。」我扭著身，熱到將被子踢掉，然後便睡著了。

一道強光穿透帳篷，將我從睡夢中驚醒。我聽到一記爆裂聲及金屬相擊的嗡鳴聲，萬物突然籠罩在閃爍的火光中。

阿嵐仍在沈睡，一隻手擺在頭頂上，另一隻手擱在腹上，我挨過去，阿嵐嘆了口氣，調整頭部角度，舒服地偎著枕頭。

我好想伸手摸他，我知道他銅色的肌膚柔滑而溫暖，但我只敢坐著聆聽他低沈的呼吸，不懂自己為何已經與人訂了婚，卻又心繫著另一個男人。

我真是個糟糕的人，我倉皇地衝出帳篷。

「早安，小貓咪。」季山邊說邊看哨，「妳還在生氣嗎？」

「沒有。」

「很好。」

他給我一個熊抱，吻住我的頭。一根柔如貓爪的細藤觸動我的手背，我任它纏繞住我的小拇指，感受它的溫暖。

我被火山烘得渾身髒黏，便走開一段距離，打算用珠鍊架個淋浴間，可是水珠一碰到樹，樹就一陣劇抖，葉片瞬間變黃脫落。

嗯……這倒怪了。我停掉水流，想起這些樹木受到火符的吸引，猜想它們的能量可能源自於火。

我試著用自己的火能去溫暖、修護那些受損的樹木，第一株樹雖已開始癒合，但我仍感覺它還在流失能量，我痛心地把手從樹幹上移開，默默掉下淚來。

幾分鐘後阿嵐過來找我，幫我拭淚，「妳為什麼在哭？」

「我害死了一棵樹。」我吸著鼻子說：「我想這些樹應該是靠火維生，一接觸到水就會死。我想救它們，能量卻不夠。」

阿嵐仔細檢查一番後，拉起我的手放到樹幹上，「再試一遍。」

我閉上眼，在體內蓄積火能，直到能量開始傾注樹幹。我感覺樹木在深處以微光回應，並對我伸出顫弱的觸手，我們彼此探觸，但我知道自己永遠無法跨越那道隔閡的鴻溝。我在絕望之餘，又哭了起來，這時我的雙掌突然竄出一股金色的能量，從樹根衝向葉上，那金液流過枯槁的枝幹，所及之處，原已乾黃的捲鬚均重獲生機。

新生勃發的樹木伸向我，輕柔地撫觸我的頭髮和臉龐，我的淚水在樹的暖意下烘乾了，一條枝葉繁茂的樹枝擁住我，我欣喜地沐浴在它的光芒下，一轉身，竟發現所有其他樹木也都痊癒了。

「為什麼治一棵樹便能醫好所有的樹？」我大聲問道。

阿嵐回說：「或許它們的根是相連的。」

阿嵐撥開我頸上的頭髮，用拇指輕輕滑過我耳後的敏感帶，我渾身哆嗦，眼神與他交會。

「或許它們會對妳的觸摸起反應。」他靜靜說道，嘴唇僅離我的數吋。

「你幹嘛那樣看我？」我垂眼問著退開幾步。

他的手從我脖子邊垂落，「我怎樣看妳了？」

「就像以前一樣，好像我是一隻羚羊。」

阿嵐微微一笑，但臉色一凜，把我拉入懷中。「也許是因為我太飢餓了。」

「你早上沒吃東西嗎？」我想藉幽默化解緊張的氣氛，但效果欠佳。

「我要的不是食物，凱西，我渴求的是妳。」

我正想反駁，卻被他以指壓住嘴唇。「噓……讓我好好享受此刻，這種寶貴的機會不多，我保證絕不吻妳，我只想抱抱妳，不去想任何人或任何事。」

我嘆口氣，低下頭靠在他胸膛上。

一兩分鐘後，季山憤憤地問道：「你抱我的未婚妻抱夠了沒？」

阿嵐身體一僵，向後退開，什麼也沒說。

「我們在治療……」

季山往後一轉，氣呼呼地離開了。

「……樹木。」我朝著他的背影喊說。

顯然我們應該再次上路了。大夥默默走了一個鐘頭後，來到一片開滿花朵的草地，發光的花兒在黑色的莖幹上來回晃動，底下是層層交錯的金色矮灌叢、朱紅樹叢、鮮紅的灌木，以及枯死的銅蕨菜，四周則是密密麻麻，生著豔黃、霞橘及深紅色樹木的灌木林。

我們停下來欣賞周遭的絕美森林，就在此時，我聽到翅膀的撲飛聲。季山取下飛輪，阿嵐拔出金劍，一分為二，將其中一把扔給季山，同時扭動腰間的叉刀，直至伸成我們所熟悉的三叉戟。阿嵐舉起手臂，準備隨時把三叉戟當標槍擲出。

我們聽到鳥類的尖嘯，我嚥著口水，搜尋黑暗的天空，祈禱別又是一對鐵鳥。那怪鳥如燃燒的流星朝我們飛馳而來，邊緣漆黑，內裡灼亮。

它在空中盤旋，歪頭瞅著我們，白色的眼睛宛如探照燈般掃瞄著大地。怪鳥張開彎曲的鷹喙，再度發出尖鳴，接著它火速鼓動翅翼，直直朝著我們飛降。

鳥翼上的羽毛極為柔軟——部分為細絨，部分是火焰。寬大的翅膀收窄成尖翼，靠近身體的地方是蠟黃色，尾端則是近乎黑色的暗紅。

鳥喙金黃，腳上覆著暗橘色的羽毛，並生著強壯的利爪。鳥首冒著一叢火紅的羽冠，鮮紅的長羽毛護住它的頸背，映出熾焰的光芒。鳥尾極長，飛行時在身後開展如扇。怪鳥身上的色澤與地上的植物相互呼應，它那在空中翻揚的翅膀、尾巴和羽冠，看起來宛如著了火。

鳥兒降落在一根倒臥的樹幹上，以爪子扣住樹身，然後前後跳動著，直至站穩，才收翼望著我們三個人。一記雄性的磁聲穿越草地，那溫暖如歌的樂聲，似乎與周遭的世界一樣燦爛。

「你們為何闖入我的領土？」鳥兒問道。

阿嵐踏前一步，「我們前來尋找火繩。」

「你們為何要尋找火繩？」

「這是我們的最後一役，我們想將杜爾迦的寶物呈獻給她，重新變回人形。」季山答說。

「想闖進我的領域，就得有所犧牲，才能證實你們的資格。」

「告訴我們怎麼做，我們自會照辦。」阿嵐保證說。

笑聲自四周揚起，「這犧牲與你無關，白虎。我要的是沙迪式的犧牲，這裡只有一個人能達成我的要求。」

阿嵐和季山不約而同地跳到我前面，舉起武器大喊：「不行！不准你傷她。」

我困惑地從兩兄弟的寬肩中望出去，立即被鳳凰明亮的眼睛震住。

15 自焚

阿嵐和季山擋住我的路，在鳳凰與我之間隔開一個安全的距離。

「你們兩個是在幹嘛？」我努力想閃過他們，「我們不就是來這裡商議事情的嗎？我們有很多東西可以當獻禮，我可以變出水果、金縷衣，或任何它要的東西。」

季山垂下手裡的飛輪，緊盯住大鳥。「鳳凰要的不是一般祭禮，凱兒，它要的是沙迪式的犧牲。」

「那是什麼意思？」

阿嵐繃緊下巴，用一種從未見過的神情瞄著我，一對明眸充滿深愁。他搖搖頭，拒絕回答我，只是握緊武器，向前跨出一步，用身體擋在我和鳳凰之間。

我轉向季山，柔聲催說：「快告訴我呀。」

季山沈聲答道：「古時的婦女，被教育得將身心靈奉獻給丈夫，所謂沙迪，便是寡婦，寡婦在丈夫去世後悲不可抑，為了表達她的堅貞與愛，不願與丈夫分離，在丈夫火葬時，會投身於丈夫的火葬堆中，自焚而亡。」

阿嵐不屑地補充說：「印度早已明令禁止這種作法了，我的父母也嚴禁在我的王國進行這項儀式。」

我低聲喃喃說：「我明白了。」

我面向鳳凰，感覺阿嵐的嘴唇掃過我的耳朵。

「親愛的，我們絕不會棄妳於不顧。」

我搭住他堅硬如石的前臂，輕輕摁了一下，又用另一隻手握住季山的手腕，然後鼓起最大的勇氣對鳳凰說：「你到底要我怎麼做？」

鳳凰偏著頭打量我，答道：「你們說要找火繩，但只有夠格的人才能穿越我的山林找到火繩。我要求妳犧牲，以確認你們的資格。」

「我若獻上自己，會死嗎？」

「或許會，或許不會。沙迪的考驗，是要試煉她的心靈，而非肉體。如果妳的心靈純潔無瑕、真愛彌堅，血肉之軀便不會燃燒。妳的心若虛假欺瞞，肉身便無法通過火焰的試煉。」

我心跳加倍，臟腑翻轉，聽到季山在一旁抗議，說我們必能找到別的辦法，但我心裡已有了底，知道別無他途。我想起與卡當先生的談話，幾乎可聽到他在我心中低語。

「莫忌憚火焰，凱西小姐，只要有所準備，火焰也無法傷妳。」

但萬一我死了呢？

卡當先生的聲音再度出現。「輪迴就是老靈魂賜生新的靈魂，如同拿將滅的火焰，點燃另一根新燭。蠟燭雖有差別，但火苗卻承自己滅的蠟燭。」

可是我壓根不相信輪迴。周遭環境雖乾旱異常，但眼中的淚水還是不住地流到臉上，我突然想起與卡當先生的另一場對話。「若是妳的孩子困在失火的屋子裡呢？」

「我會衝進去救他。」

此時我明白該如何答覆鳳凰了，我抬頭輕聲說：「我願意奉獻自己。」

鳳凰高舉雙翅，發出淒厲的叫聲，季山求我不要莽撞，並朝著鳳凰射出飛輪，但飛輪只在鳳凰身邊繞了一圈，又回到季山手上。

身邊的阿嵐顫抖著拼命跟不死的鳳凰情商，他焦急地說：「我求你重新考慮，取我的性命好了，應該有前例可循吧。」

鳳凰答道：「你說的沒錯，自焚的未必一定是寡婦，不分年齡或男女，都有人因哀慟而獻出性命，但是你的心早已奉獻過了。」

「你是什麼意思？」我問。

睿智的鳳凰解釋說：「白虎曾選擇忘記所愛，以解救愛人。他的心靈純潔，愛情深篤。」

「那就取我的性命吧。」季山提議。

燃燒的火鳥思忖片刻後說：「不行，還輪不到你犧牲的時候，你放心吧，你也會面對試煉，但不是由我出面。年輕女孩，妳過來。」

我怯怯走前一步，應該算很勇敢了，但我停在季山面前。

他抱住我低聲說：「它只要敢傷妳，我就立刻要它鳥頭落地。」

「我會記得低頭避開。」我玩笑地說著，給他一個快吻。

身後傳來一聲嗚咽，阿嵐雙膝落地摟住我的腰，把臉貼在我腹上。

「拜託妳別這麼做，凱西，我求求妳。」阿嵐哀求道。

「我非去不可呀。」我撫著他的頭髮，親吻他的頭頂。

「我愛妳。」阿嵐喃喃說。

「我知道。」我簡單回答。

阿嵐萬分不捨地放開我，站起來，憤憤擦掉讓藍眼更顯瑩亮的淚水，毅然拾起武器。我轉身離開他，直接面對鳳凰。

「我準備好了。」

巨鳥展翅振翼，送來一股股熱流圍繞我轉旋，我使勁把顫動不已的手貼在身側，等待焚燃的燒痛。

鳳凰擺腿舞動，張開鳥喙引吭高歌，曲調優美清甜，曲終時說道：「現在他們也無法阻止妳了。」

「什麼？」我旋過身問。

阿嵐和季山被封在閃閃發光的玻璃箱中，兩人徒勞地揮著拳，以身體撞擊牆面，卻無法擊破透明的玻璃。我看得到、但聽不見他們。

「他們在裡面能呼吸嗎？」我問。

「這個鑽石籠可以透氣，他們不會受傷，更重要的是，他們無法干擾獻祭。現在我必須請妳拿下護身符。」

我立即撫住自己的喉頭。「為什麼？」

「火符會在這個國度保護妳，妳若繼續戴著，森林裡所有生物，包括那些樹木，都要一起承擔妳的痛苦。」

我立刻解開頸背上的扣環。「能答應我，把護身符留在這裡給阿嵐和季山嗎？他們會需要護身符。」

「我對妳的護身符沒興趣，妳把它放到一旁，不會有人動它。」

我取下護身符及芳寧洛，以保護雙虎。火界的炙熱立即吞噬了我，汗水淌滿我的臉，我舔了舔驟然乾澀的嘴唇。

我故意不理阿嵐和季山，他們顯然覺得我的作法很不智，然而當我轉向鳳凰時，便知道自己做了正確的決定。

鳳凰再度唱起歌來，地層向後掀捲，將我和燃燒的火鳥隔開，雙方之間出現一道熾岩及碎石。

「如果妳能走過這道火徑，就可以通過我的山林。」

「萬一我做不到呢？」

「那麼妳的焦骨將長眠於這片山林裡。」

我乾澀地重重吞嚥，把穿著靴子的腳踏到白熱的炭火上。熱氣撲來，靴子開始冒煙。汗水從我的太陽穴流到脖子上，上唇也冒出了一排汗珠。我又踩出一步，接著又是一步，火徑雖然崎嶇多石，我卻走得如履薄冰。我驚恐地發現，靴底的橡膠已融成稠液了。

當我腳跟上的襪子觸到燙熱的岩石時，我失聲尖叫，我抬腳正打算跳開時，鳳凰警告說：

「妳若離開這條火徑，就會沒命。」

我放下腳，小心翼翼地踮著腳尖又走了幾步，我掉著淚，跛足前進。

鳳凰冷眼旁觀，問道：「妳為何要封閉自己的心靈？」

我痛苦地喘著氣，「你是什麼意思？」

鳳凰沒回答，我踩下已經光裸的左腳，然後轉跳到右腳，上面僅存的一小片鞋子也化於無形。我痛苦尖喊，但打死不退，僅剩的襪子上緣燒了起來，我卯足神力將它一把扯下，望著自己變黑的雙腳，腳踝以上的皮膚燙紅著，起了嚴重的水泡。

不久，我只能感覺痛楚在小腿上下遊走，我知道腳部的末端神經已被燒死了。我堅決地又走了幾步。

鳳凰提出另一個問題：「妳為何不和心愛的男人在一起？」

我咬牙說：「我有啊，我愛季山。」

火焰在我腳邊跳躍，我的短褲也著火了，我把火拍熄，看到脛骨上的皮膚已被火燒黑皸裂。

鳳凰再度冷靜地問道：「妳為什麼不和心愛的男人在一起？」

我急喘道：「你是指阿嵐，對不對？」

鳳凰沈默不答。

我又向前一步，痛嚎起來。「阿嵐和我不……不適合。」我喘說，「他是高級的巧克力蛋糕，我只是根蘿蔔，他會讓我心碎，為別的女人離我而去。」

「妳撒謊，妳心裡很清楚他絕不會離開妳。」

火苗在我四周亂竄，我發出非人的哀嚎。

火鳥不改從容地說：「妳封藏了自己的真心，說出實話，妳的痛苦就會減輕。」

「實話就是……他是超級英雄，而我……」

一團火球圍住我，我再度嘶喊，虛弱而激動地顫抖著。

「我答應過季山，我不能離開他！」

劈啪作響的火焰圍攏著我，我放聲尖叫，火鳥默默看著烈火稍退，我大吼說：「事實就是：我害怕孤獨！我怕他會死去！像卡當先生一樣！像我父母一樣！」

「死亡是妳恐懼的原因，但並不是妳排拒他的理由。」

我的頭髮也著火了，我全身上下都在燃燒，綁在髮上的紅絲帶被微風吹開，絲帶一端冒著火，落在我前面的火徑上，化為飛灰。我覺得臉上溼漉漉地，伸手一摸，焦黑的皮膚應聲剝落。

我已無力站直，雙手著地的跪倒懇求著說：「求求你，終止我的痛苦吧！」

「說出實話，痛苦就會終止。妳為何不和心愛的男人在一起？」

我掙扎吸氣，知道自己就快死了。我看著化成灰的手，哽咽著擠出最後一口氣，低聲說：「倘若他們都死了，我哪能獨享快樂。」

「妳終於說出實話了。」

疼痛瞬間消退，好似從來不曾發生，但我的身體已被燒得血肉模糊。只要不再疼痛，什麼都無所謂了，我會心滿意足地躺在火床上，沈入「死之長眠」中。

鳳凰繼續說道：「妳願意用什麼來換回妳的父母及卡當先生？」

「什麼都可以。」我用灼焦皸裂的嘴唇低聲說。

「妳願意犧牲那對年輕的兄弟嗎？」

我凝聚渙散的思緒，我願意犧牲阿嵐和季山，換回我的父母嗎？我想起家裡的小圖書室、和媽媽一起烤餅乾、在瀑布旁野餐。想起了中學畢業時，爸爸激動地跳起來拍手，擦掉眼鏡下的淚水，然而其他家長則無動於衷地坐著。我想到跟卡當先生一起開心地準備晚餐，想到他喋喋不休地聊著跑車、香料，我真的好想念他。

我思及阿嵐和季山，我愛他們，我能夠放棄季山的逗弄及阿嵐的笑容嗎？能放棄季山的熊抱和阿嵐的輕撫嗎？

我回答鳳凰說：「不，我不會拿他們的性命去換回我父母或卡當先生，但你盡可取走我的性命，」我咳嗽著，聲音有如碎葉，「……就看我的命值多少了。」

我抬手試探性地摸著焦禿的頭皮，垂下顫抖的手，勉強擠出一滴淚水。

「可憐的孩兒，」火鳥低聲說，「妳說得對，妳的命值不了多少，當然換不回逝去的三條性命。如果妳願意體驗愛，曾享受過幾年快樂日子，或許還有些價值，然而妳的一生如此可悲，真是可惜了。」

我想點頭同意，但已無法控制自己的身體。鳳凰說得沒錯，我的確可悲，不僅虛擲生命，更因得失心過重，而不敢努力贏取。

「不過，我想有一天妳或許還能有些價值，至少那兩名年輕人挺在乎妳的。」一會兒後，鳳凰繼續說道：「我想我還是接受妳的奉獻吧，在我認為妳懂得珍惜生命之前，妳的命是屬於我的。來吧。」

我聽到沈沈的撲翅聲，鳳凰飛入空中，攪起一陣旋風繞住我焦黑的身體。鳳凰朝我落下，我再度聽到它唱起優美的曲子，接著感到身子被騰空抓起，飛入天空。我們在夜空中飛越燃燒的森林，我陷入沈睡，在柔軟的雲層中輕搖入夢。

我夢見從前的一個古國，羅克什在古老的圖書館中，正對卑微的管理員施以酷刑，逼問他關於緬甸驃國潘特伍．毗濕奴皇后的事，皇后的兄弟曾贈她一張神鼓，皇后擊鼓時，附近的河水便會暴漲淹沒敵人；神鼓亦能在旱災時喚來雨水，於水災時退去澇洪。邪惡的法師笑著低聲說：「那張神鼓只是個障眼法罷了。」羅克什眼神炯亮，接著夢境一轉，移至闃黑的夜晚。

接下來我看到羅克什試著跟皇后的孫子交換護身符，但對方拒絕賣出，羅克什將他殺害後，彎身從死者指上取下一枚金戒，戴在自己手上。羅克什獰笑著將手伸到噴水池上，水從池中升起旋繞著，然後夢就結束了。

水，我心想，羅克什的護身符中，有一片能控制水。

醒時，我注意到的第一件事，是手上的粉紅皮膚，我的指甲竟然完好如初。我見不著鳳凰的影跡，便抬手觸摸自己的頭髮，結果發現頭髮濃密而滑順。我揉著臂上的肌膚，覺得皮膚柔若羽絨。我身上穿著金色長衣，腳下的靴子已換成了輕軟的涼鞋。

我坐起身，發現自己身處一座大鳥巢裡，旁邊有幾十個寶石般的鳥蛋。鳥巢棲踞在幾千英尺高，黑石山頂上一片險峻的岩架上，若無聖巾的繩索，我決計爬不下去。放眼所及，是巒峰層疊的火樹林。

我的肚子咕嚕嚕地叫起來，我猜若非錯過好幾天早餐，至少也遲了好幾個鐘頭吧。

附近一座山頭上，有道熔岩從嶙峋的峭壁上流下，從空而落，過程中溫度微降。發光的熔岩瀑沖入底下的火池，濺散的熔液噴向四周的岩石，在岩石的表面上，塗出一層黑色的表殼。池子周邊環繞著茂密的火樹林，火樹像吸吮新鮮泉水般地汲取滾燙的岩漿。

一個悅耳的聲音打破了寂靜，「就像新生兒一樣。」

我抬眼望向鳳凰，火鳥停棲在上方一片岩架上，用鳥喙整理身上的羽毛。

「什麼像新生兒一樣？」我問。

「妳的皮膚、頭髮和指甲。」

「是你治好我的嗎？」

「妳是自癒而成的。當妳吐露實言，妳的心就會治癒妳，因為妳有求生的意志。」鳳凰偏著翎羽豐厚的頭瞅著我說：「不知妳會不會虛擲這個禮物。」

「你是不是需要伴侶，所以才會想要一名寡妻？」

「寡妻只是一種忠誠及奉獻的象徵，我並不樂見妳焚燒，但我想讓妳知道，肉體並不重要，我要檢視的是妳的心火，妳的熱情。這種心之火永遠不退潮止息，且將燃燒照明永世。妳一進到森林裡，我就感應到妳的困惑，也知道該如何對症下藥。

「我賜給妳千載難逢的機會，讓妳滌除靈魂所背負的悲苦，但現在妳必須做出選擇：繼續承受原有的包袱，或選擇放下。我們鳳凰曾將這淨化之火送給世人，但人類遺忘了我們的能力，心靈也因此承受更多痛苦。」

「我覺得，有時悲苦可幫助我記住痛失的親人。」我告訴鳳凰。

「那是種錯誤的想法。」

我屈膝抱胸問：「你若遇到我的問題，會怎麼做？」

「妳究竟有什麼問題，小姑娘？」

「你比任何人都更清楚啊。我該如何克服恐懼？開創自己的人生？該不該冒險去愛？既然人生難逃一死，努力生活又有什麼意義？」

鳳凰拍拍翅膀，然後收翅跳進鳥巢裡，來到我身邊。「妳對鳳凰的一生知道多少？」

「不多。我念過的神話，結果大都是謬誤的。」

「大部分的故事本來就是杜撰的，但細心的讀者總能淘選出一些真相。在等候妳那兩位小夥子時，想不想多聽聽我們鳳凰族的事？」

「他們會來這裡嗎？」

「當然了。我將他們從鑽石籠中放出來了，他們看到我帶著妳飛走，兩人遲早會找上我的老巢，不過他們以為妳已經死了。」

「他們若以為我死了，為何還要來追你？」

鳳凰爆出樂聲般的歡笑，「因為他們想宰掉我呀。我會讀心，看得出他們的心思。藍眼小子很後悔放妳走，鐵了心跟我一決生死，金眼小子只想親手把我勒斃。」

我拾起一顆松綠色的蛋，拿起身上的衣服輕輕擦亮。

「妳心中可有反悔？」鳳凰柔聲問。

「他們……他們有聽到我說的一切嗎？」

「沒有，他們只看見妳出了什麼事。」

我鬆了口大氣。

「假如他們知道的話，妳會比較輕鬆。」

我轉移話題說：「告訴我，當鳳凰是何種情形。」

華麗的大鳥在巢中挪動，用嘴喙輕敲一顆酒紅色鳥蛋，然後仔細傾聽。一會兒後，鳳凰開始說道：

「鳳凰將嘴喙浸入水中，便能淨化有毒的湖水或溪流。吹口熱氣，便能純淨大地，讓荒地變得富饒茂盛。」

「那些你都做過嗎？」

「可惜沒有，但我透過祖先們的眼睛看到了。」

「你是怎麼辦到的？你擁有他們所有的記憶嗎？」

「新鳳凰誕生時，遠祖們的生命之火便會進入它的身體，鳳凰一出生，便擁有先祖的知識與能力。比如說，我能治療疾病、為那些瞥見我飛掠的人帶來好運，還有，我知道世間每一種語言，即使是那些已被時間汰逝的語彙。我只要拍動一下翅膀，便能夷平一座山岳。我可以藉由歌聲讓人類萬獸沈睡，能將活物變成石頭或塵土，但我從來找不到理由那麼做。以往有些較自私的鳳凰，曾將湖水洩光，大啖湖中的鮮魚，還擄走大象食用，但這已算是我輩之徒所造過最大的罪孽了。」

「大象要怎麼吃？」

「跟其他猛禽的吃法一樣，若是活獸，我們會將它攫至高處，然後將它摔下。」

「我的媽呀！」

「是的。在我腦海裡，見過世界三毀三興，每隻鳳凰都擁有歷代承襲的知識，我們會守護它，並將智慧授予那些證實了自身價值的人類。」

「卡當先生一定很樂意與你一談。」

鳳凰搖搖頭，豎起羽冠，然後鬆垂下來。

我追問道：「所以你們真是從火焰中誕生的嗎？聽說鳳凰壽長千年，死後尚能重生。」

「一千年！」鳥兒嗤道，「若是真的，我必能在千年中成就許許多多功業。」

「那……你能活多久？」

「用人類的日子計數，我的壽長連一天都不到。」

「什麼？」

鳳凰用炯亮的眼神望著我，「我只能活至今日結束，破曉時，新的鳳凰將崛起誕生。但以前不是這樣的。」

「那你如何能完成那麼多事蹟？怎能學會所有語言？擁有這麼多的智慧？」

「我並沒有，是我的祖先完成的。古時的鳳凰幾乎長壽不死，因為當時的人類相信我們，需要我們，鳳凰是人類的靈思，對未來的祈願，鳳凰代表了更新、重生、真理、忠誠與貞潔。人們要求我們為婚姻賜福，因為我們帶來好運，我們協助攜手共度的年輕夫妻，尋求和睦與圓滿。

「後來世界漸漸變了，人類不僅遺忘了鳳凰，更忘記了我們代表的意義。我們不再被需要，所以便消失了。如今我們守護火樹林，呵護世界之心的火焰，因為那是心靈所在之處。妳曾問我，要如何克服恐懼，創造自己的人生，當死亡隨時會降臨時，要如何冒險去愛一個人。

「當長日將盡，當我注視死亡的雙眼時，我會告訴妳，愛是宇宙間唯一值得不計一切、冒險爭取的東西。生命的目的在於增長智慧，跟隨心中的真理。若是做到了，便能得到幸福快樂，若是將生命浪擲在懊悔自己的選擇或怨天尤人上，那麼妳的雙親和卡當先生，便死得毫無價值了。千萬別忘了，把每一天當成最後一日來過。」

「我不會忘的。」

鳳凰站起來，將翅膀整片伸展開來輕輕拍動，然後昂首柔聲歌唱。一道彗星緩緩劃過夜空，鳳凰的聲音在我體中震顫，它喊道：「我叫日落，是黃昏的鳳凰，接納我的犧牲吧，讓歷代的智慧守護者、人類的監護者、所有的心之火，能再次重生！」

鳳凰說罷，以雙翅裹住身軀，垂首埋入胸間，爆成一團火球，頃刻間燃盡自己的軀體。我遮住雙眼，聽見鳳凰的勝利之歌在烈焰中迴盪。彗星射向我們的山區，一道白光自燃燒的鳳凰中升起，射入火鳥腳邊的酒紅色蛋中，紅蛋放光片刻，接著便被鳳凰燙熱焦黑的焚灰覆住了。

流星穿越山巔，消失了蹤影。啪的一聲，火樹林熄滅了，我又墜入一片闃黑中。

16 火焰果

黑暗籠罩，我覺得自己像淹沒在燙熱的海洋裡。空氣濁重，我不時眨眼，希望能適應漆黑，看見點什麼。連熔岩瀑布都已轉暗了，幾分鐘後，我把頭靠臥在鳥巢上，試著睡覺。

我被細細的敲擊聲鬧醒，那聲音聽來像小啄木鳥在樹上敲啄，我貼在巢上的手掌感覺到了震動。一縷暖風將我的頭髮吹過肩際，我坐起身，撥開頭髮，同時發現微風也吹散了部分覆在紅鳳凰蛋上的灰燼。

紅蛋內部發出搏動的紅光，我手腳並用地小心爬近，以免傷到其他鳳凰蛋，接著我聽見一記輕細的搔刮聲，紅蛋微微一顫，蛋殼開始敲裂，並透出一束白光。我興奮地看著一隻新生的鳳凰幼鳥慢慢孵化。

數分鐘後，一個金色的鳥嘴在蛋殼上啄出小洞，復又抽了回去，接著鳳凰奮力一蹬，金爪攫住蛋殼，從蛋中伸出。這時一道白光劃過黑空，我回眸一望，看見黎明的彗星慢慢掠過漆黑的天際。

接著又是一記裂響，蛋殼裂得更開了，露出裡頭來回扭動、拼命想掙脫蛋殼的豔紅色幼鳥。鳳凰的羽毛溼黏在深紅色的身體上，我可以看見它嫩薄的胸口下，迅速跳動的心臟。

小鳳凰將頭倚在破碎的蛋殼上，身體半躺在殼外，大聲地吱吱叫。它眨眨眼，睜開亮如小電筒筆的雙眼。在那一瞬間，我知道這幼鳥也擁有其先祖的智慧。

彗星飛過山區，照亮整座山谷，昭示新的一天到來。鳳凰似乎從火中汲取了能量，開始整理自己的羽毛，不消幾分鐘，它美麗的羽毛和尾巴便都晾乾了，鳳凰生猛有力地四處走動，朝我跳過來。我伸出手指碰觸它的頭，鳳凰豎起羽冠，閉上眼，朝我偏斜著頸子。接下來的一小時，我目睹鳳凰快速地成熟長大。

這隻鳳凰的形貌雖與日落相似，但色澤卻不盡相同，它全身泛著紅光，有對金色的腳和鳥喙。

「妳好。」新鳳凰首度開口高聲說，「我是日出。」

「很高興認識你，日出，你一定餓了吧，要我幫你找點東西吃嗎？」

「我……不吃東西。」

「為什麼？」

「我僅能活一小段時間，我不會為了滿足自己的口腹之欲，獵殺其他動物。」

「水果呢？」我問。

「鳳凰最愛火焰果了，」日出答道，「可惜啊！這裡已經好幾百年沒有人種植了。」

「等兩兄弟到了之後，我會試著幫你做些水果。」

「好啊，如果他們能活著爬上來的話。黑白雙虎此刻正朝妳走來哩。」

我憂心地往下望著山谷，卻見不著他們。

「我該挑顆新蛋了。」鳳凰宣布說。

「現在就挑嗎？你不是才剛剛孵出來？」我不解地回應。

「我得在死前，讓蛋裡的小鳳凰有時間茁壯。妳若想幫忙，可以把蛋拿過來給我瞧瞧，讓我挑選適合的蛋。」

我收集了幾十顆鳳凰蛋，每顆蛋都從內部發出屬於自己的火光。等我疊好一大落寶石般的鳳凰蛋後，再逐顆拿起來給年輕的日出檢視。日出凝視每顆蛋心，然後一一宣布那些蛋還沒準備好，等我把巢裡的蛋都搬光後，鳳凰要求我再去找些蛋來。

「山上一些隱匿的裂隙中也可以找得到蛋。」

我連忙放下剛才正在擦拭的紫蛋，去尋找更多珍貴的鳳凰蛋。「你今天還會下更多蛋嗎？」

「不會，所有鳳凰都是公的，我們不下蛋。」

「那這些蛋怎會出現在這裡？」

「據悉鳳凰並無母親，即使累世的智慧，也無法解開我們的身世之謎，但我們一向知道，等這些彩蛋用罄後，鳳凰族系也就斷滅了。」

「假如你們僅能活一天，那麼這些蛋就不算多了。」我看著鳥巢，數著蛋說。

「我們並不擔憂未來，每個人都有自己的天壽，等蛋耗盡後，我們就滅亡了。我不會去煩惱自己無法控制的事。」

「我無法想像僅活一天是何種滋味。」

「如果能活得精彩，一日更勝浪擲的一生。」睿智的年輕鳳凰答道。

我踩到一顆鬆脫的石子，差點摔掉一粒精緻的乳色鳳凰蛋，幸好我及時站穩。我把蛋放到鳳凰面前問道：「每顆蛋都有不同的顏色嗎？」

「是的，每顆蛋都是獨一無二的，蛋的色澤與每隻鳥的羽色相似。」他凝視乳白的蛋後說：「不行，那顆也不成。」

我在鳳凰的指導下，離巢愈攀愈遠，以便找尋更多鳥蛋。懸崖十分險峻，我貼著邊緣小心地慢慢爬行。我巍巍顫顫地走上一片薄淺的岩架，看到有顆閃閃發光、晶黃色的鳥蛋，位於一片我無法搆著的岩架上。

我把腳插入裂縫裡，將身體抬高數英尺，直到指尖觸到黃蛋。我得再攀高些才行，我舉起另一隻腳，踏在突出的岩塊上，試探地踏幾下，確定石頭不會鬆脫後，才繼續攀爬。

大如橄欖球的鳥蛋美麗極了，像黃鑽般燦爛奪目。我輕輕把蛋塞入衣內，抵住腰帶，被蛋觸著的皮膚，變得暖烘。我開始往下撤走，盲目地尋找踏腳之處。

我的腳在空中晃蕩，支撐我身體的岩塊突然開始鬆動，石塊脫落，掉到底下山谷，我的身體右側重重撞在懸崖上，僅能靠指尖攀住岩架。我情急高喊，向鳳凰求救。接著我的手指從岩架上滑開，一路尖叫地滾落天際。

幸好片刻之後，有個東西攔阻我繼續墜落了，一開始我還以為自己絆到樹枝，接著一抬頭，看到了救命恩人的臉。

「妳沒事吧？」阿嵐問。

我環住他的頸子緊緊摟抱，大聲喊說：「謝謝你！謝謝！謝謝！」一邊不斷地親吻他的兩頰。

阿嵐輕輕撫著我的臉說：「不客氣。」他將我攬近，又一臉狐疑地抽開身，瞄著我突起的肚子，揚起一邊眉毛瞪著。

我低頭瞟到藏在衣下的圓物，連忙用手抱住這寶貝，大喊說：「我的蛋！阿嵐，快點放我下來！」

阿嵐才剛扶我站好，我便掏出黃蛋檢視有無裂傷。

「幸好沒事！」我鬆口氣笑道，審慎地把鳥蛋放到巢底。

我聽見打鬥聲，回身發現季山正在與日出纏鬥。鳳凰又長大了些，體型已接近成鳥，季山對著鳳凰怒吼，一邊緩緩將它勒斃，俊美的臉上落下串串豆大的淚珠。

我抓住他的胳膊奮力拉扯，但季山只是粗魯地將我推開罵說：「別管我，阿嵐，這是我的權利！」

阿嵐扶我站好，「他還以為妳已經死了。」

我趕忙繞過鳥巢，面對季山——但季山只是死盯住鳳凰。他徒勞地扭著日出的脖子，把它的翅膀扯下來，但鳳凰總是不死。

「季山，拜託你住手。」我輕聲說。

季山一愣，抬眼迸淚，「凱西？」

我點點頭，伸出手，季山放開鳳凰，鳳凰走開幾步，奮力抖動身體。日出拍了幾下翅膀，然後飛到頂上一處我們搆不著的岩架上。

「妳還活著啊？」季山拉過我的手，將我緊緊抱住，身體因突然放鬆而忍不住發抖，他撫著我的頭髮說：「我還以為……還以為再也見不到妳了，甚至無法找到妳的屍首帶回家。」

「我就跟你說嘛，她沒死。」阿嵐理所當然地靜靜說。

「你怎麼會知道我還活著？」我貼在季山的胸口問，「我被燒得很慘吶。」

阿嵐的藍眼穿透我心底，輕聲坦承道：「一開始我並不知道，但後來我發現我應該會曉得，妳若死了，我一定可以感應得到。」他調開眼神，拾起一顆鳥蛋，「不過我並不知道妳會痊癒。」

我最後緊抱季山一下，清清喉嚨，朗聲宣布：「阿嵐，季山，過來跟日出打個招呼。」

「這種寒暄方式，真令人沒齒難忘。」鳳凰憤憤地嘶喊。

「你受傷了嗎？」我問。

「妳會在乎我受傷了嗎？」

「當然會。」

我聽到如歌的嘆息。「沒有，我沒受傷，站在妳身邊的那隻畜生沒傷到我。」

忿恨未消的季山恫嚇道：「我還以為你把她殺了。」

「她好得很，事實上，她比之前更活蹦亂跳。」

「更活蹦亂跳？此話怎說？」我問。

「妳腿上的疤都不見了吧。」

「什麼？」

阿嵐蹲下來檢查我小腿上，被巨鯊和奎肯咬過的疤痕，我來回轉動腿部，僅看見柔若幼獸的健康粉色皮膚。

鳳凰機敏地瞟著我們一行人，「恭喜兩位成功地攀上我這座山，既然二位完成了這項壯舉，我會信守承諾，讓你們通行到山的另一側，甚至各送你們一樣禮物。你們可以從我的山區取走一樣東西，陪你們到其他的世界去。等你們準備好後就提出選擇吧，為了表示本人的寬宏大量，黑虎可以開始選了。」

季山嘟囔一聲，朝一顆鳳凰蛋走過去。我咬著唇，知道他非還回去不可，因為鳳凰蛋太稀有了。他挑了一顆上面布著金橘色條紋、象牙白的鳳凰蛋，我正想開口，鳳凰倒先說話了。

「你選好了嗎，黑虎？」

季山點點頭。

「你並不瞭解自己拿了什麼，但你若答應終生守護它，讓它留在你的家族裡，我就把蛋送給你。當你將它從此地帶走後，它就會從鳥蛋轉化成真正的石頭，永遠不會孵化成鳳凰了。當你拿著它時，便能透析別人的心思，知道身邊的人是否說了實話。你若拿它來幫助別人，它將賜予你智慧，但若用它來操控或剝削別人，鳳凰之心將會毀滅你。這是一份非常珍貴的禮物。」

季山頷首道：「謝謝你，我……我為剛才想殺你一事道歉。」

「好好保護這顆蛋，我……遲早會接受你的道歉。」鳳凰挪動腳爪，棲踞在岩架上。「現在換你了，白虎。」

阿嵐答道：「我要求帶凱西跟我走。」

大鳥發出如樂的笑聲，季山則在一旁皺眉。「你真聰明，曉得要這位姑娘，因為我很想將她留在身邊，我很希望能有個伴，其他鳳凰應該也是，但君子一言駟馬難追，你可以將她帶走。現在輪到妳了，我親愛的。妳想要什麼獎賞？」

「但我又沒有爬過山頭。」

「算是有吧，鳳凰不會應允兩次，我建議妳接納本人的慨贈。」

「好吧，那……我希望能獲得一些你的智慧。」

「累世的智慧非凡人所能理解，妳現在的肉身會無法承受，而毀損致死，但或許我能回答妳一個問題。」

「好吧。」我頓了一下，考慮想問什麼。「我的問題是……將來我會再見到我的父母或卡當先生嗎？」

「妳確定要我回答這個問題嗎？千百年來，學者、神父、諸王及人們不斷在思索這個曠世鉅問，為來世之說爭辯不休。人類總是訴諸外求，渴望某種高於人類的力量。由於未來無可測知，人們才能從希望中，找到賜給他們改變的動力。妳還是想知道答案嗎？」

「是的。」我輕聲說。

鳳凰張開翅膀，躍到巢邊，望著我考慮一會兒後說：「答案是，會的，雖然他們接近妳時，妳或許無法認出他們。妳記得日落曾說過，愛是世間唯一值得不計一切去冒險爭取的東西嗎？因為愛是永垂不朽的，不僅沛然流於有限的今生，更能綿延萬古。」

「謝謝你。」我擦去臉上的淚珠，朝鳳凰走近幾步，輕輕抱住它的脖子。

「不客氣。」日出在我耳邊柔聲唱道，「可以把妳冒著生命危險找到的蛋，拿給我看了嗎？」

阿嵐拿起晶黃色的鳥蛋交給我，我舉起蛋，讓兩眼放射精光的鳳凰仔細凝視，兩道光束射入蛋內，蛋心亮起一個銅幣大的紅色光點。小小的光點搏動著，鳳凰唱出一串輕快悅人的曲調。

「那是什麼？」我問。

「那是下一隻鳳凰的心臟。」

我虔敬地在鳥巢中央挪出一塊地方，把鳥蛋擺到一床噼啪燃響的火葉上，鳳凰讚賞地看著我，然後展翅飛下巢邊，旋著圈子，愈飛愈快，引吭高唱。回聲在山谷間迴盪，震動了山區，離巢側不遠的岩石轟地猛然爆開，等塵埃落定後，岩面上出現了一道深黑的通道。

鳳凰再度落回巢上說：「這個開口會帶你們到一個叫莫休洞的地方，請盡速穿離那個洞穴，快一點的話，兩天便能走完了，切莫延遲，因為你們若是疲累睡著了，便永遠醒不來了。

「要小心山洞另一端林子裡的羅剎，你們會在光明之城附近找到藏匿的火繩，但你們得先擊退火焰雙神才能拿到繩子。還有，若逮到機會，順便解救一下那批原本在火樹林中自由漫步的麒麟吧。它們被釋放後，會自己找回此地。」

鳳凰對季山說：「小姑娘途中得戴著護身符，等一離開我的巢穴，沒了保護，她很快會被熱死。你們兩個的復原力強，死不了。」

季山點點頭，將他的寶貝鳳凰蛋放入背包裡，然後摘下火符，幫我扣到頸上。

阿嵐從他的背包中取出芳寧洛套回我臂上，「準備好了嗎？」他問。

「好了。」我答說。

季山試探性地爬上山洞後又回來，阿嵐則在一旁指導。我踏到巢緣，拉住季山伸出的手，又突然轉回頭。

「我差點忘了。」我解釋一番，喃喃念了幾個字。

巢裡立即盛滿一堆堆紅橘色、形狀介於火龍果與仙人掌果間的水果。這鳳梨大小的果實，生著厚皮和窄成尖刺的軟葉，就像鳳凰的爪子一樣。

日出興奮地拍著翅膀說：「啊！是火焰果！」

「也許等你吃完了，可以把種籽種下，長出更多果樹。」

「我會種一小片果林的！請隨身帶一顆品嘗吧，果汁能讓妳恢復元氣。」

我謝過鳳凰，將火焰果放入背包，然後跟著季山離巢站到岩架上。他攀在架子邊，雙腳踏得死穩，並用一手攬住我的腰，直等到阿嵐到我身後將我抱住後，季山才往前移動。

我們並不需要爬太遠，季山將身子盪入通道裡，伸手來拉我。當他奮力將我拖入懷中時，我尖叫了一聲，但隨即恢復鎮定。不久阿嵐也來了，三人開始沿著漆黑的通道下山。芳寧洛的眼睛放出光芒，陪我們走下黑崖內部，朝卡當先生預言中不曾提過的祕境——莫休洞前進。

17 莫休洞

我撫著通道的壁面，發現十分平滑，幾乎像石頭的切面。通道地面上躺著大塊鬆脫的黑寶石，頂上懸著參差的鐘乳石，我顫身走過底下，想起奎肯的水底通道。

我把最後一次幻見羅克什的情形，以及皇后符片能控制水的事，告訴阿嵐與季山。我巨細靡遺地解釋發生的事，阿嵐和季山互使著眼色，顯然很擔心我跟羅克什愈來愈牽扯不清了。我不怪他們，因為我自己也很擔心。

我改變話題，要聖巾幫我在衣服底下做些新衣，因為金洋裝不適合在恐怖的通道裡穿行。走了十分鐘後，我開始因幽閉而感到害怕不安了。我知道我們得不眠不休地穿越隧道，最快也得走上兩天。阿嵐和季山聊著童年往事消磨時間，順便引我分心，以免換氣過度。

我們經常停下來休息，我新生的皮膚非常容易瘀傷，也沒有保護腳或腳跟的厚繭。第一天快結束時，我起了好多水泡，阿嵐幫我在腳上綁繃帶，做了雙軟拖鞋，並和季山輪流揹我。皇室兄弟的款待舒服極了，我的眼皮很快便開始墜重起來。

我奮力抵抗睡蟲，努力與季山歡談，然而長夜漫漫，在季山的懷抱中，我真的打起盹了，我很快明白了鳳凰的警示。因為在我闔眼時，有個黑暗的東西吸食著我的意識，我的頭變得沈重起來，甚至真實地感覺到血管中流動的血液，緩慢到停住了。

我驚恐地想撼醒自己，卻無法辦到，彷彿又回到了日出和晶黃色的鳥蛋旁，搖搖欲墜地站在懸崖邊，腳下就要踩空了。

我又看見羅克什的幻影，我的心思似乎鎖在他身上，知道他正在對一名可憐的僕人逼供，尋找另一片護身符的訊息。

被打得遍體鱗傷的男子用手揪著一團皺巴巴的文件，喃喃說道：「根據記錄，兩名偉大的戰士旃陀羅笈多和塞琉卡斯，在西元前三〇五年之前經常交戰，但後來所有戰事卻神祕地終止了，兩人簽訂了和平協定。塞琉卡斯是亞歷山大大帝的部將，他將女兒嫁給大帝，大帝回贈他五百頭戰象，亞歷山大去世後，塞琉卡斯接管亞歷山大在東亞的領土。」

「繼續說。」羅克什把那驚駭的男子猛踢狠踹一頓後，對他說道。羅克什凌虐時的興奮，令我害怕蜷縮。

僕人為羅克什朗讀一封信，「塞琉卡斯對旃陀羅笈多表示，要以印度河邊的土地，跟他換取物資和兵源，旃陀羅笈多回道：『你若同意夷平擋去我王宮視野的大山，我就考慮你的提議，畢竟你擁有大能。』」

「停！」羅克什喝令道，要求看信，僕人將信交給羅克什後，羅克什施展魔法，只見旋風繞身，從指尖噴出噼啪炸響的藍光，射向猝不及防的僕人。僕人倒臥地上，胸口盡是焦黑的電痕。

影像更移，我再度隨著羅克什來到一個陌生的境地。「你很難找啊，老頭。」羅克什笑著對被他困在小屋裡的老爺爺說，「幸好你的老祖宗塞琉卡斯生了個胎記，還傳給他的子子孫孫。」

羅克什朗聲嘲笑說：「你知道塞琉卡斯的母親跟他說，他的生父是天神阿波羅嗎？而他那錨狀的胎記，是被阿波羅寵幸的標記？」

男人害怕地搖著頭。

「塞琉卡斯以為他命中要成就大業，他也可以算是小有成就啦。」羅克什向老人傾過身，接續著說：「偷偷告訴你吧，偉人是靠自己闖出來的，可惜你早已錯失當偉人的機會了。也許你會想知道，我找你找多久了。」

羅克什從腰帶裡抽出刀子，那是一把我認得的刀子，然後用拇指試刀。「五百年了，」他說，「就連我，都覺得五百年相當漫長。」

羅克什卸去假笑，「不過你放心，我將會把等待的每一年都算到你頭上，順便告訴你，過去兩年是尋找過程中最有趣的一段。我找到塞琉卡斯的妻子艾帕瑪在波斯的家鄉，蘇沙。之後又花了幾個月，宰掉許多人後，才找到你。他們全都想保護你——你這位據稱有一百一十二歲的老爺爺。」

羅克什靠向前，瞇起眼睛，「這事就我們倆知道，我的朋友，我相信你遠遠超過一百多歲。」

老人的眼神算是默認了，他在瞬間施展護身符的魔力，搖動大地，然而老人畢竟年邁體衰，羅克什彈指間便將老人全身凍住。大地仍兀自震搖著；老人的身體從椅子上滑下來，斷成四散的碎片。

羅克什將老人的殘骸推到一旁，摘下他項上的護身符，然後拾起老人手屑上滾落的戒指。那是一枚鑄著邊飾的粗金戒，戒上鑲著一顆光滑的橢圓形寶石，寶石青藍色的平滑表面，看似大理石，也有點像是張老舊的地圖。羅克什揉了揉這顆波斯綠寶石，把戒指套進自己的大拇指。

他蹙著眉將老人的殘骸踢到一旁，嘀咕說：「我得好好學會控制水符，他們實在死得太快了。」

羅克什把新得的符片跟其他符片拼到一起，我感覺能量湧現。護身符令羅克什功力大增，我知道他已經找到地符了。我看著羅克什測試能量的範圍及強度，有了老人的符片，羅克什能將珍貴的寶石帶到地表、撼動岩石，並造成震動。加上另外兩片達門符片，羅克什能召喚海陸的獵食動物，為他效尤。

鯊群！他就是靠符片喚來鯊魚，並利用野熊、狼群和雪豹，在鬥劍時令卡當先生左支右絀。

羅克什對新得的能量暫表滿意後，又將目光調回位於印度、剩下的兩片護身符上了。

我渾身一抽，登時醒來，發現自己正躺在隧道裡，用頭枕在季山的背包上。我與羅克什的牽繫確實愈來愈緊密，愈來愈難以保持距離了，想到這點，我便嫌惡到起寒顫。

季山湊上來問：「又做夢了？」

我點點頭，覺得臉頰刺麻，便揉揉皮膚，才發現我的指尖變灰，毫無知覺。「出了什麼事？」我問。

阿嵐一臉怪相地答道：「妳睡著了，我們叫不醒妳。對不起，凱兒。」

「對不起什麼？」

「為了叫醒妳，我只好摑妳巴掌。」

「噢，沒關係。」我撫著微微發麻的臉頰說，「幾乎不痛。」

「我就是擔心那樣，妳的腿能動嗎？」

「當然可以。」

我試著移動雙腿，卻毫無動靜。我抓著阿嵐的臂膀，痛苦地拉坐起身，然後望著自己的腿，膚色已經發灰了。我戳了戳小腿，發現肌肉堅硬如石。

「我到底怎麼了？」我焦急地低聲問。

阿嵐拉起我的手，輕輕按摩我的手指說：「妳的臉色也是灰的，不過已經開始恢復一點血色了，我們只要設法讓妳的血液能夠循環就行了。」

我的手指開始轉成粉紅，但指尖刺痛，宛若受到千針萬刺，我雖極力忍痛，仍忍不住熱淚盈眶地發出嗚咽。季山幫我把襪子脫掉，按摩雙腳，不久我的腳掌和腿也開始又燙又刺了。

「好痛啊！」我大叫。

阿嵐在我額上吻了一下，幫我擦淚。「我們非這麼做不可，凱兒，妳能再忍耐一會兒嗎？」

我點點頭，阿嵐幫忙按摩另一隻腿，季山則專心地幫我搓揉腳指。我兩手指尖發疼，但劇痛已經消失了。過了半個小時後，季山宣布我的腿已不再發灰了，並伸手扶我站起來。我起身跛著腳四處走動，覺得雙腿仍刺痛著。

我重重倚在季山身上，繼續穿越通道，幸好有疼痛不已的水泡，讓我保持清醒。阿嵐要我描述夢境，不斷鼓勵我說話，最後我的肌肉大聲抗議，要我別再走了。

我已經累到快掛了，被這副攙合著濃重睡意與劇痛的新軀體搞得筋疲力盡。我像一具活殭屍，滿腦子都是那張在阿嵐豪宅裡的軟床。每踏出一步，便不斷喃喃複誦：「床，床，床。」時值深夜，或已至清晨，阿嵐建議我們稍事休息，吃點火焰果。

季山抽刀切開果子的厚皮，將果子分成兩半。厚厚的紅皮，包覆在柔軟的紅橘色果肉邊，感覺很像奇異果，柔嫩的果肉中含滿了黑籽。季山遞給我一片，我咬了口多汁的水果。

果肉微酸清甜，黑籽爽脆可食，且帶著淡淡的堅果香。果肉的口感很像有粗籽的無花果，但味道卻像西瓜與葡萄柚的合體。我伸手取第二片時，突然覺得舌根發燙，像是吃了辣菜。

等吃完火焰果，開始在山洞裡穿行時，我覺得活力充沛，而疼痛也突然都消失了。我檢視自己的足跟，驚異地喃喃說道：「我覺得好多了！火焰果把我的腳治好了！」

阿嵐和季山也覺得精神奕奕，兩兄弟決定我應該沿途不時吃點果子。每回我的腳開始發痛，我就做一葫蘆的火焰果汁拿著喝，不必直接吃黏呼呼的鮮果。三個人來到了通道的岔口，阿嵐帶著芳寧洛到前方探路了，我停下來跟季山一起休息，他靠在隧道壁上，闔起雙眼。

我一邊跟季山聊天，一邊翻著袋子，阿嵐一回來便衝向季山，用力搖著他。我回身驚抽口氣，季山竟在我背對他的簡短瞬間睡著了，他臉色鐵灰，身體癱在地上，彷彿已經死了。

我們大聲呼喊，阿嵐甚至摑了季山兩次，但他就是醒不來。灰氣明顯地從他的指尖漫向前臂，也緩緩從臉上拓至頸間，我好怕萬一到達心臟，季山就無法復原了。阿嵐努力將季山搖醒，我則忙著為他灌水，可是活命的水對我們來說雖然安全，在火之境裡，卻有若毒液。滴在石上的水嘶嘶作響，如強酸般地蝕穿了幾顆大石。

我舉起裝著火焰果汁的葫蘆湊到季山唇邊，雖然果汁多半流到他頸上，但季山終於開始微微移動了。我又多餵他一些，不久季山已能吞嚥。灰氣開始消退，最後季山終於眨開一對金眼。

我吻住他僵硬如石的唇，輕聲警告他說：「不許再那樣嚇我。」

季山想說話，卻被我用指按住嘴唇，「先別說話，快喝。」

灌完兩葫蘆的果汁後，季山似乎已完全復原，也能夠站起來了，但阿嵐還是讓季山環住他的肩，扛著老弟慢慢走動，擺脫麻痛。看到季山疼到悶哼，我揪著心，完全能夠感同身受那錐心刺痛。不久，我們朝著阿嵐和芳寧洛選擇的路徑，再度出發。

季山恢復了力氣後，隨著隧道漸行漸窄，季山帶頭而行，阿嵐和我相繼尾隨。

阿嵐扶我越過一塊擋路的巨石後，說道：「我想問妳一件事，但妳若不自在，就不必多談。」

「想問什麼？」

「當妳把自己獻給鳳凰時，我們看見妳焚燒起來。」

「是的。」我低聲答說。

「發生什麼事了？」

「鳳凰問了我幾個問題，我答不出來，便燒了起來。有些事我還得學習，得對自己坦誠。日落說，我們一進入森林，我的心便在呼喚它了，它……它想治癒我。」

「它的治療方法會不會太誇張啊。」

「也許吧。」我們默默走了一會兒，我又說：「其實鳳凰待自己，比待我更嚴苛。」

「什麼意思？」

「當彗星劃過夜空時，我看著它焚燒，日落付出了自己的生命，好讓新鳳凰日出能夠誕生。」

阿嵐瞅了我一會兒，然後別開眼神，輕聲問道：「他問了妳什麼，凱西？」

我輕嘆一聲，走到他身側，默默考慮幾秒，思忖要與他分享多少，阿嵐並未催促我。

我終於答道：「我的心被傷了很久，一直無法放下傷痛。鳳凰要我面對事實，現在我願意承認了，但還在思索接下來該怎麼走。至於日落問我的問題……」我停下腳步，拉起他的手，「我暫時先保留不說，我答應你，將來一定告訴你，但不是現在。」

阿嵐將我的手抬到他唇邊，輕輕吻住我的手指，「那麼我只能等待了。」

六個小時後，隧道變寬了，我的金蛇突然活了過來。芳寧洛用頭在我臉頰上磨蹭著，然後纏緊我的胳膊，我還不太習慣這種感覺。她望著漆黑的前方，伸著叉舌吞吐數回，芳寧洛把頭伸往地面的方向，我蹲下來將她放到粗礫四布的黑徑上。

芳寧洛昂頭張開頸片來回擺動，細細盯著前方的地形，接著她輕嘶一聲，滑往不同的方向。我們跟著她越過一條覆著尖利黑石的曲徑，金色的蛇身在岩石間梭巡，大夥雖然因此減緩行速，但一致認為跟著芳寧洛走比較安全。

不久我們便感覺到四周景物起了變化，隧道拓成一個巨穴，我們的聲音在四周迴盪。當我們再往前走時，我感到一股冷風拂身，然後又倏忽消失，我的雙臂雞皮疙瘩四起，不安地揉著。

火之境會有冷風？實在太詭異了，而且風中還夾著一些異常的聲音。這股氣流在石孔間穿飛，颼颼作響，在岩石間慢慢擠出窒悶的窸窣聲。怪風每隔一長段時間，便又吹在我新生的皮膚上，我幻想那是個垂死的巨人，正在呼出生前最後的一口氣。

芳寧洛突然停身昂頭，似乎感知到我們無法察覺的事物。連阿嵐或季山都無法聽見或看見金蛇發出的光線後方有什麼，大夥意識到有危險，阿嵐立刻解下腰帶上的劍，抓住劍柄，讓劍身展成全長，然後手腕一翻，金劍分成兩把，將其中一支劍交給季山，兄弟倆默契十足地稍稍領在我前方。

我們又慢慢走了一個鐘頭，我再次感覺體力耗失，我剛剛拔開塞子，正想喝口果汁，芳寧洛突然一個蜷身，高昂起上半身，前所未有地攤張著頭部下的肋骨，露出豔麗的頸匙。芳寧洛看起來比以往大上三倍。

芳寧洛大聲發出連串的嘶叫，也許想警告我們，或想嚇走威脅她的東西。她不斷以叉舌刺探空氣，像垂在風中的絲帶般來回搖擺，努力感知周遭的狀況。

左邊轟然一聲，似有岩石落地，聲音在洞穴裡回響，嚇了我們一大跳。沒一會兒，我們聽見有東西被急速地拖過岩石，那聲音持續移動，愈繞愈近，讓我想到漫不經心地拖著玩具下樓的小孩，地上不斷傳來咚咚咚的撞擊聲，彷彿有個邪物將恐怖的節奏敲入我的背脊裡，讓我的脊椎骨跟著咚咚聲一起打顫。

季山繃緊全身，「你們聞到了嗎？」

「聞到什麼？」我悄聲問。

阿嵐鐵著臉點頭說：「死亡的惡臭。」

阿嵐將手伸到背後拉住我的手，把我安置在他和季山的熊背後頭，這時我終於聞到了，我立即乾嘔起來，眼睛也開始冒出淚水。一股腐臭包繞住我們，我被迫以手摀住嘴鼻。阿嵐張著鼻孔，除此之外，看不出兩兄弟有任何異狀。

這氣味比發酵的垃圾堆還恐怖，相較之下，動物的死屍有如芬芳的香水，我甚至能用舌頭嘗到那臭氣，感覺它鑽透了我的衣服和頭髮。那是一種灼蝕、腐臭、嗆黏的濃氣，邪毒之極，卻又膩得死人。

重擊聲愈來愈近了，接著聲音戛然而止。濃濁酸臭的空氣刺得我眼睛發疼，芳寧洛的身體一擺，朝黑暗中突刺，接著發出嘶聲，再攻一遍。我望向漆黑的前方，感覺季山全身繃緊。

一個鬼魅般的灰影緩緩朝我們逼近，我汗毛直豎，發現那是一具屍體。那屍體僵硬地移動著，腹部腫脹駭人，嘴巴垮著，原本的牙齦處，僅剩下白色的顎骨。看到腐肉旁的皮膚，在臉部膨脹發黑，有如瘀傷，我忍不住打起寒顫。

屍體殘餘的頭皮上垂著髮絲，我哆嗦著靠向季山背部，看那妖物搔著自己的額頭，頭皮跟著滑落，露出一部分的白色頭骨。

阿嵐率先發話，「你究竟是什麼？你想要怎樣？」

妖物遲疑片刻，又開始朝我們逼近，它似乎對芳寧洛極感興趣。金蛇朝他攻擊數回，但怪物絲毫不受阻嚇，或無法感知得到，當它彎身抓蛇時，芳寧洛火速鑽開朝我游來，繞到我腿上。

我拾起芳寧洛，她立即蜷成臂環讓我戴上，結果活殭屍站直身體，繼續衝著我們走來，一對溼黏的白眼，緊盯住芳寧洛和我。

阿嵐舉劍喊道：「停！你若再靠過來，休怪我們不客氣。」

殭屍連瞄都沒瞄他一眼，阿嵐揚劍猛力砍向妖物，利落無比地切斷殭屍的右臂。腐臂落在地上，但了無生命的殭屍僅在斷臂時，稍微踉蹌了一下，顯然不覺得疼痛。

接著季山飛躍向前，刺穿屍體鼓脹的腹部，殭屍的腹部啵地一聲被劈開了，刺鼻的濃濁體液汩汩流出，空氣中瀰漫著腐臭的污水味，我抬手想以雷心掌轟掉那妖物，卻被它抓住手腕。

我奮力甩脫妖物，卻驚駭地發現它剝離的皮膚黏在我腕上，我尖叫地揮著手，想甩掉那片從屍體枯白的手上脫落的灰皮。

阿嵐鎮定地拉過我的臂膀，剝除從屍體亮白的手骨上滑落的一片皮肉。

我實在受夠了，便帶著眼睛發亮的芳寧洛扭頭奔跑，我聽見兩兄弟緊跟在後，一行人很快地跟追來的殭屍拉開了距離。

我們穿越山洞時，還發現其他腐壞程度不一的屍體。一名女子躺在岩石上，像是昏厥過去，溼潤的皮肉仍附在她骨上，腦漿從她耳朵鼻子滲了出來，霉溼甜膩的血味和爛肉的氣味，在我們離她而去後，久久不散。有些枯白的骷髏身上長了植物，還有隻齧齒動物在頭骨上啃食。

大部分屍體的活動力都不強，不至於對我造成干擾，雖然我們偶爾會遇到噁爛的皮肉和難聞的尿騷味，但我們一見到屍體，便遠遠繞開，只是他們還是會努力轉頭看我們。

在經過一具格外醜陋的傢伙後，我忍不住問了：「你們覺得他們到底想要什麼？」

阿嵐答道：「他們似乎對芳寧洛很感興趣，也許他們想得到她射出的光吧。」

我顫抖地緊附著他的手臂，一起穿越洞穴。

季山沈吟道：「鳳凰說，這是個睡著了就會死的莫休洞。」

「真感激它把洞名譯得如此直白。」我說。

我們繞過另一具女屍，她朝我們伸出手，殘餘的臉面上露出近乎母性的表情。我們經過時，女人垂下手臂，長髮蓋住了可怖的容顏。

「我不再怕他們了。」阿嵐說。

「呃？為什麼？」我問。

「我覺得……我們有可能變成他們。」

季山回道：「這話是什麼意思？」

「你們兩人睡著時，皮膚都轉灰了。假若你們永遠沒醒來，或許就會落到跟他們同樣的命運。他們實在是無力回天，想到他們要經歷身體的腐化，我就難過。」

我輕聲說：「如果我長年困在黑暗裡，也會想得到一些光。」

「或許還是別讓他們看到自己的景況比較好。」季山說。

三人默默穿越山洞，深沈的悲哀，取代了原本被殭屍環伺的恐懼，我一邊繞過灰屍，一邊低聲祝念，就像在父母深埋墳塌時一樣。我知道自己此時之所以不同於他們，僅在當時沒閉上眼睛而已。

18 羅剎

前方透出一小束光芒，一時間我還以為是幻象，但兩兄弟朝著光線走去，所以我猜他們應該也看見了。芳寧洛在山穴裡大受殭屍歡迎後，決定收斂起一身金光，乖乖纏在我臂上，僅散放出幽綠的目光。少了芳寧洛的照明，一行人在黑暗中雖略有跌撞，卻也省得被周遭環境給嚇到。

我知道身邊都是死人，腐屍的惡臭穿透我的衣服、頭髮和皮膚，但我已經累到無視它們的存在，甚至開始考慮在腐爛的屍體旁倒下來小睡一會兒了。阿嵐逮到我閉著眼睛走路，便抓住我的手，開始拖著我走。季山跟到我身後，每次我開始慢下來，就用手肘推我的背。

我們終於接近洞口，看到山的另一側了。前方是綿延無盡的濃密火樹林，阿嵐和季山搜視著林子裡的動靜，三人繼續躲在黑暗中。

「怎麼了？」我低聲問，「我們為什麼不到森林裡睡個長覺？」

季山答道：「我們得提防羅剎，鳳凰曾警告過我們，記得吧？」

我望著樹林，尋找可怕的妖魔，「我什麼都沒看到呀。」

「所以我才擔心。」阿嵐答說。

「有什麼大不了的嗎？我們以前也遇過妖怪，還不是活得好好的，它們不會比河童更可怕吧？」

「羅剎是獵食者。」阿嵐解釋道，「它們是夜行性的吸血妖怪，且貪得無厭。」

季山又說：「它們是印度神話裡的妖魔，據說是受到詛咒的惡徒，變成了長生不死的妖物，只有使用特殊武器，或拿木箭穿心，才能毀掉他們。羅剎非常狡猾，他們會利用心念迷惑受害者，將他們從家中誘出。」

我眨眨眼，靜靜說道：「你們是在談吸血鬼吧。」

阿嵐點點頭，「羅剎很像歐洲版的吸血鬼。」

季山哼說：「凱西最近拉我陪她看一部吸血鬼電影，老實講，羅剎跟美國的吸血鬼很像，就像奎肯跟大章魚差不多。這些吸血鬼不僅喝血，還吃肉，尤其是腐肉。」

「噢。」我囁嚅道：「尤其我們現在聞起來特別的……香。」

阿嵐微點著頭表示同意，一邊仍全心盯住森林。「目前看似安全，但我建議大家輪番睡覺，並盡速穿越森林。」

我們走出洞口，進入火樹林，感覺有如從冰屋踏入溫和的熱帶島嶼，立即感受到火樹散發的暖意，火樹伸出長長的藤蔓，在我們行經時，輕拂我的臂膀與衣服。

我在一棵大樹下歇腳，一根葉鬚立即纏住我的手指。

當我細看一朵極美的火樹花時，阿嵐警告我說：「我們得先處理一個問題，就是這身臭得跟死屍般的身體。」

季山嘆道：「這樣會留下形跡。」

「我想我可以幫忙解決。」我說。

「什麼意思？」阿嵐問。

「這些火樹可以將我們身上的氣味燒淨，之前我問鳳凰我在嚴重燒傷後如何復癒時，鳳凰曾經提過。火樹雖然無法幫我們洗衣服，但我們可以自己製造些新的。」

「該怎麼做？」

「把手按到樹上，專心感受火樹的能量，火樹會從根部吸取熱氣，讓熱氣在你身上循行，潔淨你的身體，並將衣服焚去，或許會覺得有點刺痛，但熱氣也將治癒你。你們兩個去那邊空地上，我留在這裡。」

季山和阿嵐不甚情願地將他們的武器交給我，往空地走去。兩人願意放下武器，足見他們已精疲力竭了。**我們都是啊**，我糾正自己。我把芳寧洛放到兄弟倆的武器及背包邊，然後把手掌貼到樹上。

四周的枝枒開始顫動，我聽到空中響起嗡鳴，閃閃發亮的葉子愈來愈亮，空氣嘶嘶響動，接著爆出一道亮光，葉子發出白熱的強光，逼得我閉上眼睛。我綁在髮上的藍絲帶隨著身上的衣服一起燒碎了，灼熱的震波從腳指直竄上身體，接著突然颳吹起一陣風，將我披散的頭髮吹揚起來，熱風拂過我裸露的皮膚，掃盡死亡的氣息。

我聽到遠方有人呼喊，知道兄弟倆亦受到火樹滌淨，不知他們的皮膚是否也感到灼燒，但對我來說，只感到刺麻而已。強風終於消失了，我不僅感到溫暖，更覺得熱烘烘地渾身鬆軟，睡意濃重，彷彿剛泡過熱澡，躺在吹風機下，有人按摩著雙肩，幫忙梳理頭髮。

我拾起聖巾放到鼻子上，聖巾模仿火樹葉子上的亮紋，那紋路現在又退回成橘色與黃色了。

聖巾聞起來乾淨清香，絲毫沒有山洞中殘留的臭味。我為自己製好新衣，快速穿上。

不久季山和阿嵐便穿著每次變成老虎後，固定會穿的黑白服裝了。兩人辯論著要不要繼續前行，阿嵐覺得我們之前的氣味太強，輕易便能追索得到，但季山說舊的氣味雖然消失了，要聞出我們的新氣味，一樣不難。我覺得既然我們聞起來不再像獵物了，應該還算安全，便投季山一票，主要還是因為我很想睡了。眾人各退一步，又走了點路，然後才開始紮營。

季山用聖巾搭設帳篷和床鋪，阿嵐則重做大家的背包，因為背包跟著衣物一起燒毀了。有了黑白雙虎包夾兩側，我的頭才一沾枕，便馬上睡死了。

這回我夢見了年少的羅克什，一名年紀較長的男性正在教導他，我發現那是羅克什的父王。羅克什的父親在空中舞著手，叮囑道：「用意念來控制風的流動，想像風在指間或身邊旋動，風便會捲起。等你熟練了更懂得操控後，便能喚起像颶風那樣強大的力量，或者也能單純地用風吹起一片葉子。」

國王為年輕的兒子示範操控風勢，將風箏送入天際。他彈彈手指，風箏抖然騰空飄入空中。輪到男孩時，國王將護身符戴到兒子頸上，風箏垂直落下，男孩堅毅地舉起雙手，風箏於最後一瞬在兩人身邊繞轉，然後再次騰空。

「很好，」做父親的說，「現在試著呼喚你的獵鷹。」

男孩閉上眼睛，不久一隻獵鷹在頭頂上方現身尖鳴。

他父親解釋道：「所有空中萬物都將臣服於你，但你必須學會控制它們。」

男孩肅然點頭。

有人碰著我的臂膀，我抽醒過來。「林子裡有動靜。」季山急切地壓低聲音說。

兩兄弟立即警戒無聲地走過帳篷，拿起武器，作勢要我保持安靜，然後兩人爬出帳外，沒入林子裡。外面一片墨黑，那表示夜晚的彗星已經劃過了。

我不知等了多久，最後決定冒險出去尋找阿嵐和季山，芳寧洛帶我找到兩人，他們已經折回來，正蹲在岩石後監看洞口。

我走過時不小心踩到一根枯枝，兩兄弟猛然回頭看見是我，立即將我拉到他們身邊蹲著，這時前方森林裡，狀似火炬的東西突然活了過來，光芒閃動著上下浮動，若隱若現。我聽見嘶叫及嘖嘖之聲，向我們漸漸籠來。

我抽口氣，亮光愈來愈強，我看到一群身上覆著發亮刺青的黑膚妖魔，他們的長髮像小小的營火般在黑暗中閃動，從額上往後梳開，中間還編夾著火樹的葉子。

臂膀壯實的雄妖袒裸著胸膛，額上生了兩對角——一對較長的角生於外側。一名雌妖走向最巨的一隻雄妖旁邊，抬手朝他的肩膀伸過去，然後火速一劃，用可怕的利爪沿他胸口耙下，並對他嘶吼。雄妖默默站著，任她舔食爪上的溼液，我發現雌妖的刺青發出更明亮的紅光，而雄妖的刺青則轉成黯然的橘色。

當她粗聲對他說話時，嘴巴內部發出黃光，彷彿喉頭裡燃著火焰。我驚抽口氣，雌妖立即朝我們藏匿的地點回身，一對眼睛滴溜溜地轉著。她突然發出低聲，接著所有光芒，包括他們的頭髮、眼睛和刺青，便瞬間消失了。

我們默默靜坐良久，只敢淺淺地呼吸，不敢稍加妄動。我可以感覺到他們還在附近，彷彿等待我們從藏匿點逃走。

不久，我們聽見熟悉的窸窣聲，一夥人隔著陰暗的樹葉窺看山洞的開口。一具禿瘦而全身發皺的殭屍蹣跚地走入叢林裡，他困惑地停下來，接著我聽到一聲輕嘶，羅剎火亮的頭髮和刺青立即燃亮，把殭屍團團圍住，動作齊一地攻擊他，用藤蔓將他纏住拖走。

許久之後，阿嵐和季山才肯讓我站起來，三人靜靜折回營地時，我的膝蓋都快打結了。大夥一言不發地拔營，朝羅剎帶走晚餐的相反方向前進。

途中三個人一起把我看見的夢境重溫一遍，我告訴兩兄弟，現在可以確定羅克什擁有操縱水、風、地的能力，再加上卡當先生的那片「天」符，而且還能召喚這些領域的動物。羅克什現在握有四片達門符片了，他只需奪取掛在我脖子上的這片，便能將護身符湊齊了。我們終於找齊了所有的破片，可以拼出原有的圖形了。

當清晨的彗星流過天際，點燃的火樹林輕柔如羽地撫著我的面頰。季山雖然擔心，但他說，根據故事描述，羅剎通常只在夜裡獵食，不過若真是太餓了，白天也會出沒。

阿嵐希望盡可能遠離那些妖魔，於是我們跋涉終日，只在夜晚的彗星飛過時才停下來。阿嵐找到一個隱祕的紮營地，不懈不怠地與季山看視著，因此我決定帶著聖巾，到附近空地上洗個湯火浴。

「一定要早點回來，否則我會去找妳。」季山對親吻他面頰的我警告說，「萬一被我瞧見妳沒穿衣服，只能算妳倒楣。」

說完逕自咧嘴笑著，阿嵐則皺眉說：「千萬小心，凱兒。」

「我會的，你們連想我都來不及。」

我運掌將一大股火能量灌入一棵小樹中，以補償它將耗在我身上的能量，小樹給了我一場溫柔的火浴。等換好裝後，我坐在附近岩石上，梳理剛洗好的頭髮，小樹則恢復正常的樣態。火浴的好處還包括拉直了我的頭髮，我好喜歡頭髮垂在背上的鬆柔感覺。

我神清氣爽地拿起聖巾和芳寧洛返回我們的小帳篷，結果卻發現帳篷被撕裂了，我們的細軟散得到處都是。阿嵐和季山以及所有的武器全都失蹤了，我緩緩繞圈，豎耳傾聽漆黑的森林，結果毫無動靜。我沮喪地折回小樹旁的岩石，在地上來回踱步。

「我們得去救他們，這是一定的。」我對芳寧洛喃喃說道，「但是要怎麼救呢？」

芳寧洛的金色鱗片轉成活物，帶領我穿越森林，她的眼睛微微放光，讓我不致絆到石頭或樹根。走了一小時後，我看到羅剎陣營裡的火光。

我解下腰上的聖巾抖開，裹到身上說：「把我偽裝成羅剎女王。」

聖巾施展魔力時，我的身體一陣刺麻，等我掀開聖巾後，我將火焰般的長髮拉過肩頭，用手撫著。這頭髮濃厚粗糙，我抬手摸摸自己的頭，碰到一圈火樹葉。我深色的臂膀上有紅亮的刺青，我以舌舔牙，犬齒又尖又利。我穿了一襲豔橘色的衣服，走路時似乎在悶燒著。

我高昂著頭，臂上的芳寧洛閃動金光，陪我一起走入營地。崗哨見到我，立即發出低吼，不久我便被他們的族人團團圍住了。稍後，眾人分站兩旁，一名女妖朝我慢慢走來。羅剎應該是母系社群，那人應該是他們的皇后。

就妖魔來說，她算是漂亮的，她的衣服雖不若我的華麗，但較周邊的人更飄長精緻。女妖看到我，眼中閃出橘光，當她眨眼時，瞳孔像貓一樣拉長。我大著膽子由她打量，同時慢慢欣賞她。她戴了一條由銀細叉骨交鎖構成的項鍊，細骨耳環穿過耳垂，懸晃著某種小猛禽的細爪。

女妖火焰般的鬈髮上，有個裝飾著火樹葉的銀圈，銀圈上掛著一片半月型的骨頭，垂在她額頭中央。她的眼皮臉頰上，刺著爪掌般的紅刺青，一對長耳尖細如精靈，頭上的兩對角比身邊的雄性更為細巧。放眼所及，看不見其他雌妖。

她張開塗成橘色的嘴唇，臉頰燦然生光，皮膚底下彷彿有手電筒照著。她舔著自己的犬指，然後開口說道：

「尊貴的徘徊者，敢問我該如何稱呼妳？」她問。

「妳可以稱呼我……玫洛維琳。」我答道。

身邊的群眾訝異地騷動著，皇后對我露出陰邪的笑容，回說：「妳是征服者，抑或是我們的獵物？」她偏揚著頭，「為何獨自跑到此處，妳是不是在耍詐？」

她打個訊號，部分戰士拿起武器圍住我，其他人則遁入林中。女王緩緩繞著我，拉扯我的衣布，垂涎地看著。當她大膽地觸摸芳寧洛時，眼鏡蛇活過來對她嘶叫。皇后退開身，但並未被芳寧洛嚇著。

戰士們回來在皇后耳邊低聲報告，她笑了笑。

「我叫笛絲奎楨，」她宣稱，「是本族的羅剎皇后，目前我先對妳示好，除非妳……展現敵意。來吧。」

她對圍在身邊的魁偉妖魔吼叫，直到他們疏散開，僅留下我們兩人和幾名守衛。她感激地摸摸其中一名羅剎的二頭肌，示意要我跟她走。

笛絲奎楨帶我來到一座帳篷前，鑽了進去。我進內坐到皇后對面，兩名護衛緊緊守在一旁。妖后在一杯熱騰騰的飲料中撒了些細粉後，將杯子遞給我。那甜甜的東西聞起來有股銅味，我立即猜想是血。

我把杯子擱到一旁，假裝沒空閒聊扯淡，「我是為了要事而來。」

女王臉上的刺青紅亮片刻，又恢復正常顏色。她啜著飲料，示意要我繼續往下說。

「我手下兩名最優秀的獵人失蹤了，我想他們應該是被妳的人抓走了。」

她聳聳肩，「我的獵人有權從森林裡擄獲任何他們能打敗的東西。」

「所以他們確實在你們手裡。」

「如果是呢？」

「希望妳會願意拿他們的性命做交換。」

「交換？『交換』是什麼意思？」

「『交換』就是做生意，我給妳有價值的東西，換取他們的自由。」

「生意？羅剎不跟人做買賣。」她貪婪地舔著唇，挪動身子，感覺好像隨時要跳起來。她微揚著頭，疑心重重地打量我。「妳究竟是誰？妳不是羅剎皇后。」她罵道，「妳的牙齒跟我們所吃的獵物一樣平整，而且妳受到威脅時，連爪子都不露，妳的蛇一定跟妳的獵人一樣弱不禁風。

我確實是抓了妳的人，他們很蒼白孱弱。」

她若有所思地攪著飲料，「妳若想帶走他們，就得先打贏仗。」女羅剎陰毒地笑道：「妳若贏了，我就放他們走；若是輸了，」她兩眼放光，「我們就吃了妳。即便是個不怎麼樣的皇后，吃起來，肉一定還是很鮮甜。」

我又驚又噁，心裡一激動，凝出一股烈焰，新的軀體和手指隨之變長，生出另一截指節，指甲亦伸成了利刃，從手上探出數英寸長。我的爪尖刺麻著，一滴亮晃晃的黑血珠滴落在我蹲踞的地面上，發出嘶聲。

我身子一伏，感覺雙腿格外強健有力，我殘酷地咬牙朝她一撲，在她臉旁掀抓，嘲弄地答道：「我接受妳的挑釁。」

笛絲奎楨淡淡一笑，似乎對我的表現甚為滿意，「很好，我們明天黎明一決勝負，因為今晚另有盛宴。」

我被領到外頭，噁心地看著眾人狂歡大啖稍早捕獲的殭屍殘骸。我寒顫地聽著骨頭碎裂，那大概是前一晚吃剩的骨頭吧。四處都見不到阿嵐或季山的蹤影，但願他們的復原力至少能維持他們活命。

我看到其中一名最壯碩的男妖對我發出獰笑，他肩上凸著稜角分明的骨塊，前臂粗壯無比，宛若樹幹。當他在火光中轉到某個角度時，俊美的面容瞬間消失，我發現在幻象之下，其實是顆眼睛放光的可怖骷髏。

皇后嘲弄地觀察我對盛宴的反應，發現男羅剎對我格外感興趣後，便將他喚到身邊，在耳邊低聲說著，兩人同時一起看我。

男羅剎咧嘴一笑，走向我彎身行禮，「陛下要我今晚服侍妳。」

「噢，她真……慷慨。她要我跟你做什麼？」我緊張兮兮地問。

「妳可以差遣我做任何事。」他飢渴地答道。

我對一旁監看的皇后笑了笑，斜著頭，挽住羅剎壯漢的臂膀，權衡其中的利害，說道：「如果你已吃完盛宴了，也許可以帶我參觀你們的營地。」

他露出放蕩的笑容，「陛下吩咐，要我滿足妳所有奇想，參觀營地僅是我能為妳效勞的開場戲哪。」他吹噓道，同時厚顏無恥地撫著我的頭髮。我任由他單獨將我帶走，但願我能在被他染指前，拖延夠久，查出他們將阿嵐和季山關在何處。

雄妖帶我來到最大的一座帳篷，參觀一整面牆的戰利品，上面展示著一堆恐怖的骨頭與顱骨。「這是為了紀念我們最優秀的獵人。」他拿起一條用細骨做成的項鍊遞給我，「這原屬於當代最偉大的獵人雷雲所有，我是雷雲的後代，並以他為名。」

「你也叫雷雲嗎？」

「不，我叫閃電，是雷雲的兒子。」

「哦？他在這兒嗎？我有見過他嗎？」

「他已經不在了。」

「他出了什麼事？」

「他在狩獵時受了傷，每年最棒的獵人會進山洞抓鳳凰，他活著回來了，但沒抓到鳳凰，斷了一隻手。」

「他的手沒復元嗎？」

閃電嘶聲說：「堂堂羅剎獵人，根本不會想治癒，他們會為族人犧牲，讓族人吸收他們的精力，另作他用。」

我重重吞嚥，「你是說……你們把他吃掉了。」

他放下一顆彩繪的顱骨，看著我說：「難道你們不是用這種方式，來顯揚你們受了傷的獵人？」

「噢，我們有啊，有的。只是……我的獵人有重生的能力，從來不會受到永久性的傷害，而且他們不會變老。」

他拉住我的手臂，偷偷低聲說：「我看妳的樣子，就知道妳是位獨樹一格的皇后，妳一定得賜予我這種力量。拋棄妳的獵人吧，妳我可以遠走高飛，自創一個新的族群，一個屬於我們自己的族群。」

他微笑著上下打量我，然後向前靠近，尖利的牙齒在毛髮中閃閃發亮。「這裡所有的獵人中，我是……最有才華的。」他用長長的爪子撫著我，爪子雖未刺透我的皮膚，卻留下難看的抓痕。「我向妳保證，我會是妳最忠貞的伴侶。」

我抓住他的前臂，將爪子刺入他膚中，羅剎發出像熱吻時的呻吟。

「我會考慮看看。」我暗示性地說，「現在……我想看看你們族人其他的紀念物。」

他帶我參觀第一位羅剎領袖的畫像，竟然是位男性，而非女性。**有意思**。

「他是位偉大的巫師和幻象師。」閃電解釋說：「他可以幻化成貓頭鷹、猴子、人類，甚至是大黑貓。」

「真的嗎？」我說，一邊好奇地研究圖畫，「你們皇后還能變身嗎？」

「皇后宣稱她擁有變身的能力，但我從未見識過。不過她能製造幻象，非常厲害。」

「原來如此，你們全都有這種能力嗎？」

「我們族人全都擅長隱匿我們的生命之源。難道你們族人沒有這種力量嗎？」

「我們族人有……不同的魔力。」我搭著他的臂膀，「或許稍後我能為你示範一部分的本領。」

「非常期待。」他的笑容好恐怖。

他又帶我參觀其他更駭人的紀念品——一個乾枯的內臟頭冠、一堆頭皮和皮毛，以及幾張嚇人的面具，好像羅剎的臉還嫌不夠恐怖似的。他英俊的外貌再也唬不住我了，現在我知道該怎麼看清羅剎了。若調對角度，斜視過去，便能看見他皮肉下的顱骨。不過假裝他是隻英俊的妖魔，感覺會比較輕鬆。

等參觀夠了，男妖帶我來到一處像畜欄的地方，他輕聲叫喊，我聽到蹄聲四起，一大群幢幢的黑暗獸影朝我們移近，接著彷彿有人扭亮了開關，獸群散放出光色，它們是我生平見過最美麗的動物。

「它們是什麼？」我喃喃問道，其中一隻動物走過來對我伸長頸子。

「麒麟，從鳳凰的森林裡抓來的。」

「噢。」

麒麟體形似馬，卻具有龍面龍齒，身上雖覆著平滑的鱗片，仍生著飄逸的鬃毛和長尾。麒麟有各種顏色——紅、綠、橘、金、藍與銀，而且它們跟羅剎一樣，頭髮會發出火焰般的明光。

閃電大喝一聲，獸隻驚跳起來，繞圈狂奔，奔馳時，蹄子、鬃毛和尾巴都會拖出火焰。

我攀上圍欄伸長了手，一頭大膽的藍麒麟走向我，當我撫觸它的嘴鼻時，它張著鼻孔，朝我掌心吐了口熱氣。我拍拍它平滑的臉頰，撫摸它藍焰般的鬃毛，竟能聽見它的心聲：**火焰女，妳跟他們不同族類，我可以聞見妳身上的人性，我們屬於山區的另一側，他們拿我們弟兄的肉來餵我們，妳一定要救我們哪，公主！**

我將火力灌入麒麟身側，它被暖氣蕩得一顫。我默默傳遞訊息：**我會救你們，仔細看著我，叫大家準備好。**

我會看著妳的，火公主。

「清晨的彗星來了，我的女王。妳一定得休息，才能打得贏。」

「好，我們回營吧。」

羅剎護送我回帳篷，並試圖隨我入帳幕，我用手抵住他寬碩的胸膛，阻攔他說：「這種時機還不適合，我得先擊敗你們的皇后。」

他挫折地咕噥說：「那我就暫時先不吵妳，讓妳好好準備，但未來我可沒那麼容易打發了。」

我點頭轉身欲走，卻被他拉住臂膀，低聲在耳邊說了些他想對我或跟我做的亂七八糟事，反正我不想細聽，僅衝他一笑，輕嘶數聲。他終於滿意地放我一個人，離開了。

進了帳篷，我拉開床上的鋪毯——發現一盒裝滿死蟲的盒子，我想若不是拿來當床墊，就是拿來當消夜吃的吧。

我蜷在角落裡，躊躇著自己究竟蹚了什麼渾水。目前我尚未見到阿嵐或季山，說不定笛絲奎楨只是在吹噓，其實根本沒抓到他們。我知道自己需要休息，便將頭枕在手上，把頭髮和刺青的光色變暗，試著入睡。

我很快發現，羅剎皇后並未真的丟下我不管，她派了兩名壯漢守在我帳外，阻止我溜出去尋找阿嵐和季山。我整日時睡時醒，為雙虎擔憂不已。

夜晚的彗星劃過天空，火樹林熄滅時，我被傳喚出去鬥技。女王已全副武裝，身穿骨製盔甲，頭髮梳理成烈火狀。她臉上的刺青泛出豔紅的光芒，彷彿被人拿紅漆潑在臉上。

我們走到一大片空地上，羅剎們隱入四周的樹林裡，只能看見他們火炬般的頭髮。

妖后背向我，對著空中高舉雙手說：「羅剎們！見證你們皇后的本領吧！」

她誇張地揮繞雙臂，在身邊旋起火花與黑煙，黑煙像活物似地朝我扭來，繞住我的身體，然後往妖后折回去。她大吼一聲，兩道雷光劈在地面。

黑霧一散，出現兩座石壇——上面綁著阿嵐和季山。兩人困惑地四下張望，徒勞地想掙脫綑繩。他們的襯衫撕裂垂盪著，但除此之外，並沒看到傷痕。

女妖走到阿嵐身邊，用尖利的指甲畫著他的裸胸，嘖嘖說道：「乖一點呀，我漂亮的寶貝，別再掙扎了。」她用噁心的爪子觸著阿嵐的唇，「我喜歡軟一點的肉。」

她移動身體，作勢吻他，阿嵐厭惡地扭開頭，笛絲奎楨報復地用爪子抓他臉，鮮血沿著深深的抓痕滴到阿嵐脖子上。妖后轉向季山，「也許這一位比較合作。」

她沿著季山寬碩的肩背撫向臂膀，季山對她怒聲咆哮。

女魔嘶聲高笑道：「也許我會讓你多活一會兒，你的兇悍挺迷人的。別難過了，我的小獵人，你們的皇后已經來救你們啦，她會盡力的。」

阿嵐和季山焦急地張望森林尋找我，對喬裝的我視而不見。

我踏前朗聲說道：「妳已經浪費我太多時間了，而且還當著我的面凌虐我的獵人，羞辱我。我覺得妳根本沒有擊敗我的實力。」

煙霧自笛絲奎楨身邊旋起，她露出惡毒的眼神，「我會在妳慢慢被自己的血液嗆死時，吸食妳的骨髓。」

我扠腰而笑，露出獠牙說：「如果妳的撕咬跟妳身上的惡臭一樣恐怖的話，才有可能。」

阿嵐和季山瞠目結舌地看著我，昨晚的男羅剎走出林線，得意地笑著。

就在我覺得自己佔了上風時，一道黑煙撞上我的腹部，將我擊倒在地。煙霧緊接著纏住我的咽喉，勒得我無法呼吸。我火速解下腰上的聖巾，痛苦地低聲念道：「快點集風。」

煙氣一翻，被吸入聖巾所造的袋子裡，空地上的空氣跟著一旋，從四面方八吹亂我的頭髮，最後狂風終於消失了，袋子在我手裡不斷彈動。我衝著空地對面、怒目瞪我的女妖一笑，揚著眉，將袋子打開。煙氣射向妖后，圍繞她開始擊嗆。笛絲奎楨咳嗽著往空中舉起雙手，很快降服了煙氣，黑煙消失了。

女妖彈彈手指，身體及髮上的光芒登時熄滅。我擺好架式，滅掉自己體內的光，仔細盯著一片黑漆。只見她忽現忽滅地放聲高笑，我必須努力感知她，但這妖女極為鬼祟撲朔。右邊傳來一記嘶聲，我火速扭身，但女妖的爪子已耙過我的手臂和肩膀了。

她撲向我，將我推倒，我奮力將她推開，用爪子抓傷她的大小腿。這時我的肩膀開始灼痛，肌肉彷彿受強酸侵蝕。我本以為腿被熊抓傷已算酷疼了，沒想到這一回竟遠遠超過。

妖后再度消失，僅在數呎外現身。她低聲念了幾個字，手中便出現一把三叉戟，正瞄準著我。

「妳是不是在找這個？」她舞弄三叉戟，兜著圈子說：「我必須承認，看到妳這些武器時，我很訝異，對一名弱不禁風的皇后而言，妳算頗有成就了。」

「妳可以再靠近一點，」我露出邪笑威脅說，「我會讓妳見識一下我還能成就什麼。」

她拿三叉戟刺向我，但被我閃開，並用雷心掌的火力轟她背部。我聽到眾人發出嘶叫，樹林裡的鬼影晃動，我忍不住笑了，結果卻聽到皇后興奮狂笑。

「那一掌打得真舒服啊。」她轉頭懶懶地伸腰說：「在妳死前，一定得把那股能量的祕密告訴我，我的小皇后。」

「做夢。」我嘶叫蹲伏，準備再次出擊。蠢啊！火對他們有益，我應該改變戰略了。

我朝妖后一縱，將她撲倒，她吹出一把灰粉，點燃的粉塵散向四方，我除了白亮的閃光外，什麼也看不見。不過我還是盲目地猛力攻擊她，兩人用爪子互相撕抓，直到我渾身刺痛。

妖后比我強大，她用壯碩的雙腿將我釘死，以利爪勒住我的咽喉，爪尖刺入我頸子，我可以感覺到毒液正注入我的體內。

「現在妳還有什麼話可說啊，小皇后？」

我露出獠牙笑道：「來一點雨如何？」

她困惑地瞇起眼睛，我悄聲叫珠鍊朝著羅剎皇后下雨，雨水尚未滴到我身上，我已聞到雨的氣息了。雨氣在我們上方凝聚成白霧，雲雨轉黑，隆隆作聲，接著開始飄起雨來。雨滴落在妖后背部手上，她發出尖吼。滴在她膚上的雨珠嘶嘶作響，妖后的刺青隨之褪淡。

我在她臉上賞了一記老拳，將她推到一旁，滾身避開，然後停止落雨，並叫聖巾把那妖女綑綁起來塞住嘴巴。聖巾射出線繩，纏住笛絲奎楨的手腿，她用爪子撕斷綑繩數回，但終究敵不過愈纏愈密的繩子。

我眨著眼，想讓視線變清楚些，好看清四周的形影。我摸尋其中一座石壇，撞到一個人身上。

阿嵐驕傲地說：「妳真是個美麗的妖魔。」

「謝了。」我虛弱地笑了笑，用爪子耙著石頭。火星飛散，綑住阿嵐的緊繩從他身上脫開，他為自己鬆綁時，我又踉蹌地走到另一座石壇幫季山解開繩子。我的血因中毒而灼燒，我知道自己很快就會被毒液擊倒了。

妖后在地上死命掙扎，我割開綑綁季山的繩子，昂然而立，「閃電，你上前來。」

魁梧的羅剎邁步走到空地上，在我面前伏倒。「我的皇后。」他抬起頭說，「讓我解決掉那些無力保護妳的懦弱戰士吧，讓我隨侍妳左右。」

我搭住他的肩，露出寵幸的笑容說：「我對你還有別的計畫，偉大的獵人。」我知道兩兄弟已站到我背後了，「我不能讓你殺掉這兩名戰士，因為他們非常特殊，而且一點也不懦弱。我答應過要讓你見識我的本領，對吧？」

羅剎抬起頭，我腳步微晃，阿嵐伸手托住我的手肘。

我將他推開，不希望讓羅剎知道我受傷，我大聲喊道：「我的獵人啊，到我這兒來吧。」

阿嵐和季山站到我身側，我誇張地揮臂宣布：「我命令你們露出爪子，讓這群人瞧瞧。」

阿嵐斜抬起頭，季山默默打量我一秒，接著兩人化成虎形。空地上的羅剎們齊聲驚呼，阿嵐發出兇惡的吼聲，季山咆哮著對空中揮爪，然後開始在我前方踱步，護住他們的女王。就連笛絲奎楨都不再掙扎了，她五花大綁地塞著嘴，躺在地上看我們。

「閃電，」我接著說，「身為你的新后，我希望你別再獵食山洞裡的腐屍，只吃森林裡獵來的獸肉，而且不再去騷擾鳳凰。」

「遵命，陛下。」

「放走麒麟，還有，不許吃病弱的同伴，要讓他們康復。」**一下子交代那麼多事，實在不好意思呀，大隊長！**

他垂下頭，「遵命。」

「我們應該來個慶功宴。」

男妖站起來笑道：「是的，我們應該把前任皇后吃掉！」

「不行！」我喊道，「你們還是應該尊重她，但無須再對她俯首稱臣。」

閃電困惑地答道：「陛下若希望這樣，我們會照辦。」

「我確實是希望這樣，還有，我決定指派你，閃電，當這族羅剎的領袖。」

閃電遲疑片刻後說：「可是我們族人從我祖父那一代起，便一直由女性領導。」

「你曾告訴我，過去有一度是由男性帶領，對吧？」

「是沒錯。」他頓了一下，然後挺直腰桿朗聲說：「我會領導族人的，這裡有人想向我挑戰嗎？」

沒有人出頭，閃電得意地嘶吼著，然後走向我，明目張膽地用爪子撫過我的臂膀。「惡毒的女人，留下來當我的皇后，與我一起治理吧。」他說，「與我分享妳的能量，妳將永無匱乏。」

雙虎發出低吼，伏身作勢撲擊，但羅剎全然不放在心上。

我不屑地抬頭撥開他的手，他對我的敵意一笑置之，我傲慢地答道：「我必須回去照顧自己的族人，但我在離開前，會為你張羅一頓盛宴。」

我雙腳發軟，重重吸口氣，閉眼凝想一頓肉食者的饗宴，結果得到一堆烤乳豬、半熟的烤牛肉和肥嫩的火雞。四面八方都是菜餚，原本還站著的羅剎，紛紛跪倒，在我面前臣服，只有閃電依然挺立，他指示手下將皇后及食物帶回營地。

閃電看著我，徵詢我的贊同時，我對他笑了笑，然後便癱倒在他懷裡。我聽到虎兒發出驚吼，眾羅剎嘶叫四起，還有被綑的皇后發出難聽的高笑，接著我就什麼都聽不見了。

19 麒麟

我終於轉醒了，我眨著眼，試圖抬頭——眼球後面卻傳來陣陣巨痛，逼得我不得不將頭又垂放回去。

季山跪在我身邊，用手輕輕撫著我的臉頰脖子，「妳覺得如何？」

「好像被奎肯嚼過了吐出來。」我嘀咕說，試圖搓揉自己疼痛不已的額頭。

季山在我摸到額頭前，拉住我的手腕。「別動，妳得小心點，以免把眼睛戳瞎了。」

我不解地瞄著自己的手，發現自己依然喬裝成羅剎女王的模樣，忍不住哀吟起來。我的手指突著尖利的黑爪，上面滲著毒液。我把手臂擱到身側，「天啊，我昏倒多久了？」

「幾個小時。」

「阿嵐呢？」

「他在監督餐宴，並引開那些戰士，好讓我能施用魔法治療妳。」季山拍拍他喉上的卡曼達水壺，幫我調整枕頭。「妳都不知道有多少羅剎被妳迷倒，阿嵐得把他們趕遠一點才行。」

我哼說：「他們又不是對我感興趣，他們想要的是我的能量。」

季山挑著眉，上下瞟著我的羅剎裝扮，然後咧嘴笑說：「我覺得妳低估自己的魅力了。」

我被他讚美得臉都紅了，刺青發出紅光，季山笑得更樂了，他輕輕描著我臉上的刺青。

「火光會在妳皮膚下跳動耶，尤其是我碰觸妳時。」

我被他看得極不自在，只好輕輕挪身，結果痛得發出嘶叫。

季山幫我檢視肩傷，「乖乖躺著別動，讓甘露將妳治癒，那些抓傷不至於要命，我實在不懂妳為什麼會傷得這麼嚴重。」

我接過他遞上的水杯，讓季山幫我把頭扶高以便喝水，「她爪子裡淬了毒。」我邊喝邊答。

我曲著手指，專心地縮著爪子。季山拉住我的手放到唇邊吻住說：「最美的動物往往最要人命，至少人魚的甘露能治癒妳。」

我閉上眼睛，靠在他寬闊的胸膛上，季山幫我按摩頸背，減輕頭痛。

一會兒後，阿嵐把頭探入帳內，皺著眉說：「你應該幫忙治療她，不是趁她生病時吃她豆腐。」

「她的肩傷好了，」季山解釋說，「但頭還在痛。」

阿嵐蹲到我對面，一副憂心忡忡的模樣。我痛到錐心，只能斜眼看他，雖然帳篷裡僅有些微的火光。

「怎麼了？」我問。

阿嵐默默地瞅了我一會兒後說：「我無法阻攔他們太久，他們想見新后，除非妳能證實自己還活得好好的，沒被笛絲奎楨的毒液殺死，否則便不算獲勝。」

我微微點頭，幸好這樣不會太疼。「你能再幫我拖延個五分鐘嗎？」我問。

他靠上來在我額上輕啄一下，「我會的。她身體很燙啊，季山。」他邊說邊低頭鑽出帳外。

「沒關係。」我對季山解釋，「羅剎的身體本來就很燙。」

他輕聲笑著繼續用指尖按摩我的頭，「火辣向來就是妳的本色，親愛的，放輕鬆，好好呼吸，專心聆聽自己的心跳。」

帳篷中輕聲燃動的火焰令我安心，我專注吐納，疼痛漸漸消失了，我在季山懷裡靜靜地盹著，直到被帳外的喧鬧聲吵醒。

阿嵐揚聲喊道：「我跟各位保證她還活著，過去這幾個小時，她只是在休息而已。」

「我們想見她！」一名羅剎堅持說。

「讓她走到我們中間來。」另一人高喊。

「你們獨佔她，把她跟族人隔開了。」

阿嵐威脅說：「她賜給你們豐富的盛宴，為你們耗費太多力氣了，給她一點時間休生養息吧。」

「休生養息？那是什麼意思？」

喧鬧聲蓋去了阿嵐的答覆。

我低聲對季山說：「他們不懂阿嵐的意思，這些人只會用陰毒嘲弄的方式互嗆，不懂溫柔慈悲，只知弱肉強食，你最好扶我起來。」

「妳確定？」

「我想我應付得來。」

我巍巍顫顫地站起身，季山攙住我的手臂，扶我來到帳外。我一現身，眾人立即安靜下來，我睇眼掃視眾妖魔，嘶聲說：「盛宴應該吃得還滿意吧？」

幾名羅剎囁嚅道：「很滿意，皇后陛下。」

「那為何還來打擾我？」我大吼一聲。

閃電垂首走上來說：「我們……很困惑。」

「其他幾個較笨的覺得困惑也就算了，閃電，你應該不至於吧。麻煩你解釋一下到底是怎麼回事。」

他嘴角一斜，微笑著解釋說：「部落是為皇后而活的，假若皇后受了傷，她的獵人也會受傷。他們只是想知道陛下是否完好無恙，才能放心。」他貪婪地打量我的身體，又說：「我可以看出妳的傷已經都復元了。」

阿嵐和季山發出低吼。

「是的，我已經康復了。」我答道。

閃電笑著建議道：「那麼妳該選擇今晚的伴侶了。」

「我的伴侶?很好，我選擇與我的戰士待在一起。」

「妳不能選擇他們，其他夜晚無妨，但在凱旋之夜，妳必須從我們的部落裡挑選伴侶。」

「為什麼？」

「此人將陪妳到妳的新部落，成為妳的人。所有羅剎族都是這麼做的，這點妳應該知道吧。」

男妖對我的詭異反應低聲咕噥。

我腦筋一轉，高聲嘲笑著走向閃電，伸出爪子再度撫著他的臂膀，「而你希望能夠被我挑上，成為羅剎族的新王是嗎？」

他抓住我的手臂用力一握，痛得我差點叫出來，但我將之化成一聲竊笑。閃電笑著答道：「妳當然會選我，這裡還有誰夠資格？」

我抬頭盯住他的眼睛，舔舔嘴唇，他立即將注意力轉移到我唇上，欣賞地低吟著。他垂頭打算吻我，但還來不及吻到，已被我粗魯地推開了。我大聲宣布道：「任何想成為我伴侶的人，都有機會……博取我的青睞。今晚你們將出去狩獵。」

營地裡響起興奮的竊語。

「不過我不要你們去獵取鮮肉，今晚你們要獻給我的是……」我頓了一下，腦中飛快尋思，「一朵白色的火樹花，第一個採到花的人，將成為我今夜的伴侶。」

男羅剎一個個熄掉身上的光，遁入森林裡，閃電則駐留原地，瞅著我看。

「怎麼啦？」我問，「我還以為你有興趣成為我的伴侶。」

「我有啊。」他昂起頭，「我只是不懂妳的兩名戰士為何不隨其他人離開，去尋找妳的戰利品，難道他們不想取悅陛下嗎？」

季山一個箭步搶上前，推了閃電一把，啐道：「別以為你瞭解我們皇后在想什麼。」

我打斷他說：「他們當然會去尋獵，那是一定要的，但他們得先護送我到大樹旁，我會在那兒觀看是哪位獵者率先返回。」

兩兄弟各攙起我一隻手，送我到一片已變暗休息的火樹林邊。我將聖巾做的手帕交給阿嵐，他讀完繡在上面的訊息後遞給季山，兩人化成虎兒，奔出營地，閃電狐疑地瞟了我一眼，然後消去身上的光，也離開營地了。

再過不久黎明將至，趁所有人離開時，我還有一堆事情得做。我用黃金果做了一杯火焰果汁灌下肚，又喝了兩杯後，感覺舒服多了。

我精神煥發地回到自己的帳篷裡，將所有武器、鳳凰蛋，以及其他從我們背包抄走的東西收齊。我將芳寧洛掛回臂上，做了個新背包，滅去身上的光，摸黑來到閃電昨晚帶我參觀的畜欄。

我閉上眼睛，以念力告訴麒麟，我覺得解脫之日不遠矣。幾頭麒麟輕踩蹄子，走近欄柵回應著我。帶頭的麒麟靠近我，蹭著我的手，從鼻孔噴出熱氣。

妳回來了，公主，我們一直在等妳。

你們準備被釋放了嗎？我問它們。

麒麟們興奮地踩著蹄子，在黑夜的地面上，踩出五色繽紛的火花。

你們知道穿越山洞回家的路嗎？我問。

我們知道，但我們會在旅途中失去許多同伴。

你們若吃下這些火焰果就不會了，我叫黃金果在畜欄裡造出一堆火焰果，火焰果能治癒你們，並幫助你們保持清醒。

火焰果！這種東西已經遺失了好幾個世代！妳真是送了我們一份大禮啊，公主。

說完麒麟唏哩呼嚕地吞食火焰果，用利牙咬穿硬皮。我又多做了些果子，直到大夥全吃飽為止。

現在我們可以準備上路了。

請務必小心，獵人今晚都出動了，你們快快奔進山洞，他們不可能跟你們進洞的。

我走向欄門，門上的編繩鎖得極其緊實複雜，根本無法可解。

我拿出聖巾，試圖用它解開繩子。聖巾射出絲線碰觸綁繩，但試了幾次未果後，聖巾警示地變換各種圖紋色澤，然後便停住了。

我又試著將繩結搖鬆，但我的長指非常難使，我挫折地拔出卡在繩結裡的食指，憤然地以爪子撕抓繩子，沒想到繩結竟然斷落地上了。

我火速用長爪割斷其他繩子，並好奇地拿起一截光滑如絲的斷索。

其中一頭麒麟解釋道，這繩索是用我們死去兄弟的鬃毛和尾巴製成的，繩索非常堅韌，羅剎知道我們無法弄斷。

很抱歉我得將繩索割斷。

不必道歉，兄弟們會很高興我們被放走。

我正前方的那頭麒麟輕哼著，低聲在我心裡警告說：有人來了，公主！

我身子一繃，蹲到陰影中，麒麟們按兵不動，甚至聽不見它們的呼吸聲，但我可以感知到它們待在我身後。我的羅剎眼睛勉強看得出有個人影，正小心翼翼地向我走來。

那人靠近時，我聽到他低聲輕喊：「凱兒？」

「季山?我在這兒。」我低聲回答。

他繞過幾棵樹，擠過樹叢，最後抓住我的手，「妳還好嗎?」他問。

「這麼久才找到我。」我笑說，「阿嵐呢？」

「我們被跟蹤了，只好分開再繞回來。」

季山抬起門閂，將門欄打開，麒麟們在暗夜中興奮地跳動著。季山折回我身邊說：「我這輩子從沒聞過這種氣味，它們究竟是什麼？」

其中一頭麒麟噴口氣，我們也從來沒聞過你這種氣味。

我輕聲笑道：「它們是麒麟，可以與我心意相通，我想你有點惹毛它們了。」

「我道歉。」季山告訴獸群，「我只是想說，我從沒見過你們這樣的動物。」

「它們接受你的道歉了。」我翻譯道，「還有，我們得把地上的殘繩移開，那全是被羅剎殺害的麒麟遺骸，麒麟們不願意踐踏到。」

季山和我蹲下來合力收拾繩索。我的肩頭被人觸著，嚇掉了我剛剛拾起的一堆繩子。我猛然起身往後跳開，舉起一對利爪。

「別緊張，是我，阿嵐。」

我垂臂收拾繩索，續抒口氣，「阿嵐！我們一直在等你，只剩下一件事要做了。」

我用聖巾裹住身體，低聲吩咐恢復原貌。待我揭去聖巾後，順手綁在腰上，再用手梳理頭髮，以絲帶迅速綁妥。「感覺好多了。」我輕聲說。

我的眼角瞥見暗夜中冒出的火光。

「叛徒！原來妳不是羅剎女王！」

閃電大步朝我們走來，身上的刺青和頭髮冒著怒火。

我攔住季山，知道他已經準備開打了。我沈穩堅定地對閃電說：「我依舊是你欣賞的那名女子，有著同樣的心與勇氣，只是現在選擇另一種不同的樣貌罷了。」

「妳也選擇釋放我們捕獲的獸隻嗎？妳違反了羅剎的律法！妳究竟在做什麼？」

我伸出雙臂，緩緩搓著手說：「羅剎法律規定，只要是你能捕獲的東西，就歸你所有，我從你們手中搶過這些獸隻了。我現在這種模樣，看起來似乎非常弱小，彷若獵物。」我瞇著眼，「但你千萬別想錯了，閃電，我還是有能力傷害你和你的族人。我並不想那麼做……至少目前是如此，不過你們如果想找麻煩，那麼……」我聳聳肩。

他打量人形的我，兩兄弟在身旁蓄勢待發。閃電似乎做出了決定，發出邪笑說：「這是個試煉，一個能鞏固我領袖地位的試煉，我絕對不會失敗。」

他伸出利爪朝我撲來，阿嵐和季山化成虎兒騰空攔截。三人滾落地面，互相撕抓，我則催促麒麟趁機快逃。我讓到一旁，讓碩大的麒麟一一悄聲穿越黑暗的樹林，朝遠處的山洞奔去，然後才回過頭去幫忙阿嵐和季山。

我低念數語，摸著項上的珠鍊，喚來一團溼霧將他們籠住。閃電抽喘著，彷彿吸入毒氣，他大吼一聲，甩掉身上的雙虎，熄掉身上的火光，逃入林子裡。阿嵐和季山正想乘勝追擊，卻被我輕聲喊住了。「阿嵐，季山，放他走吧，我們得趁他帶領整群羅剎追過來之前，離開此地。」

雙虎奔回我身邊，我感到背後被人推著，還伴隨一陣輕輕的晃動。有三頭麒麟留了下來。

我們會帶你們遠離此處，公主。

可是怎麼做？我問帶頭的麒麟，你們應該跟你們的兄弟在一起。

妳幫我們這麼多，我們應該報恩。來吧，騎到我們背上，我們會速速帶你們離開這裡。」

我蹲到雙虎身邊，揉揉他們的頭，黑虎舔著我的臂膀。「它們要載我們到安全的地方。」我解釋說：「麒麟想要報恩，它們說它們的速度很快。」

季山化成人形笑道：「那我們還等什麼？」

麒麟燃動火光，興奮地踩踏地面，季山扶我坐上帶頭的麒麟，我抓住它發亮的藍鬃，季山躍到綠麒麟的背上，阿嵐化成人形彎身撿起某個東西，然後走向附近一頭閃閃發亮、舞踏不已的紫麒麟。他跨坐上去，熟練地駕著麒麟向我靠近。

阿嵐傾身拍拍我的藍麒麟，輕聲叮囑：「小心載好她，她沒騎過馬。」

我頓了一下，笑說：「麒麟會照顧我的。」

「很好。」阿嵐在我手裡塞了件東西。

季山喊道：「跟著我走。」然後用膝一頂，要座騎前進。

阿嵐的麒麟火速跟上，我的麒麟也疾馳跟在後方。阿嵐和季山的座騎在身後拖著綠色和紫色的火條，我再次驚豔地望著絕美的麒麟。我的麒麟平穩而優美地奔行著，穿越黑黝黝的森林，我心下一寬，把注意力轉到阿嵐塞在我指間的禮物：那是一朵白色的火樹花。我將柔軟的花瓣遞到鼻尖，任思緒隨疾速的蹄聲馳騁。

20 玻達，光明之城

攀上小丘後，我們瞥見一座廣袤漂亮的城市，光明之城從山谷一頭延至另一端，中間被一條從黑山頂上流下的熔岩河切成兩截，河流隱沒在彼端盡處的山巒間。城市四周火樹環繞，所有建物都發出明豔的亮光，城市中心有座璀璨如鑽的華麗廟宇，壯觀得令人屏息。

阿嵐、季山和我發出喟嘆，一因美景當前，二則我們終於抵達目的地了。雖然還沒回到家，但離家又近了一步。

我心想，**火繩就在底下某個地方了**。

我精神一振，跨下麒麟，撥開它眼上的鬃毛，感謝它送我們到安全之境。三頭麒麟齊聲嘶鳴，奔過樹林，不久便消失無蹤了。

我們睡了一整個下午，直至夜幕初臨。黃昏時，火樹都睡去了，天色與平日一樣昏黑，但城裡卻燈火輝煌，熱鬧已極。我們戰戰兢兢地走向山谷，朝城市外圍走去。所有人似乎都往廟宇行去，像是要參加節日慶典。

我們躲在樹林裡偷窺，發現這些市民叫玻達族，他們會像羅剎一樣發光，但玻達人的皮膚發著金光，且身上的刺青似乎僅供裝飾用。玻達人看起來並不兇惡，雖然他們擁有戰士般的虯實肌肉。

我們一邊研究這座金城，阿嵐一邊低聲念詩：

黃金城

——愛倫．坡

精裝華飾，
英勇的騎士，
在日光下，在陰影中
長途奔騰，
引吭如風，
尋覓著黃金城。

儘管如斯英勇，
騎士已漸高齡——
他心中蒙上一層陰影，
因為他希望落空，
沒有一片仙境

看起來像是黃金城。

當他終於油盡燈枯
衰頹力窮，
遇到了鬼魂朝聖，
他說：「幽靈……
它在哪兒啊，
這片黃金城？」

「攀過月下
那片山峰，
走下死亡的幽谷，
勇往向前馳騁。」
幽靈答道：
「如果你想尋找黃金城！」

「妳覺得黃金城的傳說是不是從這裡來的？」我問阿嵐。
他答說：「不知道，不過它真的看起來像黃金城。」

季山轉頭跟我要過聖巾，纏到自己身上，然後低念幾句，化身成玻達市民，我伸手摸他的手臂，粗紋而泛光的手臂摸起來幾乎像麒麟的鱗片。他腰上掛著一條布裙，雖然穿著飾有紅寶石的燦爛衣袖及袖口，但上半身其餘部分均袒裸著。季山的金色皮膚布滿了深紅及黑色圖紋的刺青，濃密的烏髮變成了珍珠白，就連眉毛及睫毛都泛著珠光，眼周的鱗片極為顯著，感覺一對金眼旁盡是寶石。

阿嵐拿過聖巾依樣變身，唯獨顏色以藍、綠、紫為主。他把聖巾遞給我，但我只是站在那兒，望著面前兩尊金神，直到阿嵐推我一把，季山竊笑起來。

等我變成玻達女人，拿開巾子後，兩兄弟繞著我，欣賞我的服裝。

「不錯嘛。」季山打量完畢後說。

「很好。」我嘀咕地看著自己的手臂，上面覆滿翠綠的蝴蝶和扭曲的黑藤，我試圖減弱膚上的光色，但成效欠佳。我抬手將一些頭髮拉到肩上，象牙色的頭髮十分粗長，與我原本自然鬈的濃密棕髮異如天壤。我戴的金飾上鑲著像翡翠的東西，但其實是聖巾製造出來的織物，另外我還穿了件彷若星光織成的衣服。

「我的臉看起來是什麼樣子？」我問。

「很漂亮。」季山答道。

阿嵐蹲下來整理我們的背包，他連看都沒看地回應說：

「妳的眼皮上覆著細翡翠，散布到妳的顴骨上。從眉毛到髮線間的額頭上點綴著黃玉，臉頰和額上的皮膚泛著綠光，延至脖子和肩膀，然後漸次轉成金色。」

他站起來走向我，瞟著我的唇說：「妳的嘴唇……也是金的，妳只缺了一樣……這個。」他從指間取下仍發著白光的火樹花插到我髮上，並將花莖掖到我耳後。他的觸摸令我血脈搏跳，「季山，她不僅漂亮，而且還完美無瑕。」

我還來不及反應，阿嵐已經拎起背包，往城市出發了。季山對阿嵐的瀟灑離去頗表不悅，我聽到他模糊地碎念著，然後對我伸出手。我們不發一言地混入人群中，一起走向光明之城的金字塔廟宇。

「他們似乎非常興奮，好像要發生期待已久的事了，想必是非常特殊的場合。」阿嵐用虎耳偷聽附近兩名老人談話後，低聲表示。

一群人圍繞成圈，正跟著擊鼓吹管的樂師，一起拍掌唱和。當音樂節奏變快時，有些玻達人開始跳起舞來。群眾情緒高亢，將花朵扔入熔岩池中，花兒漂浮著並未燃燒，並送出濃烈的香氣。

我們慢慢走近宏偉的廟殿，我目不轉睛地望著。神殿不僅反映出周邊每個人的色彩，而且還自內部散放火光。殿堂表面像華麗的珠寶般，有數不清的切面，光影在我們四周彈動，我們宛若站在舞池的旋轉球之下。從我所站的地方雖看不見廟頂，但我估計建物約有二十層樓高，跟我看過的馬雅寺廟圖片十分相仿。

寺廟本身是座切割成四面體的巨型水晶，有道陡斜的梯台通到頂端。從階梯底層至上方的寺廟基座，每道台階上都站了手持長矛的守衛，他們的打扮雖然嚇人，卻跟著群眾微微笑著，似乎不認為會出任何事端。

兩名年輕的俊男突然從階梯中央的入口出現，一起拾級走下數階，直至站在群眾上方。他們身上撲著金粉，穿著跟阿嵐季山相似的圍裙，只是衣裝更為精緻。兩人臂上及小腿纏著一圈圈的金環，垂至背部的白色長髮中，編入了鳳凰的羽毛。

「兩位天神！」群眾歡呼道，其中一名男子抬起手，人群便肅靜下來。

「我的人民，我們族裡已經多年未添增成員了，有些人甚至懷疑，是否再也不會為新成員聚集了。現在，我們知道那不是事實。穿越光明之城底下，讓我們生生不息的能量之流，畢竟沒失去它的火力。它仍對著上面的世界發威，並帶給我們新的生命。」

「並為我們的天神帶來新希望。」玻達群眾高聲回應。

發言的男子笑了笑，拍拍同伴的肩膀，「沒錯，新希望，兄弟。」

「向希望致敬！」他答道，並舉起手中的金杯。

乾杯之聲仍在空中迴盪，醇酒已送向群眾了。

兩名天神再度舉起金杯說：「致新希望，但願這位新到的成員，就是我們在尋找的女孩！」

「向希望致敬！」人群高聲喊道，每個人都喝著金液。

季山接過一杯品嘗，「還滿好喝的。」他悄聲告訴我們，「有點像火焰果加蘋果汁。」

「你能感知到嗎，兄弟？她就要來了。」兩人步下台階走入人群，其中一名火神說。

二人夾在人群裡，沿著黑色沙灘前行，護衛包夾兩側。他們走向炙熱的熔岩湖，在湖邊專注地盯著湖面。

看到他們的腳指都快燒掉了，我忍不住縮起身子，想起自己身體焚燒時所受的折磨。我抓緊阿嵐的手，他憂心地看著我，我重重吸氣低聲說：「走，我們靠過去一點。」

我們找到一處沒受遮擋的視點，不久便發現湖面起了泡泡，接著生起漣漪，漣漪愈盪愈廣，人群興奮無比地指著一名從熔岩中冒出來的少女。我驚抽著氣，女孩渾身顫抖，顯然十分害怕。她大步走向岸邊，擦掉臂上的熔岩，我看到她的皮膚是豔紅色的。

雙神跨步走入熔岩河去迎接女孩，完全不受熱氣與火焰的影響。其中一人為女孩披上美麗的袍子，另一人將火樹花製成的花環戴到她頭上。兩人溫柔地帶領女孩走到黑沙上。

其中一名天神表示：「歡迎來到光明之城，女孩，我們會照顧妳，妳所有需求都將獲得照應。請隨我們來。」

兩名男子帶她走向廟堂時，玻達人歡聲雷動地朝她腳邊扔花，女孩來到寺廟邊，微笑淺露，然後便隨著兩名兄弟遁失在廟宇裡。守衛們紛紛回到台階上的崗位。

儀式一結束，眾人便熱烈慶祝。音樂再度響起，食物一一送上，人們在寺廟旁狂歡。我開心地發現，他們分送的飲料能消去我舌上的火氣。

阿嵐、季山和我又偷聽了一些談話，知道派對會持續鬧上整晚。玻達人希望雙神能再次出現，帶來好消息，宣布女孩就是他們期待已久的人。我忍不住同情起女孩來，而且感覺整個狀況有點熟悉。

左側的人群開始起鬨：「說故事，說故事！」

我很想聽一聽是怎麼回事，便湊過去。季山和阿嵐兩名護衛，立即機警地站到我身邊，監視群眾。

一名老者平息眾人的哄鬧後，抬起雙手說：「上面那些冒煙的山群——是上邊的世界，通向我們下邊世界的出入口。」

人們點頭竊竊低語。

「老祖先知道我們人民在受罪，知道我們再也無法靠自己的力量守護聖火了，因此火神瑟拉與威乙便前來統治我們。」

一名年輕女孩補充說：「但他們離開了某個人。」

「妳說得對，朵米達。兩兄弟深愛的美麗姑娘，拉薇拉並未跟隨他們而來，拉薇拉必須在兩人之間選擇一位。雙神在離開各別的火山之前，都曾要求她選擇想跟從的人。他們等待女孩前來，但拉薇拉從未現身。焦急狂亂的瑟拉與威乙離開了自己的崗位，到上面的世界尋找愛人，卻苦尋不到美麗的拉薇拉。

「兩兄弟無法兼顧職守，老祖先們只好答應兩位天神，若能回到我們的世界，照顧宇宙之心那永生不滅的火，他們便會親自去尋覓拉薇拉，並帶著她穿越火煙山，送到兩位兄弟面前。」

我好奇地問道：「兩兄弟看到她時，為何無法認出她來？」

老人對我笑道：「老祖先僅知道要尋找一名年輕活潑的女孩，她可能輪迴重生成另一種模樣，但兩兄弟堅稱說，無論她化成何種樣貌，他們都能認得出來。」

「女孩若不是他們要找的人，會怎樣？」我問。

「她會成為我們其中的一員。」老人仰望黑色的夜空，「今夜火煙山將靜止不動，因為雙神兄弟很滿意，但這女孩若不是他們要找的人，天神便會憤而撼動天空，火湖將會爆發，衝到上面的世界。」

我抓住阿嵐的手，季山比畫著表示該閃人了。我們來到火樹林紮營。

三人討論剛才所見後，我提議說：「我想他指的是火山，兩位火神生氣時，地表的火山便會爆發……還有，我認為那些送來這裡的女孩，是要拿去祭火山神的。」

「妳為什麼會這麼認為？」阿嵐問。

「因為老人說，他們在尋找年輕活潑的女性，在神話、書籍和電影裡，都用處女祭拜火山。還有，雙神各自透過不同的火山來到此處，這也很合理，不知怎地，那些姑娘竟能安全地從寺廟附近的熔岩池裡浮出來，沒被燒死。」

季山答道：「這解釋很棒，告訴我，杜爾迦的預言裡提到什麼關於火神的。」

我翻著筆記，找到要點，「卡當先生的譯文上說，『火焰雙神，心懷詭詐，從中阻攔。』還有別忘了，鳳凰說，我們得打敗火神才能取得火繩。」

「聽起來他們應該不會很合作。」阿嵐嘟囔說。

「好消息是，那些守衛看起來訓練得很不怎樣。」季山評道。

「你怎麼看得出來？」我問，「他們肌肉都很發達耶。」

季山揉著下巴，「有肌肉不表示他們擁有戰鬥技巧，守衛雖然拿著長矛，卻未隨時備戰，他們的態度太鬆散了。」

阿嵐默默點頭，季山繼續評說。

「何況這裡似乎不曾有過戰事，羅剎鞭長莫及，造不了大亂，我看市民之間也無任何嫌隙。」

「季山說得對。」阿嵐表示，「他們似乎是很和平的人，不過最好還是別冒進或輕敵。妳明天就待在這邊吧，凱兒。」

「什麼？為什麼？我在格鬥中表現得還不夠好嗎？別忘了，二位被羅剎擄去後，是誰救了你們。」

「她說得有道理，阿嵐。」

阿嵐在一番天人交戰後勉強同意道：「好吧，但切記緊跟住我們。」

我對他行禮道：「是的，長官，將軍，遵命。學生凱西．海斯必戮力以赴。」我開玩笑地說。

阿嵐露齒一笑，在我頭旁做了一只新枕頭，「闔眼睡一下吧，海斯大兵。」

我拍拍枕頭，然後躺下，「你去哪裡學到『闔眼』這種說法？」

阿嵐大笑說：「晚安，凱兒。」

我咯咯笑著翻身，發現季山正靜悄悄地看著我，他有心事，英俊的臉上露出那種可以拐跑任何女生的失落神情。我笑了笑，季山只是別開眼神，摺著聖巾。我看著他默默在帳中活動，準備站第一輪哨，接著便在帳門口坐下。

我握拳支住臉頰，瞅著他強健的背部和一對寬肩，幾乎能感受到季山對我的失望。自從與鳳凰相遇後，我一直對他很疏遠，我知道他也感受到了。我們得談一談，不能再拖了，然而，此時我不希望被任何事干擾我們的目標。

21 火焰雙神

我們再次喬裝成玻達市民來到寺廟。城裡的人老早便疏散回家了，街道上靜謐無聲，我們僅睡了幾小時，隨著日出而起，以免錯失掉城裡的活動。

沒想到寺廟比黎明前更加燦爛奪目，我們默默走入廟裡，守衛對我們根本視若無睹，直到阿嵐跳到寺廟的台階上，季山抱起我交給阿嵐。等我們三人都站到廟堂的第一道階梯上後，便被團團圍住了。

「你們來這裡做什麼？」一名守衛質問道，「為何在此最神聖的時刻，前來打擾我們的天神？」

阿嵐揚起一邊眉毛，我趁他未及說話前趕緊插嘴。

「勇敢的戰士啊，我們不是來找麻煩的，我們跋涉長路，帶來了羅剎女皇的消息，我們認為這消息很重要，只好貿然打擾。」

「羅剎皇后在我們身上施了可怕的魔法，想阻止我們警告你們。」

阿嵐加油添醋地描述羅剎皇后如何拷打他，我猜想應該是真的，便很自然地拉起他的手，喃喃安慰，我難過地低下頭，還擠出一滴淚。

如此一來，守護們似乎便相信我們說的是真話了。

「隨我們來吧。」一名戰士命令道。

我們隨著兩名守衛走上寺廟的台階，其他人則回到自己的崗位上。我們在途中一片平台上，轉入一道大理石走廊，走下通往建物中心的水晶階梯。金字塔四壁向上延伸，最後在高處匯聚成尖頂。從這個有利的角度望過去，水晶壁上的切面，就像以各種角度擺設的窗子，燦爛生輝。

寺廟內室裡的地板跟走廊一樣，也是由生著金紋的象牙色大理石鋪成的。火樹朝金字塔頂端伸長了葉子，一對火神的雕像安置在金座上，實體大小的麒麟、鳳凰及其他野獸，全用晶亮的石頭雕成塑像，供作各噴泉池的裝飾主件，噴泉中流瀉著明亮的橘紅色熔岩，騰著溫熱的蒸氣。

阿嵐和季山經過時，小心翼翼地觸著熔岩，表示有感覺到提神的效用。

守衛帶我們來到廟內一處新的地方，這裡比先前見到的更華麗，雕像數目也更多，包含一尊純白大理石雕成的巨型美女跪像，美女長髮過腰，髮辮上編著朵朵的火樹花。她的嘴唇稜角分明，豐潤飽滿，長袍的褶子垂墜在光滑的地板上，身邊散滿了鮮花。這名美女想必就是天神心愛的拉薇拉了。

守衛拉開一片透明簾子，我看到兩名火神舒服地躺在剛才從熔岩湖裡出現的那名少女身邊，雙神餵她品嘗美食，替她斟酒，同時對她輕語。一名婦女幫女孩梳理棕色的長辮，另一人則在她皮膚上塗抹乳霜。

女孩看起來並不像玻達人，她膚色白皙，沒有半點刺青。火神不斷找理由去觸摸她，拉著她的手，親吻她的手指，並不停地命令侍女做這做那，伺候女孩。侍女幫她拍鬆枕頭，理平衣服，沒有人注意我們，彷彿當我們是空氣。

我踏前一步，卻被守衛拉回來低聲說：「我們得等儀式結束。」

「什麼儀式？」我悄悄問。

他搖搖頭，以指壓住自己的嘴唇。我一頭霧水地轉頭觀看。

一名火神靠向女孩說：「時間到了，孩子。」

另一名兄弟坐起身，拍拍掌，僕人們捧著一個披著絲件的矩形物件進來。雙神輕輕拉起少女，帶她走向那物件。

其中一名火神掀開絲罩，露出一面亮晃晃的鏡子解釋說：「這面鏡子是我們心愛的拉薇拉所擁有的，人們曾答應我們，有一天會將她送回我們身邊。」

另一名火神接著說：「我們要請妳看著自己的反影，若妳真是我們的拉薇拉，便會顯出原形，如此我們便能團圓了。假如妳只是一名為火山獻祭的女孩，妳的身體將會產生變化，變成玻達人，成為光明之城的市民。」他親吻女孩的手說：「妳若是我的拉薇拉，一定得選擇我。」

「假如她是拉薇拉，她會認出我才是她的真愛。」另一人陰沈地答道。

他的語氣似乎嚇著了女孩，火神一發現後，立即舒緩表情。

「準備好了嗎？」他輕聲問。

女孩點點頭，轉向鏡子。剛開始鏡中並無動靜，接著薄幕內似乎發出明光，女孩用手摀住臉，輕輕顫抖著，她的頭髮彷彿被微風吹動，棕色的髮束慢慢變成了濃密的白髮，皮膚並開始泛光，當她把手從臉上移開時，我從鏡子的倒影中看到女孩眼上閃亮的粉色珠寶。

我聽見女孩喃喃說：「我……我變成玻達人了。」她囁嚅地看著自己，欣賞身上滑亮的皮膚和寶石。

這時火焰雙神握緊拳頭，胸口起伏不定，明亮的皮膚黯淡下來，俊美的臉龐因失望而扭曲。兩人激動地全身顫抖，再也抑制不住，我們腳下的地板開始震動起來。

寺廟裡登時陷入黑暗，地面再次搖動時，阿嵐和季山抓住我的手。鏡子碎裂了，碎片撒得一地都是。我抬頭看著寺廟的窗格外，發現天空覆滿了黑沈的怒雲。

女孩嚇得尖聲大叫，僕人火速將她帶走。

其中一名兄弟大吼一句：「拉薇拉！」然後頹跪在地上，另一人則憤憤地擊向拉薇拉的雕像，漂亮的大理石雕登時碎裂，碎片飛過雕像的臉龐，沿著身體臂膀飛落。

「別這樣，瑟拉！」威乙對他兄弟喊道，但已經太遲了。

乳白的大理石像已經裂開，一隻斷臂摔碎在地面，櫻唇微噘的雕像整座倒向我，彷彿拉薇拉想親吻我的額頭。季山一把抱過我，和阿嵐飛快閃開，緊接著沈重的石像便斷碎在我們剛才所站的位置。

「我沒事。」我安慰他們說，季山放我站穩，「連擦傷都沒有。」

我感覺季山身體一僵，便窺向阿嵐身後，看看究竟怎麼回事。火焰雙神靜悄悄地不說話，臉上卻也不再陰沈，因為他們終於注意到我們了。我戒心大起，心臟咚咚亂跳，因為我發現他們其實是注意到我。兩人眼中再無他物，緊盯著我大步走來。

阿嵐本能地擋到我前面，遮去他們的視線，但對方毫不退縮。

「我是瑟拉。」火神說著對我伸出手。

威乙優雅地用手搭住阿嵐和季山的肩膀，輕輕一推，那看起來是最輕柔的觸碰，阿嵐和季山卻整個人飛到房間的另一端，滑過金色地板，重重撞在寺廟牆上，昏了過去。

我緊張地嚥著口水，第一個想到的蠢念頭竟是：「你……你們是孿生子！」

威乙毫不浪費時間地問：「時間夠嗎？」

「到日落前還有時間，日落後周期就完成了。」瑟拉答道。

接著兩兄弟極有默契地一起笑說：「歡迎來到玻達，年輕人。」

「妳已見過瑟拉了，我是威乙，要不要吃點東西？」威乙問，將我的手夾到臂下，帶我走到躺椅旁。

「我知道你們在想什麼，」我緊張地說，在心中頻頻呼喚雙虎，「但我不是拉薇拉。」

威乙啐道：「只有鏡子才看得出來。」

「是嗎？呃，瞧，我已經是玻達人了。」我指著額上的珠寶，「我已經通過鏡子的測驗了，它可沒選上我。」

瑟拉輕輕點觸我的鼻子笑說：「如果妳真的是玻達人，我們一定會知道。」

他彈彈指頭，指尖燃起一簇火焰，火焰射向我的身體，化掉我的玻達裝扮，露出我平時的模樣。我的棕髮已綁成了辮子，甚至還穿上我平常的衣服，和我最愛的一雙布鞋。

我結結巴巴地說：「好吧，被你們逮到了，我不是玻達人，但我不像其他女孩是從火山口進來的。」

幸好阿嵐和季山已經醒了，兩人隨即跳起來，但火神全然不把他們放在眼裡。

「妳如何到達此地，一點都不重要。」威乙說。

「妳還是處女吧，否則不可能進得了寺廟的內室。」瑟拉說，「這表示妳有資格受測試。」

我飛紅著臉瞟向阿嵐和季山，看他們是否偷聽見了。他們當然聽到了。兩兄弟咧嘴傻笑，直至看到彼此的笑容，才斂住表情，緊繃著身體慢慢爬近。我看得出來他們已經隨時準備撲擊了。

我還沒回神，便已被帶到剛才女孩所躺的地方了。幾名僕人送來可口的食物，破裂的鏡子消失了，拉薇拉的雕像也不可思議地恢復完好。火焰雙神夾坐兩側，彎身努力討好我。

我想看阿嵐和季山有何打算，瑟拉發現我在找尋他們，便大手一揮，在我們四周設下透明的玻璃牆，我雖然看得見阿嵐和季山在呼喊我，卻再也聽不見他們的聲音了。這跟日落的水晶籠子剛好相反，現在我跟一對幾乎一模一樣的孿生兄弟關在裡頭，而非置身外面，而且這兩個傢伙的手腳很不規矩。

我推開他們的手說：「聽我說，我已經受夠男人獻殷勤了，雖然很榮幸讓二位以為我可能是你們要找的人，但我真的一點興趣也沒有。」

瑟拉瞥著阿嵐和季山，「是他們害妳分心嗎，我的愛？我可以輕鬆地解決掉那兩個小夥子。」他抬起手，我立即蓋住他的手掌。

「沒有，他們沒害我分心，求你別傷害他們。」

他吻住我的手指。「如妳所願。」

「我們只是想取悅妳啊。」威乙說。

「是啊，我看到你們如何對待上一名女孩了。你們想取悅我，直到發現我並不是拉薇拉，然後便大發脾氣，自艾自憐，搞得天空昏暗無光，熄滅城裡所有的光線。」

「這種晦暗的心情並不會持續太久，」威乙解釋道，「而且不論妳是不是拉薇拉，都還是屬於我們。」

「什麼叫『還是屬於你們』？」

「妳會成為我們的妃妾，等妳老到再也無法取悅我們後，才會成為光明之城的市民。」

我哼道：「我說過了，我沒興趣。」

「別擔心，」瑟拉立即接著說，「妳不會很快變老，能當我們妃妾數百年。」

「是這樣的，我打算跟他們其中一個人幸福廝守到老，」我指指阿嵐和季山說，「你們可以跟他們學習如何對待女人，等我年老時，他們倆都不會隨便把我晾在一旁，還有，他們也都不會搞什麼後宮，你們兩人開的條件根本沒得比。」

「但我們可以給妳任何想要的東西，告訴我們，妳想要什麼，我們就會給妳。」威乙說。

「很好，我希望有人愛我——而不是心裡想著別人，卻拿我的肉體來填補寂寞。我要的是真愛，我不認為你們可以給我真愛，你們甚至不懂愛的真諦，你們若真心愛著拉薇拉，就應該把她的回憶藏在心裡，而不是利用別的女人來尋找她。我不認為拉薇拉會希望那樣。」

威乙抓住我的手腕一扭，害我痛極了，「妳憑什麼揣測拉薇拉的想法和感受？」

「我也被兩名兄弟愛過，當然很能瞭解她的感受，不是嗎？」我斥道。

瑟拉扯住我的手肘，用力將我扭向他，露出一臉陰沈與怒容。

我粗聲高笑，「看來蜜月期已經結束了，嗯？」

他威脅說：「不管妳願不願意，都得接受測試。妳最好學會尊敬我們及我們的神力。」

「我才不怕你們的神力，阿嵐和季山贏得了我的尊重，他們比你們這對兄弟強太多了，我永遠不會隸屬於你們任何一個人。」

孿生天神將我推開，我摔倒在幾顆枕頭上。

瑟拉大吼一聲：「拿鏡子來！快點！」

僕人們匆匆拿著新修好的鏡子進來，兩人各拽住我一隻胳膊，把我拖到鏡子前面。

威乙喝令說：「看著鏡子，告訴我妳看到了什麼。」

我實在受夠了，對著自己的反影一笑，抬起掌心朝鏡子一轟，玻璃的碎片向四面八方噴濺，我雖然已低頭閃避，但還是有幾處被劃傷了，儘管並不嚴重，我還是被刺得抽了口氣。雙神鬆開我的手，退開一步。

阿嵐在玻璃另一端攻擊正要離去的僕人，將他的臉從牆上推穿，玻璃一化，阿嵐與季山跟著從開口跌了進來，兩人立即擋到我和火焰雙神之間。

季山抽出腰帶上的金劍，往側邊一揮，等回劍護住前方時，劍身已伸成全長，季山再一翻手，劍身分成兩半，他將其中一把扔給阿嵐。

季山舞著金劍問：「二位何不跟體型相當的人較勁？」

孿生兄弟瞟了季山一眼……然後放聲大笑。

「太有意思了，」威乙說，「他們竟想替他們的女人出頭。」

「也許我們應該縱容他們一下，」另一人說，「他們讓我想起好幾世之前的我們。」

雙神將阿嵐、季山打量一番，似乎有了決定。

瑟拉拍拍手，一名僕人應聲而來，瑟拉吩咐道：「把競技場準備好，拿出我們的武器。」

僕人連忙退下，外頭響起號角聲。

「我們會賞你們一點時間做準備，」威乙表示，然後彈彈指頭，只見火焰在我們身邊跳動。

「等一等，聽我說！」我喊道：「我們到這裡的目的其實是……」

太遲了，火圈已圍住我們，我覺得一陣暈眩。

等火焰消失後，我們已站在山谷頂處一片平整的石台上了，要下山簡直難如登天。寺廟在山底下放射光芒，寬闊的山谷對面是一片黑山。

三人大略探索了一下新的環境，發現腳下的黑石一踩上去，便會碎為粉塵。

「我們在火山口邊緣的平台上，唯一離開的辦法，就是越過那道裂口，踩到山上，或從斷崖的壁面下去，看起來相當深。」季山報告說。

我們正討論要用聖巾造條繩橋時，大地震動了起來。兩條火柱從山底下的寺廟竄起，扭入空中，像狂捲的龍捲風般來回交纏，然後觸落在我們剛才所站的黑土上，接著旋繞的火焰消失了。站在我們面前的是火焰雙神，瑟拉的白色長髮此時變成略帶深紅的絲亮烏髮散垂著。他穿了深紅色的盔甲和一件跟紅龍鱗甲相似的外套，那妖異的顏色似乎頗適合他的心境。瑟拉撇著嘴，旋動他的武器——那是一把邪惡恐怖的雙刃棍。他腰帶上還掛了兩條刺鞭，瑟拉目射精光地盯著我們。

威乙的長髮也變黑了，但綁在頸背後。他邁步走向我們，銅色的斗篷在風中掀揚。威乙手持一把長矛，我忍不住看著掛在他腰帶上，那些亮晃晃的武器。威乙穿著黑銅色的盔甲，胸甲上雕了一隻兇惡的獅子。

火神對我、阿嵐和季山行禮，然後伸出武器。

「這是在幹嘛？」季山戒慎地問。

「這是我們的習俗，打鬥前，得先讓敵人看武器。」威乙解釋說。

我還來不及反駁，阿嵐和季山已接過武器，鞠躬回禮，並拿出他們的金劍、飛輪及三叉戟讓對方檢視了。

我嘶聲說：「別相信他們！」可惜本人的忠言被當成了耳邊風。

阿嵐和季山一齊低頭檢查武器，雙神則對杜爾迦的兵器連正眼都懶得瞧，反而好整以暇，用令人心慌的方式盯著我看。為了躲避威乙和瑟拉不懷好意的注目，我移到阿嵐身後。

阿嵐和季山很快研究了一下瑟拉的棍子，以前每看完一部功夫片，我便聽小里介紹各種武器，所以對這玩意兒還有點認識。棍軸兩端箍著金套，軸身交叉編著皮帶，以利舞握。棍杖兩頭，朝反方向各突著一把有尖刺的長刃。

威乙的武器是把星錘，鏈子一邊是尖釘密布的釘頭錘，另一端是烏黑晶亮、矛頭尖大的矛棍。可是當阿嵐用拇指撫著矛端時，矛頭卻像捕鼠器似地啪一聲，朝各個角度彈出鉤刺，阿嵐雖試盡辦法，就是無法讓武器恢復原狀。威乙從阿嵐手中拿過去，刺鉤便又縮回矛杖內了。英俊的威乙將三叉戟和金劍交還給阿嵐，自顧自地欣賞自己的武器。

「很美吧？」威乙直盯著我問。他自得地咧嘴一笑，擠擠眼，然後轉身說：「你們倆準備好後，隨時開始。」

阿嵐默默點頭，孿生天神走向鬥技場中央。

我拉住阿嵐手臂悄聲說：「我知道那是什麼武器，卡當先生曾經提過，是棘刺之槍。」

季山蹙眉說：「那是什麼？」

「是從挪威神話裡來的，細節我就略過了，不過武器刺入肉體裡，會射出刺鉤，唯一取出的辦法……」我重重嚥道，「就是把它整個挖出來。」

阿嵐呻吟道：「謝謝解說。」

「你們準備好了嗎？」瑟拉在場上喊道。

我將杜爾迦的胸針塞到季山手裡，聽到他喃喃說：「盔甲與盾。」

胸針膨大，用金片覆住他的上臂，並迅速蓋過他全身，為他戴上黑亮的黑色與金色盔甲。胸針進而伸成手把，張出一塊圓片，季山於是擁有一張飾著咆哮黑虎的盾牌。

阿嵐伸手要過另一個胸針，手指輕扣我的一下，然後念了幾個印語，他的胸針也開始膨大了。甲片覆住他的四肢，咔咔地扣響。不久阿嵐的身體也被銀色及黑色的盔甲護住了。阿嵐沈重的盾牌上，是頭張牙舞爪的白虎。

我幫忙把三叉戟繫到阿嵐的腰帶上，然後跪下來從背包裡抽出自己的弓箭。

阿嵐戴著手套的手立即蓋住我的，「妳在做什麼，凱西？」

「跟你們一起作戰。」我撥開眼上的髮絲說。

他搖頭嘆道：「我不希望妳受傷。」

「我會從遠處攻擊。」

阿嵐正想說點別的，我的手上突然噴出火來，弓箭爆成火焰，然後消失不見。

威乙突然化成一團火球出現在我後方，「親愛的，妳是我們的獎品，不是戰士。」

「這種話我以前也聽過，我不會袖手旁觀的，我希望能爭取自己的自由，這點你應該不至於對我吝嗇吧。」

渾身冒火的瑟拉出現在他兄弟旁邊，「我們還等什麼？」

「她想參戰。」威乙解釋道。

「不行。」

威乙拍掉盔甲上的黑灰說：「我覺得她勇氣可嘉，也許我們應該讓她加入。」

「不行。」阿嵐和季山同時勸道。

「看到他們有多想保護妳了吧？這場戰役必然令人難忘。」

我咬咬唇，做了決定。「好吧，這回我就在旁邊觀戰，但得有個條件。」我指著雙胞胎說：「你們兩個得公平戰鬥，不許……不許消失，或將他們扔到懸崖外。」

火焰雙神聳聳肩。

「戰鬥會很公平，」威乙說，「但妳得心悅誠服地接納獲勝者，不得再有抗辯，無論贏的人是誰，同意嗎？」

「等一下，凱兒。」阿嵐正想開口。

「同意。」我宣布，並趁阿嵐跟季山出面干預之前，跟兩名火神握了手，「不過有件事得先說清楚……你們若是作弊耍詐，我就管不了那麼多了，我會使出所有看家本領對付你們。」

「我們接受。」威乙咧嘴一笑，厚臉皮地輕撫我的臉頰。

我咕噥著推開他的手，「你什麼都還沒贏到，手別亂摸。」

孿生兄弟哈哈大笑地消失了，接著一記號角響起。

「我猜比賽時間到了。」我親吻季山的臉頰低聲說：「祝你好運。」

他微微一笑，我轉向阿嵐，「也祝你好運，阿嵐。」

「待會兒另一側見，凱兒。」

我吻住他的臉，「要小心。」我撥開他眼上的頭髮叮嚀道，接著我深愛的兩名男子便出發向火神迎戰了。

他們離開時，我禁不住猜想，我這樣答應在旁觀戰，不知會不會害其中一人或兩人喪命。

22 酣戰

阿嵐和季山站定位後，威乙率先發動攻勢，用致命的長矛刺向阿嵐。他在最後一瞬旋身，星錘重重擊在阿嵐的盾牌上，阿嵐以劍相迎，但沈劍卻從威乙手上的護甲擦開。

季山和瑟拉彼此相繞，最後季山大吼一聲，展開攻擊。他直刺對方頭部，火神舉棍擋避，但季山來勢兇猛，瑟拉踉蹌退後數步，連忙調整頭盔。接著他淡然一笑，將棍子掄動數回，重重擊出，季山被打得旋身摔倒。

瑟拉迅如子彈地拿起武器在季山肩上滾著，將刀尖刺入未受盔甲保護的肩部。季山吃痛悶哼避開，刀刃抽出時，滴滿了季山的血。

瑟拉大笑著喊道：「我刺中第一劍了，兄弟。」

「但我會是第一個打贏的。」威乙吹噓道。

他出奇神準地痛擊阿嵐的盾牌，盾牌都被卯到變形了，當阿嵐鋌而走險把劍刺向威乙胸口時，天神驟然幻失，又緊接著出現在阿嵐身邊，重重一擊，阿嵐的盾牌應聲從手上脫開，單膝跪倒在地。

我大吼：「你作弊！」但他們壓根不理我。

阿嵐機靈地翻身從敵人身邊滾開，單手舉劍站了起來，另一手握住三叉戟。他拿劍擋開長矛，以三叉戟射出飛鏢。飛鏢射凹了威乙的盔甲，另一支擦過他的脖子，威乙摸了一下傷口，在指間揉著溼滑的鮮血。

「原來你也有兩下子！」

「你才知道。」阿嵐說著又攻了上去。

威乙重新展開攻擊。

同時間，季山騰空一躍，避開瑟拉掃向腳部的刀刃，棍子另一頭火速跟著砍過來，打算斬掉季山的首級，幸好季山揚起盾牌擋掉兵器，並趁著瑟拉背向自己時，刺向他臂下，順勢扭劍，將劍抽回。瑟拉慘叫一聲，憤然回身，高舉武器。

瑟拉奮力揮棍砍下——季山以劍相迎。兩人推開彼此，瑟拉朝季山頭部射出一團火球。季山低頭避開，朝空中射出飛輪。飛輪回返時，擊中瑟拉的背部，嵌入他的盔甲裡。

瑟拉爆怒地扯下飛輪，丟在黑土上，飛輪的刀刃上布滿他的鮮血。

「現在我們打平了。」季山說。

瑟拉嗤之以鼻地說：「等我奪走你的女人，你就不會那麼說了。」

「這輩子休想。」

「你忘了，我是不死之身，你的一生對我來說僅是一眨眼的事。」

瑟拉嘲弄地用刀背砍向季山的頸子，季山伏地抓起飛輪，接著一個踢站，將飛輪抵到火神喉上。

「告訴你一件事，」季山說，「老子也是不死之身，你若敢接近凱西，我就在一眨眼間卸掉你的腦袋。」他將飛輪壓進瑟拉的肉裡，「投降不？」他問。

火神淡然一笑，「火是永遠不會投降的。」

瑟拉的身體變成紅燙，季山雖痛到哼聲，依然死撐。火神臉上的皮膚嗞嗞作響，渾身轉黑。一股勁風從他周身旋起，將瑟拉的黑灰捲至離季山不遠的新地點，黑灰旋聚成人形，接著他一彈指，又是完好的一個人了。瑟拉又耍詐了。

「耍得妙。」季山老實說。

瑟拉一笑，「這很方便，我們剛才打到哪兒了？噢，我正要下手殺你，奪走你的女人。」

「我記得的不是那樣。」

季山往前衝刺，整個人從火神頭上翻越過去，然後在空中扭身，打算在落地前砍刺瑟拉的背部，但季山尚未觸及瑟拉，火神便已閃開了。季山身手矯健地雙腳落地，瑟拉輪動手裡的棍杖，連環不斷地攻擊季山，直到季山腳底踉蹌，掉了手裡的盾牌。瑟拉發出勝利的高喊，以鋒利的刀刃向季山的胸甲橫砍過去。季山的盔甲似乎擋住了兵器，或至少化解掉大部分的力道。瑟拉一時無法拔出刀棍，於是季山兩手抓住棍子，抵死不放，兩人拔河似地搶著棍子，最後季山終於舉起飛輪，往下一劃，將棍子砍斷。

瑟拉拿著截斷的兵器狼狽後退，季山將另一半棍子從他的盔甲上扯下來，發出駭人的斷裂聲。季山雙手發顫，我吃驚地倒抽口氣，看到棍尖上沾滿了鮮血。季山氣喘噓噓地彎下身，將斷掉的棍子扔到火神腳邊。

瑟拉憤恨不已地拾起斷毀的武器，繞著季山打轉。「你以為這樣就能阻止我嗎？我跟你說過！火……永遠不會……投降！」

火焰自瑟拉雙臂竄下，點燃棍杖，他雙手各執著斷棍旋著，再次展開攻勢。

場子彼端的另一道火焰引起我的注意，阿嵐已將威乙摜到地上，兩人正險象環生地在斷崖邊緣扭滾。阿嵐的劍和三叉戟都不見了，威乙的刺槍亦杳無蹤跡。火神在崖邊打住，將阿嵐的頭往後壓，彷彿想將他推到崖下。

土塊紛紛自崖側滾落，掉在谷底深處。阿嵐抬手勒住威乙的咽喉，然後奮力一推，將兩人從崖邊推開，同時繼續勒緊威乙。火神抬起雙掌對準阿嵐的胸口，像噴火器似地射出火焰，阿嵐痛叫一聲，滾開身站起來，盔甲已燒焦冒煙了。

威乙站起身，啪地一聲甩甩脖子說：「我想該是來點刺激的時候了。」

大地開始震動，威乙喃喃念咒，緩緩對天抬手。黑土一裂，地上四處冒起燻黑的煙團，競技場上變得坑坑洞洞，火神依然持續念咒。

瑟拉將季山推到他兄弟附近的地面上，兩人興奮異常地俯視我的雙虎。場子一陣晃搖，四名戰士突然升至空中，踏在從地面冒起的黑柱上。這片戰場看起來，就像西奧大語言教室裡的公布欄——亞堤在那邊當班時，公布欄上頭沒有公告，只有數百個排列整齊的大頭釘。我好希望我們能回到安全的家鄉，當時我最大的勁敵只有亞堤和他的約會記事簿。

每根柱子的直徑不超過六英寸，兩側各間隔兩英尺。我走到高聳的柱林邊，用手指揉著其中一根。柱子顏色棕黑，平滑光亮如鏡。看到我的虎兒小心翼翼地棲踞在柱頂，讓我想起電影《功夫小子》裡的鶴步，但我知道這不是電影，不是隨隨便便就能以喜劇收場。

我當機立斷地叫聖巾在兩根柱子間搭起一道梯子，並火速爬了上去。等我來到柱頂後，小心翼翼地兩腳踏在一根柱子上，保持平衡。一道火焰射中阿嵐，他落到黑柱之間，我憂心地瞟著前方的險徑，看到雙生火神正幸災樂禍地分站在柱子上，看著季山一一躍過柱子去救阿嵐。

季山站在幾根柱頂上，持穩自己，伸出手大喊：「快跳！」

然後季山奮力一拔，將卡在黑曜石柱間的阿嵐拉起來，同時翻倒一旁，為他老哥騰出空間。

阿嵐站起來摸著胸口，盔甲便收疊起來，縮回胸針的形狀了。季山將飛輪繫到腰帶上，同樣收起了盔甲。火神嘲弄地彎腰行禮，然後一彈指，身上的護甲亦隨之消失。

季山揮動金劍，但阿嵐身上僅剩下三叉戟了。火神移近，阿嵐在柱間跳躍，騰空使出一記剪踼，老老實實地踹中瑟拉的胸口，火神兄弟被重重踼撞在柱子上。阿嵐穩然落地，重新擺開架式。瑟拉差點落下柱子間，不過及時攀住柱頂，翻身站起。

阿嵐再次攻擊時，瑟拉已經站穩了，他翻轉手掌，射出火球，直撞阿嵐胸膛，阿嵐被擊得飛退數呎，眼看又要墜到柱子間了。阿嵐在最後一刻，讓三叉戟展成全長，架在兩根柱子間，然後像高槓上的體操選手般，將身體盪回空中。瑟拉已準備好對付阿嵐，他抽出刺鞭，毫不留情地連番鞭向對方。阿嵐在空中翻轉，滾過柱頂，掉了手裡的三叉戟。我驚抽著氣看武器從柱子間墜下，拿不回來了。

阿嵐神乎其技地騰空一扭，攻向瑟拉，抓住第一條鞭子的鞭尾，接著又抓住另一條，然後雙臂奮力震開，硬是將武器從瑟拉手上扯下來。鞭子落入柱子底下，瑟拉將阿嵐撲倒——兩人驚險萬狀地在柱頂上扭滾。

季山以金劍對付威乙，終於擊落他手裡的矛棍，兵器飛掠空中，最後被沈重的星錘整個拖下柱子間。威乙使出一記漂亮的後空翻，將身子探下柱間，作勢去抓棍子，但季山哪裡肯放過他，威乙在即將被季山踹中的前一瞬，及時閃開了。

季山借助剛才的動力，一個後旋踼回身站穩，然後對威乙的大臉來記回旋踼，抬劍抵住威乙的下巴，但火神喃喃念咒，季山的劍登時燙到無法握住，長劍落地時，季山燙傷的皮肉已開始癒合了。

阿嵐和季山在兵器盡失的情況下，將戰場變成前所未見的功夫搏擊場。阿嵐拿鷹爪功猛擊瑟拉的空門，季山使出猴拳，緊欺著威乙，戳刺他的身體和雙臂，甚至拿威乙的腿當踏墊，躍過他去踹瑟拉的背部。

阿嵐必須不停地拆擋瑟拉輪舞的刀刃，最後他和季山得不時調換位置。阿嵐對瑟拉使出腳跟踢，對威乙逆拳相擊，季山則抓住威乙的手臂將他摔倒，然後趁瑟拉未及攻擊阿嵐之前，賞他一記勾拳。

然而轉眼間情勢逆轉，火神又佔了上風。威乙朝季山胸口射出一道烈焰，受了重傷的季山在被襯衫上的火焰吞沒前，急忙扯掉衣服，然後痛苦地癱倒在柱子上。數秒之後，瑟拉將斷掉的一截棍棒擲向阿嵐。刀刃精光閃動地旋過空中，砍進阿嵐背上，季山扶住摔倒的阿嵐，吃力地將兩人撐立在柱子頂端。

季山拔出斷棍，憤然扔下柱底，努力撐住哥哥，火焰雙神則在一旁奚落。

「你們就這點能耐啦？」威乙嘲弄道。

「他們根本不耐打，真是太令人失望了。」瑟拉嘆口氣，用拇指撫著殘存的刀刃。

威乙裝模作樣地對我一笑，「至少我們贏得了佳人，走吧，兄弟，我們沒多少時間了。」

「這樣最好，」瑟拉說著揪起阿嵐的襯衫，「反正你們兩個都不夠男子漢，留不下自己的女人。」

他把阿嵐丟回季山懷裡，然後雙生兄弟便朝我走來。

我瞇起眼睛看他們走近，抬手撫摸著珍珠鍊子，我知道自己的火力在此無用武之地，但我絕不會束手就擒。

兩兄弟朝我走到半途，阿嵐和季山化成虎形，又站到他們後方。雙虎張爪一縱，將火神撲倒，用利爪尖牙撕咬他們的背部手臂，直到兩人落下高柱。虎兒敏捷地繞圈低頭探看，彷彿火神是被趕入洞裡的老鼠。阿嵐和季山咆哮低吼，來回走著。

突然間，柱子間噴出一道火蛇，雙虎當即躍開，火神在旋動的火焰中，再次頑強地現身於柱頂。

瑟拉罵道：「算你們走運。」

阿嵐和季山化回人形，我鬆了口大氣，發現兩人已經痊癒了。

季山不懷好意地笑道：「憑你們兩個那一丁點能耐，想撂倒我們，還早得很。」

「我保證凱西永遠不會屬於你們。」阿嵐威脅說。

瑟拉和威乙一抬手，火焰從威乙伸出的手臂上射向阿嵐，季山連忙跳到一旁，避過流星般的火焰。

季山撲向威乙，對他連施快拳，接著旋身對瑟拉橫腿一掃。同時間，阿嵐躍過倒下的瑟拉，插臂擋去威乙瞄向季山頭部的鐵拳，阿嵐試圖攻戳雙神的要穴：關節、咽喉、眼睛和耳朵，但收效有限，因為雙生兄弟復原太快，徒手攻擊很難奏效。

火神不斷朝阿嵐和季山噴射火焰及火球，我大罵他們作弊，但兩人硬是相應不理。

阿嵐和季山似乎終於佔了上風，火焰雙神被逼得靠背而立，四個人此時均已兵疲馬累。

季山一腳踹中威乙的臉，火神癱倒下來，季山咬牙靠向他問：「投降不？」

威乙吐了口血水，殷紅的鮮血自嘴角流下。「休想。」

威乙閉眼低聲念咒，四周響起滴答聲。

「那是什麼？」我喊問，「你剛才做了什麼？」

滴答聲越來越近，我張口結舌地看著一隻紅色巨物爬過附近的柱頂，那是一隻蠍子！紅蠍砰然站到柱上，後面還跟了幾十隻。其中一隻蠍子抬尾向我戳來，我驚惶地用雷心掌轟它，但蠍子吸收我的能量後，反而變得更大了。

「好！我受夠了！」我罵道。

我的忍耐已經到了極限，火神連番作弊，我有十足的理由插手。我摸著喉上的珠鍊，感覺清涼的水流奔過四肢，冷卻我的怒火，定靜我的思緒。我的指尖上水波輕拍，揚起手，對著身邊的巨蠍射水，蠍子發出尖嚎，翻落在柱子下。

我張開手指，任水波竄下臂膀，將兩隻蠍子射落底下的黑土。我將蠍群各個擊破，一步步逼向酣鬥的四人。阿嵐和季山不斷把蠍子踢落黑柱，但它們掉頭又爬了上來。我操控水柱，掃倒大部分的蠍群。

「叫它們退下。」我對火神吼說，「戰鬥結束了。」

火神停下來看著我。

瑟拉笑說：「除非有贏家，否則就不算結束。」

「結束了……因為我就是贏家。」我對火神睇著眼。

「妳得證明給我們看哪。」威乙嘲弄說。

他對我射出火球，我舉掌接住，上下拋接數回，然後朝他的頭部反擲回去。我雖然沒丟中，此舉卻惹得雙神驚愕瞪眼。

「妳會操控火焰？」瑟拉驚駭地喃喃說道。

「是她！」威乙大喊說，「一定是她！拉薇拉回來了。」他揮揮手，所有剩下的蠍子全都消失了。

火神躍過柱子來抓我，卻被阿嵐和季山攔截擊倒，孿生兄弟的皮膚開始放光，以火焰與強光交織成的旋風纏住阿嵐和季山，將他們捲至空中，放火灼燒。兩人痛苦地翻騰悽嚎。

「住手！快放他們下來！」我狂吼。

「他們毫無價值，我們必須完成儀式，妳得跟我們走。」瑟拉威脅說。

「我絕不。」我集中體內的水力威嚇說：「我警告你們，快放開他們兩人，否則要你們好看。」

瑟拉和威乙傲慢地笑著逼過來，我使勁一推，往他們送出一道大浪，水浪潑在兩人胸膛，嘶嘶地騰起一大團蒸氣，兩人似乎並未受傷，卻面露困惑，彷彿從未見過水。

我放下手說：「放他們走。」

威乙挺身昂頭，轉著手指，火團在阿嵐和季山周身爆開，直至吞沒二人。我慌忙將水力導向兩兄弟，試圖幫他們滅火。

火焰雙神高聲奸笑，「妳的能量沒有我們的強。」

「是嗎？」

我運起所有內力，流水環著我心愛的男子，但阿嵐和季山仍吃盡了苦頭，每一秒鐘都是折磨，我得及早阻止火神，以免太遲。我憂心如焚，盡力使水溫轉成冰寒，既然我無力抑止焚燒虎兒的烈火，只好將冰水導向火神，火神被噴得吱吱亂叫，纏住阿嵐和季山的龍捲火威勢終於漸滅，兩人緩緩跌在柱頂上，立即化成虎兒，以加速復元。

我看見他們身上的皮毛都燒掉了，我使出渾身的勁道，將火神封在寒冰中，並盡速趕到雙虎身側。虎兒促喘著吸氣，我輕輕碰觸季山，燒焦的皮毛脫落下來，黏在我指尖上。我哭著慢慢取下他項上的卡曼達水壺，在他舌上滴了幾滴甘露。季山虛弱地舔著嘴，我接著轉向阿嵐。

他的毛皮也都焦脫了，但黑色的斑紋在虎皮上仍十分醒目，他的虎鬚和睫毛全都燒光了，耳上的絨毛也不見了。

「我可憐的虎兒。」我抽噎道。

我餵了阿嵐幾滴人魚的甘露，祈求能減輕他們的痛苦。我陪他們坐著，揉著虎兒的頭，聽他們促喘漸緩，不久便又摸到鬆軟的毛皮了。

我揉著阿嵐的頭低聲說：「下回我跟你們一起迎戰。」我吻了吻季山的頭說：「明白了嗎？」

我聽見兩兄弟低哼一聲，接著便被嘲笑聲給打斷了，「想躲在女人裙子後面啊？」

我轉身一看，是瑟拉！他站在近處，臉色有些發藍，但仍有足夠的能量融化封冰。

「你又回來討打了嗎？」我挑釁道。

瑟拉揉揉下巴，我看到他眼中閃著小簇的火光，「討妳打嗎？不，我們不跟妳打了，拉薇拉永遠不會像妳那樣傷害我們。」

「是嗎。」

「可惜我們嫉妒心極重，我們得不到的女人，別人也休想得到。」

他抬手瞄向阿嵐和季山，手臂射出火焰，我朝他揮手，以水牆擋住瑟拉的烈火，水火交接之處發出巨大的嘶聲，泛起團團蒸氣。

我正奇怪威乙跑哪兒去了？

說時遲哪時快，我聽到奔馳的腳步聲，聽到阿嵐大喊：「凱西！不！」

我還來不及搞清楚狀況，阿嵐已縱身擋到我和獰笑不已的瑟拉之間了。阿嵐重重摔在我身上，我死命攫住他，兩人一起倒在季山伸長的臂彎裡。

季山將阿嵐從我身上拉開，我顫若秋葉，眼看著阿嵐的血從我雙手淌落，我放聲哭喊，那深插在他胸口的，正是威乙的刺槍。

23 契玫拉

我可以聽見刺鉤在阿嵐胸中戳刺時，發出的駭人聲響，尖銳的鐵鉤吃進肉裡，將他從內部撕裂。阿嵐發出慘叫，鮮血從傷口中汩汩流出，並自嘴角滲下。孿生火神在我們背後嘲笑，笑聲飄忽得有如背景的鬧聲，我茫然地瞪著穿皮而出的刺鉤，想起失去卡當先生的情形，悲痛排山倒海而來，我失了神，完全無法動彈。

我想到我的父母親和焚燒的鳳凰，只能藉著季山溫柔的撫觸，將我拉回到現實中。雖然這是我有生以來最困難的決定，但我決心把阿嵐交給季山照顧。

我鐵了心，轉身面對火神．威乙的狀況比他兄弟慘多了，他幾乎無法站立。喪親之慟與罪惡感在我血管裡流竄，我本能地展開攻擊，但這回是使出全力去對付威乙。

冰水衝擊著威乙，將他從柱子上灌倒。我一不做二不休，往長柱殺了過去，最後找到躺在地上、用四肢纏住黑柱的威乙。我揚起掌，把內心的悲寒化成利器，一會兒之後，我才意識到自己手中射出的水，已經變成了冰雨。霜寒的空氣在我身邊旋起，我轉動手指，將冰雨凝成冰刺。

瑟拉當然也向我攻來了，但這回他的力量遠遜於我。當他的火柱逼近時，我鼓動寒風將火吹滅，等威乙不再動彈時，我舉臂朝天，轉向瑟拉吼道：「你休想從我身邊奪走阿嵐，你若逼我使出全力，對付這裡所有人，所有的一切，甚至逼我毀滅你的世界，我也絕不會客氣。」

想到要毀滅火樹林，我便有點難過，但失去阿嵐的痛蓋過了我的罪惡感。老實說，我根本不知道自己的能力是否構成威脅，但此時此刻，我自覺可以辦到。假若我是《星際大戰》裡的絕地武士，必然已經跳槽到黑暗原力那邊了，因為我全副心思都集中在痛苦、憤怒與復仇上，老娘豁出去了。

看到兄弟受了重傷，瑟拉恨恨地瞪著我，然後點頭說：「妳可以活命，可以走了，我認輸。」

他伏身望著威乙，伸出手，把自己殘餘的熱力灌輸給他的孿生兄弟。

「還有一件事。」我趁勝追擊說：「我要求一份戰利品。」

瑟拉重重嘆口氣，腳跟往後一轉，望著我說：「妳想要什麼？」

「我要火繩。」

「妳怎麼會知道這個？」瑟拉聽到我的要求後，震驚地結巴說。

「那不重要，反正我就是知道。我們需要火繩來完成一項任務。」

火神站了起來，抬掌對天，然後緩緩垂下手。柱子微微一顫，開始縮回地面，我小心地保持平穩。

「火繩是一位古人送給我們的，他說唯有我們被擊敗時，才能讓火繩離開我們的領地。妳去拿吧。」

他揮揮手打發我，然後跳下來協助受傷的雙生兄弟。

「我們怎麼去拿？」我問，很慶幸又能踏回堅實的黑土上。

瑟拉朝威乙彎過身答道：「繩子纏在這座山腳下的一棵火樹上，我可以送你們過去，但你們得通過火繩守護者的把關。」

「行。」

「還有……凱西，妳是位可怕的對手，但我建議你們，趁我們復元之前離開，回去上面的世界。」

瑟拉淒然一笑，點點頭，然後兩兄弟便旋失在火焰中了。

我衝向阿嵐，跪到季山身邊。「他怎麼樣了？」

「他的肉體努力想康復，但我沒辦法取出刺鉤。」

我哆嗦著手，觸摸阿嵐抽搐的腹部，「得用挖的，記得吧？那樣他還能康復嗎？」我問。

「動作得非常迅速小心才行，而且得先把甘露備好。」

想到阿嵐還得不斷受苦，我便滿眼盈淚。季山過去收拾所有武器，挑選最適合摘取刺鉤的利器。我用腿枕住阿嵐的頭，撫著他的頭髮，淚水自我臉上淌落他額頭。

「求求你別死。」我喃喃說。

阿嵐蠕動著發出呻吟。

「噓，別亂動。」

我要珠鍊做杯水，將水杯貼到他唇上，阿嵐喝著水，但胸口又開始冒血了。

「沒關係，待會兒就沒事了。」我輕聲哄著自己，也哄著他。我親吻他的額頭，「我有好多事得告訴你，求求你別離開我。」

他說了些我沒能聽懂的話，然後又說了一遍。

我很快想起這話的意思——**不可能**。

我含淚笑說：「很好，因為我打算把你留在身邊一陣子。」

季山拿著三叉戟和金劍回來，他將金劍卡攏後轉動劍柄，把劍收成短刀大小，在阿嵐身邊跪下警告說：「鉤子不容易取，因為尖刺已穿入他的心肺了。」

「羅克什以前曾經刺過他的心臟，滴乾他的血，但阿嵐還是活了過來。」我懷抱希望地說。

「我從未傷過這麼重，不清楚要多久才能癒合。」季山坦白說，「我一取出刺鉤，妳就立即餵他幾滴甘露。」

我默默點頭，看季山將刀子抵向阿嵐胸口。他索利地一刺，開始挖鋸，我看不下去，只好閉起眼睛，不停撫著阿嵐的頭髮，但我可以感覺到他在抽搐，季山終於取出他胸口的刺鉤時，阿嵐渾身一震。

我立即餵他甘露，阿嵐卻因肺傷而急喘吸氣，他搖晃著身體，季山揪住他的頭按穩，讓我把甘露滴入他口中。我忍不住瞄了一眼他胸上的挖口，一邊哭著叫聖巾覆住他袒露的傷口。

傷得這麼重，怎麼可能會復元？

阿嵐不再搖晃，靜靜躺著有如死去。我又哭了。

「季山……？」

我無法把話問完，不敢問阿嵐是否還活著。

季山斜著頭傾聽，「他停止呼吸了，而且心臟也沒跳動。」

「不，不。」

我哭著抱住阿嵐的頭來回晃著。

「求求你回來我身邊哪，阿嵐，你快回來呀。」

我不斷哀求著，最後季山低聲說，「凱西，噓，等一等。」季山觸著阿嵐的臂膀，「我感覺到一記微弱的脈搏了。」

我們又焦心地等待片刻後，阿嵐才吸了第一口氣。他胸中汩汩作響，身體幾乎不動。

「他已經很久沒吸到氧了。」我喃喃說著，泰半是說給自己聽的。

季山揉揉我的背，並且檢查阿嵐的胸口，「我們只能等了，凱兒。他的狀況還很糟，但已經開始好轉了。」

我抱住阿嵐緊抓著，彷彿這樣便能擋住死神，卻在不知不覺中，將自己的能量灌注給他，我一直到隔著淚水瞥見閃光時，才意識到這一點。我眨著眼睛，看清視線，當我看到兩人沐浴在金光中時，忍不住張口抽氣。我們兩人碰觸時產生的特殊魔力，幫助阿嵐癒合了傷口。

等我意會出發生了什麼事後，便聚精會神，繼續把兩人之間旋動的能量，導入阿嵐垂危的軀體中。不久，阿嵐的呼吸便沈穩了下來，彷彿陷入沈睡。季山宣布阿嵐的心跳變得更有力，胸膛的傷口也長合了。

我的眼皮有如鉛重，感覺倦極了。我換個較舒服的姿勢，把頭倚到阿嵐肩上。就在我即將昏倒時，有隻手抓住我的手腕。

一抹溫柔的聲音輕輕說道：「親愛的，妳該停手了。」

「不能停手，」我迷迷糊糊地說，「阿嵐需要我。」

我所倚躺的軀體挪移著，我低聲抗議，接著身體突然一輕，被人抱了起來。有人輕吻我的面頰，然後我聽到有人悄聲交談。

「她為了救你，把自己累壞了。」季山說。

我感覺對方的胸口在我臂下震動。

「她需要時間休息復元。」

是阿嵐，阿嵐抱住我了，可是怎麼會這樣？他不是受傷了嗎？

「我來照顧她吧，你身子還很弱。」

「我夠壯了。」

阿嵐的語氣堅定不容反駁，但季山不依，最後阿嵐靜靜表示：「兄弟，她的後半輩子都將屬於你了，現在就讓我抱著她吧。」

季山沒做回應，那陣靜默將我引入睡夢裡，感覺腹中一陣燒熱，接著就再也沒有任何知覺了。

我飢腸轆轆地醒來，阿嵐和季山睡在我的兩側，我們已經離開山頂，四周是環繞的火樹林。

阿嵐率先轉醒，他摸著我的手問：「凱西？妳覺得怎麼樣？」

「我好餓。」我喃喃說著，「而且好渴。我們在哪兒？」

「我們把火神罵了一頓，他們把我們跟我們的武器一起放到這兒，妳的弓箭都還回來了，而且我們還有聖巾和黃金果。」

「你……痊癒了嗎？」

「我很好，妳呢？」

「我只是很餓而已。」

「你們兩個安靜點好不好？」季山睡意濃重地埋怨著。

我拍拍他的背，親吻他的臉，「對不起，你再睡吧。」

季山很快又做起夢了，但阿嵐用一對藍眼盯著我，兩人不發一語，深情相望良久，我覺得好安心。我們並未相觸，我卻覺得被他抱在懷裡，飢餓感不見了，化成另一股截然不同的需求，而我僅能呆呆地回望我的藍眼虎兒。

時間轉瞬即逝，季山張開眼，決定該拔營了。

我渾身痠硬，連小拇指都在發疼，我試著伸腰，「呃，我今早狀況不是太佳。」我說。

阿嵐正想靠過來，但看到季山挨近，又猶疑了。

季山將我抱近，「妳今天有辦法繼續行動嗎？還有一個守門人要對付。」

阿嵐插話道：「不用急著趕時間，她昨天耗去很多能量，也許還需要休息一會兒。」

我苦著臉說：「趕時間是有原因的，火神都說得那麼清楚了，我們應該趁他們復元前離開這裡。」

季山安慰我說：「慢慢來，我們跟怪物打鬥時，讓凱西待在一旁。」

阿嵐意味深長地注視我，然後轉身收拾大夥的行囊。

我對季山點點頭，然後心懷罪惡地晃到一棵火樹旁邊，貪婪地汲取火樹的能量。若要我在毀滅火樹跟拯救阿嵐之間做個選擇，我絕不做他想，但會在事後悲悼這些善良的樹友。溫暖的樹藤捲上我的手臂，輕輕撫觸我，不久，我又活力充沛了，但心情卻十分頹怠。

連連的征戰、危難的重重壓力，以及處處伺機攻擊我們的怪獸和惡人，令我倦怠極了。我好想念在奧瑞岡的小窩，以前是那麼的滿足快樂，一股懷舊的渴望襲向我，我只想跟自己所愛的人在一起，知道他們安全無恙地待在我身邊，然而我最珍視的人，卻一個接一個地離開了。

我再次想到鳳凰，以及它對我的訓示。日出曾保證過，我將來會再見到爸媽和卡當先生，日出還說，我必須遵循真理及心中的愛。我站起來，拍掉牛仔褲上的灰塵，折回營地。

伸手抱住我所愛的人說：「我準備好了。」

半小時後，我們三人蹲在一片樹叢後。

「難不成契玫拉是一頭大貓？」季山抽著鼻子，手指輕描著火樹上的爪痕問。

「算是有點像吧，」我答道，「它長得有點像獅子，但還另有一顆羊頭和蛇尾。」

「我們已經進入它的地盤了。」阿嵐說。

「是啊。」季山揉揉下巴，「你聞到了？」

阿嵐點點頭。

接著林間傳來數聲吼叫。

「果然沒錯。」季山說。

「什麼？」我問，「到底怎麼了？」

兄弟倆會心地互瞄一眼，阿嵐聳聳肩，接著季山說：「她在找男伴。」

「噢，」我期期艾艾地說，「那……呃……所以這對我們算怎樣？是好事還是壞事？」

「可以算是好事，我們可以利用這一點。」季山說。

看到我一臉愣怔，阿嵐解釋道：「季山的意思是，她會很容易分心。」

季山忍笑地清清喉嚨，「我贊成由你去引她分心，小弟我去取繩子就好。」

「何不由你出馬，我去取火繩。」阿嵐嗆說。

「何不你們兩人都去，我來取繩子。」我建議道。

「不行。」兩人齊聲說。

「我去吧。」阿嵐嘆口氣，自告奮勇地說。一陣低吟震動大地，阿嵐苦著臉表示：「動作快點就是了。」

「當然。」季山咧嘴笑著對我擠擠眼，看著阿嵐遁入樹林裡。

接著我們聽到一記悲嚎，然後是回應的低吼。

「訊號來了。」季山飛快地吻我一下，潛入樹林。

我坐在那兒聆聽一連串混亂的咆吠和嘶叫，鬧聲隨時間而愈發喧騰，但並不憤怒或粗暴。我正努力分辨哪些聲音發自契玫拉時，天外突然殺出一記新的吼聲，另一道吼聲也頂了回去。我認得這兩記虎聲，季山不知怎地也跟他們攪和上了，看來我得出面了。

我悄悄穿越樹林，小心地在鬧聲外圍找到一個絕佳的藏身處，然後從樹叢後窺探。我看到阿嵐和季山兩隻虎兒在打架，契玫拉那頭大貓則躺在附近，舔著自己的爪子，暗暗看著雙虎爭鬥。

她跟我預期的不太一樣，據所有讀過的資料，我還以為契玫拉是隻雙頭且尾巴長著蛇頭的妖怪，但契玫拉看起來卻更像麒麟。雖然契玫拉有許多不同動物的特徵，但僅有一顆頭和六條腿。她的身體基本上像貓或獅子，只是體型巨大許多，約是獅子的兩倍。

不過契玫拉並無貓兒的毛皮，她的皮膚泛著類似爬蟲的棕金光色，除了飄著燃燒的鬃髮外，身上跟麒麟一樣覆著鱗片。契玫拉頭上長了一對長角，腳上有爪，長尾如蛇般來回扭動，但尾端並沒有蛇頭或獠牙。

契玫拉坐在一棵大樹底下，我在枝枒間尋找火繩，可惜從藏身處什麼也看不出來。我咬牙思索下一步該如何行動。阿嵐和季山極盡喧囂之能事，但都只是做做樣子罷了。他們來回推擠對方，大聲咆哮，但都沒用上爪子或利牙。

我才一動，噴火獸便立即朝我的方向扭頭嗅著站了起來，當契玫拉朝我藏身的地點躍過來時，阿嵐立即奔到她身側，拿腳掌拍她的腳。怪獸一分神，轉向阿嵐，以頭磨蹭阿嵐的背，同時偷偷瞄向季山，以蛇尾纏住阿嵐的尾巴。

季山高吼一聲，佯裝再度與阿嵐爭風吃醋。契玫拉走到一旁，讓雙虎重新爭鬥。契玫拉拱背伏著前半身，在巨石旁坐定觀看。她發出輕吼，用利齒在空中咬響數回。她焦躁地用爪子擦按泥地，以角牴撞岩石，發出啄木鳥般的啄樹聲……如果啄木鳥跟犀牛一樣大的話。

我趁亂挨近契玫拉守護的火樹，阿嵐推季山一把，季山滾到契玫拉身邊，母獸嘶叫著，露出更多利齒。季山瞪著她，低聲回吼幾次，同時張著自己的刺鬚，拍擊契玫拉的臀部，契玫拉咆哮並滾躺著，輕輕咬住季山的前腿，在空中輕翻腳掌，口中吐出一小團火球。

季山從火邊跳開，契玫拉舔舔嘴，打個噴嚏，然後翻身以六足站穩，追著黑虎跑。當三頭大貓互相追得不亦樂乎時，我悄悄走向火樹。

火繩就在最頂端的枝枒上，我把手擺到樹幹上，打算攀上去時，樹藤便開始來回鞭動，一條細藤垂到繩子下，開始解開樹上的繩子。

我寧可火樹乖乖地不要亂動，但樹藤已經開始動作了。正在跟阿嵐以鼻子相蹭的契玫拉突然僵住身子，對著火樹扭過頭。我雖然躲在樹幹後，但怪獸嗅著空氣，伏下頭，輕輕低吼，慢慢朝火樹走來，阿嵐雖然極盡「示愛」地輕咬著她，季山也不停地輕哼著踩步，但再也無法讓契玫拉怠忽職守了。

我抬頭看到火樹正將一截黑色的編繩垂放下來，契玫拉就快抓到我了，她蹲伏在樹的另一側，嗅著空氣。

阿嵐化成人形大喊：「凱西！用妳最快的速度跑到我這兒！」

我聽見契玫拉怒吼一聲，卻未改變姿勢。我鼓起勇氣，繞過火樹另一邊，衝向阿嵐，這時季山撲躍到契玫拉背上，兩頭大貓一個扭滾，契玫拉將黑虎甩到一旁，邁步火速朝我奔來。季山恢復人形，不確定契玫拉接下來會怎麼做。

契玫拉並沒有攻擊我，反倒越過我的頭頂，在阿嵐面前立定，似乎在護著他——雖然阿嵐已經不再是頭老虎了。

契玫拉發出咆哮，熱氣噴得我全身都是。

「我該怎麼做？」我悄聲問。

「但阿嵐現在是人形了呀。」我嘶聲說。

「她在搶老公，宣告主權。」季山小心翼翼地往我走來說。

契玫拉繞著阿嵐打轉，舔著他的臂膀，用頭蹭他的腿。

「在她眼裡阿嵐還是隻老虎，她認的是阿嵐的氣味。」

「那我現在該怎麼做？」我又問一遍。

「過來，」季山答道，「拉住我的手。」

我拉起季山的手。

「現在繞著我，發出吼聲。」

「什麼？」

「做就對了。」

「好啦。」

我繞著季山，亂七八糟地鬼吼幾聲。

「大聲點，」季山指示道，「撫摸我的手臂。」

我在他手臂上下摸著，一邊大聲亂吼地摸他的胸口。

「很好，跟著我來。」

兩人慢慢移往火樹，阿嵐看著我們，等我們都躲好後，他化成白虎，冷靜地往空地另一頭小跑。契玫拉像頭興奮的小狗般跟著他，一邊還輕輕咬他的後腿。

我伸長手臂，火樹將火繩垂降下來，火繩看起來像條鞭子，一端有截硬柄，上面覆著類似契玫拉和麒麟的鱗片，而非皮革。泛光的黑鱗像條小黑龍般地閃閃發亮，火繩的繩頭尖細如刺，我忍不住心想，這項「禮物」或許也能當武器用。

「我真覺得自己很像印第安納．瓊斯。」我喃喃說。

我伸手想從樹枝上解下火繩，卻遭季山阻攔。

「怎麼了？」他溫柔地將我的手拉開。

「妳碰到火繩，很可能又會跟以前一樣看到幻象。」

我看到杜爾迦的美麗禮物，一時激動，忘了拿取禮物的後果，我可不想又跟羅克什一起在幻景裡攪和，尤其是少了卡當先生的支援。不過我們還是需要火繩。

「我們遲早得拿的。」我說。

「若由我拿，或許不會影響到妳。」

「你不妨試試。」

季山攬住我的腰，以防萬一，然後伸手取繩，季山摸到繩子後瞟著我，但我還是好端端地。

季山放膽從樹上取下繩子，笑說：「原來這樣就能避掉幻象了，那麼不許妳碰它。」

我吐出憋了半天的氣，站到一旁。季山將火繩一抖，鞭在空地上，清脆的響聲證實了繩子確實可以當鞭子用。

「等一等。」我說，「卡當先生的信上說，我們得用火繩穿越時空，我們應該用它開啟一道旋渦。」

季山在頭上快速地掄著火繩，但什麼事也沒發生，我聽見阿嵐發出巨吼，看到契玫拉又在追他了。季山試著畫繞大大小小的圈子，但就是毫無動靜。

契玫拉已經愈來愈焦急了，她不明白虎兒為何避著她，她幽幽泣吼，重咬阿嵐的肩頭一口，咬到都出血了。

「我們得快點。」我說。

季山趕緊加速揮鞭。

看到阿嵐從她身邊扭開，契玫拉挫敗地從嘴裡吐出一小團火球，這給了我一個點子。

「或許火繩得點上火才行。」我建議說。

季山點點頭，戒慎地盯著我。我舉手想隔空將火繩點燃，火繩發出了火花，但無論我加熱多久，耗費多大能量，火焰就是無法持續，感覺就像點燃一條燒盡的燈芯。

「火點不上去。」我搓著手，點著自己的下唇，思索解決之道。我沈著臉垂下手，發現這動作是跟卡當先生學來的習慣，我無奈地嘆口氣，知道自己該怎麼做了。

「季山，我得握住火繩。」

「不行。」

「我得拿著火繩才有用。」

「凱西，我不希望——」

我按按他的手說：「我不會有事的，羅克什無法真正傷害到我，我的身體還是會留在你身邊。」

季山鬆手放開火繩，站到我身邊來，「我不在乎有沒有用，凱兒。」

他拉起我的左手，撫摸我們的訂婚戒指，碰觸上面的漂亮蓮花，靜靜說道：「我不希望妳再受苦了，小貓咪。」他用一對金眼堅決地看著我，「保護妳是我唯一的希望，保護妳的肉體與靈魂，不受羅克什那惡魔的殘害。」

我抓住他的手，靠上去輕輕吻住他，逗留片刻後笑道：

「我瞭解你的心意，請相信我，我真的很想待在你懷裡，永遠不必再面對這些事，可是……」

「沒有可是，現在我們拿到繩子了，杜爾迦或許會賜給我們自由，也許我們現在可以一直維持人形了。」

「但阿嵐顯然還是頭老虎，只是拿到火繩，並不能改變一切。」

「我們已經當了數百年的老虎了，凱兒，就算我一天得當六個小時虎兒，我能忍，阿嵐也行，我們可以現在就收手，直接回家去。」他將我抱緊，「不值得冒這個險，阿嵐也會同意我的，我不想回到過去尋找羅克什，我怕失去妳。」

我捧著他的臉，「但這是我們的命運哪，季山，這是你的命運，你和阿嵐獲得遴選，被賜予老虎的神力，以擊敗羅克什，這是我們該做的事，不僅是為了我們，卡當先生說，我們得保護人民，免受羅克什的荼毒。」

季山兩眼冒著火光，「我才不在乎我的命運，我只在乎妳。」

「別再胡說了，你的命運在呼喚你，我的也是，這是鳳凰教我的。鳳凰知道死亡能帶來新生，卡當先生為了理想而犧牲性命，我怎能像個懦夫畏縮躲藏，讓他白白為我們送死？」

季山以額頭貼住我的，嘆口氣說：「我知道妳說得對，我們必須勇往直前，至少讓卡當死得光榮。然而我的心啊，凱西，我一心只想帶妳遠離這裡，讓妳永遠留在我心中，留在我家裡。」

他濃情蜜意地吻著我，然後攬住我的腰，拾起火繩抖開。

我一手按住季山的手，另一手握住火繩，聚集體內的火能，讓熱氣從體中升起傳下手臂，從掌心將能量灌入火繩中，繩子表面的鱗片開始放光，蹦出火花，並且射出刺目的火焰。火繩發出嗡鳴，我感覺能量在積聚，那白光令我想到阿嵐送我的火樹花，這念頭才剛剛閃過，我便被捲入幻景中了。

四周黑不見指，我聽到低沈的人聲和一記笑聲，這時一陣風從身邊吹起緊繞住我，我無法分辨怪風來自何處，但在膚上喧騰的沙沙聲感覺像粗暴的愛撫。

「我一直在等妳啊，親愛的。」

「羅克什？」我回身卻看不見他，他的聲音聽起來有些不同——更沈更粗，彷彿說話極為吃力。

我的眼睛適應後，黑霧淡去了，我瞥見火樹溫暖的柔光，可以看到季山和阿嵐，但他們無法看見或聽到我。接著颳起一陣冷風。

我困惑地搓揉雙臂，*我為何會覺得冷？以前我從來不會感受到溫度……*

我凝視黑暗，發現自己在一座長著粗樹的陰邪森林裡，樹枝上有東西移晃，我聽到沈重的腳步聲，一道黑影漸漸逼近。

我害怕地顫抽著氣，聽到一串咯咯的笑聲，先是在我右側回響，接著繞到身後，那聲音忽遠忽近，又來到我左邊。我感覺脖子上有人呼著熱氣，登時全身豎起疙瘩。我扭過頭，但原本在身後的東西卻消失了。

接著我感覺身旁出現了一個恐怖龐大的形影，我緩緩轉頭面對羅克什，接著驚叫一聲。他的身體整個變了形，高高聳立於上，多出我三英尺高，而且比我寬碩三倍。他的皮膚變黑了，昂貴的西裝被一條從腰際垂至大腿的布裙給取代了。

「認不得我啦，我的甜心？」

羅克什踏近一步，我看得目瞪口呆。他頭部骨瘦嶙峋，頂上長角，眉骨突出，以前整齊的頭髮如羊毛般亂捲，一隻棕眼仍具人形，另一隻生著豔紅眼珠的眼睛周邊則布滿疤痕。他的軀體、手臂和疤痕累累的脖子變得粗壯而筋肉突虬，雙腿末端的腳掌變成了一對裂蹄。

我嚇得猛然退後幾步，卡當先生說過，羅克什運用他的魔力將自己變成了惡魔。看到他扭曲的面龐，我知道卡當先生說得沒錯，羅克什看起來就像個邪惡的魔鬼，彷彿藏在血管裡的邪惡本質，全都浮上了檯面。

羅克什張開手，臂上的肌肉隨之凸脹，他渴飢地盯住我的反應，掛在他寬胸上，將近湊齊的護身符放射出光芒。

「羅克什？你……你究竟做了什麼？」

他抬起胳臂，檢視自己黑黝黝的四肢，「妳喜歡嗎？」

「你太……太恐怖了！」

他輕哼一聲，鼻孔噴氣地說：「這是權勢啊。」

羅克什撇著嘴，露出陰毒的表情，他抬起一隻大手，用指頭摸著我的裸臂。他野獸般的粗指，擦痛了我的皮膚。

羅克什又向前走近一步，我反胃已極地跟著退一步，我實在不懂，*我怎麼能感受到這些？*

羅克什發現我們有實體的接觸後，眼中光芒一閃，將手指伸向我的咽喉。我想逃，卻被他抓住臂膀，扭過去勒住脖子。我試圖掙脫，於是羅克什勒得更緊。我張嘴吸氣，感覺淚水奪眶而出。我知道他想要什麼，等我不再亂扭後，羅克什鬆手讓我呼吸，他伸手輕觸著掛在我項上的護身符，我縮起身，等著他扯下項鍊。

羅克什專心地揪著眉頭，用粗大的手指在空氣般的護身符上穿取。他狂怒地將我摜到地上，鮮血從我破皮的手肘上滴下來。我撫摸瘀傷的咽喉，希望疼痛僅是一時的，等幻影消失後便會不見。這情況還要持續多久？

羅克什將我拖起來，貪婪的眼中露出淫色，一邊粗暴地抓著我身上的護身符。

「假如我得不到護身符，命運至少能把這女人給我。我想，我們還有事沒辦完，我的小寵物。」

我想讓他分心，便啞聲說：「我比較喜歡你人形的模樣。」

「現在我是人也是獸，跟妳那兩位可悲的王子很相似。」羅克什粗魯地抓緊我的肩膀，朝我低下頭。他的長角擦在我頭側，連根扯掉我幾撮頭髮。我哭喊著流淚，淫氣從他鼻孔噴出，吹在我臉上。

羅克什粗喘著說：「妳再也無法從我身邊逃走了，親愛的。」

羅克什一把抱過我，用力將唇貼到我嘴上。我想踢他咬他，但羅克什只是大笑著將我弄得更疼。他太強大了，我尖叫著任由他用手指耙抓我的背部，他的指甲刺入我肉裡，我感覺到滴溼的鮮血。他的軀體重重壓在我身上，令人難以消受，羅克什快把我悶死了。我扭著身，掙扎著想逃。

「求求誰來救我啊。」我哭道。

不久我覺得自己輕如空氣，雖被羅克什攫著，卻已不再感覺他的碰觸。

羅克什的手突然只能穿過我有形無實的身體了，他發出挫折的巨吼。

我鬆口氣，往燙熱到發痛的臉上擦去淚水，從羅克什身邊逃開。他已經抓不住我了，羅克什對著我鬼魅般的身影，狂亂地揮著手，我盡可能地遠離他，不久，羅克什的身體也開始消散了，就在他即將消失前，羅克什眯起眼，低頭狂吼一聲，像公牛刺向鬥牛士般地全速朝我衝來，他的嘴角涎淌著白沫，眼神透著瘋狂。

大地因他的奔馳而撼搖，就在他的尖角快要觸及我時，我舉臂護住自己，羅克什像一股黑風，穿越我的身體，駭人的咆哮聲在我心中迴盪不散。我放聲尖叫，然後便昏了過去。

幻象消失後，我張眼看到阿嵐和季山俯望著我。季山正用聖巾包紮我的手肘，阿嵐一邊檢視我的喉頭，兩人面色沈重，但都沒多問什麼。我的背部刺痛著，季山用黃金果做的藥膏幫我敷抹。

我喝著卡曼達水壺的救命仙露，幾分鐘後便覺得好多了。

「她開始康復了。」季山說。

阿嵐點點頭。

「契玫拉……」我試圖清清嘶啞的喉嚨，卻實在太痛了，「在哪裡？」我輕聲說。

「我用火繩鞭她，」阿嵐撫摸我瘀傷的喉頭說，「她跑掉了，還沒回來。」

他露出懊悔的眼神，但隨即摸著我的手，恢復堅毅的表情，我知道他痛恨凌虐動物，即使是一頭可能殺害我們的怪獸，但我真的很慶幸契玫拉不在附近。

「她很快就會回來了，」季山說，「我們得趕緊離開。」

我點頭表示同意，阿嵐輕柔地抬起我的手，幫我穿上新的T恤，等他把衣服套到破掉的舊衣上後，阿嵐叫聖巾吸收掉底下撕碎的血衫。織線從下方衣襬和袖子飛射而出，不久聖巾便止息下來，不再動了。

季山和阿嵐扶我站起來，然後季山撿起火繩，我單手抓住火繩的一端，另一手抓著季山的手。

「現在試試，季山。」我鼓勵他說，聲音只比先前有力一點。

他拿起繩子在面前揮了一大圈，我將身上的火力注入繩中，整條繩子瞬間著火。我注入更多能量，季山加速揮鞭，直到繩圈內形成黑色的旋渦，火焰在繩緣舞動。

「告訴火繩要去哪裡。」季山說。

我喃喃說道：「帶我們回到過去，到天意注定要我們去的地方。」

黑圈閃動，出現一片綠色森林。

阿嵐揹起背包，拉著我往旋渦奔去，這時契玫拉從樹林裡衝了出來。阿嵐和季山躍過火圈時，阿嵐在空中扭身替我擋住契玫拉。契玫拉張嘴一咬，但牙齒並未咬中我們，三人背朝旋渦地滑入空無之中。我跟阿嵐被扯開了，接著三人便一個接著一個墜入旋渦裡了。

一開始我什麼感覺也沒有，接著便感覺到重力，腹部一沈，整個人筆直地往深淵裡落下。我嚇得尖聲大叫，身體在黑暗中翻轉，四周盡是呼喚我名字的回聲。

我閉著眼，暈眩極了，只聽到低吼與咆哮，感覺到熱氣和火焰掠過我的皮膚。接著所有動作霎時間停止，我的意識開始變得模糊，最後整個昏死過去。

24 新世界

「起來！」有個女人厲聲說道。

我張開眼睛，看見一條修長無比、穿著長及大腿靴子的美腿貼在我肚子上。我縮成球狀自衛，一邊疼得呻吟眨眼。誰在踹我？她為什麼不停止？

女人又踢著我嘶聲說：「快起來呀！」

我彎身坐起，抬眼看見一名高大美豔的女子站在我前方，她的臉被頭盔遮去大半，但一對綠眼明麗動人，皮膚泛著奶油光澤的焦糖絕色，一頭黑髮長披過腰，我還注意到她正拿著長矛尖刺，威脅地在我鼻子前晃動。

我慢慢站起來，想弄清眼下的狀況。我又來到森林裡了，四周圍著全副武裝的戰士，他們拿著各種長槍直接指向我。我們的背包和武器都給沒收了，阿嵐和季山被人用粗繩五花大綁，而且還沒醒過來。火繩則沒人聞問地躺在地上。

「妳是誰？」我問那名可當泳裝雜誌封面模特兒的美女戰士，「妳想把我們怎麼樣？」

幾名男生用外語跟她說話，最後美女戰士揮手要他們別再多言。

「我叫阿娜米卡。」

我小心翼翼地避開她的長槍，「幸會幸會。」同時很訝異她的英文竟如此流利。

阿娜米卡繼續緊盯住我，我在走動時，發現她的纖腰上扣著沈重的戰甲腰帶，上頭還掛了好幾件武器。

「妳介意把矛頭指向別處嗎？」我問。

阿娜米卡瞇起眼，然後將長槍柄立到地上，不耐煩地把長髮甩到後面。

「妳叫什麼名字？」她問。

「凱西。」我答說，「妳可以叫妳的戰士退下了，我們不會傷害你們。」

阿娜米卡將我的話轉譯給她的手下聽，我聽見士兵們一陣竊笑與私語，接著她一聲令下，戰士們抬起阿嵐和季山。

我戒心大起，問道：「你們要把他們帶去哪裡？」

「來吧，凱西，還有好多事情要做。」

由於阿嵐和季山仍處於昏迷狀態，而且我們看來並無任何立即的危險，我便跟隨她穿過森林。

「我們要上哪兒去？」我又問了一遍。

「回我的營地，不遠。」她嘲弄說，「不過像妳這種弱雞，大概會覺得很遠吧。」

美女戰神剛才是不是在羞辱我？

「雖然我沒穿戰甲，但也是上過戰場的。」

阿娜米卡搓著手指，然後不悅地將長槍換到另一隻手上，綠眼中火星跳躍。

「是嗎？」她用嘲弄的語氣說，「很難想像妳參戰的樣子，手上拿的大概是鍋子吧。」高大的美女戰神狠狠地俯瞪著我。

我揚起下巴，緊緊握拳，努力壓抑血中的怒氣。這個女人實在令人惱火。

她不屑地大笑說：「請跟我說說妳的戰役吧。」

我抿緊嘴，嘶聲說：「以後再說。」

我決定跟上她的速度，雖然她的一步是我的兩倍距離，我仍緊緊跟著，努力記住四周的景物，研究這些逮捕者。森林裡很冷，尤其過去幾周我們都待在熔岩瀑布及火樹林的熱氣中。我揉著臂，希望能設法偷偷用聖巾造出更暖的衣物。

長腿美戰士看到我不停蠕動，撇嘴嗤笑，我毅然加緊跟速，不理會凜冽的寒氣。我心念一轉，用護身符的能量取暖，熱氣旋在我周身，我竊笑著跟進。

我們走下一片多石的山路，路徑變得非常難行。當午後的陽光穿射樹林時，我的額上開始冒出汗珠了，我切斷熱氣，讓靜謐的涼氣包覆我。到了山底，樹林分開了，我抬頭看到一幅非常熟悉的景象，四周全是頂峰覆雪的高山。

「我們在喜馬拉雅山區嗎？」我驚嘆道。

「我們在聖山附近。」阿娜米卡糾正說。

「很好，」我咕噥說，「第一次已經夠慘了。」

「妳以前來過這裡？」芭比美戰士問。

「不是這個地點，但也夠近了。」

她不再多言，我則專心下山，免得摔斷脖子，而且還要一邊監看抬著阿嵐和季山的幾個傢伙。兄弟倆似乎昏迷了很久，我思忖他們的狀況，覺得自己也許是因為喝了人魚的甘露，所以才會復元得比較快。

阿娜米卡八成看穿我的心事了，她指著阿嵐和季山說：「妳的手下很弱耶，他們沒受什麼傷，卻還昏睡不醒。」

「妳不瞭解他們經歷過什麼。」我反駁道。

「或許他們跟妳一樣不濟。」

「拜託妳別再用那種字眼。」

「好吧，那我就用『遲緩』或『體弱』。」

我張嘴望著她，「妳會不會太武斷了？」

「我必須快速評估我的戰士，是的，我很武斷。」

「妳有沒有聽過這句話，『別用封面評斷一本書』？」

「我沒空評估書籍。」

我啐哼一聲，絆到一顆石頭，阿娜米卡扶我站穩，卻被我推開，我指著她威脅說：「不許妳再說我不濟。」

她輕輕頷首，臉上忍不住盪出淺笑。

我左張右望，發現她有幾名戰士負了新傷，其中一人腿上纏著繃帶，另一人額上有道嚇人的刀口，第三個人則痛苦地跛行。

「你們最近才打過仗嗎？」我問。

阿娜米卡蹙眉說：「是的，我們剛參過戰，死傷不少。」

我咬著唇，「妳聽說過一個叫羅克什的傢伙嗎？你們是否跟他開打？」

她搖頭說：「我們跟惡魔摩西娑蘇羅相抗。」

「摩西娑蘇羅？」

這名字聽起來頗熟悉，但我想不起是什麼意思。我得去翻查卡當先生的研究——也就是說，我得先甩掉這個頤指氣使、穿著長靴的芭比戰士。

太陽下山時，大夥在羊腸窄徑上曲繞，來到一處四面環著高山的谷地。前方即是營地了，放眼盡是四布於山谷裡的帳篷。

壯盛的軍容令我驚詫，我說：「妳有很多兵馬。」

「比剛來時少多了。」她輕聲說。

阿娜米卡帶我們到營地中央最大的一座帳篷，等手下為阿嵐和季山鬆綁，放到柔軟的毯子上後，她撤下所有人，僅留下一名。兩人稍事商議後，也讓他退下了。阿娜米卡露出不曾在手下面前展現的倦色，沈坐到椅子上，脫掉長靴，按揉自己一雙綻裂而結著血塊的腳。

我跪在阿嵐和季山之間的稻稈墊上，小心翼翼地說：「妳真厲害，腳傷成這樣，還能走那麼久的路。」

她把腳放到地上，似乎有些尷尬。「身為吠陀雅利安族的最後一名指揮官，哪能像妳那樣嬌生慣養地泡牛奶浴，用香皂洗頭髮。」

「告訴妳，我從未泡過牛奶浴。吠陀雅利安是什麼樣的部族？」

阿娜米卡重重嘆道：「我們是族裡的最後一支，以前我們是十六王國（註）之一，我們的共和國在我祖父的統治下興盛壯大，但十六王國後來逐一被征服，如今我們臣服於孔雀王朝之下，為其領袖旃陀羅笈多效尤。我本是指揮官的顧問，但指揮官……失蹤了，現在他的責任落到我身上。」

我暗罵自己沒多讀印度史，若有的話，至少應能猜出我們處於什麼年代。阿嵐和季山或許會知道，不過旃陀羅笈多這名字聽起來挺熟悉的，以前不知在哪兒讀過或聽過，**但到底是在哪裡讀到的呢？**

阿娜米卡背對我脫下盔甲，我聽到她的頭盔重重地掉到地上，我兀自忙著喚醒阿嵐和季山，兩人都有呼吸，心臟也在跳動，但阿嵐的脈搏很緩，我發現叫不醒他們，便取下季山項上的卡曼達水壺，滴了幾滴甘露潤溼他們的嘴唇。

長腿美戰士在臉上胳臂潑了些水後，走回來站到我身後，梳著長髮看我工作。被她監看令我十分不爽，但我不想稱她的心，抬頭去看她。我趁她的梳子纏住，忍不住怒罵時，趕緊靠向兩兄弟，為他們倆注入一點火力，希望她沒注意到。兄弟倆的臉上恢復了血色，身子開始翻動。

阿嵐眨動藍眼，坐了起來。

「妳還好嗎，凱兒？」

「我很好。」

註：約西元前六世紀，印度十六王國時期。

季山翻過上半身，枕在手臂上，一邊揉著眼睛，「繩子還在這兒嗎？」他睡意濃重地喃喃問道。

「還在，在我這兒。」

「很好。」

他張開眼，隨即一僵，阿嵐也愣著沒動，兩人盯著阿娜米卡，阿娜米卡瞬間也安靜下來。我翻翻白眼站起來。

「阿嵐，季山，跟你們介紹一下，這位是阿娜……」我驚呼一聲，「……米卡。」

站在我身後抓著梳子的女子，還是過去幾個小時跟我大小聲的火爆綠眼美女，但在她卸下頭盔後，我才意識到一件原本極其明顯的事——我認識她。我愣愣地望著她，阿娜米卡則瞇著眼，嘟起嘴說：

「你們幹嘛全跟小狗乞食骨頭一樣，瞪大眼睛看我？」她兇巴巴地說。

季山率先回應，他扭身伏在她面前，低頭行禮說：「小的該如何為妳效力？」

「杜爾迦？」我低聲說。

她跟我們拜訪過四回的女神長得一模一樣，但這具活身只有兩條胳臂，而非八條。

「誰是杜爾迦？」她罵道，「還有那傢伙幹嘛把臉埋在地上？他是失心瘋了嗎？也許他的心智跟肉體一樣脆弱。」她靠過去大聲對季山說話，彷彿季山嚴重耳背，「你可以站起來啦，你把我當成別人了。」

季山抬起頭，睇眼看著她，然後低罵一聲火速站起來。

「到底怎麼回事?」阿嵐低聲問。

阿娜米卡答道:「怎麼回事?我們在打仗,我沒空招呼弱者。」

「弱者?」季山啐道,朝阿娜米卡踏近一步,但她僅挑起一邊眉毛,不屑地上下打量他。

我摁了摁季山的手,他不再逼近,但仍緊盯住我們的女主人。「阿娜米卡,這位是帝嵐・羅札朗,那位是他弟弟,季山。」

「阿娜米卡?」季山說,「她是這麼稱呼自己的嗎?」他憤憤嘀咕說。

貌似女神的女子握住綁在腰上的短刀,「你們是說,我是冒牌貨嗎?我可是阿娜米卡・卡林佳,旃陀羅笈多的顧問,是我國歷來最傑出的女戰將,亦是諸王之女。」她兇惡地瞪著季山,「我有許多比你健壯聰明的手下,你最好對我放尊重點,durbala。」

「Durbala?」

不管那個字是什麼意思,季山整個大失控。他大步走向阿娜米卡,在她還來不及抽刀之前,抓住她的手腕。季山雖然高出數英寸,但阿娜米卡仍有辦法表示她的鄙夷。季山的耳鼻若能噴氣的話,早就冒煙了,我從未見他如此氣憤過。

「季山。」我輕聲說著伸出手。

季山怒氣稍減,鬆開阿娜米卡的手腕,回到我身側。

阿嵐立即擋到季山和阿娜米卡中間,欠身行禮說:「請原諒我們,我們遠離了家園,雖然剛才有所冒犯,」他轉頭警告地瞪了季山一眼,「但我們很感激妳的招待。」

接著他改以印語,更正式地為兩兄弟做自我介紹。我僅聽得懂一些人名,阿娜米卡的語言切換自如，阿嵐和長腿美女輕鬆地交談著，她跟阿嵐談話時的自在和態度轉變，惹得我頗為心煩。阿娜米卡對阿嵐卸下心防，不久更滿臉歡欣地哈哈大笑起來。

季山和我在一旁冷眼觀聽，老實說，我不知該不該信任她。我皺著眉，不安地挪動著，真希望自己能聽懂他們在說些什麼。

一段時間後，季山插話改以英文說：「我的未婚妻累了，能找些食物和休息的地方給她嗎？」

阿嵐轉身看我，我被他瞅得臉紅，忍不住覺得他在拿我和阿娜米卡比較——我自覺矮人一截，不禁抿嘴抗議說：「我沒事，不需要休息。」

「也許妳最好休息一下。」阿嵐靜靜反駁道。

阿娜米卡笑說：「我會叫手下去準備一張最軟的床。」

聽到季山說：「我相信凱西一定會很喜歡」時，我更惱怒了。

阿娜米卡一走出帳篷，我便把手疊在胸口，轉身面對阿嵐和季山。「我們現在就把話說清楚，不管我們在哪個世紀，甚至是在哪個星球，你們兩個都不許替我發言。假如你們膽敢要我扮演仰賴夫君替我思考的小媳婦兒，就給我走著瞧！不許你們叫我回房，卻自己私下商討要事，不讓我參與。」

季山說：「凱兒，我不是那個意思……我不是要擺脫妳，我只是希望妳自在舒服一點。」

「我會照顧自己。」

「我知道，只是……」

「只是什麼？」

「只是我們在這裡有點格格不入，我們的服裝、說話方式跟儀態都不相同。凱西，我會宣布我們訂婚，並請人照顧妳，是為了保護妳呀。單身女性在這種環境，是無法保護自己的。」

「那麼那位女王蜂又是怎麼回事？我可沒看她指上有婚戒，而且她似乎很懂得保護自己。」

「對貴族來說，是另一回事。」季山解釋道，「她很可能受到手下、甚至一群禁衛的保護。」

「但你忘了，我可以保護我自己。」

「表面上裝一裝又無妨。」

我思忖他的話，阿嵐接著說：「很抱歉沒讓妳參與談話，我只想評估她的身分，以及她用何種語言，那會有助於我們釐清目前的時空，不需直接明問。」阿嵐拉起我的手，「我不是故意排擠妳的，對不起。」

「噢。」我嘆道，「反正我不喜歡她，也不信任她，我們應該離開。」

「妳打算去哪裡，凱西？」阿嵐問。

「我們應該去找羅克什。」

「我們不知道該去哪裡找他。」季山說，「我也不喜歡那個潑婦，但我們最好先打探出她知道些什麼。」

潑婦？我揚起眉，季山對女生一向非常尊重。

「durbala究竟是什麼意思？」我趁季山忙著查看帳篷時，詢問阿嵐。

「得視它用在什麼地方，但意思不外是『卑微』、『噁心』或……『無能』。」

我摀嘴抑住笑聲，「難怪季山會那麼光火。」

阿嵐斜嘴衝我一笑，拿起我們的背包，整理點數所有的物品武器。

我拿起阿娜米卡掉在地上的梳子，若有所思地轉著，想起她滿布水泡的腳。「她顯然不是女神，但為什麼看起來那麼像杜爾迦？」我大聲問道。

阿嵐拿出腰帶裡的三叉戟撫摸著，然後放進背包裡。「不知道，凱兒，不過我們被送到這兒是有原因的，我們需要一點時間來釐清緣由。」

「你在藏我們的武器嗎？」

他點點頭，「暫時先藏起來，因為這些武器質地精良，我不希望被人看見金器，而動了竊念。說到這個……」阿嵐起身掀開我的T恤袖子，將芳寧洛從我臂上摘下，他的手指擦在我的肌膚上，讓我顫抖了一下。阿嵐一對明亮的藍眼瞅住我，露出熟悉的笑容，看著我對他的撫觸起反應。阿嵐沒說什麼，只是輕嘆一聲，將芳寧洛放入背包裡，然後又去拿季山的武器。

阿娜米卡回來了，後面跟著幾名拿毛毯、枕頭和幾盤食物的手下。他們把床鋪到一面簾子後，將食物擺到矮桌上，然後候在入口處。

「凱西住我的帳篷。」阿娜米卡說。

季山正想抗議，卻遭阿娜米卡抬手阻止。

「我不許手下胡來，也不會對你和你的未婚妻開例。不過我可以對你發誓，她跟我在一起很安全。你們兩兄弟共住一頂帳篷，我會給你們適當的衣服和……靴子。」

我都忘了阿嵐和季山沒穿鞋，他們化成虎兒躍過旋渦，身上只穿了寬鬆的襯衫和長褲。

阿娜米卡一臉困惑地檢視我的牛仔褲和T恤，「我大概有些衣服能剪裁一下，給嬌小的妳穿。」她表示。

以前從來沒有人說過我嬌小，我盡量挺高身子，「只因為妳出奇高大，並不表示我嬌小，妳要知道，我的身高在我國算是中高身材了。」

「是哦。」她微翹著嘴角。

我從阿嵐手上接過背包甩到肩上，「反正我有自己的衣服，不勞妳裁剪任何寶貴的芭比戰服。」

阿娜米卡低哼一聲，對一名守衛揮手道：「帶兩位男士到他們的帳篷。」

兩兄弟被帶走時，阿娜米卡對季山說：「吃早餐時，你可以回來探望你的小女人。」

季山和阿嵐雙雙停在帳篷門口看我，我晃了晃背包，保證會照顧自己，兩人點點頭離開了。

一名僕役進來在我們的酒杯裡倒水，阿娜米卡坐到地墊上放鬆自己，我把背包盡量挨近放著，然後跟她一道端起自己的杯子。飲水冰涼清爽——是我喝過最美味的水。

「太棒了！」喝光後我大讚道。

阿娜米卡咕噥說：「這水直接取自山區，我也覺得很清爽。請吃點東西吧，我可不希望妳的未婚夫指責我餓著妳。」

桌上有幾盤不同的菜餚，包括數碗烤杏仁、辣鷹嘴豆、醃馬鈴薯、扁豆和幾小片烤肉。阿娜米卡啃著一種叫荔枝的濃香白果。

我拿起麵餅，用餅挖著鷹嘴豆和肉吃。「妳的腳是怎麼弄傷的？」我問。

「我的腳不關妳的事。」

「看起來很嚴重。」我吃著馬鈴薯說。

她嘀咕一聲，沒再說什麼。我邊吃邊打量阿娜米卡，她究竟是誰，為何看起來那麼像杜爾迦？

等她拿起一小張麵餅吃完後，便從桌邊扭開，彷彿不想再看到食物。

「怎麼了？」我問，「妳不喜歡這些菜嗎？像妳這種女人，大概只喜歡吃自己獵來的東西吧？」

「我不餓了。」

我當場愣住，指間還夾著一粒圓圓胖胖的荔枝。「妳吃飽了？」我僅困惑了一下下，我以前也遇過這種女人，就像阿嵐那個討厭的女朋友蘭迪。「噢，妳得保持美女戰士的身材。」

「我不懂什麼是『美女戰士身材』。」

「身材就是妳的體型，美女戰士就是那種住在南美洲、美豔高大的女戰士，她們不需要男人照顧。」

「我才不在乎自己的體型，只要夠強壯即可。妳稱我美女戰士，或許我現在是如此吧，但我並非一向如此，而且我喜歡男人。」

她說得如此坦誠，我忍不住哈哈大笑。「我明白了，我也喜歡男人。」我說，「那妳現在為什麼會變成美女戰士？」

阿娜米卡屈膝抱在胸前，「我並不是孤身一人，我有一個哥哥……桑尼爾，他是我的雙生兄長。」她唇上露出淡淡的笑容，「也是我們軍隊的指揮官。」

「他發生了什麼事？」

「被敵人抓去了。」阿娜米卡頓了一下，「他很可能已經死了，至少我的手下是這麼認為。妳剛才問我的腳怎麼了，我夢見哥哥在呼喚我，便離開帳篷去找他。他的聲音不斷引我前行，我不斷走著，不在乎腳被利石割傷，被荊棘刺破。等醒來時，我發現自己已遠離營地，經歷了一場夢遊。」

「妳哥哥的事，我很遺憾，阿娜米卡。」

「我們帶了三萬步兵、兩萬輛戰車和五千頭戰象，還有數十名間諜及傳訊兵。在上一場戰役裡，我哥失蹤了，我們的軍隊被打得潰不成軍，數百頭大象也被打垮，如今我們勇猛的戰士僅剩下數千名，且大部分都受了傷。」

「你們的敵人似乎很可怕。」

「他是惡魔。」她疲累地說。

「妳為何不多吃一點？」我追問道，「妳得補充體力呀。」

她厲眼轉向我說：「我不會多吃的，這些食物比我一名手下一個月的伙食還多，他們在挨餓，我怎能多吃？」

我正要拿另一張麵餅的手在半途停住，「妳的部隊在挨餓？」

「挨餓對他們來說算是最微不足道的事了，我曾要求他們返家，但他們拒絕拋下我。在沒有確定哥哥的下落之前，我還不能走。」

她熾目一瞪，站起身，奮力將隔開睡鋪的透明簾子推到一旁，席地臥倒在帳篷地板上，只在身上裹了條薄毯。我低吐數語，用黃金果把碗裝滿，甚至添了些東西，然後請帳外的守衛把食物分給大夥吃。

碗具被靜靜撤走了，營地裡安靜了下來，士兵們分頭回帳子裡鑽入暖被。我窺望明亮的星子，不知阿嵐和季山睡在哪座營帳裡。我發著抖拉上帳簾，搓揉自己的手臂。

我找到自己的毯子鑽了進去，努力入睡。我醒躺著，想到若能窩在雙虎間，不知會有多麼溫暖。夜氣降成冰寒，我緊抓住毯子，最後還是受不了，我瞟著阿娜米卡的睡姿，叫聖巾織出厚毯，將薄薄的草床變軟，同時做了鬆暖的手套、厚襪，和一頂蓋住耳朵的織帽。

我終於舒暖多了，但想到阿娜米卡僅有一條薄毯和舊衣，便無法安心。我再度使喚聖巾，希望阿娜米卡沒聽見咻咻的織線覆住她的身體。等聖巾完工後，阿娜米卡在新製的厚毯中呻吟著翻身，她的傷腳已套上了喀什米爾毛襪，頭下枕著鬆軟的枕頭。我斗膽望穿簾子，見到她已將毯子拉蓋到鼻子上，長長的黑髮披散在枕上。

阿娜米卡雖然討厭，卻美豔無方。想到她和阿嵐用印語聊天，我心裡就直犯嘀咕，很是吃味，但同時又覺得與這女子同病相憐。她失去手足，心中十分悲痛，我不得不佩服她的勇氣與對部屬的愛惜。

我輕聲嘆氣，窩在毯子裡，終於睡著了。我不知道自己睡了多久——幾小時或僅止數分鐘——便被阿娜米卡的尖叫聲給吵醒了。

25 反目

闖入者的黑影與阿娜米卡扭成一團，我推開毯子，翻過背包將所有金製武器倒出來，搭起了弓並將簾子撥開，瞄向陰影。火炬在我們睡著時熄滅了，我根本分不清誰是誰，我聽見阿娜米卡挨了闖入者拳擊，發出急促的喘息。

我著急地想找個更適合的武器，便用手在毯子上亂摸，直到摸到了飛輪，接著又觸到芳寧洛。

「芳寧洛，我需要妳的眼睛。」我哄說。

金蛇的翡翠眼立即放光，綠光充盈帳內，映出詭異的綠影。這下子我終於看出入侵者是名男性了，他從背後抱住阿娜米卡，眼神冷酷而機警，男子看見我，瞪大了眼睛。

拜芳寧洛之賜，我可以瞄準了，我搭弓喊道：「阿娜米卡，低頭躲開！」看到她微搖著頭，我發現她不明白我的意思。男子將她扭過來與她四眼相對。

阿娜米卡驚呼道：「桑尼爾？」

我正要放箭，聽到阿娜米卡哥哥的名字，又猶豫了起來。

「你還活著！」她大叫一聲。

桑尼爾不理她，改將注意力轉到我身上，即使就著昏光，仍看得出此人高碩魁梧，渾身肌肉，隨時準備開戰。桑尼爾跟他老妹一樣綠眼黑髮，但頭髮偏鬈。他鬍鬚未刮的下巴上有道凹隙，雖然桑尼爾此時並不友善，卻是個不折不扣的帥哥。

桑尼爾打量我一會兒後，粲然一笑，冷聲說：「是妳！我們一直在等妳。我的主人一定會很高興。」

桑尼爾粗暴地將阿娜米卡甩到一旁，朝我衝來，我管不了他是誰的兄弟了，直接在近距離放箭，箭枝深深插入他的大腿裡。桑尼爾雖然腿部中箭，卻毫不退縮，他粗魯地抓住我，開始將我往帳篷門口拖。

阿娜米卡大聲呼叫守衛，命令他們制住桑尼爾。她語帶哭聲，我知道她在求守衛們別傷了桑尼爾。

我掙脫桑尼爾後，絆倒在冰冷的地上。桑尼爾似乎自知不敵，便大吼一聲，像甩開布娃娃似地甩掉抓住他的守衛，逃入森林裡。阿娜米卡的戰士追了過去，但一會兒後又回來了。他們告訴阿娜米卡，她哥哥——也是他們以前的領袖——雖然腿部受傷，但速度更勝他們最快的跑手，因此在大霧中把他給追丟了。

阿嵐和季山趕上我們，很快地護到我身邊。

「我們聽見叫喊聲，發生了什麼事？」阿嵐問。

「我們遭敵人突襲。」阿娜米卡答說。

聽到阿娜米卡說，侵入者差點將我擄走後，季山挺身而出，表示願意去追蹤此人。

阿娜米卡搖手說：「我知道他現在在哪兒。」她解釋道：「桑尼爾已被惡魔控制住了，我見過被施過魔力的人，他們會忘記自己，以及他們心愛的人。」

「跟妳對抗的惡魔有魔力？」阿嵐問。

阿娜米卡瞄著手下，用手指壓著唇走入帳內，我跟著進去，阿嵐和季山尾隨著，四人環桌而坐。

「我不想讓底下的人懼敵，他們已經夠害怕了。」她警告說。

阿娜米卡拾起一條毯子裹到身上，擦掉眼角的淚水，她突然頓住，拉開臉上的柔毯瞪著。阿娜米卡偏著頭打量我，最後終於回應阿嵐說：

「他有許多強大的魔力，並藉此養出一批惡魔大軍。」

「惡魔大軍？」我心中隱隱覺得不祥，一道記憶爬進我的意識裡，突然覺得嘴巴發乾。我舔著皺裂的嘴唇問：「阿娜米卡，妳的敵人長什麼樣子？」

「黑膚，生著公牛般的長角，他用魔力撼動大地，呼喚大雨，毀滅所有反抗他的人。」

我飛快轉思，一片古老的拼圖開始湊整。

我喃喃說道：「女神崛起，屠掉惡魔摩西娑蘇羅。」我重重嚥著口水，看向阿嵐和季山，

「我們得談一談。」

阿娜米卡站起來，「你們可以在這兒交談，應該很安全，我得去看看手下，該派早班的獵人出巡了。」

「獵人？」季山不屑地問。

「是的。」阿娜米卡走向擺放盔甲和靴子的椅子，「這片土地上的獵物老早逃光了，不過我

們或許仍能找到一些食物，填飽部屬們的肚子。」

她把我給她的軟襪脫掉放到一旁，瞟了我一眼，意思是「這筆帳我們稍後再算」，然後套上靴子，拿起武器便走了。

「我知道她為什麼看起來像杜爾迦了。」阿娜米卡一離開聽力範圍，我便驚呼說，「她就是杜爾迦，或者……等她屠掉摩西娑蘇羅後，便會成為女神，我想，我們是被送到這兒來幫忙創造杜爾迦的。」

「可是杜爾迦是由諸神創造的。」季山說。

「話雖沒錯，但別忘了，杜爾迦是為擊退摩西娑蘇羅而創生，我認為我們就是被派至此地創造杜爾迦的。」

「我們是被派來打敗羅克什的。」阿嵐反駁說。

我搭住他的胳臂，「阿嵐，羅克什就是摩西娑蘇羅。」

「我沒聽懂。」季山說。

「我一直沒機會告訴你，但羅克什在我的幻象裡變成了惡魔，就像阿娜米卡描述的一樣，軀體龐黑，鼻孔噴氣，還長了兩隻角。」我又想到另一件事，「摩西娑蘇羅不正是半人半牛嗎？」

季山點點頭，「正確說是水牛。」

「卡當先生在信中說，羅克什以前曾經變成惡魔，這樣就對了，這就是我們來這裡的原因。」

「凱西……」季山才剛開口。

我專心推測，打斷他說：「還有，我認為羅克什對阿娜米卡的哥哥施了魔咒。」

「她有哥哥？」阿嵐問。

「是的，一位雙生哥哥，名叫桑尼爾，今早攻擊我們的人就是他。」

「她沒說她有位哥哥啊。」阿嵐說。

「她以為他死了。」

「他傷到妳了。」阿嵐輕輕撫著我臂上的紅色抓痕說。

「我不會有事的。」我心猿意馬地喃喃說，然後清清喉嚨，將焦點從阿嵐的撫觸上抽回來，繼續說道：「桑尼爾一看到我便說『我的主人一定會很高興』，我想羅克什一直在找我，但他原本想擄走阿娜米卡，那就表示，羅克什一定也想抓她。」

季山咕噥說：「那事情就好辦了，妳和阿娜米卡留在這裡，我們去痛宰羅克什。」他站起來走向背包準備拿武器。

「不行。」我慌忙地站起來說：「記得吧？人類是無法殺死惡魔摩西娑蘇羅的，杜爾迦的創生，便是為了擊敗他。」

「那我們現在該怎麼辦？」阿嵐問。

我咬牙對他一笑，「我們去說服阿娜米卡，讓她相信，她就是女神。」

說服美女戰士成為女神的第一步，真是說的比做的容易。首先我們得找到她，我們花了好幾個鐘頭才找到大美女，一夥人剛來到她照顧傷者的帳篷，便發現她跑去搬柴了，到了那邊一問，她又出去狩獵了。

季山煩躁的在營地裡追著她跑，乾脆嗅著她的氣味往林子裡鑽，一小時後，我們遇到正要返回營地的阿娜米卡，她肩上掛了一隻剛捕獲的兔子。

阿娜米卡一看見我們，半途停了下來，但隨即抬頭繼續往前走。「又怎麼了？」她打我們身旁走過說：「還沒適應過來呀？是不是來抱怨我老哥弄傷你的寶貝未婚妻？」語氣充滿了嘲諷。

這回她的話並未激怒我，阿娜米卡撥開臉上的黑髮，我發現她眼下生著黑眼圈，下巴有道紫色的傷痕。季山低吼一聲踏向前想反駁她，卻被我伸手攔住。

「我們是來這兒幫妳的。」我說。

她停下來俯看我，問道：「像妳這麼不濟的人，怎能幫得上忙？」

我一慌，想到什麼就衝口說出，「阿嵐和季山很擅長狩獵，或許他們能找到一些肉食。」

阿娜米卡十分不屑地把死兔子扔到我臉上，「這隻瘦巴巴的東西，比我們數周以來吃到的肉還多。」

「相信我，他們是絕佳的獵人。」

阿娜米卡斜眼瞄著阿嵐和季山，毫不掩飾自己的疑慮，接著她揮揮手。「你們想玩就去玩吧，我一點也不在乎，森林隨便你們逛。」

她輕輕一縱，走下多石的小徑，回營地去了。

「我還以為我們要跟她談談。」季山說，我卸下他肩上的背袋，在裡頭翻找。

「我們得先博取她的信任，否則說什麼她都不會信的。」

我把黃金果交給阿嵐說：「你們兩個快去，用黃金果『獵食』，能扛多少東西回來，就扛多少。我去幫阿娜米卡照顧她部屬，能借一下這個嗎？」我指指卡曼達水壺說。

季山吻住我的手，取下脖子上的小水壺塞到我掌中。

大夥約好日落時集合。

我先來到營地外圍，用聖巾製造一座裝滿各種尺寸的衣服、毯子、軟拖鞋、厚襪、手套、帽子和一大疊繃帶的帳篷。

等帳篷裝滿後，我又去找個適合造溫泉的地點，利用珠鍊的神力，以蒸氣吹除草原上的鬆土，然後喚出深藏在地表下的氣泡礦泉水。護身符的能量流過我的指尖，將底下的大地加熱。我將下頭的岩床烘熱到至少能維持數日熱度，最後又在水中滴了幾滴甘露，我不確定是否能有神效，但試試無妨。溫泉可用來泡澡，並舒緩戰後痠疼的肌肉。

我的下一個任務是治療那些病弱到無法泡溫泉的人，我找到營地的主要水源：五十桶裝滿冷水的桶子。我拿起一把舀子，打開其中一個桶蓋，從卡曼達水壺倒了幾滴甘露到水中，迅速一攪，然後一桶桶地加工，前後花了一個小時才搞定所有水桶。接著我才去找阿娜米卡。

她淚流滿面地跪在一名剛斷氣的士兵身邊，對著士兵的朋友們說話，一時間，我覺得罪孽深重，痛罵自己未先看出受傷最重的人。目睹阿娜米卡對部屬的關切，以及他們對阿娜米卡的忠誠，讓我更清楚自己的任務。

她將成為萬人景仰的對象，而我是來這兒協助她的。

我很難過沒能拯救那名士兵，但我知道若繼續猶豫下去，會失去更多救治別人的機會。

處理完其他士兵的事情後，女戰士看見我站在帳篷門口，便走到外頭。

「妳想做什麼？」她不耐煩地問。

「很遺憾妳的朋友死了，阿娜米卡。」

「妳再難過也無法讓他起死回生。」

「是的，是沒辦法。」我默默在她身邊站了一會兒，然後說：「這不能怪妳，阿娜米卡。」

「這裡每個人的死亡都是我的責任。」

「死亡在所難免，不可能阻擋得了。」我說，「妳只能盡全力去幫助他們。」

她憤恨地擦去臉上的淚水，轉身說：「妳哪裡懂得死亡？」

「我比妳想像的還懂。」我撥著掛在喉上的卡曼達水壺，坦承說：「以前我非常懼怕死亡，但我不是怕死，而是為我所愛的人憂懼。憂懼令我一蹶不振，鬱鬱寡歡，後來我才明白自己錯了。」

阿娜米卡喃喃說：「誰都避不開死亡。」

「是的，」我說：「雖避不了死，但還是有生。」

我找到掛在帳篷一側的水袋遞給她，阿娜米卡喝了一大口，用手背擦嘴。

我靜靜說：「斷絕自己的快樂，對已逝的親友是種不敬，因為你等於揚棄了自己，浪擲各種機會。每個人都有理想與天命，想實現夢想，就必須全力以赴，超越自己的極限。」我定定瞅著她說：「有位極具智慧的女人曾告訴我，我得向蓮花借鏡：所有的苦與樂，就如河中讓我們扎根的淤泥，或許我們立足於苦難中，但我們的任務是超越其上，找尋陽光，並綻放花朵。唯有如此，才能為他人照亮世界。」

阿娜米卡又喝了口水，哼道：「妳講話像我的老奶奶。」

「老?妳是說妳自己吧，相信我，妳比我老多了。」

「那我為何要聽妳這個年輕人的意見？」

我聳聳肩，「聽或不聽，妳得自己決定。」

阿娜米卡把水袋放回原處，問道：「妳為何跑來這裡？」

我搭住她的肩，「我們是來幫妳的。」

她對我淡然一笑，「妳這麼嬌小，如何幫我？」

我咧嘴笑說：「跟我去瞧瞧吧。」

我們在如海的營帳間穿梭，看到這麼多人聚集此處，再次令我肅然起敬，而且營地裡不僅有男人，還有幾名婦人，甚至一些兒童。

阿娜米卡解釋說：「家兄被擄之前，我有時會留下來跟這些婦女一起看管營地，我一直陪著桑尼爾，直到他成為惡魔的階下囚。

「小時候父親一起調教我們，兩人片刻不離，我們的保母說，我們是一顆苦瓜的兩半，尤其是我們亂發脾氣的時候。」她笑著回憶道。

「不久大家便看出桑尼爾是個厲害的戰士和天生的領袖，而我則有帶兵的天分。雖然桑尼爾的力氣比我大，卻常被我以狡計擊敗，我們兩人聯手，所向披靡。桑尼爾一向尊重我的看法，我們每次出擊都贏、每回演練都十分成功，也能克服一切障礙。在這之前，我們是密不可分的團隊。」她輕撫自己瘀傷的下巴說。

我覺得好難過，同時也對她生出一股敬意，阿娜米卡繼續談著自己的成長過程和家人，她很愛她哥哥，桑尼爾與她反目，令她心碎極了。

看到突岩附近的樹叢後，我帶她來到我的祕密倉庫。我們來到營帳前，掀開帳布。

「這帳篷設在營地外圍，所以我想妳的部屬大概忘記這裡還有這個吧。」我解釋說，希望她能接受這種爛說詞。

阿娜米卡進入帳篷內，當場僵住，彷彿進入一間寺廟，她愛不釋手地撫著布料喊道：「這是諸神所賜的禮物啊。」

我笑說：「大概吧。」我讓她檢視衣布幾分鐘後說：「還有呢，跟我到外面來吧。」

我帶她到我的新浴池，阿娜米卡的眼睛都亮了。她把手浸到溫暖的氣泡水裡，臉上一陣激動。「我已經好幾個星期沒能好好泡個澡了，」她說著輕聲嘆道，「大夥應該能在這裡得到放鬆。」

「我也這麼想。」我說，「那我們應該先做什麼？」

阿娜米卡又恢復工作時的幹練，「我得立即將物資分派出去，把溫泉的事通知眾醫官。」她轉頭對我說：「謝謝妳，凱西。」

「不客氣。」

她對我一笑，這是我第一次，從她身上瞥見過去幾年來一直守護我的女神。

這天接下來的時間，我幫忙阿娜米卡逐一巡視帳篷，照顧士兵。午餐過後良久，她按了按我的肩，笑著與我分食一小片薄餅。我肚子餓得咕嚕亂叫，但覺得待在她身邊很開心。好多人在受傷挨餓，阿娜米卡傍晚時離開我，去看看獵人們回來沒。

我來到下一座營帳，鼓勵士兵喝水桶裡的水，並要他們喝一點水袋中加了更多人魚甘露的水。我確定大家都拿到足夠的衣物和保暖的寢被，士兵們沒有人會說英文，但他們試圖用印語溝通。

其中一人說了句話，我扶著他的頭，輕輕擺到剛送進來的新枕頭上。

我為他拉蓋暖毯，並用溼巾幫他擦臉，「對不起，我不知道你說什麼，」我說，「不過你很快就會好起來了。」

「他說『天使』。」一個溫柔的聲音在我身後解釋說。

我臉一紅，抬頭看到阿嵐站在營帳門口看我。他眼中充滿深情，但聽到營帳另一端的男子呻吟時，阿嵐立即調開眼神，搶先一步，彎身過去探問。

我們一起默默工作了一陣子，然後我問：「你們有帶肉回來嗎？」

「帶回來的肉，足夠今晚餵飽每個人還有剩了，我看妳一直在忙。」他說。

我點點頭，碰著一名傷兵的手，「把這個喝了，你會很快好起來。」

男人勉強吞了幾口水，但大都從嘴邊滴出來了，等他喝夠後，我轉身疲累地站了起來。

「季山呢？」

「阿娜米卡叫他去分送衣服及毛毯了，今晚要慶祝一下——給傷患吃豐盛的燉肉，我們其他人則吃烤野味。」

他帶我離開帳篷，拉住我的手肘低聲說：「阿娜米卡說得對，這邊根本找不到野味，我們只得用黃金果造出帶回來的肉食。」

「他們需要更多肉來維持溫飽，而且還需要蔬果。」

「我不知道我們如何能在不啟人疑竇的狀況下，提供那些東西。」

我咬著唇，「反正我們得想辦法。」

阿嵐點點頭，「我發現我們大概是在西元前三三〇至三二〇年間，應該是比較接近三二〇年。」

「你怎麼知道？」

「阿娜米卡的主子是旃陀羅笈多，他帶領的孔雀王朝，涵蓋了我父親及祖父統治的疆域，所以我曾研究過此人。他現在還是個年輕人，意思是，他的鴻圖大業才剛起步。」

「那算是好事嗎？」

阿嵐聳聳肩，「旃陀羅笈多離這兒很遠，不管怎麼說，阿娜米卡是在替他領軍，所以她的話，等同於旃陀羅笈多的王法。」

「我想那應該算是好事吧。」

阿嵐點點頭，輕鬆地問：「要不要一起去慶祝？」

「當然好。」

阿嵐送我走到等在他帳外的座騎旁，昏暗中，只見他笑出潔亮的白牙。

「我不會騎馬。」我抗議道。

「妳麒麟騎得很好啊。」他扶我上馬，我抬腿跨上馬背。

「那是因為麒麟自己會跑。」我笨手笨腳地勉強坐在馬上。

阿嵐坐到我背後，單手攬住我的腰，催馬上路。他在耳邊輕聲說：「想好好駕馭馬兒，就得親近它，感覺它的力量和強勁的肌肉，留意它的步態和步幅。閉起眼睛，妳能感受它的身體起伏嗎？它能帶妳到任何想去的地方，妳只需學著配合，別去抗拒它就好了。」

我重重嚥著口水，拼命記住騎馬的要訣。在阿嵐的小段演說中，我整個融在他胸口，滿腦子只想搶過韁繩，跟著阿嵐一起馳向山區。

做了一會兒白日夢後，我大聲清著喉嚨，盡可能拉開與阿嵐的距離，大談白日幫忙照顧的傷患。不久，我真的融入話題裡了，我為自己的作為感到驕傲，也獲得了新的心靈平靜。

我雖然累了，卻知道杜爾迦的禮物就是為了眼前的目的而創造的——終止眾人的苦難。卡當先生一定會為我們的努力而感到欣慰，也一定會很樂意與阿娜米卡討論戰略。

我們來到營地中央的大火堆時，我內心仍悸動興奮不已。拜賜於本人南丁格爾式的服務，原本昨天還用猜疑厭惡的眼神看我的士兵，此時都熱情地歡迎我。他們把最好的位置挪給我，讓我坐在火堆旁的舊木條上。

阿嵐用食盤端來兩人的食物，坐到我腳邊。他轉譯了一些士兵的話，大家都覺得我們帶來好運，有了我們，說不定他們有希望能打贏這場仗。

好好的輕鬆平靜的一頓飯，被愈來愈近的鬧聲給打亂了。

「我又不是運貨的驢子！」

「你那種冥頑不靈的樣子，不是驢子是什麼！」

「我冥頑是因為妳太妖孽。」

「我不懂『妖孽』是什麼意思。」

「妖孽就是妖怪、女魔頭、巫婆的意思。」

「你竟敢那樣說我？」

「我看到什麼說什麼，阿娜米卡。」

「我不想再跟你說話了，你滾，立刻離開我身邊！」

「這句話聽起來比音樂還美妙！」

季山衝入圍坐吃飯的眾人間，發出噓聲將阿嵐趕到一旁，一屁股坐到我身邊。季山臉紅脖子粗地憤憤瞪著端起食物坐到木幹上的阿娜米卡。她將長髮甩到肩後，繞放到大腿，以免頭髮拖在泥地上。她邊吃邊瞄著我的方向，對我和阿嵐點點頭，接著又對季山擰著眉。

晚餐後，阿娜米卡走向我們說：「走吧，凱西，該休息了。」我站起來，卻被季山拉住手。

「晚安，小貓咪。」他低頭吻住我，我正想抽身，他咕噥一聲將我緊緊抱住，吻得更加深情，雖然我未加反抗，卻覺得在眾目睽睽下如此親密，十分尷尬。季山終於放開我了，眉開眼笑地看我踉蹌地走向阿娜米卡。

阿娜米卡對季山瞇起眼，然後轉身問阿嵐：「你明天能幫我嗎？令弟顯然寧可跟在他的小貓咪後面，咬她的腳後跟。」

阿嵐點頭表示同意，眼中晶光閃閃地看著我們，然而我還來不及說什麼，已被阿娜米卡挽住手，帶往她的帳篷了。

第二天，我的帳篷外有匹灰花馬及阿嵐的一封短信，說他整日會和阿娜米卡一起工作，但已安排讓我練習騎術了。

我發現季山正耐著性子等我吃早餐，他笑著看我自己下馬，將馬兒綁在樁上。

「我會教妳如何照顧馬兒。」季山表示。

我點點頭，傲然一笑，「這馬很漂亮吧？」

「這是阿娜米卡的私人座騎之一。」

「噢。」我咬咬唇，不知阿嵐拿什麼跟阿娜米卡交換這麼棒的禮物。

「我們今天的工作是什麼？」我心情突然一沈。

「負責張羅食物，我想我們可以假裝去捕魚，同時帶一些可吃的葉菜和根莖類植物回來。」

「很好。」

我們到已經空乏的補給品帳篷，把物資補滿後，便往河邊出發。

我們工作了一整天，在營地和河流間來回奔波，扛著一袋袋的蔬菜、根莖菜和一堆漁獲。我心中只有兩件事：痠疼的肌肉，以及每每思及阿嵐跟阿娜米卡不知在做什麼時，便油然而生的妒意。等我運來最後一大袋蔬菜，幫季山把鮮魚插在木桿放到火堆邊時，我真希望能公然使用黃金果，不必再假裝了。我知道我們仍須守護這些聖禮，但如果能公開使用，會輕鬆許多。

我想等阿嵐和阿娜米卡回來，但搬運重物令我筋疲力盡，吃完晚飯不久，便回自己的臥鋪趴倒了。

是阿娜米卡叫醒了我。

「瞧，」她在火炬旁低聲說，「這太軟了。」她輕聲咯咯笑說：「凱西，跟我來。」

「幾點了？」我呵欠連天地問。

「一大清早，只有守衛還醒著。妳餓嗎？」

她帶了一碗冷掉的燉魚給我當早餐，我沒那麼餓，不想拿魚當早餐，因此把碗放下來說：「待會兒吧。」

阿娜米卡拉起我的手，將我拉出帳外。「跟我來。」

我們穿越安靜的營地，月光從雲層裡探出頭，照在成千上萬如香菇般從喜馬拉雅山底冒出來的營帳上。我們走在清新爽脆的空氣裡，不知道在我的年代裡，此處會有些什麼。有座熱鬧的城市嗎？一片農場？成群的牲畜？或僅有月光、冷風和這些被遺忘的英魂？

前方冒著噴氣，等我們來到補給品房和溫泉時，我凝視著月光。

「溫泉呢？」

「在這兒。」

阿娜米卡開心地用手摸著一片掛布，掀開鑽進布片後面。

「這是什麼？」我跟著她走進去。

「是帝嵐今晚為我做的。」

「阿嵐？」

「是啊，他人很好。」她眼光閃動，令我頗感不安，「他注意到我很想泡澡，便架了這些布簾，幫我們留點隱私。」

「幫我們留點隱私？」

「是呀，我們可以在這邊泡澡放鬆，妳瞧，他甚至給我洗頭髮的肥皂。」

阿娜米卡褪去衣服踏入浴池，輕嘆一聲，「妳還在猶豫什麼，凱西？我們沒法獨處太久，士兵們很快便會起床了。」

由於太想洗澡，我顧不得害羞，很快便與她一起泡入溫泉裡。真是一大享受，柔軟的衣物放在乾淨的岩石上，阿娜米卡把盛著肥皂的碗遞給我。

我搓著頭皮，直到發麻，阿娜米卡說：「等吃完早餐，帝嵐會陪我去其他營地。」

「其他營地？什麼其他營地？」

「妳不會以為我們是唯一跟惡魔作戰的部隊吧？」

「嗯，我其實沒想那麼多。」

「我們是五支部隊中的一支，還有來自中國、緬甸、波斯及聖山東邊各族的人，與我們一起抗戰。」

「原來如此。」

她抬起腳掌摸著腳肉，痛到抽氣。

「妳的腳還在痛啊？」我問。

「是的。」

「妳有沒有聽過一種叫火焰果的東西？我袋子裡也許還剩一顆，應該能治好妳。」我沖完頭髮，開始搓洗手臂。

「妳是指妳的神奇魔法袋嗎？」

我停下來，發現她正在看我。「我不懂妳在說什麼。」我把毛巾放到水裡浸溼，貼到自己臉上。

「妳不覺得應該告訴我實情了嗎？」

我嘆口氣，拿起肥皂清洗脖子，「是這樣的，實情……非常複雜。」

「能說多少算多少吧。妳能張羅到更多食物嗎？」她問。

我點點頭。

「足夠讓很多牲口馱滿嗎？」

我咬咬唇，「是的，我們可以源源不絕地供應你們所需的食物，但不需動用牲口馱載。」

她偏著頭，思忖我的話，「那麼衣物和毛毯呢？」

「也一樣。」

「藥品呢？」

看到我不肯正面作答，阿娜米卡又追問道：「我的手下大都痊癒了，即使受重傷的人也是。這是妳的功勞。」

一會兒之後，我才又點頭。

她肅然起敬地吐口氣，「帝嵐和季山也知道如何使用這股神力嗎？」

「是的。」

「那麼我們先在這裡庫存幾個星期的補給，然後帝嵐再用神力協助其他部隊。等提供他們必需品後，我們請他們的領袖加入我們，大家聯手退敵。」

我沈默片刻後，低聲說：「好吧。」

阿娜米卡仔細打量我，「我們得不計一切方法保護這股神力，在暗中提供補給品，最好讓士兵們分神去做別的事，以免他們對你們三人起疑。」

我遲疑一會後問：「士兵會相信他們是受到女神慈悲的庇佑嗎？」

她望著我，天色雖黑，仍能看到她閃燦的綠眼。「女神嗎？就你們發揮的神力來看，是的，他們會相信。」

「妳跟其他營隊會合時，可以散播這項謠言嗎？」

她考慮了一會兒後答道：「好的，這是個很不錯的計畫。」她將毛巾甩到肩上，不甚確定地問：「凱西，妳介意我把帝嵐帶離妳身邊嗎？當然了，我會讓妳未婚夫留下來陪妳。」

我繃緊下巴，搖頭表示沒關係，雖然心裡百般不願。

「太好了，我喜歡帝嵐。」她將溼毛巾攤到岩石上低聲說：「他剛好補足我身邊空下的位缺。」

我突然無法吞嚥，眼眶紅了起來。

阿娜米卡離開溫泉，精神奕奕地擦乾身體，開始摸黑穿衣服。「這些是帝嵐用最輕柔的材質幫我做的新衣，自從離開印度後，我再也沒穿過質地這麼好的衣服了。」

空下的位缺，為何我忽然覺得自己的心也空了？

「他也幫妳做了衣服，在這兒。」阿娜米卡將衣服放到附近一顆岩石上，蹲下來又說：「我想請妳幫個忙。」

「什麼忙？」我哽著喉頭問。

「我想麻煩妳代為照顧營地一個星期，等我回來。季山會幫妳，他不像他哥哥那麼好相處，但妳愛他，所以我可以容忍他。我會命令手下遵從妳的命令。」

我虛弱地點點頭，阿娜米卡長衣一飄，便消失了。

我們的祕密已經揭曉，不再受控了，我覺得頗為不捨。我從溫泉中起身，擦乾著衣，然後走回營地主區。

回到營帳後，我發現季山正在幫阿娜米卡和阿嵐準備出發的配備。阿嵐腰際佩著劍，穿著沈厚的束腰外衣和厚實的褲襪，他放下披在臂上的斗篷和頭盔，對我露出藏在袋子裡的聖巾和黃金果。我取下脖子上的卡曼達水壺，繫到他頸上。

阿嵐看起來帥氣逼人——活脫脫是從史書中走出來的古印度戰士。造化弄人，將在我出生前幾百年便該死去的阿嵐賜給了我，我把他推到一旁，現在又不知如何才能要回這份珍貴的禮物了。我懊悔到心痛。

季山幫他們盤點一切所需，我要了一份裝滿火焰果汁的水袋，並把水袋交給阿娜米卡，表示裡頭裝的是良藥，應該全喝下去。

阿娜米卡抓住我的前臂說：「小心安全，凱西。」接著阿嵐為阿娜米卡披上同件樣式的斗篷，貼心地為她繫好。阿娜米卡害羞地衝他一笑，兩人便穿出帳門離開了，季山跟在後面為他們送行。

片刻後，我聽見馬蹄疾馳遠去，我回到床上，將背包藏好，卻看到背包頂端有片羊皮紙。阿嵐用他俊逸的字跡抄下莎士比亞的第五十首十四行詩，還有一封信：

第五十首

——威廉・莎士比亞

我心悲沈，旅途漫漫
冀求倦旅能告終點，
安適與靜謐，在在告誡著我
「爾離好友，何其之遠！」
胯下的馬兒，難負我憂，
舉步行遲，載我沈愁，
馬兒似亦有知
其主不欲疾走：
殘酷的馬刺，無法催其速進，

偶爾痛怒了，
便發出一記沈吟；
我心之痛，更甚其腹側受刺，
馬兒的痛吟令我驚覺，
憂慮橫阻在前，歡樂日漸遠逝。

凱西：

此次分別對我格外艱難，雖然我相信有其必要。季山會保護妳的安全，我們的任務已近完成，毀掉羅克什後，我們便能獲得自由，恢復人形了。我本應感到狂喜，然而我的心情卻日漸沈重。我知道這次只是暫時離開妳，然而想到最終難免分離，我便心情低落。現在的我，幾乎不可能離開妳了，我不知道等妳永遠離開後，自己將如何承受。不過，我還是會迎向自己的命運。

阿嵐

我抑住淚水，走出帳篷，進入凜冽的空氣中。一小時前還擠滿繁星的美麗夜空，此時變得荒涼而空曠。地平線上透出淡淡的粉光，慌亂像隻撲翅的小鳥，在我體中竄飛，用它揮動的雙翼擊著我脹痛的心臟。士兵們在軍帳裡翻身，天空逐漸放亮，我覺得自己就要完蛋了。

26 盟友

阿嵐和阿娜米卡離開近三個星期，我們一直相當忙碌，但漫長的十八天裡，並未忙到能讓我忘卻阿嵐。我每天都忍不住再次感受到與他漸行漸遠。

季山訓練男人團結作戰，協助傷兵恢復體力。阿嵐和季山在爐火堆架設了一頂新帳篷，在裡頭囤滿各式食品──水果、肉、蔬菜（新鮮與乾燥兼備）──而且還有一桶桶、一袋袋的穀物、豆子和大米。

現在大夥吃得豐盛，變得更強壯了，除了作戰練習外，還渴望能做點別的事，於是季山便成了作戰訓練顧問。看著他從我認識的現代人，變回原本的印度王子，實在非常過癮。當他熟練地扮演古王子的角色時，我又認識了季山的另一面，並為自己的未婚夫感到驕傲與欽慕。

他每天陪著大夥操兵，幾乎沒空照顧自己，我常在為他送餐時，發現他忙著砍柴、補水、耐心地教導年輕士兵正確的擲槍方法。每次我一靠近，他就對我溫柔一笑，然後親吻我的臉。

入夜後，季山會來到我的帳子，疲累地把頭枕在我腿上，訴說一天的事，任我揉撫他的頭髮，然後等營地逐漸安靜，溫柔地親吻我後，才返回自己的帳篷。

大夥非常樂於遵從他的指導，季山派出幾隊人馬外出獵尋食物，或派出哨子，評估羅克什部隊的去向。季山要我和一些婦人也做演練，說是羅克什若注定要敗在女人手下，那麼教部分婦女一些基本戰法也很合理。

我站在一群老婆婆和少婦身邊，跟著季山操練，強化肌肉，並學習使用刀和短劍。所有女生都說我好福氣，找到季山這樣的未婚夫，還有幾名未婚女子羨慕地望著季山，趁他耐著性子教她們使用輕質武器時，厚著臉皮對他猛送秋波。

我很高興陪伴季山，跟他一起工作。我在辛苦工作一天後，入了夜便渴望回到自己的營帳，雖然累到幾乎無法張眼，仍不停地掃視地平線，苦盼著阿嵐和阿娜米卡的歸來。

某晚，當阿娜米卡的戰士終於騎馬歸營時，大夥歡聲雷動地給予他們英雄式的歡迎。戰士們鏗鏘的盔甲聲和魁梧的體魄著實嚇人，有人喊著要水，叫人把馬匹帶走。我聽到季山大聲指示下令，空中傳來各種交雜的語言，我掃視人群，目標只有一個人，一對澈藍的眼眸。

我不加多想地扔下自己的弓，擠過雜沓的馬群，季山喊著我的名字，但我繼續前行，在眾多盔甲間穿梭，最後終於看到阿嵐了。

阿嵐扭身見到我，手上仍握著轠繩。

我一激動，緊聲吐出一句話：「我好想你。」

他向我踏前一步，將我一把攬入懷中。阿嵐的胸肩上雖然還套著盔甲，卻緊抱住我，用臉頰貼住我，「我也好想妳，心愛的。」

站在阿嵐身後的中國戰士拍拍他的肩膀，朗聲用中文或廣東話品評數語。阿嵐放下我，我回身發現好幾個人正瞪著我。季山這時穿過人群追上了我，他持劍備戰，直到看見我跟阿嵐在一起。不過他握在劍上的手並未放鬆，他的肌肉僵緊，眼冒怒火地盯著阿嵐。

阿娜米卡一臉莫測地走到季山後頭，機靈地輪番看著我們三人。大夥望著我們四人，都尷尬地默不作聲，不敢妄動。阿娜米卡朗聲下了道命令，然後轉身朝她的帳篷走去。

回營的士兵們又開始走動了，但紛紛好奇地回眸打探我。

阿嵐把馬匹交給侍從，對我淺淺一笑，按了按我的手，然後轉身快速指揮士兵為客人搭設住處及供餐。阿娜米卡的下屬雖對阿嵐十分恭敬，但聽到阿嵐命令後，都停頓了一下，並解釋說季山已經幫忙安頓好新到的人了。阿嵐陪同那名中國戰士走向營地中央的坑爐。

我四下尋找季山，但他已經閃人了。我想他應該跟阿嵐一樣忙碌，便鑽進與阿娜米卡共住的帳篷裡，看到她正要卸下盔甲。阿娜米卡始終背對著我。

「很高興看到妳安全歸來。」我說。

她沒回應。

「妳餓嗎？」

女神般的戰士搖搖頭，脫掉靴子，換上柔軟舒服的拖鞋。

「妳的腳都好了，果汁有效吧？」

她終於轉向我，嚴酷的表情稍稍轉柔，「是的，我的腳都好了，謝謝妳。」

「很高興妳回來了。」我笑說。

「看得出來。」她嘆口氣站起身問：「我的手下都好嗎？」

「他們都很好，大家幾乎都可以準備上戰場了，季山一直在訓練他們——連女人也是。」

阿娜米卡揚起眉問：「季山還訓練婦女？」

我聳聳肩，「他認為女人也應該懂些防身術。」

她想了一會兒，點點頭，走到帳篷門口，當她掀簾準備離去時，又回頭說道：「我們的客人相信我們受到神助，而且少數幾人認為我便是女神的化身。」

我小心地點點頭。

「他們還認為帝嵐是我的王夫。」她大方坦誠地說：「讓他們繼續這麼想吧，或許這是明智的作法，至少等戰爭結束再說。」

「我……我明白了。」我對著離開的阿娜米卡含糊答道。

我呆立著，不確定「王夫」跟我想像的含義是否相同，或者古時另有其他意思。

王夫。

我啐道，這是什麼爛名稱，事實上，我沒聽過比這更討厭的詞了。

「阿嵐是她的王夫。」我喃喃自語。

我晃向營地中央，煮食區中傳出許多笑鬧聲，季山臭著臉站在外圍，雙手疊在胸前。戰士們休息過了，陸續從吃飯的帳篷裡走出來，一邊熱切地聽著阿嵐對他們所說的話。新到的戰士專心聆聽他說的每個字，原本營區的人經過季山身邊時，雖還恭敬地對他點頭，但也都簇擁在「女神」與其新「伴侶」的周遭了。

我發現阿娜米卡站到阿嵐旁邊，面對眾人的提問，並時常聽取阿嵐的意見。

「怎麼回事？」我問季山。

他眼神如炬地看著阿嵐和阿娜米卡，「我老哥跟平常一樣把鋒頭搶走了，我訓練了兩個星期的戰士，這下全倒向他，阿娜米卡也在討好他，甚至連我的未婚妻都忍不住黏到他身上。」

「你在嫉妒。」

季山終於轉頭看我了，「我當然要吃味了。」

我望著他的金眼，抱歉地說：「對不起，季山，你應該氣的人是我。我很想念阿嵐，但不該像剛才那樣失態。」

「如果你肯原諒我的話。」

季山重重地嘆口氣，拉起我的手逐一吻著，「我太反應過度了，原諒我。」

「那是當然。」

他攬著我的肩，兩人觀看片刻後，我問：「季山，所謂的『王夫』究竟是什麼意思？至交好友之類的嗎？」

「妳是指我們那個年代，還是現在？」

「現在。」

「意指伴侶，通常指女皇的伴侶。妳幹嘛問？」

我喉嚨哽咽，眼睛發痛。

「是指結婚嗎？」我囁嚅問。

「也可以指訂婚。」季山搭住我的肩，將我轉過去面對他。「怎麼了嗎，凱西？」

「阿娜米卡跟我說，在戰爭結束前，阿嵐會扮演她的王夫。」

「原來如此。」

季山抬起頭，默默打量與人群交流的阿娜米卡和阿嵐。

我徒勞地壓抑惡劣的心情說：「我不希望因為自己不懂這個年代的禮數，而害我們任何人遭遇到危險。你是我的未婚夫，而阿嵐是……是她的，我應該待在你身邊。」

季山心不在焉地點點頭。

我挽住季山的手，不知「王夫」一事究竟純屬暫時，抑或阿嵐對阿娜米卡也有意思。他在信中提到分離，難道他打算留下來，成為阿娜米卡的王夫？阿娜米卡看起來應該不會反對吧。我仍深愛阿嵐，鳳凰讓我認清了自己的心意，我是應該告訴他，或是絕口不提？萬一阿嵐拒絕我，選擇了阿娜米卡呢？知道自己愛他，並不表示能喚回阿嵐。阿娜米卡那麼美豔，阿嵐能擁有一名女神，何必還選我？他可以當一名身邊有女神相陪的國王。

我咬著牙忍住哭聲，第一次意會到阿嵐的命運或許不會與我交集，說不定這一生，連這個朋友都保不住了。

我就要失去他了……永遠失去了。季山怎麼辦？他答應會永遠原諒我，萬一我選擇別人，他也會學著接受嗎？假若我告訴他，我還愛著阿嵐，他會怎麼樣？他有可能釋懷嗎？會恨我一輩子嗎？他會跑回叢林裡，與世隔絕地孤獨生活嗎？

那一刻，我知道都無所謂了。不管阿嵐是否決定跟阿娜米卡在一起，不管季山會不會原諒我，都無所謂了。我必須讓他們瞭解我的感受，設法各別與他們獨處，告訴他們自己的心意。假如他們有人或雙雙選擇離開我，我也只能面對。我不能再繼續逃避了，我必須坦承。斐特說得對，兩人都是好的選擇，他們高尚、勇敢、英俊而仁慈，應該擁有比我能給的更多。

我在一旁觀看時，季山陪在一側，為我翻譯眾人的話，我按按他的手，感激他的體恤。

阿娜米卡以君王之姿，要眾人集合參與宴會。桌子一一抬出擺設，阿娜米卡妙手一揮，用聖巾的神力（此時繫在她手腕上），造出最精緻的桌布。聖巾的織線發揮魔力，戰士們及阿娜米卡的手下張目結舌地驚望。

我不滿地輕哼一聲，向前踏出一步，卻被季山拉了回來。

「已經回不了頭了，凱西，阿嵐顯然教過她如何使用杜爾迦的聖禮了。」

阿娜米卡在桌上擺滿一盤盤的食物，人們坐享盛宴，對四處走動的阿娜米卡發出歡呼，她逐一為每個人斟滿酒杯，在食盤中擺上特殊的家鄉美味，然後坐到桌首。阿嵐陪坐在她旁邊，按了按阿娜米卡的手，我只覺得心頭被揪得死緊。

到了幫我和季山設好的座位，季山幫我拉開椅子，我僵挺地坐下，別人為我端來食物時，便笑著表示感謝，卻食之無味，即使灌了再多的酒，喉頭依舊發乾。

我眼睜睜看著阿嵐和阿娜米卡在一起，想像他成為她的國王，心頭便被嫉妒撕裂——而且不單只為了阿嵐。我知道聖巾和黃金果就是要給杜爾迦的，而阿娜米卡本來在即將到來的時刻，便會成為杜爾迦，但要捨棄那些聖禮實非易事，放棄那種神力，變得一無所有，真的好難。

季山一直嫉妒阿嵐的光環集身，而我對阿娜米卡也有同樣的感受。我坐在餐宴上，不停地告訴自己，聖巾和黃巾果皆為阿娜米卡所有，不屬於我。我撥著喉上的珠鍊，不知能否至少留下這項禮物。

我為了它們兩肋插刀，屢屢與死亡錯身，卻讓阿娜米卡悠閒地當上美豔的女神，還搶走我心愛的男子當王夫。我想到河童的毒咬、猴群、巨鯊、奎肯和鐵鳥，以及羅克什。*太不公平了。*

我知道這樣想是錯的，但坐在桌尾的我，卻揮不去受騙的感覺，彷彿自己被打發退場，過河拆橋了。我對杜爾迦的觀感起了變化，我憶起寺廟裡的數次會面，原來杜爾迦答應我要保護阿嵐，根本不是為了我，我的心在抗拒吶喊，她是為了她自己！她讓阿嵐忘記我！早知道她想奪走阿嵐，我乾脆留在奧瑞岡，讓杜爾迦自己去尋找聖禮。

「向蓮花借鏡，」杜爾迦曾如此說過。哼，假如我是蓮花，那麼就是她將我從水裡拔起，種到她腳邊泥地裡的。

我瞥見季山的束腰外衣上金光一閃，是杜爾迦的胸針。我嘆口氣，想起阿娜米卡並未奪走一切，我還擁有自己的金箭和金弓、火符、珠鍊和芳寧洛。

我撥弄著盤裡的食物，不斷複誦：「我們來這裡就是為了幫她，我們來這裡就是為了幫她。」

女神的美豔與神力如狂潮般從桌子彼端撲向我，讓我自覺卑弱如腐爛的海草。

*我的確就是那樣，*我鬱鬱地想，*是個沒有實力的草包，長得又不稱頭。我是個來自未來，利欲薰心的女孩，覬覦兩兄弟的愛情，還希望能保留所有魔法。*此刻我最想做的，就是把阿娜米卡的命運亂謅一通，將一切佔為己有。

接著阿娜米卡摸觸阿嵐，對他交頭接耳。

阿嵐低下頭，兩人親密地悄聲交談著，我突然發現，自己還有比珠鍊、黃金果、聖巾、杜爾迦的命運、芳寧洛和火符更想要的東西。

我要阿嵐。

情緒如颶風撲擊，以前阿嵐與妮莉曼共舞，在海灘派對跟所有女生跳舞時，我曾打翻醋罈子，但心底其實知道，做那些事的人並非我的阿嵐，因為他喪失了對我的記憶。現在我目睹屬於我的阿嵐，與另一名女子親近，令我無法忍受，感覺像被撕成了兩半，整個世界拆解得比聖巾的速度還快。

我把頭埋到兩掌中，望著盤子上原封未動的食物。肉桂與番紅花的香氣在鼻尖飄蕩，季山問我是否不舒服，我搖搖頭，季山站起來，送我回營帳。

他待了一會兒，但我表示想一個人靜一靜。我揉著項鍊上的珍珠，這才想到從晚宴開始，我就一直這麼搓著。我用珠鍊斟滿一杯水，不是因為想喝，而是想拿來報復。我潑溼阿娜米卡所有的衣物，在她的靴子裡灌滿水，接著又造了一片雲霧，在她床上下雨。等她那一側的帳篷溼到滴水後，我又把所有的水撤盡。我很訝異她的軍床和靴子竟然全乾了，心裡有點小失望。

數小時後，阿娜米卡終於走回營帳，一屁股坐到我對面的椅子上。我正在把玩水杯，用珠鍊不停地在裡頭注水、撤水。

阿娜米卡看了我一會兒，問我在做什麼。

「妳會想知道嗎？」

我本想嘲諷責怪，結果語氣竟十分哀怨。

「妳哪根筋不對了？」她問。「妳生病了嗎？」

「也許吧，如果我病了呢？」

「嗟，妳才沒生病，大概是腦袋有問題。」

我站起來憤憤指著她說：「腦袋有病的人是妳，妳幹嘛跟那些人炫耀妳的神力？是因為需要更多的追隨者嗎？是這樣嗎？我怎麼了？難道阿嵐對妳來說還不夠嗎？」

她疊起手瞪我，「你們不是要我扮演女神嗎？不展現一些神力，如何能讓人信服？」她偏著頭，「這事其實跟黃金果和聖巾沒關係，對吧？」

「有一部分關係。」我耍性子地咕噥說。

「叫我扮演女神的人是妳，凱西，我可沒要求演這個角色。」

我悶悶不樂地說：「而妳扮演得很成功，不是嗎？」

她嘆口氣，「是跟帝嵐有關嗎？」

我愣了一下，支吾道：「妳為什麼會那麼想？」

她思忖我的問題，「關心自己的兄弟是很自然的，妳希望他快樂，假如我哥哥帶女人回家，我也會很難接受讓她取代我的位置，待在他身邊。」

「阿嵐不是我兄弟。」

「妳是季山的未婚妻，阿嵐顯然非常尊崇妳，你們的關係很親，他就像妳哥哥，而妳希望他能幸福。」

「我……」

她的話令我語塞。

阿娜米卡握住我的手，「我不確定殺掉惡魔後，帝嵐會願意繼續當我的王夫，但我可以告訴妳，我希望他願意。」她表情一亮，「我覺得帝嵐好體貼，好溫柔，有大將之風，又是個政治奇才。」

她的眼神放光，「而且他非常迷人，若能與妳成為姊妹，將是我的榮幸，也許妳會成為我妹妹，但我們還是平起平坐。我發誓，我會努力讓他幸福的，凱西。」她握緊我的手，然後站起來，「明天還有很多事要做，我建議妳好好睡一下。」

我默默坐著，阿娜米卡一邊準備就寢，一邊看看我，聳聳肩，然後熄燈爬上乾爽的床墊，我仍舊兀自坐著。我不知道究竟坐了多久，但感覺時間彷彿停止了，而自己正置身在一個無感而漆黑的苦境中。

最後我終於也爬上床了，以手枕住臉頰，直到淚珠落入指間，才驚覺自己在哭。我慢慢入睡，腦中不斷旋繞著幾個字：「她會讓他幸福。」

翌日醒時，阿娜米卡已經走了。我伸手到枕頭後，拿出藏著武器和阿嵐詩作的背包，想重新再讀一遍，看他是否真的在跟我道別。可是背包不見了，我慌亂地站起來，快速地在帳篷裡搜尋。

穿好衣服後，我走向營火，想找阿嵐、季山，甚或阿娜米卡，但廚子告訴我，阿嵐和阿娜米卡已在破曉前吃過飯，去森林裡了，季山則在招呼作客的兵團。

我終於找到季山了，他正在跟眾將官開會，季山看到我杵在營帳門口，便邀我入內，並用數種語言為我介紹，其他人客氣地點頭招呼。

季山解釋說：「我們正在討論戰略，我充任翻譯。所有將領正要開始討論迄今所見的戰況，商議能為盟友幫上什麼忙，我們得把一切記錄下來。」

我點點頭，「好吧，不過我們的背包不見了，你知道背包在哪兒嗎？」

「知道，阿嵐和阿娜米卡正在練習使用武器。」

「包括芳寧洛嗎？」

「是的，我們得繼續討論了，凱兒，妳能留下來幫忙做記錄嗎？」

我胃裡一揪，紅著眼眶，沒想到阿嵐連問都不問一聲，便將我所有的武器交出去了。

我鬱鬱地答說：「好呀！反正別的地方也不要我。」

季山咕噥一聲，不解我的爛心情，兀自向第一位將領席翁將軍示意。

這位中國戰士開始發言，他雖未著戰甲，卻令人難忘。季山將他的話譯成另外兩種語言，另兩人仔細聆聽後，再為他們的領袖翻譯。季山遞給我一片寫字板，一罐怪味墨水和一把削尖的棍子，要我記下統計數據。季山翻譯完後，趁其他翻譯官完成轉譯的空檔，還為我提點重點。一開始我用不慣這種老式的筆，等終於上手後，便在紙上振筆疾書。

席翁將軍似乎不像其他人那般疲累，他衣著潔淨，脖子上還綁了條漂亮的黃絲巾，令我想到蠶夫人。

我發現席翁將軍的部隊使用鐵器，以所謂的百家思想治軍，在所有將領中，他的部隊貢獻最多的人力與武器——包括戰車、步兵、槍手、弓箭手以及軸刀手（一種裝上匕首的長槍）——但被惡魔殺死的部將人數亦最多，超過十萬人。

席翁將軍說，他開始在中國招兵買馬時，始知有惡魔的存在。一批批的犯人失蹤不見了，整座城鎮消失於無形。很多城市似乎被大地吞沒，連婦孺也都被帶走了。少數倖存者表示來了一名巫師，奴役所有人，後來人們又談到一頭半人半牛的怪獸，弄得鄉間人心惶惶。

我把墨水濺在紙角上了，連忙將污漬擦掉，季山與席翁將軍談完話後，接著介紹江布。江布是西藏人，或來自西藏地區。

江布喜歡別人叫他泰西，他的軍隊全由西藏地區各部族的志願軍組成，他們擅長箭術及游擊戰。江布的靴子、毛皮、背心和帽緣上，都飾著蓬粗的棕毛，不知道他身上穿的，是不是季山和我在聖母峰上遇見的棕熊老祖。

哲亞和雷西撒克來自現代地理上的泰國、緬甸和柬埔寨，當時並未分裂。他們從孟國的首府薩通（註）千里而來——薩通是安達曼海的一個港埠。我發現他們的靴子都穿洞了，且戰士們都十分瘦削。如果連將領都在挨餓，部下的慘狀更可想而知了。我記下邊注，要季山詢問他們是否需要更多的糧食。

哲亞和雷西撒克表示，防衛是他們最大的強項，他們會築起要塞，伺機進攻，並以最少的折損達成任務。有趣的是，他們說他們十分擅長火攻，且相信阿娜米卡就是女神，還認為惡魔讓死者還魂再次出擊，看來他們似乎非常恐懼。

註：位於現代緬甸南部。

季山聆聽最後一組人的報告後說：「這位是安菲馬庫斯將軍，帕堤亞人，目前在亞歷山大國王麾下任事。」

我的手一僵，「是亞歷山大大帝嗎？」我低聲問。

我還來不及阻止，季山已將我的問題譯成希臘文。將軍傾向前，用一種極度令人難安的眼神盯住我，季山連忙說：「他真的是一名睿智而偉大的領袖。」

我被盯得六神無主，只好低頭拿筆狂寫。將軍一併介紹他的手下：李昂納都斯、迪米堤斯、史塔山多及歐邁尼斯。

「我們沒聽過各位的國家，當然了，除了印度以外。」他露出政客式的笑容，「吾王……會很樂意多瞭解各位的城市。」

我低聲咕噥說：「他當然會很樂意。」

接著將軍表示：「或許等戰爭結束後，我們可以商量建立貿易關係？」

西藏及緬甸人對此提議似乎頗感興趣，席翁將軍則不然。

我垂眼埋頭苦抄，得把自己知道的事情告訴季山，我想起大學及高中時讀的歷史，擔心馬其頓帝國可能想染指亞洲。就我所知，亞歷山大大帝的征服區從未越過喜馬拉雅，但我們來到這裡，很可能會改變歷史的軌跡。我看過很多《星艦迷航記》，知道那不是什麼好事。

我乖乖地抄寫筆記，震驚於各將領所提供的數據與資源。跟這些人聯手，最令我擔心的是，他們對阿娜米卡的覬覦。安菲馬庫斯將軍似乎認為，有神力的女神，應該坐到亞歷山大旁邊的寶座上。我嘀咕著繼續抄寫。

安菲馬庫斯談到他手上的資源，他有殺傷力強大的波斯戰車、彈射器、全套甲冑，還說屬下能以長槍、長矛和標槍組成的重裝方陣來進行作戰。他繼續吹噓說，他在波斯門之役（註）失去一隻眼睛，由於表現英勇，受贈大批土地和一匹亞歷山大名駒所生的小馬，布西法洛斯。我好奇心大起，將軍笑了笑，掀開眼罩，讓我看看罩子下的空洞。我打個寒顫，往季山身邊挨近，看到我惶惶不安的模樣，安菲馬庫斯被逗樂了。

最後輪到季山發言，他分享自己對戰爭的看法，有些得自卡當先生的傳授，有些我沒聽過。阿娜米卡的軍團數目頗令我吃驚，季山說有四萬名騎兵、十萬步兵、千餘輛戰車，以及兩千頭戰象。就我所見，阿娜米卡的兵力遠遠不及那個數字，她的部隊差點被殲滅，不知是否在戰時，大家都會誇大數字。

我很快計算一下，據剛才眾將領所言，聯手的話共有一萬五千名弓箭手、二十五萬騎兵，近乎十五萬名步兵，一千輛戰車、五十座彈射器，以及兩千頭大象。我們幾乎有五十萬大軍了。

接著大家排定計畫，眾將領於一周內各自返回營地，然後帶領大軍到崗仁波齊峰下會合，據報，那是羅克什目前的所在地。這段期間，大夥好好享用女神熱情的招待，並參觀阿娜米卡士兵的戰技。

當各國領袖起身時，季山向每人致謝賜教，「雖然大家都有重大損失，但我相信，眾軍聯手後必能贏得戰爭，將惡魔逐出我們的土地。」

註：亞歷山大大帝與阿契美尼德王朝的重要戰役。

他拍拍席翁將軍的肩膀，「兄弟們，我們將迅捷如風、靜若山林、狂如烈焰，並且像高山一樣屹立不搖。」

安菲馬庫斯將軍最後一個離開，他趁季山沒注意，眼光不懷好意的看了我一眼，他的手下將烏鴉羽毛製成的黑斗篷披到他肩上，然後將軍才意氣昂揚地離開。

眾人各自回營帳時，我稱讚季山說，「你好棒啊，我想他們都很折服。」

季山咧嘴一笑，「那番話是借我以前一位武術老師說的，就技術上而言，提出風、林、火、山概念的日本封建領主，還要一個世紀才會出現。」

我緊張地絞著手，「搞不好你就是那位激發他們靈思的古人呢。」

季山輕輕撥開我的手握住，「怎麼了嗎，凱西？」

我輕嘆道：「我知道我們注定要做這件事——注定要來擊敗羅克什，我只希望能審慎些，別改寫了歷史。我的意思是，萬一亞歷山大大帝現在決定去征服中國呢？萬一我們把未來搞砸了，到時候連家都回不去呢？」

季山吻著我的手指，用一對金眼溫柔地望著我，「若回不去，有那麼糟嗎？」他問。

「什麼意思？」

「我是說，除了會想念妮莉曼和一些朋友之外，」他頓了一下，「妳不能在這兒，與我幸福地同住在過去嗎？」

「我……只要你跟阿嵐都在，我應該能適應沒有現代享受的生活。」

他放開我的手，搭住我的肩笑道：「我在這裡，有種回家的歸屬感，凱兒。別誤會我，如果妳在未來，我就算移山倒海也要跟過去，只要妳在我身邊，我覺得……我就什麼都不求了。舉世間，除了妳，我什麼都不需要。」

季山輕吻我，然後帶我去吃午飯。我嘆口氣，世間畢竟還有其他我需要的東西，但在這節骨眼上實在不適合深談，但我需要的就是……阿嵐。

用罷午膳，我跑去找阿嵐。季山說他在教阿娜米卡使用所有的兵器，我摸著珠鍊，努力壓抑住想留下它的罪惡感。

由於我們的手機追蹤器已經失效，我費了一番力氣，才終於問到一名士兵，探到阿嵐和阿娜米卡也許在某處空地上練習。我在林間穿梭，聽到前方有人低聲說話。

「沒有你，我一定做不來這些，你一定是天神派來的。」

「可以那麼說。」

女人柔聲答道：「那麼，我希望永遠不讓你有離開的理由。」

我繞過一團多刺的樹叢，僵在半途。阿嵐和阿娜米卡相擁而立，她穿著女神杜爾迦的藍袍，生齊了八條手臂，每對胳臂都環抱住阿嵐。金製的武器擺在他們腳邊，只有蜷在地上的芳寧洛例外，金蛇已醒，正看著相擁的阿嵐和阿娜米卡。

一時間，我毫無知覺地站著，突如其來的震驚刺痛了我，淚水模糊了視線，鹹鹹的淚珠威脅著奪眶而出。阿嵐抱著杜爾迦，張開一對藍眼看見了我，我輕聲抽口氣，第一次發現他的眼光有些冷漠。我甚至無法正視杜爾迦；阿娜米卡轉身時，真的就是杜爾迦本尊了。

淚水奪眶而落，我憤憤地抹淚，低頭望著地面。芳寧洛朝我扭頭，用舌信探測空氣。

「芳寧洛？」我低聲呼喚著對她伸出手。

金蛇看了我一會兒，鬆開身體開始滑動。我還以為她要朝我游來，但芳寧洛卻對著女神滑去，杜爾迦低身拾起金蛇放到臂上。當芳寧洛纏上杜爾迦纖麗的手臂時，我整個心都碎了。

我覺得徹底遭到背叛，連芳寧洛都不再理我了。

我狼狽地擦拭眼睛，扯下項上的珠鍊，扔往女神腳邊。我可以感知阿嵐的眼光，但我拒絕看他。

當新杜爾迦撿起珠鍊時，我怒聲罵道：「妳還忘了一樣東西。」

接著便轉身朝營地飛奔而去了。

27 戰爭

阿娜米卡出聲喊我，但我不理會，逕自衝回自己的營帳……她的營帳。我四顧自己的臥鋪，發現那裡沒有一件屬於我的東西。背包在阿嵐那兒，身上的衣物是我此時唯一僅有的，我脈搏加速，視線轉紅。我抓緊掛在脖子上的護身符，覺得好想放把火燒東西。我重重嚥著口水，壓抑心中的怒火。破壞固能減緩痛苦，卻會造成傷害，甚至影響大局，而且也僅能逞一時之快。

我閉起眼，緊握著拳低聲說：「卡當先生，要是你能在這裡就好了。」

一小時後，季山找到我，一名經過的士兵告訴他說，看見我在補給營帳附近。我已沒收掉營帳，打算自己搭蓋，結果沒搭成，只好拿著沈重的帆布爬上樹，胡亂湊了個安身處。我固執地坐在帳子裡，背抵著樹幹，盤腿用拳頭支住下巴。

季山坐下來看了我整整一分鐘後才開口。

「妳究竟想做什麼，凱西？」

「離遠一點。」我突然答說。

「是離我遠一點嗎？」他柔聲問。

「離……所有一切。」我囁嚅道。

季山輕輕拉著我的帳牆，「這帆布很重，沒想到妳竟然能自己扛上樹。」

我啐道：「遭到背叛的女人，比地獄和魔鬼還可怕……」

季山陪我坐了一會兒，但我拒絕說話，最後他終於放棄了，我的沈默令他困惑而受傷，他離開前靜靜表示：「妳若想把帳篷設在遠離人群的地方，我會幫妳安排，但我不會丟下妳不管。我去叫士兵把妳的帳子搭到我信任的人中間，那樣行嗎？」

我無法看他，只能點頭，然後季山便走了。一會兒後，一名士兵送我到個人專屬的帳篷，裡面有我自己的水罐、毯子和盥洗盆。

這星期剩下的時間，都沒人再來煩我，而阿嵐和季山則是透過保護我的守衛，檢視我的狀況。我每天照常與其他婦人一起受訓，但季山挑了一名替代的指導，因為他大部分時間得與其他將領共事。

有時經過訓練場，聽到刀劍撞擊聲或士兵們的歡呼，我便默默繞開。我無法目睹阿嵐和阿娜米卡在一起，或看她拿著我所有的兵器。我渴望拿回自己的弓箭，而我最想做的，是把金箭射入阿嵐那顆背叛的心臟裡。

一個星期過去了，其他陣營的將領紛紛離去，阿娜米卡的軍營也開始準備搬遷了。拔營當日，看護我的守衛幫我將帳篷打包好，並且配備了一小袋補給品，扶我騎上生著美麗黑鬃和鼻子的灰花馬。

我的座騎興奮地跺著步，鼻口的噴氣在空中凝成一團團寒霧。清晨的天際旋下幾片白雪，觸地即化。有人為我披上襯著軟毛的斗篷，士兵們把我當作皇后般侍候，雖然我自覺像個棄婦。我拉起兜帽蓋到髮上，點頭表示準備好了。

我們往東北走了兩天，然後在西藏的拉昂錯湖畔紮營。天氣很冷，但還不算徹寒，我發現在喜馬拉雅一帶，應該只算初秋。我以火能烘熱周邊的空氣和我的這群守衛，他們很快發現，愈靠近我就愈舒暖。

大夥紮營不久，便看到地平線上出現更多大軍，我認出左邊是席翁將軍的軍隊，右邊是安菲馬庫斯將軍的軍隊。信使整天在眾將領間來回奔馳，雖然明知阿嵐和季山已無暇顧及我，自己最好別礙事，好讓女神專心軍務，但還是忍不住替他們擔心。

第二天，我醒來發現營地裡異常安靜。我心中一凜，知道他們已經走了。我已跟營帳門口的守衛發展出一套粗略的手語了，他確認了我的猜想，並交給我兩張摺紙，我坐到厚毯上，打開第一張紙，是季山寫的。

今天要上戰場了，凱西，我們三人覺得妳最好留在後方，讓妳參戰，只會令我們分心，希望這場戰役能盡快結束，我們只想保護妳的安全，請妳諒解。上個星期，我吩咐妳的守衛，只要妳想見我，立即帶妳到我身邊，但妳從未開口。我愛妳，凱西，我真想知道我們究竟在吵什麼。

季山

我把信擱到一旁，打開第二封。是阿嵐寫的，摺紙裡包著一枚戒指，陽光映在明豔的藍寶石上，射出比阿嵐眼眸更深邃的藍。矩形的藍寶石環鑲著圓形的細鑽，底下的指環似由兩條銀帶交織而成，每個圈環上又各鑲了一顆鑽石。這戒指美極了。

凱西：

這戒指我已保有數個月了，這是我們在金龍的海域時，跟他交換來的。戒指的原主是位公主，我一見到，便希望能送給妳。我原本想在任務完成後，找個適當的時機送妳，求妳相許終身。現在既知時機已失，我雖懊悔曾經發生的許多事，卻不曾後悔愛上妳，請收下它吧。戰士會用天上的星子，安全地引領他們返家。而妳，曾經是、也將永遠是我的導航星。每次我仰望天空，便會想到妳。

阿嵐

我把戒指套到季山送的戒指旁，讓季山的紅寶石與阿嵐的藍寶石相互生輝，一會兒後，我握緊拳頭走到帳外，要守衛將座騎帶過來。守衛猛力搖著頭，我雖堅持，但他死也不依，最後我攤開手掌，讓護身符的能量充盈全身，然後生出一團火星迸散的火球，他若靠得太近，就會燒焦他的眉毛。

守衛張大嘴，踉蹌後退，喊著叫人送上馬兒。我得意地淺淺一笑，合上手，火球便化成火焰消失了。等我套上靴子，穿上寬腿褲，以及從補給帳篷裡拿來的中式戰袍時，馬兒已經備妥，守衛們也都準備好了。我望著崗仁波齊峰，讓我的心靈引我前行。

等我們接近大軍時，身邊的護衛將我圍住，指著一處可以鳥瞰山谷的高丘。我用膝頂著馬兒，掉頭往山坡上騎去。當我們來到丘頂時，被眼前的景象震懾到噴舌。

山谷裡站滿隊形完好的軍士，我的守衛緊握住彎刀刀柄，向前傾著身，討論即將開打的戰役。只見一排排縱隊間架著彈射器，馬鞍擠響，兵器鏗然，戰象的嘶嚎之聲不絕於耳。

縱隊各就定位，擊鼓計時，信差騎著快馬在前線為各軍團通報訊息，禽鳥穿梭空中，有些是等著吃腐肉的鳥兒，有些是受過訓的傳信鳥——飛向持軍旗的指揮官的獵鷹。持著各色三角旗的旗手站好位置，準備為遠處的士官傳送將軍的號令。

迅捷的波斯戰車和騎兵佔滿山谷北邊，阿娜米卡部隊餘下的戰象，則由席翁將軍的步兵側夾著，布陣南邊。西藏部落及緬甸戰士集結在中央一帶，我看不出阿嵐、季山或阿娜米卡人在何處，猜想他們應該很接近前線。

等一切就緒，喧鬧聲止歇後，氣氛變得緊張起來。一開始我什麼都看不見，心想誰敢跟這樣的大軍為敵，接著我看見了。如浪的濃霧自山上滾下，遮去了整座山頭。

濃霧如駭人的粗指般沿地爬竄，彷彿霧氣本身撕裂了大地，張口咬牙地蓄勢開戰。濃霧漸漸消散後，露出幢幢黑影，聯合軍團焦躁地回應著。大軍所面對的景象，實在令人喪膽。

一具具佝僂的身形——非人、非獸，有些甚至不像活物——駐足等待主人發號施令，他們用變形的爪子刨著土，發出嘶吼嚎叫，並重重粗喘。有些妖物像步兵般地拿著兵器長槍，有些蹲伏地上，如野貓一樣，用四肢來回走動，還有的——半人半馬的怪獸——用厚蹄戳踩大地。

其中一人站到最前方，似乎負責指揮。他揚聲高喝，旁邊的妖魔便笨拙地晃向前，抬起四肢，露出翅膀。半鳥半人的妖物飛入空中，大聲叫喚著一列列的同伴，然後轉向我方人馬，發出尖厲恐怖的叫聲。怪鳥被一陣箭雨逼退回去。

四處都不見羅克什的身影，但旁邊的士兵們指著敵軍的領袖，那是阿娜米卡的哥哥桑尼爾。鬼號般的號角聲撼動了整座山谷，魔鬼大軍一聽到訊號，開始發出戰吼，他們敲擊大地，齊聲尖喊，刺耳的鬧聲，如夢魘般迴盪不去。

我方人馬率先攻擊，彈射器射出的沈石擊倒了數十名妖物，石頭落在山上，山岩碎落下來，擊倒許多敵軍，然而他們即使折肢斷翼，不久又都站起來，等待主子發訊攻擊。

圍攻的軍械如火如荼地運作時，對方再發訊號，妖魔大軍突然停止叫囂，開始向前湧來。我方數千名弓箭手朝空中射出箭雨，大部分都射中目標了，但妖物竟毫無痛感，只是奮力扯下箭枝，扔在地上，繼續衝向我方人馬。

阿娜米卡的軍隊奔迎而上，兩軍像兩股對沖的浪潮相互撞擊，敵人如傾巢而出的怒蜂般衝鋒陷陣，金屬的撞擊聲和人們的慘號聲不絕於耳。加入戰局的士兵數更多了，他們以隊形殺入，遇到羅克什的妖軍時即散退開來，接著中國騎兵殺聲震天地在妖軍中間闢出一條血路，卻受到從天撲擊的鷹妖攻擊，用利爪撕抓他們的背部。

接著攻來的是一群長得像惡犬、野狼、土狼和豺狼的殭屍，他們薄長的嘴中藏著利齒，四肢著地慢跑，成群結隊地攻毀我們的戰車。

戰象也跟著出動了，數千頭大象衝入沙場的景象與聲勢，令人目不轉睛，嘆為觀止。重達六噸的象隻披掛著防擋槍箭的戰甲，成群轟隆隆地從後邊殺至前線，任何閃避不及者，皆遭其踐踩。

它們來回擺動巨大的象頭，將妖怪大軍逼回去困在山邊，騎在象轎上的弓箭手，令妖怪忌憚，不敢貿然前進。桑尼爾為了報復，將羅克什的信差鳥送入天空，怪鳥發出尖叫，命令貓怪出擊。貓怪避開大象裝在象牙上的長刺與利劍，躍到象背上，用利爪撕破它們的厚皮，龐大的象群在死亡前發出痛苦的哀嚎，叫聲響徹山谷。

其中一頭大象劇烈地甩動身體，想擺脫身上的妖物，結果象背上的象轎鬆脫，重重摔在驚懼的大象腳邊，貓怪立即蜂擁而上，將轎上的人生吞活剝，其他貓怪則跟著躍到大象背上。大象發出巨吼，扭動身軀、蹬腿人立，然後在響徹山谷的轟隆聲中重重倒地，群妖立即撲擁而上。

另一頭腹背受敵的大象扭頭撞到一架彈射器，機器登時瓦碎，有些士兵落在象牙的刀劍上，當場斃命，其他人則掉入等在一旁的妖魔手裡，大象驚駭地發出哀叫，隨即也被宰殺。

我看到雷西撒克的軍旗穿過戰場中央，朝桑尼爾逼近，我軍與持著刺釘長杖的魁頑角妖交戰，妖物垂頭往前衝殺，強壯的脖子輕輕一彈，便刺傷數人，然後又攻向下一個目標。等到了近處，妖物更揮動長杖，一次擊退數人，那些士兵飛撞在同袍間，倒地不起。

另一批羅克什的軍團裡盡是蟲妖，一大群蟲子快速越過死者，用尖刺利爪、鉗嘴和蠍子般的長尾，將那些可能還活著的人宰殺肢解。

戰事持續進行，兩軍間屍體纍纍，我方逐漸落敗。

阿娜米卡呢？

我掃視戰場，終於看到女神杜爾迦了。奇怪的是，她並沒有穿上藍袍，而且僅拿了一組兵器。她站在一輛大型戰車內，使用金弓與箭，兩側是兩名穿戴盔甲的騎士，我知道那應該就是阿嵐和季山了。

兩兄弟僅使用長劍和木盾，他們穿著與其他戰士相仿的盔甲，而非杜爾迦胸針變出來的護甲，這實在很沒道理。

為什麼練習了所有八項神器後，上了戰場卻不全部用上？為何創造了一名女神後，卻不讓她在戰役中發揮本領？杜爾迦的其他武器呢？

安菲馬庫斯將軍的部隊折損甚微，他們攻下不少地方，並以密集的方陣向前推進。從我所在之處看去，那隊形宛如一頭巨大的紅箭豬，隆隆有聲地朝山區的賊窩移進。然而連他們都未能佔到上風，一隻妖鳥在空中長鳴，貓怪跳到盾牌上，用利齒咬住長槍，頃刻間，數千名士兵便像丟棄的紙牌般橫倒在地。

時間漸逝，我方人馬傷亡更為慘重，五十多萬大軍橫遭殺戮，僅餘半數，我的一名守衛指向一面表示撤兵的旗幟，不久我方戰士便紛紛逃離戰場，卯力折返營地，騎兵們在倒地的士兵間搜尋，希望趕在蟲怪殺害他們之前，幫助傷兵逃逸。

一記號角響起，羅克什的大軍撤回山陰中。我那繫在附近樹幹邊的馬兒開始跺步，並大聲嘶叫騰躍，想擺脫束縛，其他馬兒也有相同的反應。戰場上的士兵也無法控制戰象了，象群高聲嚎叫，奔跑著尋找掩護。百鳥竄入空中，包括中國軍隊通訊用的鷹鳥。四周樹林裡的走獸，本能地逃離林子，往戰場上奔去。

我喚起護身符的力量，在自己、我的馬兒，以及留在附近的走獸身邊，圈起一團安撫的暖意。可惜我來不及拯救所有的獸隻，一條眼鏡王蛇從我旁邊豎起身子，嘶叫著疾竄下山，令我渾身寒顫。

我看到阿娜米卡的座騎和許多拖著戰車的馬匹，往崗仁波齊峰衝去，馬匹一遇到屍堆，便停下來人立嘶叫。一股強風颳起，將屍體和獸隻捲入空中，它們像困在漩渦裡的秋葉，無助地在狂風中捲盪。

穿著紅色斗篷、短衣和及膝靴甲的亞歷山大大帝軍團，夾在穿深綠軍服的中國戰士當中旋飛，他們後仰著頭，沈重的頭盔滾落地面，停在四散的盾牌和兵器之間。

動物和人類全都在邪惡的魔風中旋動，連大地也隨之震搖，彷彿自然之母也為這鋪蓋整座山谷的異象，感到害怕顫抖。

人獸彼此相繞，愈旋愈快，最後在昏黑的暮霧中，交雜融合成一體，彷若一頭黑色醜怪的妖獸。

怪鳥拍著新生的翅翼，高飛於天，半熊或半狼的怪物——眨著亮黃的眼睛，從旋風中誕生，蹣跚地走向山區。天空出現大量的妖物，全是原本形貌的變種。似狼像蛇或狀若雪豹的殭屍跟著現身，朝他們的新主走去。先是數百，繼而成千累萬。

我閉上眼，覺得如此褻瀆死者，實在太教人作噁。為國捐軀的戰士理應受到尊重，但他們卻遭到橫征暴斂，被一名意圖毀滅所有人的惡魔奴役。

誰能阻止他？誰有辦法阻止他？

接著大地一震，我看到馬其頓大軍的營地消失了，所有帳篷、物資和疲累的士兵，被一道裂溝吞沒了。一場颶風掃過空地，摧毀了中國軍隊的軍營。營帳、士兵、武器和補給品，全被吸入暴風裡，在空中經過一陣旋舞後，又傾倒在殘破的營地上。有個小小的東西落在我臉上，我扣起手掌接住，以為下了冰雹，結果竟是米雨。

拉昂錯湖掀起一道巨浪，將印度軍營徹底撲毀，洪水沖走了大部分的營帳，留下滿目瘡痍的營地，接著山區不再搖晃，漸漸安靜下來。我們的軍隊才作戰一日，便戰死了大半，死去的人馬不但為魔鬼軍團注入大批新血，連我們的營地也被夷平了。

我告訴隨扈，要他們回軍營幫忙，但他們拒絕離開我——也許是因為阿嵐、季山嚴重威脅過他們——但我用護身符的能量逼他們下山，他們若不依，就輕輕燒灼他們的背後。我盡力勸說，表示自己會平安無事，且很快就會回去了，但我心裡卻充滿疑問。

假如我去投降，羅克什會就此滿足嗎？他願意跟我交換條件嗎？用火符和我去交換他那製造殭屍的魔符？到底哪一樣更糟？是讓他湊齊達門護身符，取得無邊的法力，或讓他繼續製造殭屍？

看來無論如何，羅克什都贏定了，他是個危險難解的謎。

「他就像毗濕奴。」我咕噥著，「幾乎無法打敗，但一定有辦法能擊倒他，我必須找出方法。」

「妳可以先用杜爾迦的禮物，讓它們發揮全力，凱兒西。」身後一個如歌的熟悉聲音提點說。

我旋過身，「斐特？」

28 一體兩面

精瘦的斐特找到一根傾倒的樹幹坐下來，對我笑道：「我跟妳說過，我會在一個更歡樂的場合再見到妳。」

「你覺得這場合看起來更歡樂嗎？還有，你講話怎麼變成那樣？」

「變成哪樣？」他掐起袍子上的一小片泥土彈開。

「你的英文變好了。」我扠著腰，「而且好很多。」

斐特看起來還是老樣子，寬大的袍子裹著瘦薄的身架，但仍掩不住黝黑多節的膝蓋和手肘。他皺臉咧笑，露出可笑的疏牙。一小撮灰髮，從童禿的頭顱後冒出來。

他用兩手環住一隻膝蓋說：「我的英文一向很好，凱兒西，妳覺得我不一樣，又不是我的錯。」

「我覺得你不一樣，是因為你表現得不一樣。」

他用手指在空中點著笑說：「沒錯，我跟兩位王子說過，妳是個聰明女孩。」斐特拍拍身旁的樹幹，要我坐下。

「我當時會那樣，是因為妳有需要。」他解釋道，「我得博取妳的信任，引領妳進入古預言的世界。這麼問吧，假如我當時的英文跟現在一樣流利，妳會相信我嗎？」

「也許會吧。」我還是不太懂。

「我覺得妳不會相信，事實上，我想妳會回到卡當先生身邊，搭上第一班飛機離開印度。」

「我們不可能知道當時我會怎麼反應。」

「噢，有很多方法可以知道的，小姑娘，總會有辦法的。」

「但那還是無法解釋為什麼你現在會跑來這裡。」

「我到這兒來，是為了確保你們能打勝仗。」

「你神祕兮兮地大老遠跑來，顯然也不是我心目中當初的你。好吧，斐特，如果你真的叫斐特，請告訴我，要如何擊敗羅克什？」

「很簡單，我怎麼對妳，妳就怎麼對他。」

「什麼?用破英文跟他說話嗎？」

「不是啦，妳得騙他相信妳是另一種人。」

「哪一種人？」我遲疑地問。

「女神。」斐特一臉嚴肅地說。

我衝口而出，「你大概不知道，我們已經有一位女神了。」

「斐特什麼都知道，小姑娘，但表象未必就是事實。」

「那還用你說。」我瞟他一眼。

他微微欠身，算是認同我的話。斐特拉起我的手拍著，「妳變得成熟漂亮了，凱兒西。」

他斜著頭凝視我，「也許有點固執，但在各種歷險裡，妳需要那股韌性。妳剛強的意志與毅力，以及雙虎的犧牲，讓妳能活下來。不過妳的經歷並未讓妳變得鐵石心腸，妳還是那個溫柔心軟的姑娘，我非常以妳為傲，親愛的。」

「斐特，你若一直都知道我們最終會來到這裡，何不一開始就派我們過來？」

他重嘆一聲，「不先斷然離家，便不可能取得勝利。你們經歷的每個過程、征服的每個敵人、承受的每項磨難，都帶領你們來到此時此地。這是妳的命運前夕，孩子，這是命定的，一向如此，就連我，也無力左右妳的命運——不管我是多麼地疼愛妳。」

淚水垂下他老皺的面頰，我緊握斐特枯瘦的手。不知為什麼，我並不會太訝異他突然在此現身，給我建議，並談論我的命運。斐特在多年前，或者應該說，他曾在遙遠的未來，派我踏上征途，因此這場尋寶之旅由他來做結尾，感覺似乎非常適合。

「我也非常珍惜你。」我輕聲說。

「記得我告訴過妳，妳必須在阿嵐和季山之間做選擇嗎？」

我點點頭，垂眼看著手上的兩枚戒指。「我的感情生活變得……有點複雜，只怕我已被選定了。」

斐特靜靜打量我，起身說：「我明白了，我們是不是該去找其他人，籌計一下如何協助達成使命？」

我跟著站起來，搭住他的肩膀同意說：「是的。還有，斐特，謝謝你來，你不知道我有多麼需要你的指導。」

他露齒一笑，「指導與草藥都是我的專長，而且我也想再見妳一面，凱兒西。」

斐特將樹幹當成踏墊，跨到我的馬上，兩人一起越過月光灑照的大地，尋找其他夥伴。

我們抵達谷地，走在散亂的傷兵之間，他們正要返回遠離山區的新營地。空氣中飄散著濃烈的血腥與絕望的氛圍。存活的人似乎不多，而那些三三兩兩、在黑暗中蹣跚而行的人，則士氣低落，一如他們殘破的身軀。

當我試圖停馬幫忙時，斐特按住我的手，表示其他人比這些可憐的士兵更需要我。戰後的黑夜安靜得近乎平和，星子燦爛耀眼，彷彿蒼白的星光能提振我們潰敗絕望的部隊，撫癒他們的傷痛。

不久我聽到越來越響的重踩聲，我拉緊韁繩，在漆黑中左顧右盼，巴不得能有芳寧洛的綠眼相助。**該不會是一隻馬妖吧？是羅克什在追我嗎？**我的心彷彿跑到喉嚨猛然跳動，我抬起手掌，準備使用僅存的武器——火焰。

斐特拉住我的手腕，冷靜無比地坐著，對逼近之物毫無畏懼。他的冷靜賜給我勇氣，黑暗中，一隻巨獸逐漸現形，鼻孔噴出白氣，踩著重步朝我走來。那是一匹白色的雄駒，我在看清騎士的面容之前，便知道是誰了——阿嵐。

他朝我奔來，我還沒搞清楚發生什麼事，已被他拉下馬抱入懷裡了。斐特很快被遠拋在後。

阿嵐單手握韁，緊緊將我攬在他身上，我都快無法呼吸了。我的手腕觸著他的項上急速跳動的脈搏，本能地擁住他的背，希望揉解他的緊繃。

我輕聲說：「沒事的，阿嵐，我沒事。」我不斷重述。

阿嵐放緩馬速，變成小跑，然後緩成走步。他貼住我的臉喃喃說：「洪水來時，我還以為妳在營地裡，看到妳的守衛回來，報告說他們將妳留在山崖上，我真的鬆了一大口氣。」

「是我逼他們走的，我利用火符，輕輕燒燙他們。」

阿嵐白牙一亮地笑了，但瞬間即沒，我還以為剛才只是幻覺。

他嘆口氣，「凱西，我的愛，妳總是執意做出違逆我意思的事。」

「假如我按你的意思待在營地裡，也許你就不會有這麼棒的機會來訓示我了。」

他瞅得我停止呼吸，覺得自己正慢慢向他傾近，之前刻意在兩人之間拉開的距離緩緩變窄。我心跳加快，整顆心往他倒去，他是我的北極星，漂亮完美而充滿驚奇，而且他……他在流血。

「阿嵐！你受傷了！你為何還沒癒合？」

我拉下襯衫袖子，擦拭他頭皮上藏在髮下的一道血口。

他輕輕將我移開，攬緊我的腰，「季山和我好像失去本能的癒合力了。」

「什麼？怎麼可能？你們在這裡還能變成虎兒嗎？」

阿嵐點點頭，「或許虎兒已如預言所示，成了會死之身了。」

「不，不成！我們歷經千辛萬苦，不是為了讓你們變得脆弱易傷！你們應該是要變成人類才對！等我們到了營地，斐特得給我好好解釋一下。」

「斐特？妳在說什麼？」

「斐特剛才和我在一起。」

「妳是說，那個把妳擄走的人是斐特？」

我哼道：「擄走？我看起來像是被擄走的樣子嗎？」

「我得先救人才能問問題。說到這個，妳不像剛獲救的少女那樣滿懷感激。」

我把衣布纏到腕上按住他的傷口，臉部離他極近，阿嵐吃痛皺眉，但依然緊盯住我。

「我又不需要人救。」我嘀咕說。

他抬起手，移開我臉上的帽兜，用指尖輕撫我的臉頰及嘴唇。「事實上，我會從任何男人懷裡將妳搶過來，不管對方是不是壞人。」

「是嗎？」我柔聲問，挨得更近了。

他也向前挪移，兩人的嘴唇幾乎都要對上了。「是的，我心愛的妻子，我會的。」

兩人心情一盪，但其他騎兵很快便加入我們，轉瞬間，我們已回到了營地，良辰已逝。

阿嵐跨馬扶我下來，來自各軍團的傷兵殘將，各自群聚在小火堆邊。有些人在保養武器盔甲，有些人睡著了，有的默默坐著呆望前方。我們一起去尋找正在照顧傷兵的阿娜米卡。

我們走過去時，阿娜米卡抬起眼，注視我良久。

「原來妳沒事，小妹妹。席翁將軍戰死了，安菲馬庫斯失去了一條腿。」她不動聲色地說，「西藏將領還在，但緬甸大軍存活者無幾，緬軍認為他們的將領被惡魔抓走了。」

她站起來，我發現她看起來非常疲累，衣上盡是斑駁的血塊，頭髮垂散在臉上。

「阿娜米卡，讓我來吧。」阿嵐伸手去拿卡曼達水壺。

她看了阿嵐一會兒，彷彿無聲地質疑，接著她搖搖頭說：「這些是我的部屬，我會照顧他們，稍早時，你或許還幫得上忙，但你在我們的小妹妹又鬧性子後，跑去安撫她了。」

「妳給我等一下。」我想開口回嗆。

阿嵐迅即抬手阻止。「妳氣的不是她，阿娜米卡，妳是在生我的氣。」他走近阿娜米卡搭住她的臂膀，「妳認為我遺棄妳，但我僅是離開一下子而已，士兵們已沒有危險了，能幫忙的人手也很多。何況，凱西只是今晚許多得先救起來的人之一，換作是妳哥哥，妳也會這麼做，不是嗎？」

我只是許多得先救起來的人之一？難道阿嵐現在已經把我當成妹妹了？剛才不是說要把我從任何男人懷裡搶走的嗎？

阿娜米卡輕嘆一聲，點頭說：「是的。」

這時我被一雙強壯有力的手拉了起來，緊抱在一副寬實的胸膛上。

「妳還好嗎？有沒有哪裡受傷？」季山問。

「如果她有受任何傷，大概也是被你們兩個寵傷的。」阿娜米卡煩躁地說，「這裡還有很多事要做。」

「只怕那些工作得派別人去做了。」我身後有個聲音說。

「斐特！你也回來啦。」

「季山找到我，好心護送我到營地。」

阿嵐握住斐特的手，開心地拍著他瘦削的背說：「真高興你能來，歡迎你。」

阿嵐與我四目相望片刻，季山杵到我們兩人之間，臭著臉面對他老哥。斐特跟我同時意識到兄弟間的氣氛緊繃。

斐特大聲拍拍兩人的臉說：「來吧，虎兒，該是二位印度之子完成終生使命的時候了。」

「師父？」我聽到一名女子柔聲喊道。

我們三人讓到一旁，讓斐特踏向前。「阿娜米卡，很高興看到妳。」

未來的女神大呼一聲，奔向矮小的僧人，輕輕抱住他，「我從來沒想到還能再見到你，你都沒跟我們說你要離開，怎麼會在這麼多年後跑來這兒？」

我抬起手，「等一等。什麼師父？什麼很多年過去了？斐特，能麻煩你告訴我們是怎麼回事嗎？你不是女神的僕人嗎？」

「我是啊，來吧，我們有很多事要談，把所有杜爾迦的武器和禮物帶過來，今晚我們會需要它們。」

枯瘦的僧人緩緩在黑暗中移行。

阿娜米卡猛力點頭，跑去拿裝武器的袋子。阿嵐派了幾個人負責照顧剩下的軍團，命令大家喝桶子裡阿娜米卡攙了甘露的水。

接著我們五個人——雙虎、女神、老僧，和一個完全搞不清楚狀況的奧瑞岡女孩——一起出發尋找我們的命運。

我們朝西走，遠離崗仁波齊峰和山下的滿目瘡痍。沒有人開口，顯得我的腳步聲特別響，尤其樹叢裡沒有奔走的夜行動物，這感覺好詭異、好陌生。

斐特終於在涓流的小溪邊駐足，舀了一口水喝了。「天啊，好冰。」

阿娜米卡走向前，「請原諒我，師父。」她掏出袋子裡的聖巾，攤開捧著，「聖巾，做一條溫暖的斗篷，並保護他的手腳。」

織線如絲般的蛛網飛入空中，朝斐特身上籠去，編織神蹟。斐特在短短數秒內，便穿上了溫暖的外套、厚手套和襪子了。

「很抱歉沒能早點替你設想到。」女神謙卑恭敬地說。

「別掛心，親愛的，肉體的小小不適僅是一時的。」斐特拉緊外套，「不過暖呼呼的感覺也很好。凱兒西，也許妳能——」

「噢，當然。」我連忙說。

我射出循環的熱氣，不久周邊的空氣便被烘得又暖又香了。

「啊，好多了。」斐特找到一塊平石坐下來，阿娜米卡立即像個小沙彌般地坐到師父腳邊。

阿嵐推推我的手，指著一片適合坐下的地方，季山立即坐到我的另一側，拉起我的手，一邊皺眉瞪著他老哥。

「我知道你們都在奇怪，為什麼我會來這裡。」斐特開口表示，「阿娜米卡說得沒錯，我是她和她哥哥小時候的師父。」

「那你教的是啥？」我問。

阿娜米卡怒目瞪我，「拜託妳放尊敬一點好不好。」

「喂，是他先對我說謊的耶，想要我尊敬，得先有表現。」

「凱兒西說得對，她有權懷疑我，我騙她以為我是另一種人，事實上，你們心目中的我，都不是真正的斐特。」

「此話怎說？」阿嵐問。

「也許你們應該把我視為印度之魂，我是印度的保護者、監護人。若能確保杜爾迦在史上的地位，便能確保未來，為了做到這點，我扮演了許多角色，包括扮演一名擅長戰略的小女孩的師父。」他對阿娜米卡一笑。

「謝謝你，智者。」

「等一等，」我說，「這全都顛倒了，你以前跟我說，你是為女神服役的。」

「沒錯。」

「可是……」

「稍安勿躁，凱兒西，我會解釋清楚。」他調整坐姿後接著說：「我曾是阿娜米卡的師父，我在她小時候每日教導她數個小時，以便讓她為將來做好準備。我教她認識戰爭與和平、飢荒與豐收、富有與貧窮。教她包括英文在內的各種語言，因為我知道她終有一天會遇到你們三位。」

「這是在你遇到我之後或之前的事？」我問。

「沒有所謂的之前或之後，只有完成與未完成。」斐特對一臉不解的我笑說，然後伸出雙手，「我已完成了一部分的任務，但有些尚未結束，不過等任務達成後，未完成的部分便會自動消失，一切將維持該有的樣態。」

我張大嘴，然後說：「斐特，你愈說我愈糊塗了。」

他眼中精光一閃，坦承道：「有時連我自己也覺得糊塗。」

「可是你為何要騙我們？為什麼要讓我相信你是個僧人，而其實你是個全知的神魂？」

「我必須扮成妳見到的樣子，妳才能變成我預見的妳。」

當我苦思其意時，季山建議道：「你說你是來協助我們擊敗摩西娑蘇羅，我們若能專心對付這檔事，或許能暫時不管玄之又玄的複雜問題。」

「果然是個響噹噹的戰將，」斐特搓著手說，「我一向欣賞你的堅定專注，很好，我們先從這些武器開始，行嗎？」

阿娜米卡將袋子交給斐特，他拿出戰錘。

「啊，好個精心打造的兵器，這兵器在你們途中可有幫助？」

阿嵐答道：「我在奇稀金達時，用戰錘擊傷針樹，它們就不敢來侵犯我們了。」

「嗯，」斐特哼說，「還有別的嗎？」

「我用它搥擊杜爾迦廟的柱子。」我主動表示。

「我……我有寺廟？」菜鳥女神問。

「是啊，有好幾座。」

「我們還把它當成武器，拿來打仗。」季山說。

「好吧，」斐特看著我說：「可是妳並沒有正確地使用戰錘。」

接著他挑出金弓和箭，問了相同的問題。我跟他說，我將火力注入金箭，斐特聽了似乎很高興，但又指說，金箭還有更多尚未啟用的神力。

他逐一拿出其他武器——飛輪、三叉戟、胸針和雙劍。接著他拿起芳寧洛，金蛇便活了過來。斐特撫著金蛇的頭。

「也許她是最沒發揮功能的聖禮。」斐特輕聲責備說。

「可是芳寧洛只有在她願意的時候，才肯幫忙。」我說。

斐特睨我一眼，芳寧洛扭頭用一對綠眼盯住我，「妳有開口請她幫忙嗎？」他好心地提示說。

「沒有，」我坦白說，「我並沒有。」

他撫著芳寧洛金色的蜷身說：「芳寧洛的蛇咬有療癒功能，她能影響其他動物，尤其與她相關的爬蟲類，她甚至能鎮壓大型的肉食動物。如果它們看著她的眼睛，便會受她魅惑。羅克什創造的那些怪物本能地會懼怕她，芳寧洛能照亮黑暗，也能洞悉別人的痛處。這些你們都知道嗎？」

眾人搖頭如撥浪鼓，我好後悔沒徹底瞭解芳寧洛這個神奇的聖禮。

「所有這些金製兵器，若能由女神正確使用，便能展現出它們真正的實力。」

我像個課堂裡的學生舉手發言說：「關於那一點……」

「一切很快就會水落石出了，凱兒西。首先，我得教妳如何正確使用杜爾迦的聖禮。」

他翻著袋子，找出黃金果、火繩，以及我的珠鍊，接著他客氣地請阿娜米卡將聖巾交給他。

「這些聖禮各別使用時，都有宏大的力量，但聯合使用，成效尤大，比如說……」

斐特雙手各拿著珠鍊和聖巾，讓兩物相觸。當它們一碰觸，聖巾便快速纏上珠鍊，變換著各種顏色，直至呈現出一道彩虹。布片竄入空中，圍繞住斐特，然後在我們之間四處拍動，將我們洗得煥然一新，並著上新衣。我摸摸自己的臉，發現微溼著，彷彿沾了晨露。

聖巾做完工後，變回原本的模樣，輕輕垂掛在斐特手上。

阿娜米卡驚呼說：「這種力量太神奇了！」

「我們以前見識過這種情形，」我瞟著阿娜米卡說，「去找巨龍前，杜爾迦在廟裡對我們施展過這種神力。」

「是的，」斐特笑說，「沒錯。」

興高采烈的阿娜米卡表情變得嚴肅起來，我真替她難過。*一生早已命定，感覺一定很差吧？*事實上，我們四個人似乎都受到類似的折磨；我們只是運氣好，至少暫時覺得命運握在自己手裡，其實斐特或老天爺早已安排好一切了。

我望著阿嵐和季山，不知命運是否為我選擇了他們其中一人——是命運要我愛上他們的嗎？*不，我的心屬於我自己……萬一他們是因為命運安排，才愛上我的呢？若是這樣，命運一定不會選擇兩個人，我跟自己辯駁，應該只會選擇一個。*

阿嵐向斐特提問，打斷了我的思緒。「把火繩跟珠鍊合併時，會發生什麼事？火水會互相抵消嗎？」

「我們試試看。」斐特拿起火繩說：「凱兒西，麻煩妳了。」

我踏向前抓住繩柄，用火力點燃，斐特將珠鍊纏到繩子上，將繩子揮向空中。

火繩在夜空中發出噼啪巨響，不久我看到像螢火蟲的東西在四周墜落，我伸手抓住一隻，那東西嗞嗞作響地燒了一會兒，然後便在掌心中消失了。

「那是什麼？」我問。

「火雨。」斐特答道，他再一揮，火雨停止了，在草中燃起的小火苗也跟著滅了。「這兩個神物合併時，水會具備火的性質，反之亦然。你可以創造一片火湖，或造出像河流般流動的火流，還可以創造燃燒的液體，你們三人大概會說那是一種強酸。」

阿嵐點點頭，彷彿都聽明白了。

「還有另一件事千萬要記住，火繩由女神揮用時，會發出藍火，這是淨化之火，它會尋向人們心靈的黑暗角落，予以燒灼，而不是焚燒肉體。這會造成加害者巨大的心靈痛苦。

「你們已知能用火繩穿越時空，回到過去，那是因為火繩有開啟時間軸的能力。當你要求火繩帶你們迎向命運時，火繩便在宇宙的織網中找到裂縫，開啟一道入口，讓你們循著時間軸來到此地。」

「我不懂這些東西。」阿娜米卡說，她轉向我們問：「所以你們三位並不屬於這個世界？是用時間軸遠道而來的神祇？」

季山答道：「我們不是神祇，阿娜米卡，我們跟妳一樣來自這個世界，只是我們出生於未來很多年後。」

「這種神力已超乎我的理解了。」

斐特搭住阿娜米卡的肩，「妳得試著學習這些事，我知道這很難消化，或許我可以用另一種方法解釋。」他拿起金劍遞給阿娜米卡，「妳怎麼判斷一把劍沒有打造好？」

「劍柄鬆了，或纏得不理想，砍向目標時，震動得太厲害，不平穩，還有，若是沒鍛造好，會很容易碎裂。」

「沒錯。」斐特和藹地對這名從前的學生笑說，「妳可以把世界視為一把劍，鋼鐵經過不斷的疊造，大地便擁有許多這樣的疊層。累疊的過程讓劍身更加堅利漂亮，鑄劍時，鋼鐵被高溫加熱，然後再急速冷卻。若鍛造得宜，便能打造出一把堅固牢靠的好劍，否則不夠堅實的地方便易脆裂。

「我們的世界也十分類似，時空之中也有裂縫，宇宙這塊巨布不停地翻動、擴張、收縮，就像重複不斷加熱冷卻的鋼鐵一樣，在物質拆解重塑的過程中，生出了線軸──伸向過去、現在及未來的線軸。所有一切絲絲相扣，這就是我所指的時間線軸，也是他們三位藉以來到妳這邊的方法。」

阿娜米卡點點頭，「那麼我們將鍛造這個世界，把易脆的地方修補好。」

「那是妳與生俱來的權利呀，阿娜米卡。」斐特堅定地說。

斐特接著一一為我們示範各種神力，他用戰錘和珠鍊在地面開出一道裂溝，噴出一道規模大於所有黃石公園間歇泉的高泉。他拿起一支金箭，用箭尖在卡曼達水壺裡沾了一下，然後在眾人的驚呼聲中，把箭射入阿嵐腿中。金箭很快消失了，阿嵐頭皮上的傷口也癒合了。阿嵐檢查他的腿，竟然完全無傷。

「阿嵐和季山不再能自我復癒了嗎？」我問斐特。

斐特在手中搓著卡曼達水壺答道：「不行了，可惜不能了。」

「為什麼？我們究竟做了什麼？」

「你們什麼也沒做，只是他們完成天命的時間到了，肉體所以維持年輕完好，是為了能到此地作戰。」

「等戰爭結束後，我們會如何？」阿嵐問。

斐特放下水壺，靜靜說道：「我想最好等眼前的任務完成，再去想未來的事，嗯？」

斐特將火繩纏到腰上，火繩竟如腰帶般鎖固住。當他將任何武器擺到繩上，武器便著了火。他拿箭觸碰珠鍊，然後把箭插入樹幹中，整棵樹登時變成了水，水樹維持形貌數秒之後，潰流淹掉底下的矮叢。

這些神器似乎有無限的可能性，唯一的限制反而是我們自己的想像力。所有人都渴望試用武器，季山第一個站起來，伸手去取飛輪，卻被斐特搖頭拉住他的手。季山後退一步。

「我必須警告你們兩件事，第一，使用火繩時，指令務必明確。你若要求火繩送你到安全的天堂，也許會落到另一個時空中。你們每個人在這場戰役中都不可或缺，一定得留在此地。不過你們可以利用火繩在戰場上快速移動，但一定得清楚地指示想去的地點。」

季山點點頭問：「另一項警告是什麼？」

斐特沈默片刻，眼睛盯著阿娜米卡。「妳有什麼理由，使妳今天未能以女神之姿迎戰或發揮實力嗎，孩子？」

阿娜米卡垂下頭，季山和我轉頭看她，阿嵐搭住她的手，以示支持。

「我很恥於承認，可是……」她瞄著耐心等她把話說完的斐特。

她從靴子裡抽出一把刀，在地上戳刺數下，「我受到惡魔擺布了。」

斐特逼問說：「妳愈接近山區，便愈覺得受到壓制，我說對了嗎？」

「是的。」她坦承說。

阿嵐點點頭，「我得硬將靠山區太近的阿娜米卡拖走，我奪下她的武器，因為她拿武器對付自己的部隊。她愈遠離戰場，便愈能自主。」

「我也猜到了。」斐特說，他跪到阿娜米卡前面，抬起她的下巴，以便看清楚她的臉。「這不怪妳，阿嵐和季山也遇過這種情形。」

「什麼？」季山向前踏一步。

「即使羅克什拷打我時，我依然不受他擺布。」阿嵐宣稱說。

斐特拉住季山的手，解釋道：「在老虎拯救你們之前，你也受到同一股力量的宰制。」

阿嵐站起來，「你是指羅克什的魔符嗎?是的……它影響了季山和我，因為我們流著同樣的血緣。」

「羅克什現在用它加上護身符，創造出自己的妖魔大軍，由阿娜米卡的雙生哥哥領軍，由於桑尼爾受其掌控，因此阿娜米卡若太過接近，羅克什的魔力便會蓋過她的控制力。」

杜爾迦張口驚喘，眼中含淚。我伸手拉住她的手，「那麼我們非毀掉那片魔符不可。」

「你們一定得把這件事當成首要任務。」斐特看我一眼，我微微點頭表示明白。「你們四人早上就騎馬出征，現在先利用這僅剩的幾個小時好好休息。我會回營地，叫部隊準備出戰，你們留在這裡等我回來。」

斐特抓緊了新斗篷，沒入夜色中。阿娜米卡似乎仍處於驚愕的狀態中，尚未回神。我叫聖巾幫她搭座舒適的帳篷，然後帶她入內，等營帳裡漸暖，並看到她翻過身，顯然不想多談後，我才留下她一人。

我發現季山在帳外等我。

他抱住我問：「妳還在生我的氣嗎？」

「我從來不會生你的氣，我是在氣阿嵐和阿娜米卡，而且我自己也很困惑。」

季山深深嘆口氣說：「我明白，看到他們在一起，妳一定很難過，妳對他還情絲未斷。」

我無法回應，無法分享鳳凰烙印在我靈魂裡的悟知。我愛季山，也很想回報他應得的愛，但我仍深愛著阿嵐，那感覺是藏不住，也無法否絕的。

季山輕輕抬起我的下巴，我望著他溫柔的金眼，看著那充滿柔情、愛意與接納的眼眸。

我環住他的腰，把頭埋在他肩上哭泣。季山撫著我的背說：「別哭了，小貓咪，妳隨時能對我傾吐，什麼都可以跟我說，即使妳覺得會傷我的心。我愛妳，凱西・海斯，我想娶妳，生一堆小孩，與妳白頭偕老。妳讓我不再孤單，妳的許婚遠超乎我的祈願。我知道阿嵐是妳生命裡的一部分，他也是我的一環，等我們把過去的事先處理完後，再去擔心未來，同意嗎？」

「同意。」我擤著鼻子說。

我踮起腳尖很快地吻了他一下，但季山將我拉近，激情地吻住，我忍不住也回以熱吻。我環住他的頸子，他的手滑下到我背部，扣緊我的腰。四唇終於分離後，他微微一笑，再次低頭吻住我的臉頰。

我喃喃說：「我也愛你，季山。」聽到這話，他那幸福的模樣溫暖了我的心。

幾個小時後，斐特回來了。天剛破曉，棉花糖般的桃色雲層令我想到奧瑞岡馬戲團，第一次遇到阿嵐的命定之日。這景象讓人聯想到歡樂的時光與場景，那些雲朵似乎與肅殺的戰場格格不入。

斐特已收齊好金光閃閃的武器堆放到一邊。我揉著惺忪的睡眼，試圖趕跑睡意，阿娜米卡站在我身邊，緊張地絞著雙手，季山和阿嵐似乎也很緊繃。

斐特拿起聖巾捧在手上，「想真正成為女神，妳必須在換裝時，碰觸所有的聖禮。」

他將黃金果交給阿娜米卡，把珠鍊戴到她脖子上，然後把火繩纏到她腰際。

「現在把聖巾繞在身上，命令它將妳打扮成杜爾迦女神的模樣。」

一會兒之後，冷風吹動聖巾邊襬，我剛用火符烘暖周圍的空氣時，阿娜米卡也掀開了聖巾。

我曾見過八臂的杜爾迦，但這回她似乎不太一樣，皮膚像是自內發出了光芒，烏亮的長髮在微風中緩緩飄動，有如活物。她絕美而威武，散放出陣陣懾人的氣勢。

斐特輕輕取下她身上的聖巾、黃金果和其他物件。杜爾迦的手臂屈伸著，蓄勢出戰，她轉向我，八條手臂如雙手般揮動自如。

「現在輪到妳了，凱兒西。」

「啊？」我驚訝地張大嘴。

阿嵐和季山立即回應。

「你在做什麼？」季山問。

「難道不能讓她留在後方嗎？」阿嵐抗議說。

斐特對兩人答道：「凱兒西注定要打這場仗，她一向都是神的遴選者。」他看看阿嵐，「沒有她，你將失去一切。」

乾瘦的僧人將黃金果遞給我，但季山拿過珠鍊為我戴到項上，阿嵐幫我把火繩綁到腰間，親吻我的額頭後才站開。

「我該扮成什麼？」我問。

「妳也是杜爾迦。」

我不再多問，把巾子纏到身上，想到待會兒要長出八條手臂，便苦著張臉，但還是乖乖遵照指示，告訴聖巾把我變成杜爾迦。接下來的事實在是太神奇了。

一開始我並未感覺到任何異狀，但聖巾開始動作後，我感到身上衣物輕輕移動，微微的電流竄過我的頭髮，令我疙瘩四起，接著發現，不僅只有一對手臂起了疙瘩。聖巾搔癢著，我用一隻從未使用過的手將它扯掉。我全身熱血沸騰，握緊所有拳頭，感覺到身上充滿了許多能量。

力。

我看著站在對面疊著八條手臂的新女神杜爾迦，她微微一笑，我也回笑著，充滿著自信與威力。一直等我看到阿嵐和季山後，才開始覺得不自在。兩兄弟張眼瞪著。

「怎麼了？」我問他們，「怎樣啦？是不是有條手臂怪怪的？」

「妳……妳好……」季山欲言又止。

「讓人驚豔。」阿嵐把話說完。

他伸出手，我把手遞上去，阿嵐接到唇邊吻住，然後揉著我指上的戒指笑了笑。我抬手看著戒指，發現那是阿嵐送的。

我本能地用八根拇指揉著三十二根指頭，最後在右手找到另一枚戒指。我看到季山的紅寶石戒指安全地套在指上，鬆了一大口氣。季山走向前拉起我的手，大膽地用我的手掌貼住他的臉，吻了一下，然後站到一旁。

斐特朗聲說：「現在用妳們的力量將武器拿過去。」

兩名女神抬起臂膀，金製的兵器便升至空中，我們張開手，武器飛入手裡。飛輪、一枚胸針、卡曼達水壺和芳寧洛，飛入杜爾迦伸出的手中，害我難過了一下，另外還有黃金果和聖巾也是。

珠鍊和火繩留在我身上，我也拿到了一枚胸針、戰錘、三叉戟，以及我的弓箭。金劍飛入空中後裂成雙劍，一支飛向杜爾迦，另一支飛向我。我用最上層的右手接住，劍一入手，便從原本的金色變成了銀色，而杜爾迦的武器則保有原本的金光。

「現在可以準備出戰了。」斐特拍拍阿嵐的肩膀接著說：「帝嵐和季山將隨女神出征，按照命運選擇，陪女神共同作戰。二位女士，請啟用妳們的胸針。」

我摸著胸針說：「盔甲與盾牌。」

薄薄的銀片覆住我的手腳，其中一條左臂上生出一張盾牌。盔甲沿著我的身體和臀部罩下雙腿，我很訝異自己的動作竟然還能如此靈活。

我轉頭看著阿娜米卡，發現金色盔甲像胸衣般裹住她的上半身，僅剩下脖子還空裸著，然後又覆過她的雙肩。金色手環護住了她的前臂。

阿娜米卡穿了一條鑲著金片的黑布裙，和覆著金片條的黑靴，頭上還戴了一只金冠。

看到杜爾迦的金冠，我忍不住竊笑，然而當我用上半部的手拍著頭頂時，發現自己也戴了銀冠。

我沮喪地低頭一看，果然除了顏色相異之外，胸衣和打扮都跟阿娜米卡一模一樣。我的皮膚也自內部發光，棕色的頭髮變得金黃，而且跟阿娜米卡的同樣密長。我的衣服樣式也與阿娜米卡的相同，只不過是白色的。阿嵐瞠目結舌地呆立著，被他目不轉睛地盯住，讓我羞紅了臉。

等變裝完畢，阿嵐和季山彎下腰，痛苦地發出呻吟，我吃驚地朝變成虎兒的阿嵐走近一步，他大吼著抖動身體，季山亦化成了黑虎。

「怎麼回事？」我問斐特。

「時機到了，凱兒西，他們正在執行天命。」他說。

我摸著阿嵐，銀色的盔甲包覆住他的嘴鼻，拓向他頭部，不久阿嵐的虎身已穿上銀甲了。他身上纏了兩圈腹帶，在背上形成一套白色鞍座，肩胛上有兩只金屬握把。季山也有一套同樣的金甲和黑鞍。

阿娜米卡走到阿嵐和季山中間，拍拍季山的頭。

「真有意思。」她說。

季山輕吼一聲回應，然後走到我身邊，用頭輕抵我的手。我疊起兩對手臂，以單掌撫住季山。

「你是在開玩笑吧，斐特？這跟我想的不一樣。」

「就是應該那樣，凱兒西，女神杜爾迦應該駕著她的愛虎上戰場。」

29 大敗摩西娑蘇羅

「妳若有疑慮，就留在這裡吧，小妹妹。」阿娜米卡揶揄道。

「嚴格說起來，這是我的戰爭，大姊姊。」

她皺著眉，令我小爽了一下。阿娜米卡想跨腿騎到阿嵐的背上，沒想到新女神竟八臂亂揮，狼狽不堪地摔了下來。她懊惱地站起來又試了一遍，卻怎麼樣也騎不上去。

她握住阿嵐肩胛上的手把，費盡力氣才坐上去，阿嵐向前傾身想幫她上鞍，卻被一股無形的力量用力推開。阿嵐從杜爾迦身邊跳開，僅在軟地上留下自己的爪印。

「怎麼會這樣？」阿娜米卡問她師父。

斐特聳聳肩，「這是天命哪，親愛的。」

「天命？」我喃喃說，好奇地握住季山的騎鞍，立即感覺有股力量推著我。我鬆開鞍具走開，「嗯，我好像也有同樣的問題。」

斐特拉起他學生的手，放到季山背上，「妳應該騎這隻為妳所選的虎兒。」

季山低吼一聲，和杜爾迦站著彼此打量，阿嵐繞過他們，用頭蹭著我的腿。我拍拍他肩上的盔甲，握住握把，輕而易舉地將腿跨上他的背部。我的銀甲一碰到他的盔甲，便感覺到一股咬合的吸力。

「我們好像被磁鐵吸住了。」我大聲喊說。

「妳說得對。」斐特表示，「類似磁鐵兩端的吸力，會連結妳和妳的虎兒，有助於你們作戰。金屬會讓妳緊緊依附，以防摔落。理論上，妳甚至可以站到他背上，妳的靴子會像太空船上的太空人一樣，固定在虎兒身上。」

我點點頭，讓雙腿吸附住阿嵐身側的鐵甲，斐特滿意地走到季山及另一名杜爾迦身邊。過去數周來的尷尬，在我感覺與阿嵐的牽繫流竄全身時，全都消於無形了。能量自我的四肢灌入他體內，又折返回來，我發現我能聽見阿嵐的心念。

阿嵐很……很以載我上戰場為傲，但我也感知到他的恐懼。他不想讓我面對羅克什，也準備捨命救我，而且他不想以老虎的身分參戰。發現阿嵐極力想變回人形時，我不自由主地握緊拳頭。阿嵐在掙扎無效後，只好接受自己的虎形。

我雖然騎過麒麟，馬術也開始有點樣子了，但實在拿不準一邊騎虎一邊作戰，難度會有多高。我揚劍來回揮動，想試試哪隻手使得最順，我輪換著幾件武器，在各手間快速更換，並調整其中一副護臂。

我八成有一噸重，我心想，可憐的阿嵐。

*妳一點都不重。*阿嵐的心念灌入我腦海，嚇了我一跳。那感覺就像靈魂中注入了香醇的巧克力濃漿，讓人滿足而溫暖，渾身歡悅不已。我吸著氣，心臟狂跳，那感覺好親暱。

妳害我臉紅了，親愛的。

我心虛地發現，原來他與我心意相通，在他心裡，我嘗起來就像飄著蜜桃香的陽光金液。我雙頰一紅，阿嵐帶著我探入他心底最深密處，對我全然打開心扉。我突然明白了一切：他被囚時的孤絕，我在奧瑞岡捨小里而選擇他時的狂喜，與我分手的自責，還有我與季山訂婚時的絕望。那層層相疊的孤寂幾乎窒息了我，然而在千愁萬緒中，總是因愛而不斷帶來希望，那希望搔癢著我的腳指，輕柔地裹住我的心。

阿嵐，我……

我無法做出相對的回應，只能擦掉臉上的淚珠，撫著虎兒從盔甲間冒出的白色頸毛。

他對我的撫觸熱烈的回應，對我的需索，如颶風般在他心裡翻攪。激情席捲他全身，也引發了我的情緒。回憶一個接續一個地在暴風中旋掃。

有些回憶我知道，例如情人節舞會後，我窩在他腿上，有些卻是新的：阿嵐握著拳，打算將與我在海灘上共舞的潛水教練魏斯禮碎屍萬段；阿嵐抱著其他女人，但心裡依然空虛；阿嵐看見我哭，知道是他造成的。

接著阿嵐讓我體會到我首次撫觸白虎時他的感受；我們在廚房烤餅乾時相吻；我的手剛好合握在他掌心裡；以及擁我入懷時的狂喜。他將這些感受抑制封藏起來，就像詩裡寫的一樣，他的心被囚住了，無奈地在心籠中踱步，等待被釋放。

他曾對我說，**鑰匙就握在妳手上**。

這美好無缺的男子將他的心交付到我手上，然後靜待我的回應。

我抽口氣，感知他焦心的期待。他並不在乎戰爭的勝敗，杜爾迦、預言及所有相關的事，對他來說都毫無意義。對阿嵐來說，這才是他的戰場，他的長征不是為了贏取光榮或鞏固王位，或為女神而戰，他的目的是贏取我。

我將一對手疊在胸口，閉上眼睛，彎下腰用臉頰貼住他柔軟的耳朵，並用另一雙手環住他的脖子。

阿嵐。

我在心中低喚，內心的築堤一開，所有情思潰決而出，如潮水般衝擊著阿嵐。他默默站著吸納一切，我任由他靜靜體會：我的困惑、傷心、焦慮，以及此時的快樂。我無所保留——連對季山的感情毫不隱瞞。我感受阿嵐接納包容了我和他弟弟的關係，沒有怨懟或批判，只有無限的懊悔，他也終於瞭解為何長久以來，我一直與他保持距離。

最後我對他展現深情，以及失去他的絕望。

阿嵐，這世上我愛你勝於一切，我不知道失去你，我如何能活得下去。

妳永遠不會失去我的，心愛的。

他的心念沈默數秒，接著我們的靈魂像懸蔓般糾纏在一起，兩人都感到圓滿靜好。一團團的能量悄悄在我們之間飄癢著，那一刻，世間一切皆美，我深愛的人與我靈魂交融，真希望我們永遠再也不要放開彼此。

一個巨大的聲音打斷我們的思緒。

「對不起，我不是故意要把你當成運貨的獸隻的。」阿娜米卡說，我和阿嵐被拉回臨戰前的現實裡。

該出發了，該徹底終結一切了。

阿娜米卡輕踢季山的肋骨，季山不甚情願地向前移動，阿娜米卡臉露憂色，接著季山加速地跑了起來。我們跟了過去，我感受到阿嵐歡喜地伸展四肢，橫越鄉野，大步縱躍著拉近距離。

渾身肌肉的阿嵐精力無窮，我緊附在他身上，掌握虎兒的節奏，兩人融為一體地馳騁。他的肺臟鼓動如強勁的風爐，我發現兩人呼吸一致，當我回眸一望，斐特早已不在視線內了。

我們回到營地中央，四周的五國兵馬齊集下跪，服從地貼地叩首。看到兩名女神出現在眾人間，大夥莫不嘖嘖稱奇。杜爾迦帶頭請眾將領上前來，將新的策略告知眾將軍，這次我們不再出動獸隻，以免群魔利用它們來對付我軍。這場戰役將以步行做肉搏戰。

接著她轉向我，示意要我說些鼓舞軍心的話，阿嵐的心念竄入我腦中。

他們在戰場上需要效尤的對象。

我以最大的聲量高喊：「當此時刻，各位不再是中國、馬其頓、緬甸、西藏或印度的軍隊，而皆是杜爾迦的戰士！杜爾迦曾征服過許多猛獸，現在我們將賜予各位，代表那些猛獸神力的象徵。」

我借過聖巾觸摸自己的珠鍊，絲布急速穿空而過，化成碎片旋開，落下碰觸每位士兵，為他們穿上最豔麗的紅、藍、綠、金和白色外衣，連旗手都不例外地拿著有杜爾迦騎虎出征繪像的旗幟。

「紅色是看鳳凰之心的洞悉力！」我揚起三叉戟高喊，「藍色是地底之獸，誰敢侵犯其領土，便將之五馬分屍！金色是以利嘴刺穿敵人的鐵鳥！綠色是甦醒的哈努曼，保護我們最珍貴的大地。白色是機智與所向披靡的五洋群龍！」

阿嵐以後腿蹬立嘯吼，眾人對我們展現的神力莫不驚異稱奇。

我把聖巾交還給杜爾迦，她誓言道：「這場戰役和與役的各位，將名垂青史，各位今日的奉獻，日後將獲得無限殊榮。」

士兵們連忙退下備戰，遵循兩位女神的指示，人人士氣高亢，前一天還沮喪不已的士兵，這會兒卻志在必得。我知道我們應該應付得過來，但心裡仍不免害怕，唯有阿嵐的信心，才能賜給我勇氣。

堅決的信念能克服任何障礙，女神，相信我，我會保護妳的安全。

我吞著口水，不確定自己有沒有完成使命的能耐。我得發揮所有訓練與勇氣，才能打贏今天的勝仗。

萬事準備就緒後，杜爾迦對大軍露出和藹的笑容，然後喊道：「我對各位發誓，各位若隨我出戰，我將盡一切力量保護大家的安全，眾人戮力同心，必將贏得勝利，我們將擊敗惡魔，紅、藍、綠、金、白營的士兵們，你們願隨我們出征嗎？」

營地裡響起轟然的歡呼，大夥一起朝崗仁波齊峰邁進。

卡當先生曾與我分享一則故事，三百名斯巴達壯士在溫泉關之役，與波斯大軍頑抗七日。他說三百壯士的故事能流傳千載，不僅因為那是捍衛家園的範例，更表示即便只是一小批受過精良訓練的人，只要有詳盡的計畫，也能扳倒強大的敵人。

這些人正如斯巴達壯士，他們到此與惡魔相抗，或將完成任務，或將壯烈成仁，我得盡最大力量，酬答他們對我的信任。

軍號響起，怪霧飄進，一群妖軍現形，開始頓足重擊狂嘯，等著指揮官下令進攻。杜爾迦的士兵保持勇敢定靜，不畏面前的敵人。

杜爾迦率先出擊。

三座彈射器將大桶子拋入冷冽的空中，桶子重重擊落山區爆開，將裡頭的東西灑在妖魔身上。群怪搖頭甩手，望著更多桶子彈射而出，木製的機器發出巨響，帆布唰地一聲彈起，桶子呼嘯穿空爆開來，將油水灑得敵軍滿頭滿臉。

敵軍立刻展開報復，怪鳥飛入天際，直搗彈射器。所有能拉弓射箭的人都朝飛翔的怪物發箭了。杜爾迦抬臂朝空中拋出千絲萬縷，織線纏成厚實的網，將殘餘的鳥怪悉數捕獲，鳥怪從空中重重摔落。

格鬥之聲被杜爾迦大軍充滿希望的歡呼聲取代了，雖然只是小勝，但畢竟贏了，我麾下的士兵不耐地騷動，等待輪到我們上陣。妖怪加倍速度，狂吼著越過戰場，當妖軍衝過我們身邊時，我打出訊號，點燃事先造好的油田。

妖物尖嚎倒地，活活焚死，那些安全闖關者則遭受杜爾迦猛烈的攻擊，我方人員齊集射出被我施加火力的飛箭，敵軍逐一倒地，它們身上的人魂和獸魂終於得以自由了，我喃喃念出最後的祝福：「願你們獲得平靜。」

當兩軍近距離交戰，不利射箭時，手下們紛紛舉劍往前衝殺。我留在後方，使用我的火能，消滅一大批犬怪，將它們成群燒化成灰，然而當我的手下擋到我的方向時，我只得改用兵器。阿嵐向前急馳，載著我躍入殺陣。虎兒張舞著尖牙利爪撲擊，撕毀妖魔。

他以後腿人立，大爪一耙，掃向一名妖物的頭部。我的盔甲讓我緊依在阿嵐身上，但我看不到對手。等阿嵐再度四足著地時，妖物的背部、脖子、頭頂及至兩眼間，已布滿恐怖的抓痕，我將它擊斃，阿嵐則對左邊第二個敵人開攻。

阿嵐，這太可怕了。

老虎就是這樣攻擊的，凱兒，試著抽離自己，用心體會我的意念。

我對著妖軍腿部連發射箭，將它們釘在地上，阿嵐則順勢撕裂它們的胸膛。我舉起斧頭瞄準一名妖怪，並用三叉戟的飛鏢射中它。我以前臂護環擋住一隻攻來的獸爪，拿盾牌卯它的臉，然後一劍將之刺穿。另一頭妖物拿著釘杖重重擊在我身上，但我的盔甲擋住了重擊，與阿嵐之間的磁力讓我牢牢騎著。阿嵐大爪一揮，妖物倒下後，阿嵐立即撕裂它的脖子，斷其氣管。

變成杜爾迦後，我似乎成了女超人戰鬥機，阿嵐和我合作無間，殺人如麻，銳不可當。我借助阿嵐的戰鬥經驗，拋開自身的恐懼，兩人心意合一，當我揮劍或使用三叉戟時，如同阿嵐親手使用一般。同樣的，每次阿嵐用爪子撕擊敵人，或看到攻來的妖怪時，就像我也化成了他的利爪與雙眼。

新的一批妖軍朝我們衝殺，我拿三叉戟觸著火繩，對怪物射出一道道電光，發出霹靂或槌子擊中金屬片般的巨響。那批妖軍被轟爆了，其中一人臨死前射出毒鏢，我出奇神速地接住飛鏢，反手插在附近一頭貓怪的硬臂上。

其他妖軍殺上來，阿嵐跳到其中一人頭上，我彎身幾乎整個翻倒，僅用一雙靴子緊扣在鞍座上，我在阿嵐胸口底下，用雷心掌轟掉兩隻妖物。阿嵐著地時，我翻身坐正扭身，單手使劍砍掉一頭妖怪，另一手揮舞戰錘。

立即又有十頭怪物攻上來，我本能地從阿嵐身上躍開，翻身下鞍。我的八臂似乎能各自獨立運作，我以盾牌擊倒一名攻擊者，揮劍斬斷另一人的頭顱，我繪著圖紋的手發出了紅光，便以火焰攻擊其他人。我一邊翻跳，一邊用三叉戟刺穿敵人心臟、用金弓和點上火的金箭射穿敵人脖子、以珠鍊從手中送出波浪，沖走兩名妖怪。

我像跳彈簧床似地在地上騰躍，翻飛入空，扭身而上，我看到阿嵐又撕倒右側幾隻貓怪。底下有頭巨大的熊妖發出兇狠的咆哮，張著利爪等我墜落。我腦筋一轉，解下腰間的火繩點上藍焰，鞭中怪物腹部，發出嗞嗞的聲響。

一股力量將我往旁邊一扯，吸到跳過來的阿嵐身上。我一手抓住阿嵐的身體，當他往前縱躍時，我及時滑坐到他背上，我手腕輕彈，火繩便再次繫回腰上了。熊妖被砍成兩截倒地不起，阿嵐從屍上躍跨，以前掌輕輕著地。

下次別再那麼做了，他在我心裡低吼。

我笑著想，你不得不承認那樣很酷吧。

酷？妳簡直是個絕美的死亡天使，假如有妳這麼美麗的死神來找我，我一定心甘情願跟她走。

妖魔發現敵不過我們，便轉頭攻向我的手下。

阿嵐，我們的戰士。

他回身衝向一小批還活著的士兵身邊，護住他們側翼，撲向最大的一頭妖魔：一隻以兩根粗腿直立的象妖，妖物揚起兵器自衛，但阿嵐以迅雷之勢揮掉怪物的武器，然後一個縱身，緊咬住怪物下顎，扭身將象怪拋到背後，我順勢將它及其他十幾頭妖怪燒死。

小心哪，我警告說，你已不再有復癒力了。

別擔心我，美麗的女神，今天我可以為所欲為。

為了證實自己的話，阿嵐咬碎一隻妖怪的骨頭，撲到另一隻身上，將它釘在地上讓我解決。

等宰掉最後幾名妖物後，我們撤退，將剩下的士兵重新整軍，我們僅靠一小批人，便打勝數百隻妖怪，但我方軍隊也只存活數十人。我稱讚他們英勇，並要大夥環繞營火休息。

阿嵐和我有自己的任務。

我們一起衝回野草漫長的沙場，空中飄散著焚屍的氣味，我回身看到仍屹立在場上的彈射器，偏著頭，覺得好像聞到了焦糖味。我聽見戰火後方傳來戰鬥聲，並遠遠聽見虎嘯：是季山。

該走了，凱西。

阿嵐開始衝刺加速，越過火線。我們朝山區疾奔，一長列妖魔護在山底，毫無懼意地挺立著。

我認出站在懸崖突岩上的桑尼爾。

我揚手用雷心掌轟掉及目所見的妖怪，阿嵐腳速毫無稍減。

我瞄著上頭的突岩，但桑尼爾已經不見了。

「羅克什！」我大喊，「我們來找你了！快點現身，你這懦夫！」

阿嵐來回踩步，尋找羅克什的蹤影。

一聲高笑在紫色的山區間迴盪，我身邊旋起一股陰風，風中夾著邪惡的字串。

「**我們終於要結合了，護身符將是我的，妳也將變成我的。**」

「我寧死也不會變成你的。」

阿嵐掃視荒野，我們兩個都無法分辨聲音出自何處。

接著高空中降下一朵烏黑的旋雲，颶風般的冷風急速掃動，羅克什便立於核心之中。塵土與樹葉在我們身邊攪繞，羅克什一躍而下，大地為之震動，颶風來去迅捷地急速退走。

羅克什看起來像亞洲版的牛頭怪邁諾托（註），但個頭巨大很多。他披著中式領口的黑色長斗篷，瞇著眼，興奮地重重喘息，斗大的鼻孔裡噴出白氣。

「妳終於回到我身邊了，」他說，「妳比我上回見到時更漂亮了，女神的神力很適合妳呀，我親愛的。」他朝我走近一步，阿嵐狂吼一聲，重擊他雙腳。

羅克什嘶吼道：「原來妳腿邊還巴著一隻大貓，看來我們得先解決這件事。」他抬眼看著戰場上的火焰，「妳帶更多人來增添我的軍力。」

「你甭做夢了。」我怒道：「倒下的人已經燒化，不會再站起來了，我已釋放他們，再也不受你的魔咒控制。」

羅克什聳聳肩，「無所謂，反正我還可以徵用更多人，我只需彈個手指，便能終結這場戰役，要毀滅妳那些可悲的殘兵，簡直易如反掌。」

「你不會那麼做的，這樣你也害了自己的士兵。」

他打量我數秒後說：「我不想讓自己未來的新娘懷疑我的話。」

他獰笑著拍掌合十，然後兩手一分，大地隨之震動，我張口結舌地看著彈射器墜倒，掉入羅克什創出的大洞裡。士兵與妖獸四下逃竄，卻紛紛跌入深坑中央。我狂亂地搜視大地，尋找杜爾迦，卻不見她的身影。我驚駭地望著開始閉合的裂口。

季山！

別擔心，他沒事，阿嵐告訴我。

我看到一道金影，季山奮力爬出閉合的深坑，杜爾迦緊扣住虎背，我鬆了口大氣。

「那是小王子嗎？」羅克什哼說，「他真像隻打不死的蟑螂。」

季山和杜爾迦奔逃著，羅克什又狂笑地在地面開出許多新坑，季山逐一躍過，他和杜爾迦終於遁入樹林裡了。

註：希臘神話中，克里特島的怪獸。

「別碰他們。」我威脅道。

「否則呢……妳想怎樣，我的小愛人？」

我舉弓搭箭，淬上掌心雷，「否則我就宰了你。」

他誇張地哈腰說：「請動手吧。」

我一箭射出，羅克什彎彎手指，一股風將箭吹歪，射中山腰，爆炸後造成了一陣石雨。

「真令人失望，我原以為妳要大展身手。」

「好戲還沒上場。」我笑了笑，睇著眼。

說時遲哪時快，阿嵐繞過羅克什，縱身一躍，衝向山腰，幾個大步攀上去，一個翻身，張牙舞爪地對羅克什撲將過去。我站在鞍上騰入空中，將所有兵器瞄準惡魔，同時射出三叉戟的飛鏢、金箭，並揮出戰錘。

羅克什興風吹斜射箭和飛鏢，拉起一道石牆阻擋阿嵐，阿嵐重重撞中石牆跌落地面，但戰錘已擊中魔頭的肩膀了。羅克什踉蹌退步，痛得大吼。

「我會找妳算這筆帳。」

「說話算數嗎？」我平穩地落地揚劍問。

羅克什撲上來，就在他即將抓住我時，我閉上眼睛消失了，重新在石牆頂端現身。

「妳是怎麼辦到的？」他問。

「你若投降，我就告訴你。」

暫被遺忘的阿嵐蹲伏在羅克什背後，尾巴來回抽動，正準備撲擊時，一支飛箭擦過他的肩膀，桑尼爾已加入戰局，對準阿嵐衝來了。

羅克什舉手捲起一陣颶風，飛到我旁邊的石牆上，他舉著大彎刀砍過來，被我用劍擋住。我八臂齊上，在細窄的石牆上舞躍，但羅克什以層層堅冰和石頭化解我的攻擊。我知道他在耍我，便決定使出絕招。我一個優美的後空翻躍下石牆，足尖輕輕落地。我瞄著阿嵐，他極力想在不殺害桑尼爾的情況下打敗對方，而他的一隻爪子正在淌血。

專心應戰，阿嵐表示。

羅克什垂下手，石牆便沈入地底了。我抬手以雷心掌轟擊，但被他以堅冰擋去，他朝我射出水波，卻被我化成了霧氣。阿娜米卡大概把妖魔的殘牆解決了，因為我們有部分士兵也加入了戰局。我們的計畫是，等燒毀所有的妖兵後，她和季山再結集其他人過來幫我們。

士兵們朝羅克什射箭，羅克什搧起狂風將箭反射回去，殺死我們不少人馬，剩下的則被他化成石像或冰雕了。知道我們的五十萬大軍，在短短不到四十八小時內，幾乎被殺戮殆盡，我好難過，但我緊抓住火繩，繼續衝戰。

羅克什喚起濃霧覆蓋整片沙場，模糊我們的方位，但仍有一小批士兵上前對羅克什擲槍，他再度讓槍枝反向飛射，我鞭動火繩，及時在武器射中部下前彈開。我大喊著叫大家去幫忙阿嵐。

這時大地轟轟震動，一顆巨石滾開，沈重的石頭飛入空中，樹木被連根拔起朝我擲來，我用火繩在自己身上繞圈，好讓自己升入天際。

我足點一根伸出的枝枒，從樹梢跳到岩石，再躍向樹枝，騎到一根墜落的樹幹上，最後樹幹在地上撞碎，我雖小有擦傷，但不礙事。我站在搖晃的大地上，赤目怒瞪著羅克什，火繩讓我在瞬間來到羅克什身邊，以劍抵住他的咽喉。

「不賴嘛。」羅克什說。

我削斷他脖子上的黑巫術符片，立即將它燒毀。

「你的殭屍大軍已成雲煙了。」

他推開脖子上的利劍，抓住我其中一隻手臂將我拉近，「可惜那不是真的護身符，這招是跟妳學的，親愛的，還記得吧？」

我垂眼望向桑尼爾，他仍在與阿嵐作戰，桑尼爾懸著一條斷臂，顯然依舊受到魔法的操控。

我失望透了，但隨即聽見阿嵐的聲音。

我們會弄到手的。

我擦掉羅克什噴在我臉上的飛沫，重新準備開戰，就在我打算揚起武器時，一名騎士從底下的濃霧衝過來。在羅克什面前行禮，騎士的黑斗篷在身後掀飛。

「安菲馬庫斯將軍！」

「我把你的訊息傳出去了。」叛賊對羅克什說。

羅克什抬起頭嗅著風向，「沒錯，她現在逼得很近了，而且他並未抵抗。」

「你到底做了什麼？」我問安菲馬庫斯。

將軍回身道：「另一名女神正要趕來救妳，但她不會來了。摩西娑蘇羅，也就是妳稱為羅克什的魔王，打算讓我帶領他的大軍，我只需選擇一隻動物就成了，既然妳那麼喜歡老虎，我就選擇……一頭老虎吧。」

「你不能選擇這隻，」羅克什說，「你可以選另一頭。」

「但我要的其實是她。」安菲馬庫斯怨道。

「難道你要我砍斷你的另一條腿？」

安菲馬庫斯搖搖頭，羅克什將他推到一邊，命令道：「去對付老虎吧。」

羅克什大步朝我走來，我想起很久以前卡當先生告訴我的一則故事。我倒退數步，顫抬著手跪下說：「求求你別再傷害我或我的朋友了，我……我投降，饒了我吧。」

羅克什一把揪住我的金髮說：「也許吧，」他意氣風發地說：「如果妳能好好取悅老子……」

他還來不及把話說完，我已揮動金劍，往上刺向他的咽喉了。金劍深深插入他粗壯的頸項中，羅克什踉蹌後退，攫著傷口怒吼。一時間我還以為自己已將他殺死了，誰知羅克什的傷口竟然開始癒合了，咯咯的呼氣聲也平穩下來，霎時我才明白自己得花更多力氣，才能毀掉這魔頭。

阿嵐感受到我的挫敗，他將桑尼爾擊倒，疾馳至我身邊，我騎到他背上，阿嵐馬不停蹄地大步繞圈，回頭再去對付羅克什。

沒關係，我們會撂倒他的，但我們不能讓羅克什控制杜爾迦。阿嵐默聲堅定地說，我們得阻止他，不管他對杜爾迦施了什麼魔法。

說著說著，騎駕黑虎的女神便出現在濃霧中了，安菲馬庫斯揚起長槍，準備對付季山和杜爾迦，季山以爪子奮力撲擊，但杜爾迦似乎陷入恍惚狀態。

阿嵐朝他們奔去，我舉起火繩鞭在安菲馬庫斯的腿邊，藍色火焰發揮了功能，安菲馬庫斯痛苦地尖聲大叫，扯著自己的頭。季山撲向他的咽喉，結束他的性命。

「可惜他沒能好好享受變身的成果，等他們死後，根本不會有痛覺。」羅克什在我身後譏嘲說，並奮力扯出口袋裡真正的魔符。

杜爾迦突然不再恍神，她拿聖巾觸劍，兩手抓住劍刃，形成一只風箏，載她飛入空中，離開季山。杜爾迦兩腳著地，抽出兵器，對我瞄準，我側身一閃，躲過從頭上擦飛而過的飛輪，差點沒能抓緊阿嵐。

季山拔足奔向我們，卻在突然出現的油池中打滑摔倒，織線纏在他身上，形成一張緊綁的網。季山奮力踢踹著掙脫，這時桑尼爾舉槍朝季山衝過去。

我才舉弓，織線便向我射來，奪掉我手裡的弓箭。一條繩索纏住我的腳踝，另一條繞到我腰上，將我從阿嵐背上扯落。

「阿娜米卡！快住手！」我舉劍抵向她喉頭喊說，「我不想傷妳！」

她撥落我手中的劍，順手將火繩從我身上解開繫到自己腰間，並用聖巾將我綁縛。阿娜米卡的八條手臂逐一抓住我的，將其他兵器奪了過去，等奪完之後，她轉頭問羅克什。

「現在我該怎麼做，主人？」

「告訴我，我的女孩，」他在她耳邊哄問，「妳們的能量是怎麼來的？」

「我們的能量藏在這些兵器中。」她彷彿受到催眠。

「凱西有自己的力量嗎？」

我瞪大眼睛，張口喘氣，因為阿娜米卡正勒緊我的咽喉。

「不會比我多。」杜爾迦答道。

「啊，那麼也許……」

阿嵐用利爪插入羅克什背部，羅克什尖叫一聲，摔到地上，意圖滾身避開，但阿嵐已續攻而上，咬住他肩頭了。羅克什奮力來回扭動，用自己的利角刺穿阿嵐的盔甲。

阿嵐站穩地面，鮮血從身側汩汩流出，他四肢顫抖，但打起精神，又是一縱。

羅克什站起來吼道：「今天老子就送你去見閻王吧，帝嵐王子。」他抬手將一堆長槍掃入天空，射向阿嵐。

我驚呼著使出僅剩的能量，用雷心掌對杜爾迦噴焰，但火焰燒灼她的皮膚時，她根本沒有反應；而對羅克什施展時亦未能收效，因為他立即架起一道石牆，阿嵐張牙舞爪地撲向羅克什，惡魔手指一劃，將長槍轉向空中的阿嵐。

「阿嵐！」我大呼。

我可以真切地感覺槍尖插入他體內，有些兵器從金甲上彈開了，但其中一支刺入他臀部，另一支射入他脖子近處，第三支槍則插進他裸露的腹部。阿嵐痛吼一聲，重重摔在地上，羅克什以裂蹄奮力踩住阿嵐的前腿，骨頭登時斷碎。

劇痛灌進阿嵐心裡，令我發出尖叫。幾秒鐘過去了，阿嵐將我封鎖在心門之外，最後我僅能感覺他微弱的心音。這時我的體內被注入一股能量，知道阿嵐將他所有殘餘的力量給了我，他使盡力氣，將最後一道心思傳注給我。**我愛妳，凱西**。然後他的聲音便徹底消失了。

聖巾的織繩綑緊我的四肢，羅克什走上前來，對我彎下身，扯掉我頭上的王冠。我的頭髮散落如浪，羅克什抓起一束頭髮用粗指揉著，拿參差髒污的指甲順著我的臉摸向鎖骨，留下一道醜惡的刮痕。

「妳騙了我，親愛的，我不能不讓妳受點處罰。」

他粗手一扯，最後一片護身符便從我頸子上被奪走了。

「我等待這一刻已經很久了。」

淚水滑下我的面頰，阿娜米卡受到羅克什的魔力宰制，阿嵐即使還活著，也無法動彈，季山則不知被困在何處，眼前只剩下我一個人了。

纏在杜爾迦臂上的金光吸引了我的目光，是芳寧洛！

「芳寧洛，快幫我呀。」我毫不遮掩地大聲哭求。

金蛇綠眼一亮，活了過來，竄下杜爾迦的手臂，張嘴將毒牙深深刺入羅克什的掌心中。羅克什尖叫一聲，但金蛇又咬了他一口才竄開，遁失在草地裡。

惡魔的手掌立即開始腫脹，金色的毒液從掌心的刺口滲入，我的火符也自羅克什的手中掉落，他抓住控制杜爾迦的魔符命令道：「宰了她。」

女神將飛輪舉到我頭頂，我閉上眼睛……緊接著感覺有東西重重衝撞過來，將我們撞倒。利爪搔刮著我的大腿，是季山！他抖掉身上最後一片殘網，撲向杜爾迦，羅克什則氣得大吼。他想對季山施魔法，卻痛得尖叫，只能緊握自己的手掌。

但願情況能保持如此，可惜大概不會。

季山和杜爾迦陷入酣戰，她用飛輪砍向季山，羅克什大聲呼叫桑尼爾，斷了一條腿的桑尼爾只能慢慢向前挨近。

杜爾迦有隻手不停地在我所躺的石地上擊打，我趁機抓住聖巾一角，綁住我的織線立即化走，我慢慢向她伸手，盡可能不動聲色地抓住火繩。我將繩子牢牢抓緊，知道這是自己最後一次機會了。

桑尼爾靠上來發出怒吼，但羅克什把他當作破布娃娃似地甩到一旁。

「算了！我自己來解決這隻討厭的黑虎！」

羅克什揮動未受傷的手，造出十幾根冰刺瞄向季山，我看得出來，使用魔力，對他來說極其費勁。羅克什退後一步，差點被阿嵐絆倒，他粗暴地恨恨踹著我的白虎。

阿嵐定定躺著，長槍以各種角度插在他身上，我再也無法感受到阿嵐的存在了，我閉上眼睛，在心底呼喚。

阿嵐？

沒有回應，沒有暖意和心跳，連一絲淡微的意念都沒有。

我眨著眼，盯住他的虎眼，那晶亮的雙眸令我想起很久以前買的虎娃娃。淚水如斷線的珍珠淌落面頰，我悲慟地渾身發抖，阿嵐死了。

我憤恨不已，全身湧起一波能量。我用這僅存的能量，重新在羅克什身後站定，抽回火繩，向前揮臂喃喃念道：「這一記是為了阿嵐。」火繩啪地一響，纏住羅克什的脖子。

羅克什吃痛慘嚎，想將繩子扯落，繩子卻纏得更緊實。他指間仍牢牢握著魔符，我傾盡餘力注入魔符中，光線射過我體內，我感知到阿嵐的靈魂，不禁閉上雙眼，彷彿他就站在我身後，用臉頰最後一次貼住我的。兩人結合的生命力，比地、水、風、火、天更加強大，我知道這就是愛的能量。

金光從我雙掌湧出，流過火繩，將羅克什的魔符化成灰屑，他被一波金光抬入空中，強光沖天而出，將天空潑滿色彩。一道轟天巨響伴隨強光，撼動了整個山區，附近的湖泊爆出陣陣水柱。

一切就在駭人的慘叫聲中結束了。羅克什的屍體，那命定要被我打敗的惡魔摩西娑蘇羅，重重地摔墜在地上。

能量自體中消退，如魔似幻的鬼手從我膚上消失了，我燙熱的面頰突然變得冰冷。

阿嵐？我哀求說，求求你別離開我。

妳永遠留駐在我心中。阿嵐溫柔的聲音悄悄說道，然後淡逝。

我趴倒在地，全身抽動，嗚嗚哀泣。

30 達門護身符

一隻溫暖的手攬住我的肩膀。

「凱西？」季山顫聲問。

我猛力搖頭，無法接受剛才發生的事，除了阿嵐的安慰，誰的我都不要。

季山蹒跚地走到白虎的屍體邊，極其小心溫柔地拔下每根長槍。

「他真的死了，是嗎？」我問。

季山看著我點點頭，金眼盈滿淚水。他重重噓著，愣愣瞅住哥哥的屍首，然後以手背往眼上一抹，發出驚天的悲嘯。季山憤恨地拔下插在阿嵐虎胸上的長槍，火速扭身。

幾個大步衝到羅克什的屍體旁，舉槍戳入巫師的身體中，然後放聲痛哭，跪倒在地。

杜爾迦爬向阿嵐，把卡曼達水壺裡的甘露倒入阿嵐口中，但甘露全滴到地上了，我知道這根本沒有用，甘露並不能起死回生。杜爾迦數度搖著阿嵐，用她的母語對他說話，眼中亦盡是淚水。我悲從中來，將她的手從阿嵐身上推開。

「把妳的手拿開！妳這個叛徒，若不是妳，他說不定還活著。」

「我本想留在遠處，」她解釋說，「但季山……」

「妳休想把阿嵐的死怪罪到季山頭上！」我指著阿嵐說，然後怒指著她，咄咄逼人地攻訐：「阿嵐會死，都是因為妳太無能！害我非得到這個時空，幫妳收拾爛攤子不可。妳這算哪門子女神，告訴妳，我受夠當妳的子民了，妳明白了嗎？」我罵道。

她不敢反抗，只能點頭囁嚅道：「我也愛他呀，小妹妹。」

「愛？愛？妳竟敢大言不慚地說愛！妳才認識他……多久，一個月？在妳看上他之前，阿嵐早就屬於我了，他死時也還是我的，過去或現在，唯一害我們分開的人就是妳。妳偷走他的記憶，就像妳把他偷到這裡一樣。若不是因為妳，我們兩個還在一起，阿嵐從來就不屬於妳。」

淚水漫過她的眼睫，「可是我從來……」她欲言又止，我轉身離開，對她的話毫無興趣。

我緊握雙拳，激動到渾身哆嗦，那一刻，我好想大開殺戒。杜爾迦蹲坐著張口看我，我不理她，逕自抬起阿嵐一隻爪掌，用手撫著掌上的絨毛，輕輕吻住。

八條臂膀太過礙事了，我用聖巾覆住自己，要它將我恢復成凱西，我只想當凱西——一個單單純純，上大學，跟心愛的男友約會的奧瑞岡女孩，但現在永遠也不可能了。

我敲著胸針，指示收回身上的盔甲及覆住阿嵐的甲片，等恢復原貌後，我把晶光閃燦的胸針摜到杜爾迦腳邊。她似乎非常震驚難過，但我一點也不同情她。她默不作聲地勉強拾起胸針，站起來，逃入灌叢裡。

我依偎著阿嵐，把他的頭抬放到自己腿上，哭著撥揉他柔軟的耳朵，不斷告訴他我愛他。「求求你回來呀，」我哭道，「我需要你。」

周圍盡是死亡的影跡，就像很久前做的噩夢一樣，沙場上散臥著戰死的士兵，妖魔的焚屍味瀰漫空中。我的父母、卡當先生、阿嵐，他們全都走了，我真不知道自己還能為誰而活。

我緊抱住阿嵐來回搖著，季山蹲到我身邊，眼神十分受傷。我感到些許罪惡感，但隨即又被鋪天蓋地的悲慟給淹沒了。他從我溼黏的臉上撥開一束髮絲，掖到耳後。

草叢裡有個動靜引起我的注意，一小顆金頭從草葉間冒出來朝我挪近，我笑了笑，伸手摸著芳寧洛的金頭。火符纏在金蛇纖細的身體上，我取下符片，芳寧洛滑到阿嵐背上，吐了幾次舌信，瞅著他玻璃般的眼睛。

「妳能治好他嗎？」我問。

她朝我轉過頭，然後離開阿嵐，滑過我的臂膀和雙腿，把頭倚到我的大腿上。

「我猜是不能了。」

我伸出左臂，芳寧洛接受邀請，把身體纏到臂上，來到她最愛的定點，然後硬化成飾環。

「沒有妳，我們無法打敗他，謝謝妳。」我低聲說，芳寧洛的綠眼放光片刻，然後化成寶石。季山默默地站在我身邊等待，我撫平阿嵐額上的絨毛，流連不捨地吻著他頭頂。

「我愛你。」我低聲說。

「我們得走了，凱西。」

我緊抓住阿嵐的絨毛，「我不能把他丟在這裡。」

「我會扛著他。」季山說。

我點點頭，輕輕放下阿嵐的頭，然後站起來。

我拍掉符片上的灰塵，摘掉斷裂的鍊子，把符片交給季山。

他捧在掌心，用一根手指觸著，低聲沈吟道：「這是我送妳的第一份禮物。」他握住符片，望著我含糊地說：「我想應該沒辦法修了。」

季山的語氣令我喉頭一緊，我甩開情緒，用聖巾做了一條絲帶，再次將符片繫到脖子上，心情略感平復。

「把剩下的符片拿過來。」我指示季山說。

羅克什躺在地上，兩對利角指著天，阿嵐的血仍在角上閃動。季山撕開羅克什的袍子，扯下護身符，放到我攤開的掌心裡。那幾乎湊齊的圓形符片中央，刻了一頭老虎。

我用拇指與食指，緊掐住護身符說：「這個……惡魔，害死了狄克森船長、卡當先生、阿嵐和無數其他人，一定得徹底毀掉他才行。」

不知為什麼，我知道該怎麼做了。我用護身符裡的火符，將火繩往地上一鞭，地上裂出一條深溝，直通地心熔漿。恐怖的火焰從裂溝中噴出，我抬手喚起一陣風，將羅克什的屍體抬到前方。

我看了惡魔的眼眸最後一眼，感覺幾乎可以聽見他的獰笑，不知這妖物在我後半生，還會不會再糾纏著我。

季山搭住我的手，將我喚回神。我退後一步，將魔王扔進烈焰裡。羅克什墜入裂溝，化成灰燼，我再次揮鞭，大地隨即合上，將他徹底吞沒。

「我很高興他死了。」杜爾迦慢慢走向我們低聲說道，這回還帶了她哥哥。桑尼爾重重倚在妹妹身上，敬畏地看著我們，但我根本懶得認識他。我扭頭不看那對兄妹，「我們現在可以走了嗎，季山？」

「等一下，凱兒。」

女神火速將卡曼達水壺交給季山，這時我才看到季山身側受了重傷。

「喝吧。」她命令著。

季山握住杜爾迦的手腕，她望著季山又說了一遍，「喝吧。」這次聲音更加柔和。

季山喝了幾口人魚的甘露，然後杜爾迦把水壺遞給我，卻被我一把推開。

「妳得療傷啊。」她說。

「我的痛好不了的。」

「求妳喝一點吧。」

我憤憤瞪她，發現她不會善罷後，便接過水壺喝了幾口，肌肉的疼痛立即開始消滅。

我把水壺還給她時，杜爾迦問：「妳能幫……幫他們想點辦法嗎？」她指指站在我們身邊、被凍成石頭和冰塊的軍隊。

「我可以試試。」我答說。

我搓揉護身符，用拇指感測代表水的符片，川江河海及雨水的能量瞬間充盈著我，那一刻我覺得自己彷彿能化解肉身，滲入腳下的大地中。

我雖然還站著，卻感受到水波在體中翻攪，我集思遠送，找到被凍住的士兵，緩緩將溫氣吹入他們體中，水分子加速移動，士兵們開始動彈了。

我拇指輕移，摸到地符，我的身體突然變成了沈穩堅定的大地。土地的能量使我穩如屹立的泰山，大地不會絕望或迷惘，因為萬物皆源自於它，也終將回歸大地。我再度凝思，找到周圍的石雕，要石頭將這些人的生命交還回來。石頭遵從指令，遁回大地裡，士兵們吸口氣，又活了過來。

杜爾迦在士兵間穿梭，命他們喝下甘露。她悲天憫人，所有士兵紛紛跪下，用景仰信賴的眼神仰望她。我把手疊在胸前，不為所動。

等杜爾迦打點完所有人後，大夥聚集起來，杜爾迦轉頭對我們說：「這些人需要休息吃東西，我們得送他們回營地，助他們康復。」接著這位謙遜的女神恭敬地轉頭對桑尼爾說：「如果你同意的話。」

「妳說得對，阿娜米卡，我們應該照顧他們。」桑尼爾答道，向後退開。

杜爾迦點點頭，下令眾人回營，士兵們在杜爾迦和桑尼爾的保護下，立即班師回營。

季山長臂一伸，抱起虎兒阿嵐，我們心情沈重地跟在部隊後方。阿嵐的白尾刷著地面，頭部軟軟地垂在季山臂上，我無法呼吸，只得用力嚥氣。

回到營地後，我用珠鍊和聖巾弄來一桶溫水和布片，為阿嵐清洗絨毛上的血跡。季山留我一人獨處，表示等營地設妥後，再回來埋葬阿嵐。與我的虎兒獨處，為他清理屍體，對我多少有些撫慰作用，這是我能為深愛的男子做的最後一件事了。我一邊清理，一邊輕聲對他說話。

天光漸黯，一記聲音驚動了我。

「你在這裡站了多久？」我問季山。

「很久。」他沈著臉說。

他走進帳篷，後面跟著杜爾迦和她哥哥。

一會兒後，帳篷的掀片打開了，伸進一顆童禿的頭顱。

「我能進來嗎？」斐特問。

「請進吧！」杜爾迦回應他。

斐特一進來便看到阿嵐，他搖頭說：「真是太意想不到了。」說著便坐到墊子上。

「你很善於委婉措詞。」我再度湧淚。

斐特用枯皺黧黑的手拉起我的，說道：「還有希望啊，我的小花兒，妳拿到所有符片了嗎？」

「是的。」

「我能看看嗎？」

我取下項上的火符放到他手中，然後拿起放在一旁羅克什蒐集來的符片，一併交給斐特。

斐特取下絲帶上的火符，連同季山的金鑰匙一起交還給我，解釋道：「達門護身符其實是一種『星盤』（註），意即天神的武器或工具，可傳導召喚巨大的能量。」

「召喚？」

「是的，天神會對咒語做出回應，賦予武器一些特性。例如，『火器』（註）能發出無法撲滅的火焰，『光器』（註）能創造強光，『水器』造出大量的水（註）。神祇的力量愈強，神器發揮的能量就愈大。」

「那麼這是哪種神器？」我問，「我們如何調度它的能量？」

「你們已經用過許多藏在各別符片裡的力量了，不過你們還沒用過神器的綜合能量。」

斐特一彈指，將火符拼到星盤的缺口上，每塊符片邊緣立即射出白光，接著五塊碎片便合成一張完整的碟盤了。斐特舉起達門護身符，盤片上火光閃動。

他把護身符交給我，我撫著刻在盤片中心的虎兒，問道：「我知道羅克什能操控一些元素，

註：Astra，源自印度神話。

註：Agniastra，韋馱天所使用的武器。

註：Suryastra，太陽神的武器。

註：Varunaastra，為宇宙之神伐樓納所用。

甚至生物，現在護身符湊齊了，你要我們拿它做什麼？」

「嗯，首先，我會想讓妳那位英俊的王子起死回生。」斐特擠擠眼說。

我張口呆望著他，然後囁嚅地問：「我真的可以那麼做嗎？」

「妳沒法那麼做，但達門星盤辦得到，不過妳得召喚達門的力量。」

「達門？是杜爾迦的虎兒達門嗎？」

僧人遲疑了一下，慎言道：「正是。從一開始，達門便犧牲自己，賜予雙虎生命。」他輕聲解釋，「因此他可以再次賜予同樣的禮物，你們只需誦念咒語即成。」

我斜望著環在星盤上的梵語，緊張地潤溼嘴唇，抬眼問：「季山？你會讀嗎？」

季山點頭坐到我旁邊，很快地輕輕抱我一下。

他掀著嘴，用食指撫摸碟上的字環，喃喃念道：「Damonasya Rakshasasya Mani-Bharatsysa Pita-Rajaramaasya Putra，這上面說：

達門護身符
印度之父
羅札朗之子。」

31 交換

「羅札朗」三個字才說完，達門護身符便開始發光，梵文字母似乎從石片上飄飛起來，星盤的外圈也開始打轉，那些文字愈繞愈快，最後化成白色的實線。

「現在以達門的神力讓你哥哥復活。」斐特指示道。

「怎麼做？」季山喃喃問。

「要知道並不難；難就難在於選擇。」

季山閉上眼睛，整個身體燃出白色的能量，他張口喘氣，渾身戰慄。

我焦急地問：「他怎麼了？很痛嗎？」

斐特答道：「季山要救他哥哥，得選擇是否接受犧牲的條件。」

「犧牲？什麼犧牲？季山，你別再做了，我願意做任何犧牲。」

斐特按緊我的手，「這是季山須做的選擇，凱兒西，這是他的命。」

季山重喘著，汗水從臉上淌落，他的頭和雙臂劇烈地往後抽動，季山高聲大叫。

「季山！」我正要衝向他，卻被斐特搖頭拉了回來。

季山痛苦地扭動掙扎，一小團光芒自他胸口升起，朝躺在地上的白虎飛去。光束從我身邊經過時，我發誓看見扭曲旋繞的梵語字符，在阿嵐身上形成一道拱弧。一片薄霧漸聚，如喪禮中的壽衣般蓋住了阿嵐。

那片光毯突然化入阿嵐體中，季山一僵，向前四肢趴倒，呻吟著粗重喘氣。我環住季山劇烈抖動的雙肩，就在我抱住胸口起伏不定的季山時，發現另一副胸膛也開始有了動靜。

白虎深深吸口氣，斐特趕緊說：「阿娜米卡，快，餵他喝下甘露。」

阿娜米卡跪到阿嵐身邊，將甘露倒入他口中，阿嵐身上的槍傷開始癒合。

「現在該妳了，凱兒西，用妳的金焰治療他。」

「可是……」我結巴道，「我已經沒有火符了。」

「金焰會永遠發自妳體內，一直都是這樣的。」

我暫時先撇下季山，抱起我的白虎搖著，將身上僅存的能量給了他。我將心念傳給阿嵐，在心中對他輕語，要他活起來。我感覺金火在全身流竄，阿嵐的身體也嗡震著回應。

傷口快速癒合，不消幾分鐘，阿嵐對著我翻身，然後坐了起來。他輕吼幾聲，我把臉埋在他頸毛裡，喜極而泣地用雙手抱住他。

阿嵐的形體換化成人，緊緊地將我攬在懷中，吻住我的太陽穴，以印語喃喃念著，一邊撫摸我的背脊。最後他終於抬起頭問：「怎麼會這樣？」

斐特答道：「你弟弟做了犧牲。」斐特語氣嚴肅，我們全將注意力轉到季山身上。

「斐特這話是什麼意思？」我問。

季山清清喉嚨，「很難解釋，起死回生並非易事，為了讓他復活，我得放棄一部分的自己。」

「我還是不明白。」我難捨地離開阿嵐，跪到斐特腳邊。

「季山放棄了什麼？」我問。

斐特嘆口氣說：「季山放棄了他的不死之身，幸好他夠強壯，能熬過這個關卡。」

他拍拍流淚的我說：「別怕，凱兒西，季山還是會非常長壽——會活上一般人的好幾輩子。」

我點點頭，跪到這位我在離開奧瑞岡後，一直依賴仰靠、並深愛我的金眼男子身邊。他的身體仍在微顫，呼吸頗為淺促，我搭住他的肩，季山對我虛弱地笑了笑。

「謝謝你救了阿嵐。」我抱住他的脖子低聲說。

季山伸展雙腿，攬住我的腰，將我抱到他腿上。他深情地望著說：「我願意為妳做任何事，凱西，妳知道吧？」

我淡淡一笑，撫摸著他的臉。「我知道。」

兩兄弟互相注視良久，不發一語，但看到他們嚴肅的表情，我知道兩人在沈默中，傳達的不僅是感激而已。

季山將我抱緊，等我抽身時，杜爾迦和她哥哥已經離開了，阿嵐仔細看著自己的手，緩緩搓掌。斐特站起來宣布道：「你們得吃點東西，今晚好好休息，明天我們得討論將來的事。」

接著斐特走到帳外，季山牽住我起身跟了過去，阿嵐也站了起來，經過他身邊時，我被他看得失了魂，那湛藍的眼睛瞅住我的眼，我的心像被網住的蝴蝶，撲撲拍動。阿嵐順著我的手臂往下摸，兩人十指瞬間相觸，之後季山便帶我來到了營外。斐特已不見蹤影。

我們五個人重新聚集，到火堆邊吃飯，阿娜米卡兩手緊扣，把並肩而立的季山與我，從頭到尾打量一遍後，瞇起眼睛表示不餓，然後便朝夜色走去。

季山喊道：「阿娜米卡，妳得吃點東西。」但脾氣很大的戰神美女已經消失了。

季山挑著眉，在我臉上啄了一下，然後去取黃金果。阿嵐順勢取代他站到我身邊。

「抱歉我剛才很……很沒禮貌。」在火堆邊取暖時，我對桑尼爾說，「當時情況很……」

「很尷尬。」他坦承說，「我一點也不以為忤，事實上，我得感謝妳才是。我為舍妹的態度道歉，她最近有點異常，等她恢復正常後，必會回來向妳致謝。」

我輕聲笑道：「那我倒不敢當，不過還是謝謝你。」

季山拿著黃金果回來，看到阿嵐跟我坐在一起，愣了一下。他搖著頭走過來，然後執拗地坐到我的另一邊，用大腿緊貼著我的腿。我突然覺得自己像剛出爐的夾心餅乾中間的那層巧克力。

我把整片披薩塞給阿嵐、季山和驚喜不已的桑尼爾，這傢伙讓我們三人多少能分點心。

等桑尼爾吃到第五片特濃起司披薩時，我問：「你是怎麼被羅克什抓到的？」

「當初我若肯聽我妹妹的話，就不會被抓了，真諷刺。」桑尼爾解釋說，「大約一年前，我們聽到惡魔現身的消息，貿易商隊謠傳說，魔王已在招兵買馬，一座座村子整個消失，任何往北朝崗仁波齊峰走的旅人都會受到警告，小心丟了性命或靈魂。」

「人們說，一旦與惡魔的眼睛對上，就會變成不死之身，永遠當他奴隸，惡魔絕不會放你走，繪聲繪影的恐怖極了。當我國一支滿載國王財物的旅隊失蹤後，我們終於派兵處理此事了。

「我是在第二次受到攻擊時被擄走的，我曾被擊中頭部昏迷過去，是阿娜米卡找到我，帶我回營地的。她說我們將難逃一死，可惜我聽不進去，我不相信有惡魔，覺得太過荒誕。我向來務實鐵齒，我告訴阿娜米卡，她所說的魔法並不存在。」

「難道你沒看見敵軍嗎？」我問。

「我們在飛繞的濃霧中與他們作戰，而且那場戰役中，很多敵軍都穿了盔甲。我怎能要求我的手下跟魔法相抗呢？我壓根拒絕去相信，只告訴部屬說，敵人非常狡詐，要弄騙術來恫嚇我們。」

桑尼爾屈膝抱胸，「我們兩人之中，阿娜米卡是比較相信怪力亂神的，她崇敬諸神，而且總能感知到某種存在於人類經驗之外的事物或……力量。她對師父教導的一切深信不疑，但我卻嗤之以鼻，認為那是一名愛幻想的老僧編造出來的故事。

「我在吃了第一次敗仗後，阿娜米卡不斷地描述各種恐怖的景象，說我們唯一的選擇，就是不顧顏面地掉頭回家。我的自尊不容許我那樣做，幾天後，我披甲出征，僅留下一小批士兵和舍妹守營。她哭求我別走，最後動用幾名大漢硬拖住她，才阻止她騎馬隨戰。我離開時，還聽見她的哀求聲在風中飄蕩，要我回去，離開這片死亡之境。

「開戰後，我的手下被五馬分屍，我才剛下令撤退，掉過馬頭，便聽到頭上傳來尖嘯，巨爪攫住我的肩膀，刺破我的皮膚，將我揪過天際，扔到一片突岩上。惡魔親自站在我面前，僅用意念，便凍住我的身體，將我釘在山腰上，我仍能意識到一切，卻完全無能為力。

「他抽出我的刀，在我掌上一割，將我的血滴到一只木製的符片上，說道：『小戰士，我的軍隊需要一名指揮官，所以才留你活口。』他開始念咒，護身符發出紅光，接著轉白。光束射向我，侵入我體內，若不是被凍住了，我真的痛到想跪下來求死。一切轉成黑色，接著我的身體便再也不聽我的使喚了。」

「你記得自己發生了什麼事嗎？」

「我可以想起片段，但感覺像在一場清醒的噩夢裡，經歷的事似乎發生在遠方，與己無關⋯⋯你能明白那種感覺嗎？」

阿嵐點點頭。

「那令妹呢？她能感受到這份痛楚嗎？」我問。

「可以，」季山淡淡地說，「她感受到了。」

「真遺憾。」

我搭著季山的臂，桑尼爾起身表示要去找他妹妹。

「晚安，桑尼爾。我們去休息了吧，凱兒。」季山說，三人鑽入我的營帳裡，他瞟了阿嵐一眼說：「你沒別的地方可去嗎，老哥？」

阿嵐聳聳肩，厚著臉皮對季山笑道：「把我當作你們的伴護吧，現在你後悔救我了嗎？」

阿嵐說得輕鬆自在，季山則噘起嘴。

「也許吧。」他咕噥著，然後忙著張羅自己的睡鋪。

我看了阿嵐一眼，他對我擠擠眼，便去準備自己的臥床。

我躺下來以臂枕在腦後，問左右兩側的男士說：「你們還能變成老虎嗎？」

「可以。」兩人齊聲答道。

「那麼咒語還沒破解，我們還得做些別的事，對吧？」

季山在一旁犯嘀咕，阿嵐則說：「我想是的。」

我轉頭看著他火光泛映的藍眼，低聲說：「我就是害怕那樣。」

之後三人不再說話了，我在噼啪燃動的火光及雙虎沈穩的呼吸聲中睡去。

翌日我們找到忙著照料殘兵的杜爾迦，她是位天生的領袖，連她哥哥都不得不讓賢，由她來指揮軍團。幾名抄寫員被召來撰寫傳令，準備派信差送到關注戰爭結果的部落與國王。

我聽出她對自己的成就輕描淡寫，信中不提凱西、杜爾迦、阿嵐和季山，僅談到兩名轉世的女神。

當戰士們上前分享各自的戰況時，我回想對杜爾迦做過的研究，終於明白那些資料從何而來了。斐特說得對，我們注定要走這條路，我讀過的那些故事，正是我們的故事，假若我們不是出於自願地去長征尋寶，我們既知的歷史便將改寫。

戰士們提到滾沸的湖水、戰鼓和女神呼出神氣，讓封在石中的士兵復活；山岳震搖，一名女神舞弄被連根拔起的樹梢，虎嘯之聲響徹雲霄。

他們還列舉看見的神力，預言中的詞句終於有了明確的意義。杜爾迦以黃金果餵養萬人，聖巾協助她為眾生製衣，珠鍊能終止乾旱、注滿河川、提供飲水，火繩則能助我屠掉摩西娑蘇羅，為全國帶來和平，完成任務。

女神杜爾迦生於危急存亡之際，以擊剋一名人類無力毀滅的敵人。魔王摩西娑蘇羅註定要與女人作戰，但歷史錯載了，不是一個女人，而是兩名女子。擊敗羅克什的是兩位女神。

斐特說我們的未來很快就會決定了，不知那是否意味著我們得留在此地。**我活在過去會快樂嗎？**身為女神，我會受到服侍，讓成千上萬的人景仰膜拜，所有聖禮與武器將供我們使用，而且還擁有達門護身符。我們可以擁有無限的大能去幫助眾生。

我嘆口氣，我並不渴望至高的神力，也不想統治帝國，或成為眾人心中的女英雄。當女神是一種崇高的犧牲，我將在救苦救難中度過餘生，那是功德偉業。但私心裡，我其實渴望過平凡的日子，我希望有機會當母親，嫁個好男人——偶爾帶我出去吃頓飯，讓我在幫他把襪子塞到洗衣籃時，發發牢騷。

那才是我規畫的人生。

我不想要驚奇。

不想成為女神。

我只想……做自己。

阿娜米卡和我整個下午都在整頓軍營，能做點有用的事真好，讓我不會對未來胡思亂想。

兩人默默合作一陣後，我對阿娜米卡說：「對不起。」

「對不起什麼？」

「把阿嵐的死怪罪到妳頭上。」

她停下手裡摺到一半的毯子，輕輕放到一疊毯子上，「妳沒有錯怪我，羅克什若未殺死阿嵐，我也會動手的。」

「妳是受了羅克什操控，怎能怪妳。」

「我本該抵擋得住他。」

「沒人能擋得了他。」

「妳就能。」

我嘆道：「他沒有把我的血滴到魔符上。」

「他……因為他想得到妳，羅克什控制我時，我能感受得到他的心念。」

「是的，他想要一個絕優的兒子，他認為我能為他生一個。」

阿娜米卡點點頭，「妳非常美麗，我能明白他為何會想要娶到妳。」

「我？」我差點被笑聲嗆到，「妳是說真的還假的？」

「我沒開玩笑，凱西，他們全都想要妳。妳的虎兒對妳死心塌地，目不轉睛地看著妳，妳就像他們的太陽。妳剛強堅毅，皮膚卻柔若羞花，頭髮散放出幽香。妳個頭嬌小，男人會很想將妳抱入懷中，帶到安全的境地。

「而我不像妳，我生得蒯壯粗拙，頭髮老是打結，沒有羊脂般的柔膚，我跟男人作戰，且經常打贏他們，害他們自慚形穢。男人根本不想接近我，就算想，一跟我吵架後，很快也逃之夭夭了。我的脾氣太火爆了。」

「我的脾氣也不怎麼樣，妳應該聽聽我以前是怎麼跟阿嵐吵架的。」

「可是你們還是彼此相愛呀。」

「是的。」我坦承說。

「我跟季山一起作戰時，心意是相連的，我知道他對妳的想法，他很擔心妳仍愛著他哥哥，妳以前曾愛過帝嵐。」

「是的。」

「但現在妳與季山訂婚了。」

「是的。」

她默默看了我一會兒，然後站起來，在離開帳篷前，阿娜米卡說道：「我很嫉妒他們兄弟對妳的愛，請好好待他們，小妹……凱西。」

阿娜米卡離去後，我留在營帳裡，對她的話思忖良久。

當晚的落日極美，天空桃雲朵朵，金光縷縷，藍紫色的群山將山影投在山谷裡，頂峰的皚皚白雪在霞光中閃爍不已，空氣中瀰漫著營火燒出的松香和芬芳的橡木味。

我夾在阿嵐和季山中間，與阿娜米卡及桑尼爾的部屬共享晚餐，我的心滿足而寧靜，直到空中發出閃光，斐特現身為止。

斐特二話不說，穿過森林，來到一處僻靜的幽谷中。我們五人尾隨而行，當斐特轉身說話時，我緊張得胃都打結了。

「妳帶來了火繩嗎？」斐特問。

阿娜米卡點點頭，從她的袋子取出火繩，交給斐特。

斐特將火繩捲在手中說：「我很以你們大家為榮，你們完成了一件偉業，讓世界免受惡魔荼毒。舞台已經搭設好了，現在該讓你們就定位，扮演自己的角色了。」

幾抹殘陽照在斐特背後，在他的禿頭上閃動，或許是幻覺吧，但斐特全身似乎籠罩在光線裡。一隻鳥在樹上敲啄。

這一刻終於到了，斐特一破解虎咒後，阿嵐和季山便能徹底恢復人形了，我們為此歷盡千辛萬苦，老天會賜給他們應得的正常生活嗎？或者兩人會突然在我面前變老、死去？

我不知道會發生什麼事，只能緊握住他們的手，對著尚未出現的星星祈願，希望阿嵐和季山能活下來。我聞著森林的香氛，緊張地閉上眼睛噍著。等我張眼時，斐特正衝著我笑，我想這是個好兆頭吧。

「凱西，」他說，「妳該回家了。」

我揪緊雙虎的手，猶豫地問道：「阿娜米卡會怎麼樣？」

「她會扮演命運為她創造的角色。」

我望著那名即將成為女神的女子，阿娜米卡聽到消息後，不安地挪著身子。

「妳必須將杜爾迦所有的兵器留給她，因為她會需要用到。」斐特指示道。

阿嵐、季山和我把一切交給長腿美女戰士。

她僵硬地站著，桑尼爾對她輕聲說了些話，但阿娜米卡拒絕看我們三人，她鐵著臉，似乎下定決心不說出任何道別的話。

我心中一軟，緊抱住她的腰說：「妳是我認識最最勇敢的女生，妳一定會變成很棒的杜爾迦。」

她僅僅遲疑一會兒，便回抱住我，原本的冷峻化成了悲傷。

「謝謝妳救回我哥哥，大恩大德無以回報。」

我摘下臂上的芳寧洛，用鼻尖抵著金蛇的鼻子。「我從沒想過自己會習慣把眼鏡蛇當寵物，謝謝妳救了我們大家。」

蛇的金身變大，芳寧洛繞到我雙手上，吐出粉色的舌信，搔撓我的鼻尖，綠眼綻放光芒。我將她交給杜爾迦，杜爾迦小心翼翼地將她戴到臂上。

「好好照顧她。」我輕聲說。

「我們會彼此相伴的。」女神答道，「再見了，凱西。」

桑尼爾微微一笑，按了按我的手。

一行人道別時，我看到阿嵐對她點頭，阿娜米卡報以淺笑，但當季山伸出手向她走近時，她卻扭身把手環到哥哥腰上。季山執意地等著阿娜米卡看他一眼，她卻不理。

我左手拉起阿嵐的手，右手牽著季山，背包裡只剩下衣物，達門護身符、金製的兵器及所有聖禮全都交給了杜爾迦，我一無所有，僅帶著我的虎兒和一則傳奇的故事，回到我的時代。我已準備好了。

「在我送妳回去之前，還有最後一件事得做，凱兒西。」斐特說。

他開始以印語說話，然後問道：「妳還記得第一則翻譯出來的預言嗎？」

「尋找杜爾迦的獎賞，四項聖禮、五次獻祭、一次變身、野獸變成凡人。」

「沒錯，你們已找到杜爾迦的四項聖禮了。」

「我們還在她的寺廟裡做了獻祭。」季山說。

「是的，但這裡的五次獻祭指的並不是一般的供奉。你們做過四次犧牲，第一次是阿嵐為了救凱西，而犧牲自己的記憶。」

我屏住呼吸，阿嵐握緊我的手。

「第二次，卡當先生為了將羅克什送回過去，犧牲了自己的性命。」

我緊抓住季山前臂，眼中盡是淚水。

「第三次犧牲，是凱西將自己獻給鳳凰，焚燒她的身體，以換得虎兒的安全。第四項發生於昨日，季山犧牲自己的不死之身，讓哥哥復活。」

我的嘴巴突然開始發乾，「那麼第五項獻祭……？」

「你們得做出犧牲，才能回去。」

我抑不住四肢發顫，突然覺得整個身體都是水做的，僅能勉力站直。

「我們還得做什麼？」我低聲問。

斐特萬分抱歉地看著我說：「杜爾迦需要一頭老虎。」

我雙膝一軟，跪在斐特腳邊，淚如雨下。「不，不，不行。」我反覆地喃喃說著，眼看我就要安然返家了，卻在此時必須拋下一名我深愛的人。

杜爾迦向我走近數步，但我抬起手，自己站了起來。她似乎深表同情，卻也懷抱著一絲希望。

「別過來，」我說，「我……我現在沒辦法面對妳。」

她垂下手，我的目光掠向阿嵐和季山，兩人正低聲與斐特說話。阿嵐抬起頭，他充滿遺憾與悲哀的眼神令我驚懼。

我顫手摀住嘴，急促地喘著氣。

「這件事我真的很抱歉，凱兒西。」斐特走向我說。

「抱歉也沒用。」

「是的，的確沒用。」

我來回踱步，不時望向專注討論的阿嵐和季山，我一直害怕會這樣，怕阿嵐會犧牲自己。他會忍不住的，我太瞭解他了。假如要他用一輩子去服務世人，他絕不猶豫，他會放棄自己的想望，讓弟弟幸福。他打算跟杜爾迦留下來，他會成為國王、神祇，而我，永遠永遠再也看不到他了。

我無法再多看他們一眼，回身走入樹林裡，趴倒在枯幹上哭泣。我的心都碎了，阿嵐雖被救活了，但轉眼之間我卻又要失去他。

一會兒之後，季山蹲到我面前，撥開我眼上的溼髮。

「噓，小貓咪，一切都會沒事的。」

「你怎能……」我鼻音濃重地說，「你怎能講這種話？我們就要……」我泣不成聲，「就要永遠失去他了。」

「來。」他扶我站起來，「把眼睛擦乾，笑一笑，該去道別了。」

「我沒辦法，季山，我做不到。」

「拜託妳試試吧。」他親吻我的額頭，用拇指拭去我臉上的淚。

我點點頭，但一抬眼，便看到他溫柔深情的模樣，又害我溼了眼眶。

季山輕聲說：「打從我第一眼見到藏在樹叢裡的妳，就想得到妳了，凱兒。其實我一直知道妳藏在那兒，那天我看見妳後，就再也無法將眼神調開，我試過，可是……」他笑了笑，以額頭抵住我的，「……妳有種令人無法抗拒的特質，妳看起來好迷惘，卻又非常剛烈——就像一隻憤怒的小貓。我好想將妳抱到懷中，把妳據為己有。」

「季山，我……」

「我知道妳愛他，凱西，自從那天妳不明就裡，在叢林裡對喬裝成老婦沙琪的我坦承真正的情感後，我就知道了。老實說，我甚至在那之前便已知道了。」

他重重吸口氣，顫聲說：「我告訴自己，只要妳還戴著我的戒指，只要妳還要我、需要我，我就會陪著妳，努力成為能讓妳愛上的男子。我們之間確實有愛吧，凱兒？」他近乎絕望地問。

「有呀。」我撫撥他臉上的頭髮說，「我無法放棄你，也無法捨棄他。」

季山苦笑著點點頭，「我正是需要聽到這句話。」他淡淡一笑，吻著我的雙手，然後說：

「那麼跟我吻別吧，小貓咪。」

「什麼？吻別？你說什麼……」

季山不由分說地吻住我，擁住我的身體，他柔腸寸斷地吻著我，我心裡充滿疑問、憂心與困惑；然而當我凝神想著這名愛我至深，願意放我走的男人時，那些突然都變得不重要了。

我環著他的頸子將他攬近，嘗到兩人臉上奔流的鹹淚，我將對他的愛與情感，傾注於這一吻中。經過片刻的激情後，熱吻轉成了溫存的輕吻，等季山的唇從我唇上撤離後，他緊擁著我，親著我的臉頰與髮鬢。

我按住黑虎的心口，知道沒有了他，我再也不會一樣了。

「你為什麼要這麼做？」我抽著鼻子囁嚅地問。

「這麼做才是對的，凱西。」

「我無法放棄你，季山，老天怎能要求我們做這種選擇？」

他輕輕撫弄我的頭髮說：「很久以前，妳曾求我放妳走，還記得嗎？」

我貼在他胸口點著頭。

一會兒後，他拉起我的手翻過來，在兩邊掌心輕輕一吻，然後說：「現在換我要求妳了。凱西，放我走吧。」

我哆嗦著，「那真的是你要的嗎？」

他僅猶豫了一下，便答道：「必須這麼做才行。」

我又哭了起來，季山揉著我的肩背，沿著我的髮線吻著，最後他嘆口氣問：「妳準備好了嗎？」

「沒有。」我摀著臉說：「我答應過你，要給你一個快樂的結局。」

季山微笑道：「我的結局尚未定案。」他捧起我的臉，信誓旦旦地說：「妳將永遠在我心中佔據一席之地，凱西・海斯。」

「我也會永遠將你珍藏於心，季山・羅札朗。」

他牽起我的手，將一把金鑰匙放到我手心裡，然後堅決地蓋住我的手。

「但這是屬於你的。」我抗議說。

「妳拿去吧，去創造一個我們討論過的家。」

「我會的。」我低聲說。

他親吻我的眼皮，「時間到了，凱兒。」

他讓我挽住他的手臂，兩人一起走回其他人的身邊，就在我們穿越樹林時，季山頓了一下。

「妳會記得我吧？」

「你怎能問這種問題？」

他咕噥說：「答應我一件事。」

我看著他心碎難過的金眼說：「任何事都行。」

「答應我，妳一定要幸福。」

我點點頭，季山用拇指為我拭去淚水，然後帶我走出林子。

「我們準備好了。」季山宣布說，並送我到阿嵐身邊，把我的手交到他老哥手中。阿嵐紅著一對藍眼，眼中盡是淚水，但他傲然地看著我，輕輕握住我的手。

「好好照顧她。」季山對他哥哥說。

阿嵐緊握季山的手，顫聲說：「為你而生，季山。」

「為你而死，帝嵐。」季山接道。

「謝謝你。」阿嵐輕聲說。

「好好努力，以配得上她，老哥。」

阿嵐點點頭，季山伸手輕觸我的下巴，然後轉身走到杜爾迦身邊後停住，將手疊在胸口，兩人都不看彼此。

斐特向前一步道：「犧牲已完成了，季山此後將被視為杜爾迦之虎，達門，他將保有癒合及變化成虎形的能力，不過現在他已無維持人形的時間限制了，至於阿嵐……」

斐特拿起達門護身符低聲誦念，一道亮光環繞符片，似乎從阿嵐身上吸起一團白霧，納入符碟之中。

「轉換業已完成，野獸化為凡身。」斐特走向前抓住阿嵐的肩膀，眼中亦盈滿淚水，「恭喜了，孩子。」

阿嵐以手撫胸，張口抽氣說：「它……他……消失了，虎兒消失了。」

「你已恢復凡人之身，」斐特說，「你將重新以二十一歲之齡，開始度過正常人的一生。」

斐特走向我，拉起我的右手握住，直到他為我畫的手紋發出紅光，復又消散。他拍拍我裸淨的右手，轉身揮動火繩，火焰沿著繩子射出，斐特繞繩作圈，打開一道時空的旋渦。

斐特朗聲說道：「你們有三人來到過去，所以必須有三個人回去，桑尼爾？」

「不！」杜爾迦震驚地倒抽口氣說：「你們不能帶走我哥哥。」

「雙方各交出一位深愛的人，阿娜米卡，如此宇宙方能維持平衡。」

「不公平！我沒有辦法承受這種事！」

「達門會幫助妳。」斐特安慰她說。

她對季山瞇起眼，季山只是耐著性子任由她打量。

杜爾迦轉向哥哥，拉起他的手，哽咽地說：「我從沒想過會這樣。」

「噓，阿娜米卡，」桑尼爾說，「不會有事的，斐特昨晚已跟我提過，我也同意了。」他緊握她的手臂解釋說：「我在這兒反正也很難待下去了，親愛的妹妹，軍隊的人如今凡事都聽妳的，妳是他們的領袖，我若留在妳身邊，只會讓他們想起妳原本是個凡人。他們會測試妳、質疑妳，並拿我當藉口，試圖削減妳的權勢。我們必須讓眾人以為，阿娜米卡和桑尼爾已死於這場戰役，活下來的是杜爾迦，妳現在必須變成杜爾迦了。守護住這份神力，捍衛它，世界就掌握在妳手中了，我的妹妹。我雖然捨不得離開妳，但為了讓妳實踐自己的歷史定位，我非走不可。」

「我明知自己的哥哥活在另一個時空，如何還能這麼做？」

「學習我吧，我將對星星傾送給妳的祝福。我好以妳為傲，阿娜米卡。」他親吻雙生妹妹的兩頰。

「我也會想你的，桑尼爾。」

「我會天天想妳。」

他握住季山的手，「你會照顧舍妹嗎？」

「我會以性命保護她。」季山誓言道。

兩名男子彼此注視，一會兒後桑尼爾點點頭。大夥最後又喝了一口甘露，以抵擋宇宙旋渦的沈重壓力。

我回眸與季山的黃金眼對上最後一眼，他淡淡一笑，我低聲說：「我愛你。」

接著阿嵐牽起我的手，兩人齊步奔向旋渦，桑尼爾也一道跟在旁邊。

我躍入時，聽見季山輕聲說：「再見了，小貓咪。」

千思萬念如利爪般撕抓我的心，想將它扯裂。我閉上眼，對天地祈求，求老天能照顧季山，賜給他應得的幸福。

我將季山的戒指壓到唇邊，縱身在一片漆黑裡。

32 承諾

「凱西，凱西小姐，醒醒呀！」

有人搖著我的肩膀，我低吟數聲。

「快醒醒呀，凱西小姐，求求妳。」

「喂，討厭的金髮美女戰士，讓我睡覺啦。」我咕噥著翻身，碰到冰涼平滑的瓷磚。

我以掌貼住冷硬的地面，將自己撐起來，好不容易張開腫硬的眼睛。「我在哪裡？」

「妳在家裡呀。」一個友善的聲音答道。

「家裡？」

我坐起來揉揉眼睛，是妮莉曼！

我坐在一束陽光下，置身阿嵐家中的大廳裡。

妮莉曼輕輕擁住我，兩人被一記呻吟惹得同時轉頭。

「阿嵐？」

我爬到阿嵐身邊，看著他眨眼坐起來。

「妳還好嗎？」他捧著我的臉問。

我按住他的手，阿嵐望著我，我才明白他不僅是在探問我的身體狀況。

「我會沒事的。」我低聲回答。

我們聽到另一記呻吟，發現桑尼爾仰躺在音樂室的厚地毯上，妮莉曼繞過我們，瞪大眼望著這名陌生人。

桑尼爾站起來，張口結舌地掃視著平台鋼琴、阿嵐的吉他，以及對著他閃閃發亮的巨大音響系統，努力想弄清楚目前的所在地。

「歡迎光臨寒舍。」阿嵐說，「你就暫時住到季山的房間吧。」

桑尼爾虛應著點點頭，一邊伸手摸著相框照片和古董燈，不過當阿嵐將妮莉曼拉進房中做介紹時，這位古人便無視周遭一切，全心全意地看著眼前的女子了。

桑尼爾露出燦爛的笑容，沒想到他竟然如此俊美。他的綠眼火星跳動，拉起妮莉曼的手，彎身用額頭貼住她的手說：「很榮幸遇見這樣的美女，謝謝妳的熱情款待。」

妮莉曼狐疑地瞇起雙眼，猛然把手抽回來。「不客氣。」她轉頭問阿嵐：「他是誰？季山人呢？」

「季山……不會回來了。」阿嵐低聲說。

妮莉曼轉身用充滿疑問的眼神看著我，我重重嚥著，點點頭，失去季山的痛又爬回了喉頭。

「請告訴我，我們該不會也失去他了吧？」妮莉曼求問道。

「他沒死，親愛的女士。」桑尼爾解釋說，「他留在過去照顧舍妹了。」

「你妹妹是誰，為何要勞動季山去照顧？」妮莉曼激動地含淚詰問。

「舍妹是女神杜爾迦，令兄季山已成為老虎達門，隨侍在女神身側了。」

「原來如此。」妮莉曼點點頭，踉蹌地退開一步。

桑尼爾一臉懊悔地說：「很抱歉帶來令妳痛苦的消息。」

阿嵐環住妮莉曼，「我們有好多事要告訴妳。」

妮莉曼擦乾眼睛，挺直胸膛，「你們最好把過去六個月發生的事，巨細靡遺地告訴我，現在已經是六月了。」

阿嵐和我簡直無法相信已經過了這麼久，四個人來到孔雀室，花了一整個下午談論我們的旅程。桑尼爾問了許多問題，問我們如何為杜爾迦取得聖禮，對我們勇闖火境之事，直呼精彩。我坐在阿嵐身邊，沒說太多話，只是聆聽他用溫柔的聲音，耐心地逐一回答問題。

當天稍晚，我打電話給我的寄養家庭，妮莉曼一直幫我寄卡片給他們，能聽到他們的聲音真好。麥可和莎拉有一大堆問題想問，一堆的故事要說。他們雖非我的親生父母，但已是我的家人了，與他們談話，有助稍減失去季山的痛。

妮莉曼在傍晚時送來食物，我發現自己沒什麼胃口。阿嵐攬著我，讓我就這麼待在他身邊，我在三人的輕聲交談聲中，睡倒在阿嵐的懷裡。

我在闃黑中突然驚醒，發現自己躺在樓上的臥房裡，本能地往旁邊床墊伸出手，尋找我的虎兒。他不在，我睡意濃重，蹣跚地走到陽台滑門邊拉開門。

「季山？」我輕聲呼喚，卻不見慵懶垂晃在搖椅上的黑尾。

現實在我腦中撞擊：我再也見不到我的黑虎了。淚水潸然落下，像仙子的軟翅般搔癢我的臉。我關上門，用額頭抵住玻璃。「阿嵐？」我低聲喊問，卻得不到回應。

我晃回床邊，抓起奶奶的拼布被，鑽進床單下。我的手觸到絨毛，嚇了一跳，接著我才想到，那只是我很久以前在奧瑞岡買的老虎娃娃。我將娃娃拉近，把頭枕在它的腳掌上睡著了。

翌日早晨，沖過熱水澡，換上乾淨衣物後，我覺得比較有點人樣了。我在廚房裡找到正在學習使用微波爐的桑尼爾，流理台上擺滿了各種早餐。

我選了一盤鮮切桃片加鬆餅，一邊看著桑尼爾和妮莉曼。妮莉曼一反常態，顯得有些慌亂，不時紅著臉，而桑尼爾雖在全然陌生的環境裡，卻頗為自在。

學完操作微波爐後，桑尼爾很快拿起一只玻璃杯，要求再示範一次如何拿「冰方塊」。

我笑了笑，心想，妮莉曼最好小心點；這個桑尼爾很老謀深算。當她示範如何使用冰箱時，我可以看出桑尼爾對她的興趣，遠高過她的示範。我攪著馬克杯裡的巧克力，心想，阿娜米卡對她老哥追求妮莉曼一事，不知會作何感想。

飽餐一頓後，我在屋裡晃蕩，看到阿嵐在卡當先生的房間讀筆記。

他啪地一聲闔上本子，站起來拉住我的手問：「睡得還好嗎？」

我聳聳肩，不知該說什麼，阿嵐微蹙著眉，垂下眼。

他重重嘆道：「妳想……妳會想回家嗎？回奧瑞岡？」

「我……我不知道，我不確定。」我老實承認，長久以來，阿嵐、季山和我一直有個專注的目標，如今任務達成了，我反倒覺得有些茫然無適。

阿嵐點點頭，親吻我的臉，「等妳有了決定，再讓我知道。」說完便轉身離開房間了。

剛才是什麼情況？我實在不懂。

六月二十四日，從時光旋渦回來後一個星期，我特意打扮，將頭髮梳直後才走下樓。妮莉曼留了紙條，說要帶桑尼爾到城裡買衣服，兩人會在那兒吃晚飯，晚些回來。我獨自吃完早餐後跑去找阿嵐，但阿嵐也不在。

我沒別的事做，整個下午幾乎都在看書。我接到麥可和莎拉一通電話，然後在視聽間看了一系列電影。我弄了些爆米花，想起阿嵐、季山和我以前看電影時，喜歡抱著大桶爆米花一邊吃一邊看。

看完電影後，發現時間竟已很晚了，廚房裡黑漆漆的，妮莉曼和桑尼爾還沒回來。

「嗯，祝我自己生日快樂。」我喃喃自語地上樓回房，連燈都懶得開，直接拉開玻璃門，走到漆黑的陽台上。星星在空中閃爍，底下是泛著晶光的噴泉。

上次在馬戲團裡慶生，已是兩年前的事了。我認識卡當先生兩年了，並被捲入老虎之咒的奇異世界裡，如今我已二十歲。*現在呢，該怎麼做？*

我跟河童、巨龍和奎肯作過戰，被巨鯊咬過，受鳳凰焚燒，還與仙子們吃過飯，殺掉一名打算娶我的魔王。我曾擁有無限的能量，但那股能量如今也已被奪走了。我揉著臂膀，感覺空虛而無助。

我回到自己的世界了，一個應覺得熟悉、卻不盡然是的世界。兩年來，這是我首度不知道接下來要做什麼。就像爸媽去世那天一樣，喪親的經驗永遠改變了我，而過去兩年的種種，亦烙下了印痕。

我喉頭哽咽，再次揣測阿嵐避著我的原因。*他是在責怪我害死他嗎？難道他想留在古代？還是他覺得有義務要照顧我？*

我考慮丟下阿嵐，自己回奧瑞岡，但這種事我以前已經幹過了。在我做出任何重大決定前，得先跟阿嵐好好談一談，我們欠彼此這份情。

我擦去淚珠，聽到開門聲。

阿嵐來到陽台上朝我走來，但又停在數英尺外，將手肘靠在欄杆上。他望向池子悄聲說：「生日快樂，凱兒。」

「我還以為你忘了。」我輕聲回答，沒去看他。

「我記得的，只是不確定妳想不想慶生。」

我聳聳肩，「大概不想吧。」

兩人默默站了一會兒，我的脈搏隨著氣氛緊繃而加速，我等他先開口，但他連看都不看我，最後我再也忍不住了，轉頭憤憤地問道：「你幹嘛一直躲我？難道是後悔由你帶我回來嗎？」

阿嵐站直身體，不解地望著我，「妳是那麼想的嗎？」

「我不知道該怎麼想，自從我們回來之後，你跟我在一起的時間，幾乎不曾超過兩分鐘，你若不希望我留在這兒，直說無妨。」

我眼睛一痛，淚水撲簌簌地滑落面頰。

阿嵐走近抬起我的臉，讓我看著他，一對碧眼深情無限，「妳以為我不想要妳？」他不可置信地問，「凱西，我要妳更勝一切，我只是希望給妳空間。妳愛季山，誰都看得出來，離開他，令妳心碎。」

我撫過他的手腕，坦承說：「我答應季山，我的心有一部分將永遠屬於他。」

阿嵐垂眼點頭說：「我瞭解。」然後從我身邊走開，作勢離去。

我突然怒從中來，大吼一聲：「艾拉岡．帝嵐．羅札朗！你竟敢從我身邊走開！」

我兩個大步邁向前堵住他，拿手指戳他胸口。「你什麼也不懂！」我指責道：「我已經愛上你兩年了，如果你還搞不清狀況，我實在不知道還能跟你說什麼。我的確很愛季山，但連他都知道我愛上的人是你，何況，當初願意留下來陪杜爾迦的人是你，該對我們關係有疑慮的人，其實應該是我！」

阿嵐向我逼近，我吞著口水往後退，最後撞在欄杆上。他抓住我的肩膀說：「我們把事情講清楚，海斯小姐。我一點都不想離開妳，我跟斐特說，我壓根不在乎什麼保護歷史、杜爾迦，也不在乎她需要一頭老虎，我只想跟妳在一起。如果我必須留在過去，我就留下；如果我得回家，那麼我就回家，要我為杜爾迦服役，唯一的條件就是妳得陪著我。凱西，我絕對不會放妳走。」

「噢。」我聲音一啞。

阿嵐抬手圈住我的脖子，「凱西，我漂亮固執的女孩，妳若是要告訴我說，妳準備跟我在一起了，那麼妳應該知道，我百分之兩百準備好要與妳在一起了。」

他用拇指拭去我的淚，用一對絕美的眼眸緊瞅住我，等我回答。

我抬手撥開他額上的柔髮說：「阿嵐，你是我唯一想要的。」

他輪廓分明的唇上綻開一朵柔笑，低頭吻住我。甜美的輕吻迸出激情，將我吞沒，我們好久不曾接吻了，突然怎麼也吻不夠。

他的手滑下我的背部，手掌緩緩貼向我的腰際、臀部，然後粗暴地將我緊扣在胸膛上，兩人身體緊纏，但我還想更貼緊些，想被他包容在內。

我揪住他的腰身，雙手大膽地在他的絲衫外游移，沿著他的腹部撫摸。阿嵐低喚我的名字，我撫向他寬闊的胸膛與肩膀，纏住他的脖子，繞進他的黑髮裡。我不確定呻吟聲是出自於他，或發自於我。

阿嵐的手慢慢移上我的裸臂，以指尖沿著我鎖骨頸部的敏感部位撫弄，他輕輕從我的下顎吻向耳邊，惹得我雙臂酥麻。

我們兩人一起倒向沙發，我蜷在他胸膛，雙手被他握住，貼在他狂跳的心上。他激情四射的熱吻已柔緩下來，變得異常挑逗。每一記溫柔的愛撫，都彷若他的心聲，讓我能明確感受到他的愛意。阿嵐在我耳邊喃喃吐露愛語和承諾，我心搖神馳地陶醉著，直至被他的一句話懾住。

我屏住氣問：「你剛才說什麼？」

他深情地怯怯笑說：「我問妳願不願意嫁給我。」他直截了當地說。

我望著他的碧眼，咧嘴一笑，「假如我說：『你若非問不可，那麼我的回答是不要？』你會怎麼辦？」

他促狹地瞇起眼，「那麼我想我只好誘拐妳答應了。」

「那樣的話，我就非得說『不』了。」

他眼神堅毅，沿著我的下巴吻著，一邊念出我最愛的劇本裡的台詞，「凱兒，我是妳天作之合的丈夫，除了我，妳誰也不該嫁，我非娶不可，也願娶凱西為妻。」

我以鼻子輕撫他的耳朵，呢喃道：「你覺得我跟凱撒琳一樣頑固呀，彼特魯喬？」（註）

他按緊我的腰，「我還沒聽到妳親口答應，那表示妳不但頑固，而且還很難搞定。」他斜嘴笑說。

兩人又是一陣熱吻後，阿嵐再次問道：「嫁給我吧，凱西，我要妳……」我點點頭，感覺他的唇在我頸邊笑開，「……做我的新娘。」

我僅能發出嗯哼之聲。

「那不算數。」阿嵐抽開身，拉住我的雙手。

「凱西．海斯，我愛妳，我屬於妳，我的身心這兩年來一直都屬於妳。妳是我的命運，與我成家，親愛的，嫁我為妻吧。」

他熱切地望著我的臉，我的心跳為之停頓。逗樂的時間過去了，我將阿嵐的手放到唇邊，一一吻住他的掌心。

「我的心屬於你，艾拉岡．帝嵐，能做你的妻子，是我的榮幸。」

他發出勝利的微笑，我的心狂喜騰跳，阿嵐將我擁入懷中，他的喜悅席捲了我，我大笑著，知道自己根本不曾失去我的虎兒。與阿嵐共度一生，將會是一場美妙的人生之旅，甚至比我們的尋寶歷程更加精彩，未來似乎充滿了光明與希望。

我摟住阿嵐的脖子，他邊吻邊問說：「妳……現在……想要妳的生日禮物了嗎？」

「能不能等明天再說？」我吻著他的額頭說。

他笑著將我抱得更近，「當然可以。」

我哈哈笑著，直到他捧住我的臉，將我的唇送回他唇上。

註：莎翁《馴悍記》中的男女主角。

33 繩繫

我們訂婚的消息，令妮莉曼欣喜若狂，她秉持平日的幹練利索，從容優雅地為我們籌備婚禮。

阿嵐要我負責擬定賓客名單，其實名單很短，因為新人雙方可邀請的人都不多。

妮莉曼建議我們到日本舉行婚禮，因為羅札朗企業的總公司便設在日本。卡當先生死前早做好安排，將企業遺贈給他的孫子，帝嵐．羅札朗，並由妮莉曼暫代其職，直至帝嵐畢業為止。我們剛好可以藉著婚禮，把阿嵐這位新會長介紹給公司，並認識公司裡的其他同仁。

阿嵐將婚禮訂在六週後的八月六日，但他浪漫地解釋說：「那是今年星星相遇的時候。」

「你是指七夕嗎？」

他撫摸著我的頭髮點頭說：「老天爺一定是聽到我去年許的願了。」

「哪個願？」我嘲弄道，「你在那棵樹上綁了成千上萬個願望。」

阿嵐靠前撫住我的臉，柔聲說：「所有的願望。」

在一記長吻後，我說：「萬一我們無法及時安排好一切，你覺得要不要乾脆私奔哪？」

阿嵐哈哈笑著緊攬住我，這時妮莉曼匆匆拿著一堆盒子進來，阿嵐低頭在我耳邊輕語：「別誘惑我。」

我的寄養家庭在婚禮前一週飛到日本，大夥一起歡慶，也一起為所失哀悼。我們告訴他們說，卡當先生和季山在幾個月前，飛越安達曼群島時，墜機身亡了。莎拉陪著我哭，對季山的死尤其難以釋懷，因為他的人生才將開始，我點點頭，每次想到我的金眼王子，便心如刀割。

阿嵐牽著我的手，讓我把故事說完，莎拉擦著淚，對阿嵐笑了笑。我那明豔的鑽石與藍寶石戒指在燈光下閃動，吸住了莎拉的目光，令她讚嘆不已。阿嵐巧妙地編出一則略微誇大的故事，說他如何跟商人還價，聽他指桑罵槐地細述金龍的性格，我禁不住大笑。

我緊張地轉著戒指，揉著戒指下方，空下來的，是季山的蓮花紅寶石所在的地方。昨晚阿嵐跟我要了季山的戒指，我極其不捨地給了他。

阿嵐明白我在想什麼，他吻住我的手，對我擠擠眼，一邊流利地回答莎拉和麥可的問題。

八月六日轉眼即至，傍晚時分，我站在一面全身的鏡子前，鏡中的美女回望著我。我的棕眼明湛生輝，腳上套著鑲滿珠寶的鞋子，感覺像飄在雲端。

妮莉曼為我挑了件絕美的婚紗，鑲珠的緊身胸衣束住我的纖腰，與華麗的蓬蓬裙恰成對比。我撫摸著象牙白的緞子、繁複而若隱若現的蕾絲襯裡和心型領線。婚紗褶口處，是一道道疊落的香檳色絲製玫瑰，美麗的縫花從肩上漫至蓋袖，這是我見過最美的衣服。

妮莉曼忙著整理婚紗尾襬，還幫我插上飾著白珍珠及黃鑽的髮梳。接著我戴上搭配的垂墜式耳環，然後是妮莉曼所說的奴隸手鐲——一種傳統的印度手環，有串細細的珍珠，將鑲滿珠寶的厚實手鐲，跟另一枚戒指相連。

我說服她說，我不需要再戴印度新娘的頭飾了。阿嵐和我決定不畫傳統的新娘繪紋，因為這會令我想起斐特的手繪。

我緊張地轉身問莎拉說：「妳覺得怎麼樣？」

她先是摀住嘴，然後粲然一笑，用手搧著眼睛，免得哭出來。莎拉說：「我覺得妳看起來像公主。」

「那麼應該很適合了。」妮莉曼故作驕矜地說。

我緊握她的手，望著妮莉曼和莎拉的緞子披金禮服說：「妳們看起來也好漂亮。」

門上傳來輕叩，麥可走進房中伸出手，妮莉曼把新娘的花束遞給我——其中有乳白和香檳色的玫瑰、梔子花、白茉莉，以及帶著黑紋的米色虎皮百合，令我想到虎兒阿嵐。花束香濃，莎拉和妮莉曼離開就定位前，送了我一記飛吻。

做新娘父親打扮的麥可看起來好帥，他扯了一下雪望尼（註）長袍的高領，我拍拍他的肩膀，對他笑說：「你要覺得很慶幸了，不像我現在穿了五百磅重的衣服。」

麥可怯怯一笑，不再不安，他抱住我說：「謝謝妳請我來替代妳父親的位置。」

我紅著眼眶，拼命眨眼，塗上這厚厚的睫毛膏，說什麼也不能哭。「你一向就是個模範老爹。」我答說。

兩人不再多說，來到二見興玉神社（註）外頭，鋪平的漫長石路上，開始朝面海的神舍鳥居走去。但願天上的爸媽能看見我嫁給自己深愛的人。

我還想到我另一位父親卡當先生，真希望他能在此陪我。卡當先生一定會非常驕傲地陪我步上紅毯，將我交給阿嵐。麥可一臉肅穆地走在我身邊時，我真切地感知到卡當先生也在一旁為我們高興。

落日極美，今天一整日雲層遮空，但此時，陽光打在水面上，深藍的海水像藍寶石般散射光芒。

我們繞過轉角，看到前方聚集了一小群人：我的家人；伴娘妮莉曼；伴郎桑尼爾，他的眼裡只看得到妮莉曼；以前武術課的同伴珍妮佛，她是神祕嘉賓，現在已經開始忍不住掉淚了；還有一小批精挑細選的羅札朗企業的員工。聽到老飛行員墨菲在我們離開的六個月中去世了，頗令我傷心。

我寄了邀請函給小里和魏斯禮，兩人都寄賀卡來道喜。小里表示等我們回奧瑞岡後，想再跟阿嵐挑戰，他斷斷續續跟人約過會，但還沒找到喜歡遊戲之夜的女孩。

魏斯禮說他終於去找前女友談了，對方原諒了魏斯禮的不告而別，人家現在婚姻非常幸福美滿。魏斯禮的老媽開始安排他跟德州所有單身女孩相親。

小里和魏斯禮都是好人，但他們不像等在走道盡頭的男子，能令我心頭亂跳。日本鼓咚咚擊響，我朝即將成為我丈夫的男人走去。

註：印度傳統男士服裝。

註：位於日本伊勢。

這時阿嵐朝我轉過頭，使我幾乎停止呼吸。他穿著傳統的乳色絲質雪望尼袍，及鑲著珠寶的平底鞋，帥到無以復加。他的鬈髮垂在頸窩，好看地微微蓋過眼睛，當我走近時，阿嵐將頭髮從臉上撥開，伸出雙手，一雙藍眼凝視著我，勾出他特有的斜斜笑容。其他人似乎都消失了，我覺得有如置身夢中。

我緊握住花束，望著這位出生於數個世紀前，即將成為我丈夫的絕美印度王子。老天賞給我一份不可思議的禮物，一份比火能或聖巾更珍貴的好禮——讓我與這名超凡絕俗的男子相愛。

我將花束交給妮莉曼，握住阿嵐的手，抬頭望著他的眼眸，一起站到神社的鳥居之下。一名瘦小的神道僧人站在一旁素樸的箱子上，他童禿油亮的髮頂令我想起斐特。

我們等待僧人開口，阿嵐微微笑著，我則緊張地吐氣。海風輕掀我的衣布，此時此刻，再也沒有任何自然或非自然的神力，能分散我們對彼此的關注。阿嵐的手好暖，我感到兩人之間川流著一股震盪的能量。

我終於明白，我倆在冥冥中相互牽繫了，阿嵐和我注定要在一起，彼此相屬。即使我們不再扮演女神與虎兒的角色，卻仍牽繫不輟。我雖無法讀透阿嵐的心，卻能感知他五味雜陳的情緒——緊張、失去弟弟的痛，但更重要的是，他對我的無盡深情，想讓我幸福的渴望。

僧人問：「哪位負責嫁出這位女子？」

麥可踏向前說：「我。」

「你願接受這名年輕人，並相信他會成為她的好丈夫嗎？」

「他已對我發過誓，願意照顧她，如同我們一樣。」

僧人與麥可相互行禮，然後麥可讓到一旁。

僧人為我們簡述神社，以及身後兩顆海上的突石，兩顆一大一小的海石之間，以粗索牽繫住。

「這兩顆石頭稱為夫妻石，意指愛與被愛。大石是小石頭的丈夫，丈夫娶她為妻，兩石間以『注連繩』相牽，繩索每年都得強固數回。

「你們一步入婚姻，便得強固彼此的關係，退潮時，兩石並未分離，但漲潮時，僅靠繩索相連。當遭逢困難時，要像這些石頭屹立不搖，藉著你們今天締造的婚姻之繩，緊密相依。」

接著輪到我們發誓了，我聽到旁邊有人在抽鼻子，一聽就知道是珍妮佛，但我沒理睬，希望不會漏掉任何想對阿嵐說的話。

我說：「莎士比亞曾說『旅途結束時，相愛的人必須面對他們的愛情』，你曾問我，我們的故事會是喜劇或悲劇，我們已見過悲劇的部分了，因此今天有些人未能出席，但我的心並不空虛，我的心滿載了你的仁慈、耐心與愛而溫暖著。你一直是我堅定的夥伴、好友，也是窮追不捨的男友。」他挑起眉，我笑說：「而且還是我的戰神天使，你的愛解救過我無數次，但願我能及時回報你的恩情。

「我知道每個與你相伴的日子，都是福賜，我發誓會好好珍惜，永遠屬於你，從今以後，我將與你長相左右。若我享有造物的能力，你必是我所願創造的理想男子。」

語畢，阿嵐握緊我的手，溫柔地笑著。

「該我了嗎？」阿嵐問僧人。

「是的，年輕人，你可以說了。」

阿嵐以他溫柔的嗓音應允道：「妳初次闖入我的生活時，我的世界原本黑暗陰鬱，當時妳給了我最可貴的禮物——希望。不久，我發現自己想從妳身上得到更多，我求妳愛我，過去兩年，我沒有一刻不深愛著妳。」

他伸手用拇指撫著我的臉，「妳是我的一切，凱西．海斯，與妳同在的每一刻，都比之前更幸福。」

我聽見夕陽沈落地平線時，海潮悠悠拍擊。溫暖的霞光映在阿嵐俊美的臉上，他柔聲以詩作為自己誓言的結尾。

承諾

我承諾將忠誠守著妳。
戮力改過；修正自己。
我發誓要配得上妳。
妳是我的夢想，使我身在美夢之地。
我把過去的財富和未來的允諾給了妳，
誓言讓妳對我信任不疑。

我以靈魂之火和全身力氣，
永遠與妳心相繫，
我心屬於妳。

「我的心不再被囚禁了，心愛的，因為妳已釋放了我。我走過孤寂的漫漫長路才找到妳，我要妳知道，只要妳願在長路盡處等我，我甘願再走上十幾遍。」

我淚水奪眶，阿嵐拭去一顆從睫毛滴落的淚水。他溫柔的笑容，讓我幸福洋溢，我覺得婚禮不可能再更完美了。接著阿嵐打開珠寶盒。

兩串細細的金色與藍色珠寶彼此相纏，鍊子上布著鑽石及藍寶石做成的小花，鍊子中央綴著一朵以紅寶石為中心的鑽石蓮花。我顫著手指按住自己的嘴唇，認出那是改鑲過的季山的戒指。

阿嵐將我轉過身，用一對暖手為我把鍊子戴到頸上，解釋說：「這項鍊叫Mangalsutra，是幾百年來，新郎在成婚當日送給新娘的禮物。古時候，這原本只是用來告訴追求者『羅敷有夫』的單純手鐲，表示她已受到男人保護了。後來才演變成男女互許終身的表徵，就像婚戒一樣，象徵夫妻緊密相依。」

我對他轉回身，阿嵐摸著項鍊邊緣的珠子，靜靜說道：「金色和藍色的虎眼，讓人不忘所獲。」他撫住中央的紅寶石蓮花，「鑽石蓮花和紅寶石，讓人不忘所失。」他用兩指沿著鍊子撫摸幾十朵小小的藍花，「小小的藍寶石小花，象徵我倆的未來。」

阿嵐拉起我的手踏近說：「今天，我將這珍貴的印記，送給我最愛的人，代表我的忠貞與愛。妳是我的生命，凱西．海斯。」

淚珠彈落面頰，阿嵐輕輕幫我擦掉，他的撫觸柔若微風。接著他對僧人點點頭，僧人宣布道：「兩位新人已在各位的見證下，發誓互愛一生，現在我們正式宣布他們為夫妻。」

他在鼓聲和管籥的伴和下揚聲誦唱，最後樂聲戛然而止。僧人眉開眼笑地看著我們說：「鳥居之門代表從人世跨入天界，當你攙著新娘的手，越到另一側時，你們就一起展開新的生活了。在這之前，你們是各別的兩個人，如今，你們將成為一體，永遠彼此相連，再不分離。」

阿嵐喜上眉梢地握住我的手，「妳準備好了嗎？」

我笑著靠向他低聲說：「我若說還沒，你打算怎麼辦？」

他把頭湊到我耳邊，「萬一妳這新娘想臨時抽腿，我還有備案。」他露出促狹的眼神，我尚未來得及出言抗議，便彎身將穿著五百磅重衣服的我一把抱起。

我輕笑著撥開他眼上的頭髮，摟住他的脖子，觀眾們齊聲歡呼。

「現在可以吻妳了嗎？」他問。

「你最好吻我唷，虎兒。」我答道。

阿嵐深情地吻住我，抱我穿越鳥居，在日本樂師的喜慶樂聲中旋身打繞。他將我放下，撫著我的胳臂，正想再低聲說些什麼時，桑尼爾已過來拍著他的背，眾人也跟著賀聲不絕。

在接受家人朋友熱切的祝福，並趁太陽完全沈落前拍了些照片後，妮莉曼忙著催促大家往招待會場走去。

阿嵐熱情地吻著我，直到我抗議說：「我的妝快被你弄花了啦。」

他頑皮地瞇著眼，「聽起來像是在挑釁。」

我撩起蓬鬆的大裙子，朝等在一旁的禮車衝去，回頭喊道：「你得先抓到我才行，虎兒！或許你寧可去追猴群。」

我尖叫著聽到身後傳來吼聲，整個人突然被抱起來。把我塞入禮車後座，阿嵐貼住我的臉頰說。

「我記住妳的氣味了，羅札朗太太，妳永遠逃不出我的手掌心了。」

「不要吧。」我咯咯笑著，阿嵐熱情地吻住我，雖然我一再抗議會弄亂我的頭髮和妝容，但兩人仍舊相吻許久。

「我一開始跟虎兒同處，最後卻跟丈夫相伴。」我對摟著我的阿嵐說。

他吻著我的鼻子，「我最初一無所有，最後卻擁有一切。我愛妳，凱西・海斯・羅札朗。」

我笑了，我好愛那三個名字。

尾聲　子嗣

阿嵐駕著McLaren跑車——卡當先生送我的生日禮物——沿著三線道的大路駛向我們幾個月前，在塞倫市所住的漂亮雙拼房子。阿嵐將車子船運回來，並在四周買下大片林地，打算在這裡成家，兩人都把這裡當成我們的山了。我們終於要攜手展開新生活，從某個角度而言，也是回歸我們在奧瑞岡的日子。

我在車道上下車，笑容滿面地享受我深愛的松香和清新的雨水。我才剛從後座拿下一只袋子，阿嵐便把袋子從我肩上卸下，將我抱入懷中。

「妳該不是要剝奪我抱新娘子入家門的機會吧？」阿嵐輕輕吻我。

我撥弄他頸窩上的頭髮，咧嘴笑道：「隨便你怎麼想，但我可沒有拒絕你要求的習慣。」

「我覺得妳可能處於否認狀態哦，羅札朗太太。」

阿嵐一邊細數我們認識期間，所有遭我否絕過的事，一邊大步從前門入屋，直到我吻住他才停了口。

他終於喃喃說道：「我喜歡妳轉變話題的方式，歡迎妳以後用同樣的方法終止我們所有的歧見。」

我哈哈大笑，摟住他的脖子，「我會記住的，你知道嗎，你真的不必抱我，你的超人神力已經消失了，我可不想害我先生背痛。」

他頑皮地瞇著眼，「我的背好得很，我親愛的太太，雖然不再擁有老虎的神力，還是鎮得住任性的姑娘。」

「你是在威脅還是在保證？」

「都是。」

阿嵐解開門鎖走進去，將門踢合，然後堅持繼續抱著我，我嚷說我們的行李還在外頭，但他的手已經開始不老實地鬆綁我的辮子，再過一分鐘，我就把行李給拋到九霄雲外了。

門鈴響時，兩人乍然而分。前門台階上站了一名拿著包裹的信差。

「有什麼事嗎？」阿嵐問。

「這是寄給您的，先生。」男人說著遞上包裹。

阿嵐點點頭，笑著跟對方說再見，然後關門拆開神祕的包裹，裡頭是一只沈重的木箱。

「那是什麼？」我問。

「我也不確定，」阿嵐將鎖解開，掀開磨亮的盒蓋，露出一份完好封藏在玻璃中的卷軸。

「是宏海上師的古卷軸。」我喃喃說，「宏海上師說，我們得在做出第五次獻祭後才能讀它，這東西怎會寄到這兒？」

「不知道，我還以為東西放在保險箱裡。」

我拿起包裹，「阿嵐，上面沒有郵寄標貼。」

兩人互望一眼，我跳起來衝向前門，用力打開，郵差正慢慢地往山下走。

「等一等！」我大喊。

阿嵐和我奔到外頭，男人停腳回頭時，我們兩個猛然煞住。信差微微一笑，雙手合十低下頭去，身邊捲起一陣旋風，男人的帽子消失了，露出光禿禿的頭和一圈灰髮，他的藍色制服和靴子化成了粗織布衣和涼鞋。

我驚抽口氣，踏前一步，急切地問：「斐特？」

男人淡然一笑，一滴淚水自臉上滑落，四周旋風加速，模糊了他的影像。

「斐特！」我伸手想抓他，但斐特身形漸淡，直至完全消失。

我飛快轉動心念，剛才若真的是斐特，他大老遠跑來給我們捎信，必然十分重要，我一定得搞清楚才行。

「剛才不是我的幻覺吧？那是斐特，對嗎？」我邊問邊沿著車道走回房子。

「是的。」阿嵐跟在我後方確認地回答。

他快速地拿起放在車邊的奶奶的拼布被和行李，然後兩人衝回屋中，直奔卷軸。

玻璃管似乎是特別吹製而成，將文件包覆在裡頭，根本無處打開。

「得把玻璃打破才行，」阿嵐說，「妳往後退一點。」

我退開一兩步，阿嵐抓起圓筒，啪地一聲，玻璃碎裂，阿嵐將卷軸拿在手裡。卷軸由沈厚的蠟章緊封著。

阿嵐撫著蠟印，興奮地說：「這是我家的徽章——羅札朗家族……」

阿嵐小心翼翼地拆開封印，將古老的紙卷攤到廚房流理台上，寫滿梵語的厚羊皮紙，紙邊很快開始變黃。

我幫阿嵐將紙張撫平，他用指尖輕輕畫著上頭的文字。

「凱西，這是季山寫來的信。」

「信上說什麼？」我緊張地問。

阿嵐和凱西：

很抱歉用如此誇張的方式與你們聯絡，但我不能冒險，不能在特定事件尚未發生之前，便冒然讓你們其中一人讀到此信。我希望能讓你們對留在過去的我，不再存有任何擔憂掛心。

自從你們離開後，阿娜米卡和我花了很多年的時間，為不同國度的人服務，我們在崗仁波齊峰的高頂石坡上打造了一個家，利用杜爾迦的聖禮，提供食物、衣著，並治療世間各地的人。

我們的家被世上許多宗教視為聖地，朝聖者會到山上朝拜女神杜爾迦。亞洲民族在她手下興旺起來，她啟發了許多藝術家、詩人、政治改革及宗教，並帶來社會的和諧。

阿娜米卡和我成了好友，彼此的尊重後來轉成了愛。我很以成為她的伴侶為榮，也很有福氣能娶她為妻，兩人共度了非常幸福漫長的一生，我若讓你們以為，我對自己的選擇感到難過失望，那就太不應該了。凱西，我花了好長一段時間，才習慣沒有妳的日子。我痛罵自己很多次，怨自己決定留下來，但命運待我不薄，讓我擁有自己的家庭，和滋養我、豐潤我的一生。

凱西，我的心仍有一片屬於妳，數個世紀以來，我一直珍惜不忘。妳是那位喚我浪子回頭的天使，妳對我的影響，遠超過妳所知。當妳決定拯救兩頭茫然無從的老虎時，妳的溫情、善良與愛，改變了我的一生。妳答應要給我一個快樂的結局，而我也得到了，我的心，對妳日日抱懷感恩。

阿嵐，請原諒善妒、衝動、少年時的我。無論我對世界做出何種善舉與功業，皆因我有一位能讓我效仿的哥哥，你是位不折不扣的英君。

若說人生有憾，僅缺我無法陪伴你們穿越數百年了。我想念你們兩人，但我知道你們的一生將富足圓滿，因為我曾瞥見未來。原諒我多事，但這件事我非做不可。當時常在我心中迴繞的問題，已有了答案。

他是你的，老哥。

願你們的愛持續茁壯，攜手共創幸福，珍惜與家人在一起的時光，因為時光匆逝。

或許我們將會在另一個時空中重逢。

季山

我頻頻拭淚，「原來是季山寫的信，我們若能早點打開就好了。」

阿嵐蓋住我的手，「假若我們打開信，便會改變生命的軌跡。命運已按原本該有的步驟去完成了。」

我點點頭，不再激動。阿嵐抱住我，我將頭埋在他胸坎裡，想著被我們遺留在過去的弟兄。

「阿嵐？」我在他襯衫上喃喃問著：「季山說『他是你的』，那是什麼意思？」

阿嵐猶豫了一下，嘆口氣吻住我的頭髮。「羅克什從遊艇上抓走妳後，季山和我去找妳，記得吧？」

我點點頭，「你們騎摩托車。」

「是的，去救妳的途中，季山告訴我說，他在幻象中看到妳有個小寶寶。」

「那是他在夢之林看到的景象。」我輕聲說。

「他沒告訴妳的是寶寶眼睛的顏色，他騙妳說寶寶閉著眼睛，其實他在幻景看到妳兒子有對黃金眼，他還聽到妳叫他的名字，妳叫他阿尼克．季山．羅札朗。」

我輕聲抽氣，「季山……他一定以為孩子是他的。」

「是啊，當他同意留下來後，還以為金眼寶寶永遠不會出生了。」

「所以他的意思是……」

「他的意思是，金眼寶寶的父親，也就是他在夢之林中看到與妳同處的那名男子，是我。」

阿嵐用額頭貼住我的，「我一直以為自己竊走了他該有的位置，他才是注定要跟妳在一起的人，但寶寶原來是我的，妳注定要成為我的。」

「他從來沒告訴過我。」我難過地說，「他為何不告訴我？」

阿嵐抬起頭，「他希望妳能選擇，凱西，他希望那是妳自己的決定。」

阿嵐頓了一會兒，疑惑地問：「妳後悔嗎，凱西？會後悔選擇我嗎？」

我捧著他的臉，要他看著我，「從不後悔，艾拉岡．帝嵐．羅札朗，我永遠也不會後悔選你，不過……」

「不過什麼？」他悄聲問。

「不過我每天都好後悔讓季山留下來，他永遠存在我心裡。」

「他也在我心中。」阿嵐坦承說：「季山為了讓我圓夢而犧牲自己，至少現在我們知道他也找到幸福了。」

兩人相擁良久，最後我問：「說到幸福，你覺得桑尼爾要多久才能追得到妮莉曼？」

阿嵐笑說：「恐怕要一陣子。」

「她有點頑固耶。」我偷偷說。

「頑固是這個家族的特質。」阿嵐哈哈笑說，我捶了他一記，他眼中又露出熟悉的促狹，我尖叫一聲，拔腿狂跑，阿嵐抓起我的拼布被將我包住。

他狠狠吻遍我，將我抱在腿上，一起坐到我們最愛的椅子上。

「妳休想翻出我的手掌心，羅札朗太太。」他粗聲說。

我環住他的脖子將他抱緊，貼在他唇邊說：「我也永遠不想。」我對自己的選擇充滿信心。

當時我便知道，阿嵐將會是我的未來。

命運選擇了我……

使我成為他的朋友……

拯救他……

愛上他。

而我將以餘生愛他至終。

感謝

完成一本書是非常過癮的事，想來應該類似於攻克山頂或跑完馬拉松吧——在精疲力竭中，得到無限的滿足。偶爾在回顧寫作歷程時，不免訝異自己走過多少路，很難理解當初是如何辦到的。

不過我也同時想起，自己並非獨力登山，在這條長路上，我有許多同伴，有家人為我搖旗吶喊，兄弟姊妹和他們的伴侶亦不厭其煩地給我支持和鼓勵。

在創作《白虎之咒4：最終命運之浴火鳳凰》的過程中，我要特別感謝我的小弟Jared，他耐著性子陪我排練所有武打場面，演出每個人物，使我能正確掌握戰況，而且在我過於緊繃時，還會惹我大笑。

我也非常感激他的妻子Suki，她總是幫我收拾善後與紛爭，不吝指正我的媒體社交技巧。謝謝老姊Tonnie幫忙回應粉絲的信，讓我有更多時間寫作。

爸、媽，你們兩位是最棒的，過去一年，老媽使出十八般武藝為我打扮或送禮，她的才能令我讚嘆。有老爸幫忙安排所有私人行程真好，我只需說：「爸，我得在Timbuktu訂間旅館。」他就去張羅了。

特別感謝我的經紀人Alex Glass，讓我的作家夢得以實現；謝謝Raffi Kryszek讓本系列的買賣權取得過程，如坐雲霄飛車般刺激。

謝謝Sterling出版公司的Judi Powers、Katie Connors、Meaghan Finnerty、Katrina Damkoehler、Mary Hern、Fred Pagan，尤其是我的編輯Cindy Loh。

也必須感謝為我設計漂亮封面的Cliff Nielson，他的作品好美！

Sudha Seshadri是位絕佳的印度風土指導與顧問，她陪我度過整套系列，總是在我需要專家意見時，隨時伸出援手。

非常感謝我的粉絲，你們真的好讚！謝謝大家送我詩作、畫作、禮物和令我開心整日的短信。你們像朋友般地上我的推特、部落格，還到處跟著我跑，很多人幾乎每天與我聯絡。你們太可愛了，在網上及活動中見到你們，真令人開心。我每天都為你們祝福，也非常珍惜你們手作的T恤。你們的支持，對我意義重大。

最後，我要感謝我先生Brad，他對我的優缺點瞭若指掌。老虎系列佔去了他大部分生活，他卻享受每一分鐘。身邊能有這樣一位好男人，真是一大福氣——他一路陪我暢談，幫助我渡過難關，人生至此，夫復何求。

LOCUS

LOCUS

LOCUS

LOCUS